Margaret Mallory

Der Highlander und die Heilerin

Autorin

Margaret Mallory wuchs in einer Kleinstadt im US-Staat Michigan auf und studierte Jura an der Michigan State University und der University of Michigan Law School. Sie lebt mit ihrem Mann und ihren zwei Kindern an der Pazifikküste, wo sie sich nun ganz ihrer großen Leidenschaft widmet: dem Schreiben historischer Liebesromane.

Von Margaret Mallory bereits erschienen

Mein zärtlicher Ritter · Mein leidenschaftlicher Ritter · Mein geliebter Ritter · Die Braut des Highlanders · Die schottische Hochzeit · Geliebt von einem Highlander

Margaret Mallory

Der Highlander und die Heilerin

Roman

Deutsch
von Christiane Meyer

blanvalet

Die Originalausgabe erschien 2013 unter dem Titel
»The Chieftain« bei Grand Central/Forever, New York.

Verlagsgruppe Random House FSC® N001967

1. Auflage

Dieses Werk wurde vermittelt durch die
Literarische Agentur Thomas Schlück GmbH, 30161 Hannover.

Redaktion: Ulrike Nikel
Umschlaggestaltung: © Johannes Wiebel | punchdesign,
unter Verwendung von Motiven von Shutterstock.com
(androver; Paul Nash; INTOtheSIBERIA; Lukassek; Master1305)
und Jenn LeBlanc
dn · Herstellung: sam
Satz: GGP Media GmbH, Pößneck
Druck und Bindung: GGP Media GmbH, Pößneck
Printed in Germany
ISBN 978-3-7341-0826-6

www.blanvalet.de

Für meinen Ehemann Bob.
In Liebe und Dankbarkeit für unser gemeinsames Leben.
Manche Dinge sind für die Ewigkeit.

Prolog

Dunscaith Castle
Isle of Skye, Schottland
1496

Hurenbock, Schürzenjäger, Lügner«, rief Connors Mutter, während sie das prasselnde Feuer umrundete und dabei einen Stock hinter sich her durch den Sand zog. »*Mo mhallachd ort!* Ich verfluche dich!«

Connor hatte die Knie an die Brust gezogen. Er sah ihr offenes, langes Haar, das ihr im Nachtwind um den Kopf wehte und wie schwarze Schlangen wirkte.

»Möge dein Samen eintrocknen, Donald Gallach, Chieftain der MacDonalds of Sleat, damit keine Frau dir noch ein weiteres Kind schenken kann«, rief sie mit schriller, zitternder Stimme, während sie ein zweites Mal um das Feuer herumging, dabei ihren Ehemann, Oberhaupt eines bedeutenden Zweiges innerhalb des großen MacDonald-Clans, nach Herzenslust verfluchend.

Ihr Sohn wünschte sich in diesem Moment, sein Freund Duncan oder seine Cousins wären hier, statt mit den Kriegern seines Vaters in der großen Halle der Burg zu liegen und zu schlafen – so wie er es eigentlich ebenfalls tun sollte. Sein Vater war nämlich der Meinung, dass ein Siebenjähriger, der auf einer Pritsche neben dem Bett seiner Mutter schlief, niemals ein guter Krieger werden könnte, und hatte es deshalb verboten.

Doch der Chieftain, wie der offizielle Titel für die Oberhäupter der verschiedenen Untergruppen eines Clans lautete, war nicht da, und Connor hatte Angst, dass seiner Mutter etwas passieren könnte, wenn er nicht in ihrer Nähe wäre.

»Mögen deine Söhne, die von anderen Frauen zur Welt gebracht wurden, jung sterben«, rezitierte seine Mutter eine alte Verwünschung, während sie den Stock noch einmal um das Feuer zog.

Tagelang hatte sie geweint und sich die Haare gerauft. So war sie mitunter. Aber es gab auch andere Zeiten, in denen sie heller als die Sonne strahlte – so hell, dass es in den Augen schmerzte.

So etwas wie das hier hatte sie nie zuvor getan.

»Dreimal im Kreis, und der Bann ist ausgesprochen.« Seine Mutter richtete sich auf und reckte den Stock hoch in die Luft. »Und wisse, dass ich es war, deine Frau, die dich verflucht hat.«

Der Junge hörte schnelle Schritte, die sich in der Dunkelheit näherten.

Im nächsten Moment rief eine vertraute Stimme: »Nein, Catriona, tu das nicht!«

Zu Connors Erleichterung war es Duncans Mutter Anna, die plötzlich auftauchte und seine Mutter mit ihrer sanften Art hoffentlich beruhigen würde. Allerdings durfte sie ihn nicht entdecken, sonst würde sie ihn auf der Stelle zurück in die Burg schicken. In Windeseile kroch er durch den hohen Strandhafer, bis er außerhalb des Feuerscheins und damit in Sicherheit war.

»Bitte, tu das nicht«, hörte er Annas Stimme. »Ein böser

Fluch, der ungerechtfertigt gesprochen wird, kann auf dich zurückfallen.«

»Donald Gallach verdient jede Verfluchung«, erwiderte seine Mutter und spuckte die Worte beinahe aus. »Mit Leidenschaft und dem Versprechen ewiger Liebe hat er mich überredet, einen Mann zu verlassen, der mich vergöttert hat. Und jetzt muss ich feststellen, dass es eine neue Geliebte auf Trotternish Castle gibt, die ihm kürzlich einen Sohn geschenkt hat.«

»Männer haben schon weitaus Schlimmeres getan.« Anna legte seiner Mutter den Arm um die Schultern. »Ich bitte dich, nimm den Fluch zurück, ehe es zu spät ist.«

»Es war bereits in dem Moment zu spät, als er eine andere Frau in sein Bett geholt hat«, entgegnete sie unversöhnlich und stieß Anna von sich. »Ich werde dafür sorgen, dass er für den Rest seiner Tage bereuen wird, was er mir angetan hat, das schwöre ich.«

»Ach komm«, tröste Anna sie. »Ich bin mir sicher, dass du trotz allem die einzige Frau bist, die der Chieftain wirklich liebt.« Sie strich Catriona die wilden Locken aus dem Gesicht. »Bitte, komm zurück in die Burg und ruh dich aus.«

»Wenn er glaubt, dass ich das alles so einfach hinnehme, dass ich hierbleibe und weiter die treu ergebene Ehefrau spiele, dann hat er vergessen, wer ich bin.« Seine Mutter starrte in die Flammen und lächelte auf eine Art, die Connor Angst machte. »Er wird toben, wenn ich ihn für einen anderen Mann verlasse.«

»Das kann nicht dein Ernst sein«, erschrak Anna. »Was ist dann mit deinen Kindern?«

Ihr Sohn hielt unwillkürlich die Luft an und bemühte sich, nicht in Tränen auszubrechen, während er auf ihre Antwort wartete.

»Du weißt ganz genau, dass die Kinder in den Highlands, vor allem die eines Chieftains, zu ihrem Vater gehören und bei einer Trennung der Eltern bei ihm bleiben.«

»Möglich, trotzdem brauchen die beiden ihre Mutter«, beharrte Anna, die seine Kinderfrau und die seiner Schwester war, und packte den Arm der Burgherrin. »Und der kleine Connor liebt dich über alles.«

»Du bist ihnen eine bessere Betreuerin und Vertraute, als ich es je sein kann, und ich weiß, dass du niemals zulassen würdest, dass Donald Gallach dich anfasst. Versprich mir, dass du dich um Connor und Moira kümmerst, wenn ich weg bin.«

»Das werde ich …«

»Geh nicht!«

In diesem Moment rannte er zu seiner Mutter, vergrub sein Gesicht in ihren Röcken und atmete ihren Geruch ein. Wie immer duftete sie nach Rosenblüten.

»Mein süßer Junge.« Catriona fiel auf die Knie und umarmte ihn, dann lehnte sie sich ein Stück zurück, sah ihm fest in die Augen und fragte: »Du willst doch, dass deine Mutter glücklich ist, oder?«

Das Kind nickte. Wenn sie glücklich war, würde sie bestimmt bleiben, dachte er.

»Du wurdest in einer Nacht feuriger Leidenschaft gezeugt, als das Herz deines Vaters noch mir allein gehörte«, fügte sie hinzu und umfing sein Gesicht mit beiden Händen. »Jedes Mal wenn dein Vater dich ansieht, wird er sich daran erinnern, wie es zwischen uns war, und dann wird er bedauern, was er verloren hat.«

Eines Nachts, als Connor zu fest schlief, um etwas zu merken, verschwand seine Mutter.

Am Morgen danach tobte draußen ein Sturm, und in der Burg herrschte Aufregung. Sein Vater war zurückgekehrt, nachdem er einige Wochen lang unterwegs gewesen war, und brüllte jeden an, der ihm in die Quere kam.

»Sonst folgst du deiner Mutter wie ein kleiner Hund. Warum diesmal nicht?« Sein Vater hob Connor hoch, schüttelte ihn unsanft und schrie ihm ins Gesicht: »Du musst sie mit jemand anderem gesehen haben. Mit wem ist sie weggegangen? Sag es mir!«

Sein Vater vergrub die Finger in seinen Armen, aber Connor sagte kein Wort. Selbst wenn er gewusst hätte, wo seine Mutter war, hätte er sie niemals verraten. Schließlich hoffte er, sie werde zurückkommen, wenn er schön artig war und sie nicht verpetzte.

Trotz des heftigen Sturms, der tobte, sandte sein Vater seine Schiffe in alle Himmelsrichtungen aus, um nach ihr zu suchen.

Am nächsten Tag dann, als das Meer wieder ganz ruhig und spiegelglatt dalag und kein Windhauch den Strandhafer bewegte, war Connor mit Ragnall, seinem großen Bruder aus der ersten Ehe des Chieftains, gerade draußen, als eine der Galeeren zurückkehrte. Entsetzt beobachtete er, wie ein Krieger seine Mutter vom Schiff trug und wie ihre Arme und Beine schlenkerten und ihr langes schwarzes Haar sich bei jedem seiner Schritte hin und her bewegte.

Sofort rannte er los.

»Nein, Connor!«

Ragnall wollte ihn festhalten, doch der Junge entwischte ihm, stürmte weiter, bis er außer Reichweite war, und kletterte hinunter zum Meeressaum, wurde aber von seinem

Bruder, der zehn Jahre älter und praktisch erwachsen war, eingefangen, bevor er den Mann, der seine Mutter auf dem Arm trug, erreichen konnte.

Weder schimpfte er mit dem verzweifelten Kind, noch versuchte er es zu beruhigen. Er hielt den Jungen einfach an seinen Körper gedrückt, der vom täglichen Training mit dem Schwert stark und muskulös war. Dennoch versuchte Connor immer wieder, sich auf die Zehenspitzen zu stellen und den Kopf zu recken, um zwischen den Kriegern hindurch, die sich um seine Mutter geschart hatten, einen Blick auf sie zu erhaschen.

»Selbst im Tod zieht sie noch die Aufmerksamkeit jedes Mannes auf sich«, murmelte Ragnall leise. »Bei allen Heiligen, deine Mutter war so schön.«

War? Connor verstand das alles nicht, doch die Angst schnürte ihm die Kehle zu.

Plötzlich traten die Männer zur Seite, um den Chieftain durchzulassen. Als er an seinen beiden Söhnen vorbeilief, war sein Blick starr auf den leblosen Körper gerichtet, den der Krieger noch immer fast wie eine Opfergabe in den Armen hielt.

»Ihr Schiff ging im Sturm unter, und keiner hat überlebt«, erklärte der Krieger. »Ein Bauer fand ihren Leichnam am Strand.«

Der Vater presste die Kiefer aufeinander, während er den nassen, toten Körper betrachtete.

»Ich will zu ihr«, weinte Connor und wand sich in Ragnalls Griff.

Sein Vater wirbelte herum und richtete seine wild blickenden goldbraunen Augen auf ihn. Rasch zog Ragnall den Kleinen enger an sich und drehte sich mit ihm ein Stück zur Seite, um den Bruder vor dem väterlichen Zorn zu schützen, aber der Junge war zu verzweifelt, zu aufgelöst, um Angst zu haben.

»Was hat sie denn?«, fragte er verzagt, trotz der drohenden Miene von Donald Gallach.

»Sie war untreu, und jetzt ist sie tot«, beschied er seinem Sohn, und seine Wut war fast mit Händen greifbar. »Es wird keine Träne um sie vergossen.«

Der Schmerz raubte Connor den Atem, und es dauerte eine ganze Weile, bis er einen Laut über die Lippen brachte. »Nein!«, schrie er und packte die Arme seines Bruders. »Ich will zu ihr! Lass mich zu ihr!«

»Dem Himmel sei Dank, dass ich zumindest einen Sohn habe, der ein geeigneter Erbe ist und den Clan der MacDonalds of Sleat führen kann.«

»Connor ist noch ein Kind ...«, setzte Ragnall an, doch der Chieftain unterbrach ihn mit einer knappen Handbewegung. »Sorg dafür, dass ihr Sohn mir nicht mehr unter die Augen kommt.«

Kapitel 1

1516

Du kannst Connor nicht begleiten«, sagte Duncan.

»Und wer bitte soll sich um den Haushalt auf Trotternish Castle kümmern?« Ilysa sortierte ungerührt ihre Kleider und packte weiter ihre Truhe. »Dort wird bestimmt eine Menge zu tun sein. Bestimmt sieht es nach dem Abzug der MacLeods übel in der Burg aus.«

»Das erlaube ich nicht«, erklärte ihr Bruder, der ungefähr doppelt so groß war wie sie, und funkelte sie finster an.

Ilysa hielt kurz inne, um ihn anzulächeln. Duncan meinte es ja nur gut. Trotzdem würde sie sich von ihm nicht aufhalten lassen.

»Was um Himmels willen hast du eigentlich dagegen, dass ich mitgehe?«

»Wenn du ihm den Haushalt führst, werden alle Leute glauben, dass du ihm auch im Bett zu Diensten bist«, knurrte er ungehalten.

»Ich habe ihm hier auf Dunscaith Castle den Haushalt geführt, seit er Chieftain geworden ist, und niemand glaubt so etwas. Das würde keinem in den Sinn kommen, am allerwenigsten Connor selbst.«

Ilysa unterdrückte ein Seufzen und widmete sich wieder dem Packen.

»Das liegt lediglich daran, dass ich hier lebe«, belehrte Duncan sie. »Außerdem bist du auf der Burg aufgewachsen, sie ist dein Zuhause. Dem Chieftain nach Trotternish Castle zu folgen, ist etwas ganz anderes.«

Was sollte sie tun, wenn sie hierblieb?

Nachdem Duncan Connors Schwester geheiratet hatte und er zu seinem Statthalter auf Dunscaith ernannt worden war, also zum stellvertretenden Burgherrn, hatte Ilysa ihren Platz verloren. Obwohl sie und Moira befreundet waren, konnte es auf der Burg lediglich eine Frau geben, die dem Haushalt vorstand.

»Wenn du dir deshalb Sorgen machst, warum sprichst du nicht mit Connor darüber? Er ist immerhin von Kindesbeinen an dein bester Freund.«

»Du hast Nerven. Ich werde meinen Freund und Chieftain nicht beleidigen, indem ich indirekt unterstelle, er habe meine Schwester ausgenutzt!«

»Aber *mich* beleidigst du?« Ilysa sah ihn mit hochgezogenen Augenbrauen an – wenngleich sie, falls Connor MacDonald den Wunsch verspüren sollte, sie auszunutzen, vor lauter Glück in Ohnmacht fallen würde.

»Ich behaupte ja nicht, dass zwischen euch tatsächlich etwas passieren würde.« Ihr Bruder hob verärgert die Hände. »Es reicht, wenn die Männer nämlich glauben, dass du dem Chieftain gehörst, dann wirst du nie wieder einen Ehemann finden.«

»Ach ja? Ich kann mich nicht daran erinnern, irgendwann gesagt zu haben, dass ich auf der Suche nach einem sei.« Ilysa hielt einen alten Umhang in die Höhe, um ihn auf Mottenlöcher zu untersuchen. »Sollte ich den zusätzlich mitnehmen? Man sagt, der Wind ist dort an der nördlichen Spitze der Insel besonders stark.«

»Still …« Duncan hielt abrupt inne.

Die Jahre des Kampfes hatten seine Instinkte geschärft, desgleichen seine Reflexe. Bevor Ilysa Luft holen konnte, um zu fragen, was los sei, war Duncan schon hinaus auf den Hof der Burg gelaufen und hatte sein Schwert aus der Scheide gezogen, die auf seinem Rücken befestigt war.

Als durch die geöffnete Tür Rufe drangen, rannte sie ihrem Bruder hinterher.

»Was ist los?«, rief Duncan einer der Wachen zu, die auf der Mauer postiert waren.

»Drei Reiter jagen im Galopp auf das Tor zu«, schrie der Mann zurück. »Und einer von ihnen sieht aus, als wäre er verletzt.«

Bitte, lieber Gott, lass es nicht Connor sein, betete Duncan, der bereits Schlimmes fürchtete.

Der Chieftain hatte vor seiner Abreise nach Trotternish ein letztes Mal mit seinen Cousins auf die Jagd gehen wollen. Eigentlich hätte er sie begleiten sollen, war jedoch auf der Burg geblieben, um seiner Schwester noch einmal ins Gewissen zu reden.

Ilysa folgte Duncan, der zwischen den Kriegern hindurch in Richtung Tor rannte, das schon geöffnet worden war und auf das die Reiter zupreschten. Ihr Inneres zog sich schmerzhaft zusammen, als sie erkannte, dass es sich bei dem Verletzten tatsächlich um Connor handelte, der von Ian und Alex flankiert wurde.

Zusammengesackt saß er im Sattel, und man konnte sehen, dass er sich kaum noch auf dem Pferd zu halten vermochte. Die anderen Mitglieder seiner Leibwache folgten im Abstand von einigen Metern.

Als das Trio über die schmale Brücke donnerte, die den einzigen Zugang zu der auf einem Felsen im Meer errichteten Burg darstellte und sie mit der Halbinsel Sleat verband, eilte Duncan ihnen entgegen. Andere drängten nach, sodass Ilysa die Sicht versperrt wurde. Frustriert reckte sie den Kopf und stellte sich auf die Zehenspitzen, um irgendetwas sehen zu können.

»Macht Platz!«, brüllte ihr Bruder und trieb die Gaffer, die sich im Burghof versammelt hatten, auseinander.

Ihre Welt geriet ins Wanken, als sie sah, wie Connor von seinen Cousins, nachdem sie ihn vom Pferd gehoben hatten, in den Wohnturm geschleppt wurde. Sein schwarzes Haar hing ihm ins Gesicht, und die Vorderseite seiner Tunika war blutgetränkt.

»Lauf los und hol meinen Arzneikorb«, befahl Ilysa einer Dienstmagd, die neben ihr stand, bevor sie den anderen in das Innere der Burg folgte. In der großen Halle hielt sie eine andere Bedienstete auf: »Bring uns Decken aus dem Schlafzimmer meines Bruders.«

Duncan selbst war inzwischen ebenfalls vor Ort. Mit einer Armbewegung wischte er Becher und Teller von der langen Tafel, die scheppernd zu Boden fielen, damit Ian und Alex den Verletzten auf den Tisch legen konnten.

»O shluagh!« Ilysa rief die Feen um Hilfe an, als sie die Pfeile sah, die aus Connors Brust und seinem Oberschenkel ragten. Wie oft würden die Feinde des Clans ihn noch umzubringen versuchen?

Als der Chieftain sich aufsetzen wollte, hielt Duncan ihn zurück.

»Ich bin gar nicht so schwer verwundet«, protestierte der Freund, aber sein aschfahles, schmerzverzerrtes Gesicht strafte ihn Lügen.

»Wir sind so schnell wie möglich geritten, weil wir fürchteten, er könnte verbluten, ehe wir die Burg erreichen«, erklärte Alex, während er Connors Tunika, die übliche Bekleidung in den Highlands, mit seinem Dolch aufschnitt, um die Wunde freizulegen.

»Die Pfeile wurden von einer Klippe aus auf uns abgefeuert«, fügte Ian hinzu. »Wir befanden uns auf freiem Feld und waren somit leichte Ziele. Deshalb konnten wir auch nicht anhalten, um seine Wunden wenigstens provisorisch zu versorgen.«

»Zunächst müssen wir den Pfeil aus seiner Brust entfernen, dann kümmern wir uns um sein Bein«, entschied Ilysa, die beide Verletzungen untersucht hatte. Sie hielt die Luft an, als sie ihre Fingerspitzen auf Connors Handgelenk legte. »Du hast Glück, dass du das Herz eines Löwen besitzt, Connor MacDonald.«

Er wollte lachen, zuckte jedoch zusammen. »Zieht die verdammten Dinger endlich aus meinem Körper raus. Sie tun höllisch weh.«

»Jemand soll uns Whisky bringen«, rief Duncan. »Und alle anderen verschwinden jetzt hier!«

Als ein Krug gebracht wurde, umfasste er mit einem Arm Connors Kopf und flößte ihm den Alkohol ein. Ilysa beobachtete sie besorgt. Die Verletzungen schienen gottlob nicht ganz so bedrohlich zu sein wie beim letzten Mal.

Noch jetzt lief es ihr kalt den Rücken runter, wenn sie daran zurückdachte, wie sie Connors zerschmetterten Körper in die winzige Hütte der Seherin getragen hatten. Er war eher tot als lebendig gewesen. Mit Gottes Hilfe hatten sie und Teàrlag ihn von der Schwelle des Todes zurück ins Leben geholt.

»Den Pfeil herauszuschneiden, wird ein kleines bisschen unschön.« Alex wischte seinen langen Dolch an seiner Tunika ab. »Ich werde das übernehmen, Ilysa. Du kannst die Wunde dann zunähen.«

»Ich glaube, es wäre besser, wenn ihr ihn alle zusammen festhalten würdet«, wandte Ilysa vorsichtig ein, ohne direkt zu sagen, dass sie es besser fand, wenn die Klinge beim Herausschneiden von einer zarten Hand geführt wurde. »Wenn Connor nämlich eine falsche Bewegung macht, wird alles nur noch schlimmer.«

Während die Männer ihm weiter Whisky einflößten, legte sie Verbandszeug zurecht.

»Bereit?« Duncan sah den Freund fragend an. Als der nickte, nahm er den Lederriemen, auf dem sich zahllose Zahnabdrücke abzeichneten, aus Ilysas Korb und steckte ihn Connor in den Mund.

Seine Schwester wechselte noch einen Blick mit den anderen, holte tief Luft und dehnte die Hände ein paarmal, damit sie nicht zitterten. Der Pfeil saß tief in der Wunde und war mit Widerhaken versehen, weshalb besondere Vorsicht geboten war. Glücklicherweise verlor Connor, lange bevor sie fertig war, das Bewusstsein.

Sobald der Pfeil entfernt war, säuberte sie die Wunde gründlich mit Whisky und legte eine Kompresse auf, bevor sie sich den Pfeil in seinem Oberschenkel vornahm. Anschließend überließ sie es den drei Männern, Streifen von sauberem Leintuch um Connors Brust und unter seinem linken Arm hindurch um seine rechte Schulter zu wickeln. Als erfahrene Krieger verstanden sie sich notgedrungen auf die Versorgung von Wunden.

Unterdessen konnte Ilysa, die eine Welle der Übelkeit gepackt hatte, durchatmen. Ihre Stirn auf die Tischplatte gelegt, schob sie eine Hand in Connors. Bei seiner letzten schweren Verwundung hatte sie sogar seinen nackten Körper mit kühlen Tüchern abgewaschen, um das Fieber zu senken. Trotzdem fühlte es sich fast vertrauter und intimer an, einfach seine Hand zu halten.

Ach, sie war armselig, jetzt an so etwas zu denken. Seufzend setzte sie sich auf und blickte ihm ins Gesicht. Seine Miene wirkte ausnahmsweise einmal entspannt. Obwohl sie nicht unbedingt in erster Linie aufs Aussehen schaute, musste ein Mädchen oder eine junge Frau schon tot sein, um nicht zu bemerken, wie gut er aussah. Daran änderten nicht einmal die Narben etwas, die seinen Körper übersäten und bewiesen, wie viele Kämpfe er bereits überstanden hatte und wie oft ihm nach dem Leben getrachtet worden war. Sein Gesicht allerdings wies keine Spuren auf, es war perfekt. Connor war ein Adonis mit schwarzem Haar und silberblauen Augen.

Als er 1513 aus Frankreich zurückgekehrt war, wo er und die drei anderen fünf Jahre lang in der Schottischen Garde gedient hatten, die im Rahmen eines schottisch-französischen Bündnisses gegen die englischen Herrschaftsansprüche auf dem Kontinent gegründet worden war, hatte sich sein Leben völlig verändert. Vater und Bruder waren in der Schlacht von Flodden Field ums Leben gekommen, ein Onkel hatte sich eigenmächtig zum Chieftain aufgeschwungen und den Clan fast zugrunde gerichtet. Woraufhin er sich mit voller Kraft der Aufgabe gewidmet hatte, vom Clan zum rechtmäßigen Nachfolger seines Vaters als Oberhaupt der MacDonalds of Sleat gewählt zu werden und verloren gegangenes Land zurückzuerobern. Falls er lange genug lebte, würde er sicher einer der großen Chieftains werden – einer, über den die Barden Lieder verfassten.

Was immer in Ilysas Möglichkeiten lag, um ihm zu helfen, sie würde es tun.

»Connor wird durchkommen.« Ian drückte ihre Schulter. »Du hast das sehr gut gemacht.«

»Lass mich einen Blick auf die Wunde an deinem Arm werfen.« Sie schalt sich selbst, weil sie vor sich hin geträumt und darüber vergessen hatte, dass auch Ian ihre Hilfe brauchte, und schob seinen blutigen Ärmel hoch. »Sieht aus, als hätte dich ein Pfeil gestreift.«

»Das ist nichts«, wiegelte der junge Krieger ab.

Sie verdrehte die Augen, machte sich daran, die Verletzung zu versorgen und wandte sich anschließend an ihren Bruder.

»Die Wunden von Connor sind sehr tief und müssen sorgfältig gepflegt und ständig kontrolliert werden. Es ist unerlässlich, dass eine Heilerin ihn nach Trotternish begleitet.«

»Dort gibt es bestimmt Heilerinnen, meinst du nicht?«

»Vermutlich, bloß keine, der wir trauen können«, entgegnete sie, während sie Ians Arm verband. »Damit will ich nicht sagen, dass man ihn vergiften könnte, wenngleich das ein Leichtes wäre. In seinem Zustand reicht es aus, wenn man die Wunde unversorgt lässt.«

Es hätte ein sauberer Mord werden sollen.

Lachlan dachte darüber nach, was schiefgelaufen war, während er am vereinbarten Treffpunkt auf Hughs Schiff wartete, das ihn zurück nach Trotternish bringen würde. Er hatte seinen ersten Pfeil an den falschen Mann vergeudet.

Als der Reiter auf die Lichtung gekommen war, schien die Beschreibung genau zu passen: ein starker Krieger in seinem Alter, hochgewachsen und mit rabenschwarzem Haar. Er konnte von Glück sagen, dass das Pferd des Mannes gescheut hatte und zur Seite ausgebrochen war, das rettete ihm das Leben. Sein Pfeil hatte ihn nur gestreift.

Sobald der nächste Mann auf der Lichtung erschien, hatte er seinen Fehler erkannt. Tatsache war, dass er die beiden verwechselt hatte. Denn die beiden Männer sahen einander täuschend ähnlich. Trotzdem war ihm, sobald der zweite Reiter auftauchte, klar gewesen, dass er der Chieftain sein musste. Er hatte etwas an sich, das seinen herausgehobenen Rang verriet.

Sobald er erkannt hatte, dass ein Pfeil seinen Begleiter gestreift hatte, war er ohne zu zögern auf Lachlan zugeritten. Connor MacDonald hatte nicht mal einen Blick zurückgeworfen, um zu schauen, ob sich nicht jemand anders um den Verletzten kümmern konnte.

Es war diese unerwartete Bereitschaft des Chieftains gewesen, für einen seiner Männer alles zu riskieren und dessen Leben über sein eigenes zu stellen, die den Angreifer für einen Moment zaudern ließ, sodass sein nächster Pfeil in Connors Oberschenkel landete und nicht in seinem Herzen. Erst beim dritten Versuch traf er die Brust des Gegners, allerdings ein Stückchen zu hoch, um tödlich zu sein.

Beim nächsten Mal würde ihm das garantiert nicht noch einmal passieren.

Die vier Kampfgefährten waren in eine angeregte Diskussion vertieft, als Ilysa mit einem Tablett ins Zimmer kam. Zu ihrem Erstaunen stellte sie fest, dass Connor trotz seiner schweren Verwundung vom Tag zuvor aufgestanden war. Dabei hatte er eigentlich nichts außerhalb seines Bettes zu suchen, zumal er dem Anschein nach unverändert unter starken Schmerzen litt.

»Wir haben den Mann, der die Pfeile abgeschossen hat,

noch nicht gefunden«, sagte Ian. »Seine Spuren wurden vom Regen weggespült.«

Als Ilysa reihum ging und die Becher füllte, warf Duncan ihr einen eisigen Blick zu, um sie wissen zu lassen, dass er mit ihr noch nicht fertig war, was seine Schwester mit einem gelassenen Lächeln abtat.

»Wir alle wissen, dass Hugh für den Angriff verantwortlich ist«, warf Alex ein und meinte damit den Halbbruder des verstorbenen Vaters, der Connor die Stellung als Chieftain streitig machen wollte. »Er hat schon mehr als einmal versucht, ihn umzubringen.«

»Die MacLeods würden uns hier auf der Halbinsel, wo wir stark sind, nicht angreifen«, stimmte Ian zu. »Das war bestimmt ein einzelner Bogenschütze, und ich halte es nicht für völlig ausgeschlossen, dass es einer von unseren Leuten war, den Hugh bestochen hat.«

»Wir sollen Verräter in unseren Reihen haben?« Duncan schlug so heftig mit der Faust auf den Tisch, dass die Becher ins Wanken gerieten.

Ian bedachte Ilysa, die gerade seinen Becher auffüllte, mit einem flüchtigen, deshalb nicht weniger umwerfenden Lächeln. Sie hatte ihn und Alex, die beiden Cousins, immer gern gemocht. Früher waren sie beide charmante Frauenhelden gewesen, mittlerweile aber zur Ruhe gekommen und hatten sich zu hingebungsvollen Ehemännern gewandelt.

Ian und Connor hatten die schwarze Mähne von ihren Müttern geerbt, die Schwestern waren. Alex hingegen verdankte das blonde Haar vermutlich dem Erbe der Wikinger, die einst die Inseln terrorisiert hatten.

»Wirst du deine Entscheidung, auf Trotternish Castle zu leben, noch einmal überdenken?«, wollte Ian wissen. »Dort oben können wir dir nicht den Rücken freihalten und auf dich achtgeben, wie wir es gestern getan haben.«

»Verdammt«, fügte Alex hinzu. »Wenn es jemandem gelingen sollte, dich umzubringen, würden wir Hugh als Chieftain bekommen.«

»Dass ich Trotternish Castle zu meinem Wohnsitz mache«, entgegnete Connor, »ist ein klares Zeichen an die MacLeods und an die Krone, dass ich unseren Anspruch auf die Halbinsel nicht kampflos aufgebe.«

Seine wohlklingende, dunkle Stimme ließ Ilysa erzittern, und für einen Moment fürchtete sie, dass er es bemerken könnte, doch er war zu sehr ins Gespräch vertieft.

»Sie sollen wissen«, fuhr der junge Chieftain fort, »dass wir um das Land kämpfen werden, das die MacLeods uns gestohlen haben.«

»*A' phlàigh oirbh, a Chlanna MhicLeòid,* zum Teufel mit den MacLeods!«, riefen die vier wie aus einem Munde und hoben die Becher.

Ilysa hatte ihnen genau zur richtigen Zeit mehr Whisky gebracht.

»Wenn du fest dazu entschlossen bist«, sagte Duncan, »dann bleibe ich Captain deiner Leibwache und begleite dich nach Trotternish.«

»Es ist besser, wenn du unsere Leute hier auf Dunscaith beschützt. Ian und Alex müssen die anderen Burgen in unserem Besitz halten«, erwiderte Connor. »Da ich morgen früh nach Trotternish segele, schlage ich vor, dass wir jetzt darüber reden, wie wir die MacLeods am geschicktesten von unserem Land dort verjagen können.«

Der Mann sollte sich lieber erst erholen, bis die Wunden verheilt waren, dachte Ilysa und beschloss, ihn auf der zweitägigen Reise nicht aus den Augen lassen.

Sie ging mit dem Tablett zum Nebentisch und tat so, als wäre sie beschäftigt. Da Connor vermutete, dass sein Onkel Spione in die Burg eingeschleust hatte, übernahm Ilysa die Bedienung immer persönlich, wenn der Chieftain anwesend war. Und die vier Freunde hatten sich so daran gewöhnt, dass sie kam und ging, und es fiel ihnen nicht auf, wenn sie gelegentlich heimlich lauschte.

»Die MacLeods sind ein mächtiger Clan«, ergriff Ian das Wort. »fest steht, dass wir sie nicht allein in die Knie zwingen können, dazu brauchen wir einen starken Verbündeten an unserer Seite.«

»Wenn du Trotternish zurückerobern willst«, fügte Alex hinzu, »solltest du durch eine geschickte Eheschließung eine Allianz mit einem anderen Clan bilden.«

Ilysa erstarrte. Zwar war sie sich sicher, dass Connor sagen würde, die Zeit sei noch nicht gekommen, so wie er es bislang immer getan hatte, doch man konnte nie wissen ...

»Einige Clans haben sich inzwischen von der Rebellion gegen die Krone zurückgezogen, und der Aufstand dürfte bald vorüber sein«, warf Ian ein. »Dann erst wird sich zeigen müssen, welche Clans noch genug Macht haben, ihre alten Ansprüche durchzusetzen und auf ihre früher einmal verbrieften Rechte zu pochen, und welche nicht.«

»Du hast immer gesagt, dass du diesen Zeitpunkt abwarten willst, bevor du dich hinsichtlich einer Allianz mit einem anderen Clan entscheidest. Natürlich dachten wir, du würdest damit Zeit schinden wollen«, scherzte Alex.

Connor gab sich einen Ruck. »Ihr habt recht, es ist an der Zeit, dass ich mir eine Frau suche.«

Ilysa wurde schwarz vor Augen. Sie klammerte sich an der Tischkante fest, um nicht umzufallen. Mühsam gelang es ihr, einen Schritt vor den anderen zu setzen, ohne dass ihre Beine nachgaben. Als sie das Ende des Tisches erreicht hatte, sank sie kraftlos auf die Bank, die sich an der Wand entlangzog.

Das lastende Schweigen, das auf Connors Ankündigung folgte, bewies, dass die Männer nicht weniger überrascht waren als sie.

»Wir haben den Stier gereizt, indem wir Trotternish Castle eingenommen haben. Alastair MacLeod könnte jederzeit zurückschlagen.« Connor nickte bedächtig. »Je eher ich durch eine Heirat eine Allianz schließe, desto besser.«

Je eher?

Ilysa atmete ein paarmal tief durch, um sich zu sammeln. Was war mit ihr los? Schließlich hatte sie gewusst, dass Connor irgendwann heiraten würde.

»Du brauchst wirklich eine Frau«, ermutigte Alex ihn. »Wie lange ist es her?«

Als die anderen anzügliche Bemerkungen zu machen begannen, wurde Ilysa endgültig bewusst, dass sie ihre Anwesenheit vollkommen vergessen hatten. Und sie war dankbar dafür. Dass Connor, seit er Chieftain geworden war, ganz offensichtlich enthaltsam gelebt hatte, war Gegenstand zahlreicher Spekulationen gewesen und hatte für jede Menge Klatsch und Tratsch gesorgt. Bei den Männern gleichermaßen wie bei den Frauen.

Der Weg bis zur Tür kam Ilysa auf einmal viel zu weit vor. Mit gesenktem Kopf und weichen Knien, den Tränen nahe, schlich sie sich aus der großen Halle und war froh, dass niemand sie aufhielt.

Unterdessen nahm Connor mit leicht saurer Miene das Gelächter seiner Freunde zur Kenntnis – er selbst fand dieses

Thema nämlich nicht besonders lustig. Hastig trank er einen großen Schluck von seinem Whisky.

Bei allen Heiligen, er brauchte eine Frau.

Sein Vater und sein Großvater waren große und angesehene Krieger gewesen, ihre Frauengeschichten allerdings hatten Unfrieden in der Gegend gestiftet und am Ende den Clan geschwächt. Die sechs Söhne seines Großvaters, die er mit sechs Frauen gezeugt hatte, waren einander spinnefeind gewesen, und es hatte Mord und Totschlag gegeben. Lediglich drei waren übrig geblieben, darunter Connors Vater, der leider Gottes mit eigenen Liebeleien neue Rivalitäten heraufbeschworen hatte. Seit seinem Tod waren es nur noch zwei.

Connor war fest entschlossen, in dieser Hinsicht nicht in die Fußstapfen seiner Vorgänger zu treten. Während seiner Jahre in Frankreich und in der Zeit davor hatte er die Gesellschaft von Frauen durchaus genossen und sich die Hörner abgestoßen genau wie andere junge Krieger, aber als er zurückkehrte und vom Tod seines Vaters und seines Bruders erfuhr, veränderte sich alles. Er würde nie mehr das tun können, was er wollte und wozu er Lust hatte. Jede seiner Entscheidungen würde Konsequenzen für den Clan nach sich ziehen.

Als Chieftain konnte er sich keine Fehltritte leisten. Sein Halbonkel, wegen seiner dunklen Seele allgemein Hugh Dubh, schwarzer Hugh genannt, hatte den Clan beinahe zugrunde gerichtet, ehe Connor ihn als Oberhaupt ablöste. Dank der Hilfe der drei Männer, die nun bei ihm saßen, hatte man wieder zu alter Stärke gefunden. Sie hatten sich auf ihre Schwerter und ihren Verstand verlassen und die Herrschaft über ihre Burgen zurückerobert und den Großteil des Landes gesichert. Nun mussten sie noch die Halbinsel Trotternish, die traditionell den MacDonalds gehörte, erneut in ihren Besitz bringen.

Und er würde nicht alles, was er aufgebaut hatte, aufs Spiel setzen, um wie sein Vater und sein Großvater dereinst nichts als Zwist und Elend zu hinterlassen. Er war entschlossen, bloß ein einziges Mal zu heiraten und bloß mit seiner Ehefrau Kinder zu zeugen.

»Die Entscheidung, wen ich heirate, ist wichtig für die Zukunft des Clans«, lenkte Connor das Gespräch in ernsthafte Bahnen zurück, als er die Witze seiner Freunde über seine Enthaltsamkeit langsam nicht mehr hören konnte. »Wir müssen die Vor- und Nachteile jeder möglichen Allianz genau abwägen.«

»Am besten wäre ein Mädchen aus dem MacLeod-Clan, aus einem der Zweige, die von der Insel stammen«, überlegte Ian. »Das Band der Ehe ist die älteste Methode, um einen Feind zu bezwingen.«

»Alastair MacLeod wird sich niemals bereit erklären, die Angelegenheiten zwischen unseren Clans ohne Blutvergießen zu regeln«, widersprach Connor. »Im Übrigen sind seine Töchter viel zu jung.«

»Der gute Mann hat eben mit der Heirat noch länger als du gewartet«, warf Ian ein. »Er muss weit über vierzig gewesen sein.«

Sein Cousin nickte. Der Angriff auf sein Leben hatte Connor auf brutale Art und Weise daran erinnert, dass es seine Pflicht war, für einen Erben zu sorgen, und ihn zu der Einsicht gebracht, dass er eine Eheschließung nicht länger vor sich herschieben durfte. In der von Gewalt geprägten Welt, in der sie lebten, war es unerlässlich, dass ein Chieftain viele Kinder bekam. Nicht allein um einen Nachfolger zu haben, alle Sprösslinge waren wichtig, um durch Heiraten Allianzen zu schließen. Deshalb war es nicht ungewöhnlich, wenn Ehefrauen, die keine Kinder bekommen konnten oder die zu alt geworden waren, einfach ausgetauscht wurden.

»Es gibt viele andere Chieftains mit Töchtern im heiratsfähigen Alter«, erinnerte Ian ihn. »Die bevorstehende Versammlung ist die perfekte Gelegenheit, um Ausschau zu halten.«

In der Tat warteten viele junge Mädchen auf einen Ehemann, denn in der Schlacht von Flodden Field gegen die Engländer waren so viele junge Krieger gestorben, dass in den Clans ein Mangel an heiratsfähigen Männern herrschte. Umso größer war folglich das Angebot an heiratswilligen und heiratsfähigen Töchtern.

Connor hatte es bisher aus genau diesem Grund vermieden, solche Versammlungen zu besuchen, jetzt hingegen war die Zeit reif. Einer der Campbell-Chieftains hatte als Lieutenant of the Isles, also als Stellvertreter des Königs, alle Clanführer zu dieser Versammlung zusammengerufen, damit sie ihren Treueschwur erneuerten.

»Ganz egal wessen Tochter ich wähle – ich werde damit einem halben Dutzend anderer Chieftains mit Sicherheit auf die Füße treten.«

Connor rieb sich über die Stirn und bedauerte einmal mehr, dass er nicht fünf oder sechs Geschwister hatte, dann nämlich könnte er mehrere Allianzen schließen und seine Familie in Clans überall auf den Westlichen Inseln, dem einstigen Machtzentrum der Lords of the Isles, einschleusen. Genauso wie die Campbells es getan hatten.

»Shaggy Maclean sagt, er würde uns die Galeere, die wir ihm gestohlen haben, als Geschenk überlassen, wenn du dafür eine seiner Töchter heiratest«, grinste Ian.

»Ich weiß nicht, ob ich gern einen Schwiegervater hätte, der komplett verrückt ist und uns bereits einmal in sein Verlies geworfen hat«, gab Alex zu bedenken. »Im Übrigen muss er uns kein Boot schenken, das wir längst haben.«

»Shaggy ist nicht bloß wahnsinnig, sondern ebenfalls gefährlich und unberechenbar – eigentlich ein Grund, ihn auf unsere Seite zu ziehen«, räumte Connor ein. »Es bereitet mir nämlich ganz schön Unbehagen, dass er sich seit Kurzem mit Alastair MacLeod zusammengetan hat. Wenn Shaggy sich nicht auf die falsche Seite geschlagen hätte, wäre ich durchaus bereit, ihn und seinen Clan als Bündnispartner in Betracht zu ziehen.«

Duncan schüttelte den Kopf. »Du solltest dir vielleicht auch die Frauen und ihre Qualitäten anschauen und nicht allein den Clan. Immerhin entscheidest du damit, wer dir als Mutter deiner Kinder genehm ist.«

Genau das war das Problem. Einerseits wollte er dem Clan dienen, andererseits wünschte er sich, ein gewisses Maß an Glück in der Ehe zu finden, selbst wenn er keine übertriebenen Hoffnungen aufkommen ließ. Er hatte die Folgen einer unbändigen und alles verzehrenden Leidenschaft bei seinen Eltern miterlebt, die mehr als traurig gewesen waren. Aus diesem Grund dachte er eher an eine ruhige, warmherzige Partnerschaft mit einer Frau, die ihm ein gemütliches Heim schuf und deren Vater genügend Krieger befehligte, um mit seiner Hilfe die MacLeods zu schlagen.

»Such dir eine hübsche junge Frau aus, die keine Angst davor hat, sich mit dir zu streiten.« Alex zwinkerte ihm zu. »Ein Mann braucht eine Ehefrau, die sein Blut in Wallung zu bringen vermag.«

Im Augenblick brachte jede Frau, die lebte und atmete,

sein Blut in Wallung. Nach so langer Zeit ohne eine Frau im Bett kein Wunder. Er kam sich vor wie jemand, der auf dem Meer trieb und zu verdursten drohte, weil er das Wasser, das ihn umgab, nicht trinken durfte.

»Ganz ehrlich, Freunde? Ihr seid keine große Hilfe«, beendete Connor die Diskussion und erhob sich.

»Frag Teàrlag«, riet Alex. »Für so was sind Seherinnen schließlich da. Irgendeinen Rat wird sie dir bestimmt geben. Kann nur sein, dass sich dir der Sinn nicht gleich erschließt.«

So langsam reichte es Connor. Er war froh, dass er sich in sein Zimmer zurückziehen konnte, das bereits sein Vater und Großvater als ihr Refugium genutzt hatten und in dem sie nach wie vor präsent zu sein schienen, obwohl er einige der überladenen Möbel entfernt hatte.

Schwerfällig humpelte er zum Fenster, das nicht mehr als eine Schießscharte war, und sah hinaus. Sein Blick glitt über das Ufer und blieb an der Stelle hängen, an der vor vielen Jahren der Leichnam seiner Mutter an Land getragen worden war. Wann immer er an diesen trostlosen Tag seiner Kindheit dachte, fiel ihm gleichfalls sein großer Bruder wieder ein, der ein viel besserer Chieftain geworden wäre als er.

Doch Ragnall war wie sein Vater ums Leben gekommen, also fiel diese Aufgabe ihm zu.

Nach einem leisen Klopfen an der Tür trat Duncan ein. Connor hatte schon in der Halle gemerkt, dass der Freund etwas auf dem Herzen hatte und mit ihm sprechen wollte.

»Ich fühle mich geehrt, dass du mir Dunscaith Castle anvertraut hast«, begann er.

»Hier gibt es für mich zu viele Geister«, winkte Connor ab, »aber das hat bei der Entscheidungsfindung, nach Trotternish zu gehen, keine Rolle gespielt. Ich weiß, dass du diese Burg und das Land ringsum für unseren Clan zuverlässig beschützen wirst.«

»Hast du dich eigentlich entschieden, wer mich als Captain der Leibwache ersetzen wird?«

»Nein, noch nicht. Ich werde niemals einen Captain finden, der mir so treu ergeben und ein so leidenschaftlicher, wilder Krieger ist wie du.« Connor drehte sich um und legte die Hand auf die Schulter seines Freundes. »Vermutlich werde ich einen Mann aus den Reihen unserer Krieger auf Trotternish wählen, sobald ich dort angekommen bin.«

»Die falsche Ehefrau zu wählen, kann unangenehm genug werden.« Duncan hielt kurz inne. »Aber den falschen Mann zum Captain zu ernennen, könnte tödlich enden.«

Kapitel 2

Ein Gefühl von Freiheit ergriff Connor, als er Dunscaith Castle hinter sich ließ und mit seinem Schiff entlang der zerklüfteten Küste von Skye zum entgegengesetzten Ende der Insel glitt. Er hätte den Rest seiner Tage auf dieser Burg verbracht, wenn es dem Clan genutzt hätte oder wenn es erforderlich gewesen wäre, glücklicherweise jedoch war dem nicht so. Auf Dunscaith lebte er jeden Tag im Schatten von zwei Männern – seinem Vater, dem er es nie hatte recht machen können, und seinem älteren Bruder, dessen Platz er hatte einnehmen müssen.

Bevor er losgesegelt war, hatte er seine Leute gebeten, das Boot an den Strand unterhalb von Teàrlags kleiner Hütte, die hoch oben auf einer Klippe stand, zu bringen. Weil die Fragen, die er der alten Seherin des Clans stellen wollte, sehr persönlich waren, hatte er seine Leibwache angewiesen, in der Galeere zu warten. Als er die verwitterten, schwarz gewordenen und vom Regen rutschigen Stufen hinaufstieg, machte ihm sein Bein ziemlich zu schaffen, wie Ilysa, die ihn begleitete, besorgt feststellte.

»Tut dein Bein sehr weh?«

»Nein«, log er.

Teàrlag erwartete sie nicht wie gewöhnlich oben auf der Klippe, was Connor Anlass zu der Vermutung gab, dass ihre Gabe, Dinge vorauszusehen, altersbedingt zu schwinden begann. Weit gefehlt, denn als Connor die Tür zu ihrer Hütte aufstieß, funkelte sie ihn mit ihrem gesunden Auge sogleich wütend an.

»Meine Gabe wird ganz und gar nicht schwächer«, tadelte sie ihn streng. »Ist dir das Amt des Chieftains zu Kopf gestiegen, Junge? Du kannst von einer alten Frau nicht erwarten, dass sie draußen im Regen steht und auf dich wartet.«

Hinter einer halbhohen Mauer, die den Innenraum der Hütte teilte, erklang das vorwurfsvolle Muhen der alten Kuh, einer langjährigen Gefährtin der Seherin.

»Wie ich sehe, seid ihr beide gut gelaunt wie immer«, sagte Connor und musste sich ein Grinsen verkneifen.

Teàrlag hatte sich zwei Plaids über die Schultern gelegt, unter denen sie fast verschwand. Sie war so klein und krumm, dass Connor nicht genau zu sagen vermochte, ob sie stand oder saß, bis sie irgendwann zu dem Tisch schlurfte, an dem Ilysa einen Korb mit Essen auspackte. Nein, die Alte war nicht schlechter drauf als bei ihrer letzten Begegnung, und als er ihr den Krug mit Whisky reichte, den er dabeihatte, hellte sich ihre Miene sogar auf, und ein seltenes Lächeln huschte über ihr runzeliges Gesicht.

»Guter Junge«, lobte sie, während sie ihren Becher vom Regal nahm.

»Ich werde von nun an auf Trotternish Castle leben und wollte dir vor meiner Abreise noch mal meine Aufwartung machen.«

»Hm …, das ist allerdings nicht der Grund, warum du hergekommen bist.« Teàrlag schenkte sich eine gute Portion Whisky ein und trank sie aus, bevor sie ihr gesundes Auge erneut auf ihn richtete. »Du fürchtest, dass ich sterben könnte, bevor du wieder herkommst, habe ich nicht recht?«

Connor machte sich nicht die Mühe, es abzustreiten, wenngleich es nicht der einzige Grund war. Er setzte sich an den Tisch und nickte Ilysa dankbar zu, die Teàrlag behutsam den Krug aus der Hand genommen hatte und ihm einen Becher einschenkte.

»Ich möchte gern wissen, was du für den Clan vorhersiehst. Kannst du irgendwelche Warnungen aussprechen, die ich zum Schutz unserer Leute beachten sollte?«

»Ich habe es dir bereits gesagt«, entgegnete sie griesgrämig. »Die Zukunft des Clans hängt davon ab, dass du die richtige Frau heiratest.«

Connor verdrehte die Augen. Damals war er gerade mal elf oder zwölf Jahre alt gewesen, aber er erinnerte sich noch sehr gut daran. Er und die anderen Jungs hatten Teàrlag nach der Zukunft gefragt, weil sie etwas über ihre künftigen Heldentaten als große Krieger hören wollten. Stattdessen hatte die Seherin sie mit Vorhersagen über Frauen gelangweilt.

»Eigentlich habe ich die Hoffnung gehegt, dass du im Laufe von fünfzehn Jahren bezüglich der Frau, die ich heiraten sollte, ein klareres Bild gewonnen hast.«

»Ach, du hörst einfach nicht zu«, murrte sie. »Ich habe dir deutlich genug gesagt, dass das Mädchen dich aussuchen wird.«

In Connors Brust pochte die Wunde, die der Pfeil hinterlassen hatte.

Teàrlag stellte seine Geduld mal wieder auf eine harte Probe. Sie sollte wissen, dass bei einer arrangierten Heirat mit der Tochter eines Chieftains das Mädchen gar keine

Wahl hatte. Ihre Ehe wäre eine Allianz zwischen zwei Clans, geschlossen durch Connor und ihren Vater.

»Ich spüre, wie eine Vision kommt«, rief die Alte plötzlich mit seltsamer Stimme aus.

Offenbar brachte sie sich in Stimmung, um eine Vision von früher noch einmal heraufzubeschwören. Falls sie sich das alles nicht sowieso ausdachte. Die kauzige Frau prahlte gern mit ihrer Gabe und neigte dabei zur Übertreibung.

Ilysa half ihr, sich auf ihrem Stuhl umzudrehen, damit sie der Feuerstelle zugewandt war, und warf eine Handvoll Kräuter in die Flammen. Teàrlag benutzte sie, um ihre Visionen zu verstärken. Das Feuer prasselte und knackte, und nachdem die Seherin den stechend riechenden Rauch ein paarmal tief eingeatmet hatte, bekam sie einen erschreckenden Hustenanfall. Connor wollte gleich aufspringen, doch Ilysa schüttelte den Kopf und half der Seherin, sich wieder umzudrehen.

Teàrlag legte die Handflächen flach auf den Tisch und schloss die Augen. Dann wiegte sie sich auf ihrem Stuhl hin und her, stieß dabei ein unheimliches Summen aus. Schließlich öffnete sie die Augen und griff nach ihrem Whiskybecher.

Bei allen Heiligen, wie konnte eine so winzige Frau so viel Alkohol trinken, schoss es Ilysa durch den Kopf.

»Das ist ja nur ein klitzekleiner Schluck«, widersprach Teàrlag.

Connor stutzte. Er vergaß immer wieder, dass sie auch Gedanken lesen konnte.

»Pass auf, wem du dein Vertrauen schenkst, Connor MacDonald«, mahnte sie ihn jetzt und hob ihren knorrigen Zeigefinger. »Es gibt eine Menge Menschen, die dir Böses wollen.«

Er brauchte keine Seherin, um das zu wissen. Und falls es ihm einmal zu entfallen drohte, erinnerten ihn die zahlreichen Wunden und Narben daran.

»Du glaubst, du kannst alles *hier* entscheiden«, fuhr sie fort und tippte sich an die Schläfe. Ihr Atem ging heftig, als sie um den kleinen Tisch herumkam, sich vor Connor stellte und ihm eine Hand auf die Brust legte. »Wenn die Zeit für dich gekommen ist zu entscheiden, wem du vertrauen willst, vergiss das, was dein Kopf dir sagt, und hör auf dein Herz.«

Die gute Frau vermischte mal wieder nach Belieben Ratschläge und Vorhersagen, dachte Connor, und das hier war vermutlich eher als Rat zu verstehen.

»Kannst du mir sagen, an welchen Chieftain ich mich wenden soll, um eine Allianz zu bilden?«, fragte er und setzte schnell hinzu: »Damit er seiner Tochter empfehlen kann, mich zu nehmen.«

»Vergiss nicht, dass es nicht der Clan ist, mit dem du das Bett teilen wirst – und ebenfalls nicht der Vater.«

Die alte Seherin lachte wiehernd und schlug mit der flachen Hand auf den Tisch.

Sie war genauso schlimm wie Alex. Connor würde sogar eine Frau heiraten, die wie ein Maultier aussah, wenn es seinem Clan von Nutzen wäre. Natürlich hoffte er auf eine schöne Braut, zumindest würde ihm das die Entscheidung für eine politische Ehe leichter machen. Zwar sehnte er sich so sehr danach, eine Frau in sein Bett zu holen, dass er sich anfangs mit jeder Frau zufriedengeben würde, die warm und bereit war. Aber ein Leben lang? Er wollte lieber nicht darüber nachdenken.

»Halt unter den Feen Ausschau nach deiner Braut.«

»Unter den Feen?«

Was um alles in der Welt meinte sie denn damit?

Erneut fürchtete Connor, Teàrlag könnte die Gabe des Sehens, für die sie auf den Inseln berühmt war, verloren haben. Das wäre eine Schande und für die MacDonalds of Sleat ein bitterer Verlust. Immerhin hatte sie den Chieftains des Clans viele Jahre lang durch schwierige Zeiten geholfen. Es gab niemanden, der sie ersetzen konnte.

»Ich muss kurz mit Ilysa sprechen«, verlangte die Seherin plötzlich.

»Ilysa?« Seine Begleiterin war so still gewesen, dass Connor sie fast vergessen hatte.

»Sei ein braver Junge und warte draußen«, brummte die Alte, als wäre er noch immer ein Junge von zehn Jahren und nicht ihr Chieftain.

Wenn jemand anders ihn einen braven Jungen genannt und ihn vor die Tür geschickt hätte, dann wären Köpfe gerollt, doch in diesem Fall war es ihm unmöglich, sich zu widersetzen. Sie war bereits mit seinem Vater so umgesprungen, und er selbst hatte ihr viel zu verdanken. Selbst sein Leben, denn nach einem der vielen erbitterten Gefechte, die er schon bestanden hatte, hatte sie ihn im wahrsten Sinne des Wortes dem Sensenmann entrissen. Er war dem Tod damals so nah gewesen, dass er einen Engel gesehen hatte, der sich über ihn beugte.

Wieder einmal verblüffte sie ihn, weil sie in seine Gedanken eingedrungen war.

»Ich bin es übrigens nicht gewesen, die dich gerettet hat.« Teàrlag neigte den Kopf, damit er ihr einen Kuss auf die runzelige Wange drücken konnte. »Ich habe dich für tot gehalten.«

Immer diese kryptischen Bemerkungen. Irgendwie schien der Verstand der alten Frau durcheinanderzugeraten …

Während er draußen stand, der Regen ihm in den Nacken rann und seine Brust schmerzte, fragte sich Connor, was Teàrlag wohl mit Ilysa zu bereden hatte. Jedenfalls etwas, das er nicht hören durfte. Ein geheimes Heilmittel für Kopfschmerzen oder Warzen? Sicherlich würde die Seherin die junge Frau vermissen, die sich immer liebevoll um sie gekümmert, sie oft besucht und ihr Körbe voller Essen gebracht hatte.

Zum ersten Mal kam ihm in diesem Moment die Frage in den Sinn, warum sie sich entschlossen hatte, ihm nach Trotternish Castle zu folgen. Er hatte jedem Mitglied seines Haushalts die Wahl gelassen, auf Dunscaith Castle zu bleiben oder mitzukommen – bis auf sie hatten sich alle entschieden zu bleiben. Wahrscheinlich würde er niemals herausfinden, welche Gründe Duncans Schwester zu ihrem Entschluss bewogen hatten. Ilysa war eine Person, die ihre Gedanken für sich behielt.

»Solange ich weg bin, wird Connors Schwester Moira dafür sorgen, dass du regelmäßig Essen und andere Vorräte bekommst.«

»Du bist ein liebes Kind«, sagte Teàrlag. »Erzähl mir, was dich bekümmert.«

»Duncan will nicht, dass ich Connor begleite.« Ilysa zwang sich, die Schürze ihres Kleides nicht länger nervös in den Händen zu wringen.

»Du machst doch nie, was dein Bruder sagt – es sei denn, es passt dir. Raus mit der Sprache: Das ist es nicht, was dich beschäftigt.«

»Ich könnte ja hier bei dir leben«, wich ihre Besucherin aus und fragte sich unwillkürlich, was schlimmer wäre – ein Bett mit Teàrlag oder mit ihrer Kuh zu teilen.

»Duncan hat recht, sich Sorgen zu machen, Kind. Der Weg, der vor dir liegt, birgt viele Gefahren – dennoch musst du ihn gehen.«

»Warum muss ich das tun?«, hakte Ilysa nach, dabei ahnte sie, was die Seherin meinte.

»Es hätte keinen Sinn, es Connor zu sagen, er hält mich sowieso für eine vergreiste Närrin.« Teàrlag beugte sich vor. »Leider kann ich seine Zukunft lediglich sehr verschwommen wahrnehmen, fürchte aber, er könnte den nächsten Sommer nicht mehr erleben.«

Ihre Worte jagten Ilysa einen unglaublichen Schrecken ein.

»Connor muss überleben! Das Glück unseres Clans hängt von ihm ab.«

Und ihr Glück, fügte sie stumm hinzu.

»Unser junger Chieftain wird dich brauchen, um Gefahren zu sehen, die er nicht erkennen kann. Glaub an dich selbst, und du wirst ihm vielleicht das Leben retten.«

»Ich? Wie soll ich das denn anstellen?«

»Ach, du schätzt dich selbst viel zu gering. Vergiss nicht, dass du das Blut der Seehexe in dir trägst, die Dunscaith Castle in einer einzigen Nacht errichtet hat.« Teàrlag blinzelte sie verschwörerisch mit ihrem gesunden Auge an. »Und du bist genau um Mitternacht zur Welt gekommen.«

»Das bedeutet nicht, dass ich die Gabe des Sehens habe, wie du sie hast«, wandte Ilysa ein.

»Hm. Niemand hat die Gabe, wie ich sie habe«, brummte die alte Seherin. »Doch du hast sie manchmal, oder? Ab und zu kannst du sehen, was die Zukunft bringt, nicht wahr? Du spürst Dinge kommen.«

»Vielleicht.« Ilysa schlug die Augen nieder und starrte

auf ihre Hände, die sie im Schoß gefaltet hatte. »Nicht sehr oft, und das Bild ist nie besonders klar.«

»Bei dir, mein Kind, ist die Gabe des Sehens dort am stärksten, wo dein Herz ist. Das ist der Grund, warum du Gefahren für Connor erkennen kannst, die niemand sonst wahrnimmt.«

Ilysa wandte ihr Gesicht ab. Es war ihr unangenehm, dass Teàrlag wusste, was sie für Connor empfand.

»Ich habe dich gelehrt, wie man einen Schutzzauber spricht«, erinnerte die alte Frau sie. »Vor allem musst du deinem Instinkt vertrauen, denn er ist es, aus dem die Gabe des Sehens zu dir spricht.«

»Ich werde tun, was ich kann«, versprach Ilysa.

Machte sie sich selbst etwas vor? Redete sie sich ein, dass Connor sie brauchte, obwohl es nicht so war? Oder sollte sie zumindest vor sich selbst zugeben, dass sie ihn nach Trotternish Castle begleitete, weil sie einfach in seiner Nähe sein wollte?

Deshalb hörte sie aufmerksam zu, als Teàrlag von den Orten auf der Halbinsel im Norden zu erzählen begann, wo die alte Magie noch wirkte.

»Es wird eine Zeit kommen, dass du dich von Connor trennen musst.« Die Seherin tätschelte mit ihrer knorrigen Hand Ilysas Arm. »Es lässt sich nicht verhindern. Du wirst wissen, wann es so weit ist.«

Sie wusste es längst. Wenn Connor sich eine Ehefrau nahm, musste sie gehen.

»Sag mir …« Ilysa hielt kurz inne, um sich mit der Zungenspitze über die trockenen Lippen zu fahren, »wird das Mädchen, das Connor heiratet, ihn glücklich machen?«

Wenn es so wäre, könnte sie es leichter ertragen, ihn zu verlassen.

»Unser Chieftain kann das Glück bloß dann finden, wenn er die Frau heiratet, die ihn in der Nacht zum Sommeranfang, an Beltane, erwählt.«

In der Nacht zum ersten Mai. Dann blieben ihr gerade mal zwei Monate, die sie mit ihm verbringen konnte.

»Aber damit das geschieht, muss Connor erst einmal bis Beltane überleben.«

Kapitel 3

Trotternish Castle

Connor stand in seinem Schlafgemach und sah zu, wie die Männer im Hof den Schwertkampf trainierten. Der Raum erstreckte sich über die gesamte Breite des zweigeschossigen Gebäudes, das direkt an den alten Wohnturm grenzte und unmittelbar am Rand der Klippe stand, die über dem Meer aufragte. Er hatte dieses Zimmer ausgewählt, weil es Fenster hatte, von denen aus man weit in beide Richtungen sah und mögliche Angreifer frühzeitig ausmachen konnte.

Nachdenklich schaute er über die Burgmauern hinweg zu den grünen Feldern und Wiesen, die ein Feind überqueren musste, um die Burg auf dem Landweg zu erreichen, bevor er den Blick wieder auf die Schwertkämpfer im Hof richtete und vernehmlich seufzte.

Die Männer brauchten dringend mehr Übung. Keiner von ihnen hatte das Zeug, Anführer seiner Leibwache zu werden. Der Beste von ihnen war Sorely, der bereits seinem Vater als Wache gedient hatte, doch allmählich wurde er zu alt für die Aufgabe. Was hätte Connor nicht dafür gegeben, einen Mann zu entdecken, der es mit seinen Cousins oder mit Duncan aufnehmen könnte. Aber das musste er wohl vergessen, weil die drei einfach einzigartig waren.

Trotz der gewaltigen Herausforderungen, die ihn erwarteten, hatte Connor das Gefühl, in dieser Umgebung richtig atmen zu können. Sein Vater hatte ihn ganz selten mit auf diese Burg genommen, also hatte Connor so gut wie keine Erinnerungen, die ihn verfolgt oder belastet hätten.

Als er Stimmen hörte, wandte er sich zu der offen stehenden Tür um. Zwei Frauen mit einem Holzzuber und Eimern mit dampfendem Wasser kamen herein.

»Danke, den Rest schaffe ich allein«, sagte er, bevor die beiden ihm am Ende noch anboten, ihm beim Waschen zur Hand zu gehen.

In seinem derzeitigen Zustand war es für ihn viel zu gefährlich, sich nackt einer Frau zu zeigen, zumal die Vollbusige mit dem kastanienbraunen Haar ein gefährliches Funkeln in den Augen hatte, das eindeutig Versuchung bedeutete. Der aufsteigende Dampf des heißen Wassers, das sie jetzt in den Bottich goss, ließ in Connor dunkle, lustvolle Gedanken erstehen.

»Achte darauf, dass die Tür zum Turm immer geschlossen ist, Chieftain«, sagte die ältere Magd und nickte zu der anderen Seite des Raumes hin.

Vom Hörensagen wusste Connor, dass es mit diesem Zimmer eine besondere Bewandtnis hatte. Man hatte ihn gewarnt, es als Privatgemach auszuwählen, weil nebenan im Turm angeblich der Geist eines früheren Kindermädchens sein Unwesen treibe. Es hatte ihn nicht geschreckt.

Hauptsache, er hatte seine eigenen Geister hinter sich gelassen.

Connor zwinkerte der Frau zu. »Solange sie im Turm bleibt, werden wir gut miteinander auskommen.«

Das vollbusige Mädchen lachte und warf ihm noch einen Blick zu, bei dem seine Fantasie mit ihm durchging. Er war dankbar – oder zumindest redete er sich das ein –, als die Ältere die verführerische Jüngere aus der Tür schob, ehe er es sich anders überlegte und doch noch Hilfe beim Waschen in Anspruch nahm.

»Sagt Sorely, dass ich ihn sprechen möchte, sobald die Männer eine Pause machen«, instruierte Connor die Wache vor seinem Zimmer, ehe er die Tür hinter sich ins Schloss zog.

Nachdem er die Tunika abgestreift hatte, löste er den Verband um seine Brust. Er zuckte zusammen, als er die letzten Schichten abzog, die an seiner Wunde klebten. Das war der Preis dafür, dass er es Ilysa während der zweitägigen Reise von Dunscaith hierher nicht erlaubt hatte, die Leinenbinden zu wechseln. Solange er sich nicht sicher sein konnte, dass nicht irgendwo Hughs Spione lauerten, hatte er es nicht riskieren wollen, auch nur einen Moment die Augen von der rauen See abzuwenden, von der jederzeit Gefahr drohte.

Während die Wärme des Badewassers wohltuend in seine Muskeln drang, legte Connor erschöpft den Kopf auf den Rand des Zubers. Die Verletzung hatte ihn weitaus mehr Kraft gekostet, als er sich selbst eingestehen mochte. So viel, dass er einschlief. Als er wieder aufwachte, war das Wasser eiskalt.

Er trocknete sich gerade ab, als es an der Tür klopfte. Und da er glaubte, dass es Sorely sei, rief er: »Komm herein!«

»Ich bin gekommen, um nach deinen Wunden …«

Erschrocken drehte er sich um und erstarrte. Es war Ilysa, die jetzt einen schrillen Schrei ausstieß und das Tablett, das sie mitgebracht hatte, fallen ließ. Krachend landete es auf dem Boden. Mit rotem Gesicht sank sie auf die

Knie, um verlegen die heruntergefallenen Gegenstände wieder einzusammeln.

Zwar hatte Ilysa wahrscheinlich einen sehr guten Ausblick auf seine nackte Kehrseite bekommen, die wesentlichen Teile aber waren von einem Handtuch bedeckt gewesen, als er sich umgedreht hatte. Insofern erschien ihre Reaktion ihm etwas extrem. Schließlich war sie eine erfahrene Heilerin und zudem schon einmal verheiratet gewesen, was man allerdings bei ihr nicht vermutete.

Zierlich und klein, wie sie war, wirkte sie nach wie vor wie ein junges Mädchen. In den weiten Kleidern, die sie für gewöhnlich trug, konnte er nicht einmal genau erkennen, ob sie überhaupt Brüste hatte.

»Ich komme später noch mal wieder«, murmelte sie und stieß erneut einen kleinen Schrei aus, als er sich neben sie hockte, um ihr zu helfen, die Scherben eines zerbrochenen Tonkrugs zusammenzusuchen.

»Du musst nicht gehen«, erwiderte er. »Ich ziehe rasch meine Hose an, dann kannst du dich um meine Wunden kümmern.«

Er unterdrückte ein Lachen, weil sie prompt aufsprang und ihm den Rücken zuwandte.

Nachdem er die Hose übergestreift hatte, setzte er sich auf einen Hocker und forderte sie auf, sich umzudrehen. Peinlich berührt, beugte sie sich über ihn, um das Loch zu untersuchen, das der Pfeil in seiner Brust hinterlassen hatte.

»Du hättest mich früher einen Blick auf die Wunde werfen lassen sollen«, schimpfte sie und war wieder ganz in ihrem Element. »Der Verband klebte an der Wunde fest, oder?«

Trotz ihrer Verärgerung war sie sehr vorsichtig, und ihre Handgriffe fühlten sich federleicht an.

Grundgütiger! Sogar Ilysa weckte seine Lust. Connor fühlte sich ziemlich mies bei dieser Erkenntnis.

»Wie alt bist du eigentlich?«, fragte er unvermittelt.

»Neunzehn«, antwortete sie und mischte weiter Kräuter in eine Salbe.

Connor nickte. Neunzehn. Damit war sie tatsächlich viel zu jung, um als Witwe wahrgenommen zu werden.

Wie zur Bestätigung bekam er eine fast schmerzhafte Erektion.

»Ich bin neun Jahre jünger als du und mein Bruder, war ich übrigens immer«, fügte sie mit einem kleinen spöttischen Lächeln hinzu.

Bei genauerem Nachdenken wusste er das natürlich. Er erinnerte sich noch genau daran, dass Duncans Mutter auf rätselhafte Weise wochenlang verschwunden und schwanger zurückgekehrt war. Alle Bewohner der Burg hatten getuschelt und spekuliert, doch Anna hatte sich nie einem von ihnen anvertraut und preisgegeben, wo sie gesteckt hatte oder wer der Vater ihres Kindes war. Die Fähigkeit, Geheimnisse zu wahren, war etwas, das Anna und ihre Tochter gemeinsam hatten.

Er spürte Hände, die über seine Brust strichen und die Salbe auf seiner Wunde verteilten, selbst das erregte ihn. Himmel, wie jämmerlich er war. Als sie sich über ihn beugte und er ihren Atem auf seiner Haut spürte, musste er sich sehr zusammenreißen, um sich nicht einzubilden, sie würde ihn aus einem ganz anderen Grund anfassen.

»Du hast früh geheiratet. Als wir nach Frankreich aufbrachen, warst du noch ein Kind, gerade mal elf«, lenkte er sich ab.

»Ihr wart sehr lange weg. Sechzehn ist nicht zu jung, um zu heiraten.« Sie hob seine Hand an und legte sie auf das viereckige Stück Stoff, das sie über die Schicht Salbe gebreitet hatte. »Halt das mal fest.«

Dann begann sie, einen sauberen Streifen Leinenstoff um seine Brust zu schlingen, wobei sie eine Souveränität an den Tag legte, die ihn immer wieder erstaunte. Sie war die Heilerin, er der Patient, nichts anderes schien in diesem Moment Platz zu haben.

Bei ihr nicht, bei ihm dagegen sehr wohl. Als sie sich erneut vorbeugte, um den Verband hinter seinem Rücken entlang über die Schulter zu ziehen, berührte ihr Oberkörper seine Brust. Ein Blitz durchzuckte ihn, denn er spürte, dass Ilysa wider Erwarten Brüste hatte. Selbst durch den dicken Stoff ihres Kleides hindurch fühlte er deutlich die weichen, runden Hügel.

Er hoffte, dass Ilysa nicht nach unten blickte und seine wachsende Erregung bemerkte, die sich gegen den Stoff seiner Hose drängte. Wenn er bedachte, wie verlegen sie gewesen war beim Anblick seines nackten Hinterns, fürchtete er, dass die unverkennbare Beule in seiner Hose eine Ohnmacht bewirken könnte.

»Wieso hast du dich damals eigentlich entschlossen, Michael zu heiraten?«, erkundigte er sich. »Ich habe das alles ja nicht mitgekriegt.«

»Meine Mutter lag im Sterben, da wollte sie mich noch mit einem eigenen Hausstand versorgt wissen.«

Ilysa zuckte mit den Schultern. Offenbar hatten Vernunftgründe eine Rolle gespielt, und es war keine große Liebe gewesen.

Als sie wieder ihre Arme um ihn legte, um den Verband ein weiteres Mal um ihn zu schlingen, sog Connor scharf die Luft ein und hielt den Atem an. Ein Mädchen, das wie ein Junge aussah und sich wie ein

Großmütterchen kleidete, sollte nicht so verführerisch duften.

»Wasserlilien?«, fragte er mit gepresster Stimme.

»*Aye.*« Sie lachte leise. »Ich habe die getrockneten Blüten in die Salbe gemischt, damit sie nicht so fürchterlich stinkt.«

Gott, *er* würde also nach Lilien duften.

In seinem Kopf wirbelte alles durcheinander. Als er ihre Brüste an seinem Arm spürte, versuchte er sich auf das scheußliche braune Tuch zu konzentrieren, das sie eng um ihren Kopf gewickelt hatte, um ihre Haare zu verstecken. Leider half das nicht viel.

»Jetzt würde ich gern noch die Wunde an deinem Oberschenkel neu verbinden«, erklärte sie. »Zu diesem Zweck müsstest du dich aufs Bett legen und die Hose ausziehen«, fügte sie lächelnd und ganz souverän hinzu.

Er sollte sich aufs Bett legen und für sie die Hose ausziehen? Die süße Ilysa hatte ja keine Ahnung, welch provokanten Vorschlag sie da gemacht hatte.

»Lass die Sachen einfach hier. Ich kann mein Bein allein verbinden.«

Sie wollte widersprechen, aber er beachtete sie nicht weiter. Nicht allein wegen ihres Ansinnens, sondern weil bei einem Blick zum Fenster etwas seine Aufmerksamkeit erregt hatte. Als er aufstand und hinausspähte, um sich die Sache genauer anzusehen, erkannte er drei Galeeren, die direkt auf die Bucht zuhielten.

Ilysa vermochte die Augen nicht von Connors hoher, muskulöser Gestalt abzuwenden. Hitze schoss ihr in die Wangen, als sie sah, wie seine Rückenmuskeln sich unter dem sauber gebundenen Verband anspannten. Die hellen Linien der alten Narben, die Zeugen seiner zahllosen Kämpfe waren, verliehen ihm ein gefährliches, wildes Aussehen. Ihr Blick wanderte weiter über seinen Körper bis hinunter zu seinem Po, dessen kräftige Muskeln sich verführerisch unter seiner Hose abzeichneten.

»Verdammt, warum hat mir niemand Bescheid gesagt?«

Die wütenden Worte rissen sie aus ihren Träumereien. Sie versuchte sich zu sammeln, während er eilig in seine Stiefel stieg.

»Ich wünschte wirklich, dein Bruder wäre hier«, murmelte er und schnappte sich sein Hemd, das auf der Bank lag. »Dann hätten die Leute anständig Wache gehalten.«

»Lass mich dir kurz damit helfen«, sagte sie und hielt das Hemd auseinander, damit die Verbände beim Anziehen nicht verrutschten.

»Was hast du denn gesehen?«, wollte sie wissen und zwang sich, nicht ständig auf seinen Körper zu schielen.

Connor nahm sein Schwert und lief zur Tür »Drei Kriegsschiffe befinden sich kurz vor der Küste und wollen anlanden.«

»Wessen Galeeren sind das?«

»Sie gehören Alexander of Dunivaig and the Glens.«

»Greift er uns an?«

»Das glaube ich nicht«, erwiderte Connor und stürmte aus dem Zimmer und die Treppe hinunter in Richtung Halle. »Ich habe ihn eingeladen.«

Männer! Warum hatte Connor nicht daran gedacht, ihr Bescheid zu geben, dass er einen anderen Chieftain aus dem großen Clan der MacDonalds auf die Burg eingeladen hatte? Grundgütiger, was sollte sie den Gästen nur anbieten? Immerhin waren sie selbst gerade erst angekommen.

Als Erstes schickte sie einige Bedienstete los, um die große Halle und das Gästezimmer zu putzen und herzurichten. Anschließend würde sie die Küche in Augenschein nehmen müssen.

Da die mit ihnen verfeindeten MacLeods über den Großteil der Ländereien um die Burg herum herrschten, vermutete sie, dass es mit den Lebensmittelvorräten nicht gerade zum Besten stand. Drei Galeeren voller hungriger Krieger würden diese bestimmt im Handumdrehen vernichten.

»Wann hast du ihn eingeladen?«, fragte Ilysa, die Connor hinterhergelaufen war.

»Ich habe die Einladung gegenüber seinem Sohn James ausgesprochen, er kam vor ein paar Wochen kurz auf Dunscaith Castle vorbei.«

»War Trotternish damals nicht noch in den Händen der MacLeods?«

»Schon, doch ich war zuversichtlich, dass wir die Burg einnehmen würden.«

Was ja geklappt hatte, dachte sie. »Und warum hast du ihn eingeladen?«

Connor drehte sich um und sah sie mit hochgezogenen Augenbrauen an, bevor er auf den Hof hinaustrat. Anscheinend war ihm das eine Frage zu viel gewesen.

Da keine Antwort kam, begab sich Ilysa ins Untergeschoss, wo der furchterregende Koch in seiner Küche ein strenges Regiment führte. Seit ihrer Ankunft hatte sie immer wieder gehört, dass er der Teufel persönlich sei.

Obwohl sie erst siebzehn Jahre alt gewesen war, als sie die Führung des Haushalts auf Dunscaith Castle übernahm, hatte sie keine Probleme gehabt. Alle dort kannten sie und ihre Mutter und hatten sie einfach akzeptiert. Auf

Trotternish war sie indes eine Fremde. Die Leute wussten vielleicht, wer ihr Bruder war oder hatten sie flüchtig bei großen Treffen des Clans gesehen, aber das war's bereits und brachte ihr in diesem Moment nicht viel.

Wie um ihre Befürchtungen zu bestätigen, funkelte der Koch, ein mürrischer Mann Mitte fünfzig, sie prompt finster an, sobald sie die Küche betrat.

»Wie heißt du?«, fragte sie.

»Man nennt mich Cook«, brummte er unwirsch, als würde er mit einer Auseinandersetzung rechnen.

»Cook, ich fürchte, wir befinden uns in einer fast ausweglosen Lage«, erklärte sie und stand mit gefalteten Händen vor ihm. »Der Ruf unseres Clans hängt jetzt von dir ab.«

Ihre Worte entlockten ihm ein höhnisches Lachen. »Der Ruf unseres Clans hängt von meinem Hafergebäck ab?«

»Alexander of Dunivaig wird in Kürze mit etwa hundert Kriegern anlanden. Du weißt sehr gut, dass ein Chieftain auch danach beurteilt wird, wie großzügig er als Gastgeber auftritt, also müssen wir ein Festessen zaubern.«

Der Koch stieß eine ganze Reihe von Flüchen aus, die Ilysa sich kommentarlos anhörte.

»Es ist wichtig, dass wir unseren Chieftain nicht in Verlegenheit bringen«, beharrte sie.

Cook rang die Hände. »Es ist nicht meine Schuld, dass ich nicht die Vorräte habe, um Gerichte zu zaubern, die einen so hohen Gast beeindrucken könnten.«

»Wie du sicher weißt, warten die MacLeods bloß darauf, über uns herzufallen und die Burg zurückzuerobern«, fuhr sie mit ruhiger Stimme fort. »Die Sicherheit der MacDonalds steht auf dem Spiel. Wir müssen unseren Teil dazu beitragen, unseren Clan nach außen hin stärker wirken zu lassen, als er es in Wirklichkeit ist.«

»Ich würde die Hilfe der Feen brauchen, um so ein Festmahl auf die Beine zu stellen«, spie er verdrossen aus.

»Sag mir, was du brauchst, und ich werde sehen, was ich tun kann.«

Sein Gesicht wurde puterrot, als er versuchte, ihren Blick niederzuzwingen. Nach einer Weile resignierte er und ergab sich in sein Schicksal.

»Ich habe Wild, Austern und Fisch«, rückte er mit der Sprache raus. »Was mir fehlt, sind Gewürze, um gescheite Soßen herzustellen.«

»Kein Problem, ich habe so einiges aus Dunscaith mitgebracht.«

Kaum zu glauben, doch der ungnädige Koch begann zu lächeln, was bei ihm dem Vernehmen nach so gut wie nie passierte.

»Was brauchst du noch?«

»Mehr Leute. Um ein Festmahl zuzubereiten, benötige ich viele Hände, die mir zuarbeiten.« Er deutete auf zwei junge Mädchen, die in großen Töpfen rührten, die über der riesigen Feuerstelle hingen. »Ich habe allein die beiden hier, und die sind, ehrlich gesagt, keine große Hilfe.«

»Es sind MacDonalds, also können sie gewiss hart arbeiten«, widersprach sie und warf den Mädchen ein aufmunterndes Lächeln zu.

Ilysa verstand die Probleme. Die Burg war erst vor drei Wochen von den MacLeods zurückerobert worden, und bislang war man noch dabei, alles neu zu organisieren.

»Gut. Ich werde dir zusätzlich ein paar Leute besorgen. Du musst mir allerdings versprechen, sie nicht zu verschrecken.«

Sie wartete seine Antwort nicht ab. Eine Viertelstunde später kehrte sie mit vier Helfern und ihrem wertvollen Vorrat an Gewürzen zurück. Der Koch, der gerade mit einer solchen Geschwindigkeit Wildbret zerkleinerte, dass sein Messer kaum zu erkennen war, blickte auf und nickte ihr kurz zu.

Ihr erster Erfolg und ein wichtiger Schritt.

Kapitel 4

Ilysas Gesicht glühte, denn in der Küche war es unerträglich heiß. Erschöpft wischte sie sich mit dem Ärmel über die Stirn.

»Ich muss nach oben gehen und mich um die Gäste kümmern«, sagte sie und warf einen Blick über die Schulter auf die Rückseite ihres Kleides. »Habe ich hinten irgendwo Flecken?«

Der Koch sah sie mit einem Ausdruck an, der besagte, dass es sowieso niemandem auffallen würde.

Als sie in die große Halle trat, blieb sie kurz stehen, um den Bediensteten letzte Anweisungen zu geben, bevor sie an der langen Tafel neben Niall, Ians jüngerem Bruder, Platz nahm. Der Tisch bog sich unter lauter Schüsseln, Terrinen und Platten, und der köstliche Duft von Wildbret, Fisch und Eintöpfen stieg ihr in die Nase. Sie war erleichtert, dass zumindest seitens der Küche alles in Ordnung gegangen zu sein schien.

Connor saß in der Mitte der Tafel auf dem kunstvoll verzierten Stuhl des Chieftains. Er sah entspannt aus, die Schmerzen merkte man ihm nicht an. Den Platz rechts von ihm nahm James ein, der älteste Sohn von Alexander of Dunivaig, der in Vertretung seines Vaters gekommen war.

Auf Connors linker Seite saß ein Mädchen mit einem dicken goldblonden Zopf, der ihr über die Schulter hing. Ilysa konnte ihr Gesicht nicht richtig sehen, da sie sich gerade Connor zuwandte. Jedenfalls schien sie wunderschön zu sein. Ihr Hals war lang und anmutig, das weinrote Kleid passte perfekt, und sie strahlte ein unglaubliches Selbstbewusstsein aus, genauso wie die meisten schönen Frauen.

Ilysa wurde das Herz schwer, als sie ihr glockenhelles Lachen hörte und bemerkte, wie Connors Augen zu strahlen begannen. Als sein Blick sie streifte, war es ihr peinlich, dabei ertappt zu werden, wie sie ihn angestarrt hatte.

»Es sieht dir gar nicht ähnlich, zu spät zum Abendessen zu erscheinen«, rief Connor ihr gut gelaunt quer über den Tisch hinweg zu.

Es klang in diesem Moment, als wäre sie ein kleines Kind, das gerade vom Spielen hereingekommen war, und keine junge Frau, die Himmel und Hölle in Bewegung gesetzt hatte, um einen Tag nach ihrer Ankunft auf der Burg ein Festmahl auf die Beine zu stellen.

»Das ist übrigens Ilysa, die Schwester meines besten Freundes und die Tochter der guten Frau, die das Pech hatte, mein Kindermädchen zu sein«, stellte er sie vor.

Mit einem Mal waren alle Augen auf sie gerichtet, und sie hatte das Gefühl, die Umsitzenden warteten noch darauf, dass der Name ihres Vaters genannt wurde. Wie es Sitte war, vorausgesetzt es gab einen. In ihrem Fall wäre es besser gewesen, er hätte sie gar nicht vorgestellt.

»Du hast James irgendwann einmal auf Dunscaith kennengelernt, meine ich mich zu erinnern«, richtete Connor jetzt das Wort an sie, »und das hier ist seine Schwester Deirdre.«

Das Herz der unglücklich Verliebten sank noch ein wenig tiefer. Wie sollte sie da mithalten? Die junge Frau sah mit ihren vollen roten Lippen, den hohen Wangenknochen, den großen blauen Augen und dem goldblonden Haar wie eine nordische Prinzessin aus. Und sie machte einen hochmütigen Eindruck, denn ihrer Miene nach zu urteilen schien sie sich gerade zu fragen, warum sie der grauen Maus am Ende der Tafel überhaupt vorgestellt wurde.

Nachdem Connor damit fertig war, Deirdres Abstammung bis hin zum ersten Lord of the Isles herunterzubeten, widmete er sich wieder seinen Gästen und unterhielt sich angeregt mit ihnen.

»Köstliches Essen.« Niall spießte ein weiteres Stück Wildfleisch auf und schob es sich in den Mund. »Es duftet himmlisch und schmeckt genauso.«

Ilysa war stolz auf das Festmahl und auf die Ehre, die es dem Clan brachte. Cook war ungeachtet seines rüden Benehmens offenbar ein Meister seines Faches. Leider währte ihr Hochgefühl nicht lange, ihr blieb nämlich nicht verborgen, dass Connors Blick immer wieder zu Deirdre wanderte. Eigentlich kein Wunder, trotzdem stimmte es sie traurig.

Verglichen mit der jungen Schönheit in ihrer prachtvollen weinroten Robe, kam Ilysa sich in ihrem schlichten braunen Kleid schäbig vor. Für gewöhnlich achtete sie nicht so sehr auf ihre Kleidung. Ihre Mutter hatte sie von Kindesbeinen an dazu erzogen, nicht aufzufallen, und damit war sie bislang gut gefahren. In diesem Moment aber wünschte sie sich, sie hätte etwas Hübsches zum Anziehen.

Als könnte ein schönes Kleid Connor dazu bringen, sie mit jenem Verlangen im Blick anzusehen, mit dem er gerade Deirdre umfing.

»Hat dein Vater das Angebot der Krone angenommen?«, wollte Connor von James wissen, nachdem sie sich zu einer ungestörten Unterhaltung zurückgezogen hatten.

»Bislang nicht. Ich bin mir allerdings sicher, dass er es tun wird.«

Es wäre dumm von ihm, es nicht zu tun, wusste Connor. Die Krone hatte sich bemerkenswert großzügig gezeigt, wenn man bedachte, welch führende Rolle James' Vater in der Rebellion gespielt hatte. Wie die sprichwörtlichen verlorenen Söhne wurden einige der Clans, die an den Aufständen gegen die königlichen Versuche, die alten Rechte der Clans außer Kraft zu setzen, beteiligt gewesen waren, sogar nach ihrer Unterwerfung besser behandelt als solche wie die MacDonalds of Sleat, die sich aus dem jahrelangen Streit herausgehalten hatten.

»Nachdem die Rebellion so gut wie beendet ist«, führte James das Thema weiter aus, »sehe ich keinen Grund dafür, warum unsere Clans die enge Freundschaft, die wir vorher gepflegt haben, nicht wiederaufleben lassen sollten.«

Connor freute sich, dass der Verwandte das Thema als Erster zur Sprache brachte, damit ersparte er es ihm, wie ein Bittsteller zu wirken.

»Die Krone hat Alastair MacLeod einen Freibrief für meine Ländereien hier auf Trotternish gegeben, weil er sich gegen seine ehemaligen Verbündeten gestellt hat«, erwiderte Connor. »Was ich nicht akzeptieren kann. Ich nehme die Verpflichtung einem Verbündeten gegenüber ernster.«

»So wie mein Vater.« James trommelte mit den Fingerspitzen auf die Tischplatte, hielt inne und zog eine Augenbraue hoch. »Ich würde sagen, dass euer Problem nicht der

Freibrief ist, sondern die Tatsache, dass die MacLeods euer Land besetzt halten.«

Connor zuckte scheinbar gleichmütig mit den Schultern, obwohl sie beide wussten, dass er einen starken Verbündeten wie James' Vater brauchte, um die MacLeods von Trotternish zu vertreiben.

»Es ist eine Schande, dass du zu allem Überfluss noch diesen neuen Ärger am Hals hast.«

Connor stutzte, hatte keine Ahnung, auf welchen neuen Ärger James anspielte, doch er ließ sich nichts anmerken. Was immer es sein mochte, es stärkte James' Position.

»Dein Onkel hat das Gleiche gemacht wie Alastair MacLeod. Er hat zwei Anführer der Piraten gefangen genommen und sie an die Krone ausgeliefert.«

Connor widerstand dem Drang, seinen Becher gegen die Wand zu schleudern, und trank stattdessen einen großen Schluck von seinem Whisky.

»Hat er das?«

»Hugh hat geschworen, die Piraterie aufzugeben – oder zumindest nicht länger die Ländereien zu plündern, die den Verbündeten der Krone gehören.«

»Und wer ist dumm genug, seinen Versprechungen Glauben zu schenken?«

»Der Regent und die Ratsversammlung, während nach allem, was ich gehört habe, der Lieutenant of the Isles als Stellvertreter des Königs hier im Westen weniger geneigt ist, Hugh zurück in den Schoß der Gemeinschaft zu holen. Wie auch immer: Für dich dürften das keine guten Nachrichten sein.«

Eigentlich hatte Connor vorgehabt, erst auf der Versammlung nach einer Heiratskandidatin Ausschau zu halten und eine Allianz mit einem anderen Clan anzubahnen.

Angesichts der Neuigkeiten aber erschien es ihm besser, gleich hier und jetzt die Gelegenheit beim Schopf zu packen. James kam ihm zuvor.

»Es sind einige Chieftains an meinen Vater herangetreten, die meine Schwester heiraten wollen.« James hielt inne und lächelte. »Ich denke, dass ihre Schönheit keinen geringeren Anreiz bietet als unsere Kriegsflotte und den Wunsch so manchen Clanoberhaupts schürt, sich mit uns zu verbünden.«

Deirdre besaß üppige Formen und eine fast dramatische Sinnlichkeit, die die Aufmerksamkeit und das Interesse eines Mannes fesselte wie eine drei Meter hohe Welle. Früher hatte er Frauen mit zarteren Zügen und einer dezenteren Sinnlichkeit bevorzugt. Weniger perfekte, die ein paar Sommersprossen hatten und denen mal eine Locke ins Gesicht fiel, doch in der gegenwärtigen Situation war Deirdre geradezu ein Geschenk des Himmels.

»Ich spiele desgleichen mit dem Gedanken zu heiraten«, erwiderte Connor und näherte sich so vorsichtig dem Thema, als wäre es eine Schlangengrube. »Ohne übertriebene Eile wohlgemerkt.«

Eine glatte Lüge. Je eher er einen starken Verbündeten gewann, desto schneller konnte er die Halbinsel zurückerobern. Und wenn Deirdres Vater die Rebellion verließ, wäre sein Clan der passende Partner.

»Mein alter Herr hält große Stücke auf dich und hat mir die Erlaubnis erteilt, an seiner Stelle mit dir über einen Ehevertrag zu verhandeln«, kam James zur Sache. »Und da ich nun mal hier bin, gibt es eigentlich keinen Grund zu warten, oder?«

Er sprach seinem Gastgeber aus der Seele. Connor brauchte dringend starke Verbündete, und darüber hinaus hatte er es endgültig satt, allein zu schlafen und lediglich seine eigene Hand auf seinem Schaft zu spüren. Für das Wohl des Clans und sein eigenes hätte er sogar eine Frau genommen, die weitaus weniger attraktiv war als Deirdre.

Dass sie nicht unbedingt den Typ Frau verkörperte, von dem er in den schwachen Momenten träumte, wenn er todmüde ins Bett sank, nahm er hin, wenngleich er insgeheim darauf gehofft hatte, eine Gefährtin zu finden, die gleichzeitig Freundin und Geliebte war. Jemanden, der die Einsamkeit vertreiben konnte, die er als Chieftain verspürte. Deirdre würde das niemals leisten, dazu war sie zu eitel, zu ichbezogen und zu oberflächlich.

Egal, in diesem harten Leben sehnte er sich am Ende des Tages nach der Weichheit einer Frau.

Das Klappern von Töpfen und Pfannen, die abgewaschen wurden, hallte durch die Küche, als Ilysa durch die Tür kam.

»Was willst du denn jetzt noch?« Cook fuchtelte mit einem großen Holzlöffel vor ihrer Nase herum. »Wenn es Beschwerden gibt, will ich sie nicht hören.«

»Ich bin so stolz auf euch alle.« Ihr stockte die Stimme, weil ihr plötzlich Tränen in die Augen schossen. »Alles war einfach perfekt. Ihr habt unserem Clan und unserem Chieftain alle Ehre gemacht.«

Cooks mürrische Miene wich einem schiefen Grinsen. »Danke, Mädchen. Solltest du nicht eigentlich oben sein und dich mit unseren bedeutenden Gästen unterhalten?«

»Connor und James wollten ungestört reden und haben sich in sein Privatgemach zurückgezogen, und die junge Lady wollte früh ins Bett gehen. Ich glaube, wir alle haben uns einen Schluck Wein redlich verdient, findet ihr nicht?«

Im Handumdrehen hatten der Koch und seine Gehilfen den Arbeitstisch freigeräumt und Hocker herbeigeschleppt. Ilysa schenkte Wein ein, dann prosteten sie einander zu und unterhielten sich angeregt, bis sich einer nach dem anderen zurückzog. Am Ende des Abends saßen sie und Cook allein in der Küche.

»Ich habe zwanzig Jahre lang hier gearbeitet, bevor die verdammten MacLeods uns rausgeworfen haben«, erzählte der Koch. »Du bist ganz anders als die anderen Herrinnen der Burg. Sie haben nie mit angepackt oder mal einen Schluck mit mir getrunken.«

»Nun, ich mache mich eben gern nützlich.« Ilysa lächelte ihn spitzbübisch an. »Und außerdem war ich wild entschlossen, dich für mich zu gewinnen.«

Cook lachte. »Du bist ein sehr resolutes Mädchen.«

»Sind wir jetzt Freunde?«

»*Aye.*« Er hob ihr den Becher entgegen. »Du erinnerst mich an eine reife Pflaume – weich und süß, dabei mit einem Kern, der hart genug ist, um sich daran einen Zahn auszubeißen.«

Jetzt war es Ilysa, die lachen musste.

»Ich habe gehört, dass der Chieftain heute sehr unzufrieden mit unseren Kriegern war«, wechselte der Koch das Thema. »Man kann es ihm nicht verübeln. Es ist längst nicht mehr so wie zu Zeiten seines Vaters, als unsere Krieger auf Trotternish die MacLeods in Angst und Schrecken versetzt haben.«

»Ich bin mir sicher, dass es gute Kämpfer sind, denen einfach die Übung fehlt. Connor wird das bestimmt in Ordnung bringen. Allerdings schafft er das nicht alleine und braucht dringend einen Captain für seine Leibwache.«

»Jeder hier weiß, dass der Mann, den der Chieftain braucht, Lachlan of Lealt ist.«

»Wer ist das?«

»Er gilt auf der Halbinsel als Held, weil er noch gegen die MacLeods gekämpft hat, als alle anderen längst geflohen waren. Er hat Angriff um Angriff angeführt, und die MacLeods konnten ihn bis heute nicht schnappen. Am Ende eines Kampfes ist er immer spurlos verschwunden.«

»Klingt ja, als wäre dieser Lachlan ein beeindruckender Mann.«

»Ja, ja, Frauen lieben geheimnisvolle Männer.« Cook wackelte mit seinen buschigen grauen Augenbrauen und grinste sie an. »Lachlan ist im Übrigen hochgewachsen und blond.«

»Bestimmt bleibt ihm bei all seinen Kämpfen für Frauen gar keine Zeit, oder?«, meinte Ilysa. »Egal, einen loyalen Mann kann unser Chieftain sicherlich gebrauchen. Deshalb sollte dieser Lachlan unbedingt gelegentlich auf die Burg kommen.«

»Ich rechne damit, dass er bald wieder auftaucht, angeblich hat er neulich seinen Vater besucht, dem es gesundheitlich schlecht geht.«

»Dann glaubst du wirklich, dass er als Captain der Leibwache bestens geeignet wäre?«

»*Aye*, das ist er. Außerdem kennen ihn alle, und er genießt großen Respekt unter den Männern. Ich bin überzeugt, dass es ihren Kampfgeist beflügeln würde, wenn sie ihn an ihrer Seite wüssten. Zwar sind sie dem Chieftain zur Treue verpflichtet, aber im Gegensatz zu Lachlan ist er letztlich ein Fremder für sie. Insofern wäre es für alle ein Gewinn, ihn ins Boot zu holen.«

»Dank dir, ich weiß wirklich zu schätzen, was du mir da alles erzählt hast.«

Cook unterdrückte ein Gähnen. »Du solltest jetzt ins Bett gehen, Mädchen, du hast härter gearbeitet als alle anderen und siehst müde aus.«

»Geh du nur«, erwiderte sie. »Ich würde gern noch ein Weilchen sitzen bleiben, die Ruhe genießen und meinen Becher Wein austrinken.«

Tatsächlich fühlte sie sich zu aufgewühlt, um zu schlafen. Im Übrigen musste sie das Bett mit Deirdre teilen und hatte es allein deshalb nicht unbedingt eilig, in ihr Zimmer zu gehen.

Morgen erwartete sie ein weiterer langer Tag, doch zumindest war der heutige überaus erfolgreich verlaufen, weil sie einen wichtigen Verbündeten gewonnen hatte und die Leitung des Haushalts dadurch leichter wurde. Erst als sie die Augen nicht länger offen halten konnte, erhob sie sich, zündete an den Flammen in der Feuerstelle eine Kerze an und schickte sich gerade an, die Küche zu verlassen, als sie etwas hörte und stehen blieb.

Suchend drehte sie sich um.

War das ein Lichtschein, der unter der Tür eines der Vorratsräume zu sehen war? Sie ging hin, um sich die Sache genauer anzusehen. Unter der letzten Tür war wirklich ein schmaler heller Streifen zu erkennen. Über Nacht dort unbeaufsichtigt eine Kerze oder eine Fackel brennen zu lassen war gefährlich. Morgen würde sie den Schuldigen ausfindig machen, aber zunächst musste sie das Licht löschen.

Sie schob mit der Hüfte die Tür auf und hielt verstört inne, war zu erstaunt, um sich zu rühren. Im flackernden Schein der Fackel, die in einer Halterung an der Wand steckte, sah sie ein Paar, das sich auf dem schmalen Holztisch liebte.

»Aye! Aye!«, stöhnte die Frau unter den gleichmäßigen Stößen des Mannes, der zwischen ihren Schenkeln stand.

Ihr Mieder war heruntergezogen worden und gab den Blick auf ein Paar üppige Brüste mit rosigen Brustwarzen frei. Das goldblonde Haar hing an den Seiten über die Tischplatte, die weinroten Röcke waren hochgeschlagen, lange schlanke Beine schlangen sich um die Taille des Mannes.

O shluagh! Die Frau, die da in eindeutiger Pose auf dem Tisch lag, war Deirdre.

Die offensichtliche Lust der beiden beschwor in Ilysa eine Flut von unwillkommenen Erinnerungen an ihre kurze Ehe herauf – an die Demütigung durch die unbeholfenen und vergeblichen Versuche ihres Ehemanns, mit ihr zu schlafen, an sein schlaffes Glied, das er gegen ihren Bauch gepresst hatte.

So sollte es also eigentlich aussehen. Ihr Atem ging flach, als sie beobachtete, wie der Mann Deirdres Hüften packte und tief in sie hineinstieß. Langsam ließ Ilysa den Blick über seinen nackten Oberkörper schweifen. Als sie sein Gesicht erreichte, erschrak sie. Seine Augen waren auf sie gerichtet, und ein boshaftes Grinsen umspielte seine Mundwinkel.

Er lachte sie aus. Hitze schoss ihr in die Wangen, als sie eilig den Raum verließ und leise die Tür hinter sich schloss.

In ihrem Schlafzimmer angekommen, zog sie sich im Dunkeln aus, wenngleich diese Vorsicht unnötig war. Schließlich lag Deirdre nicht im Bett, sondern auf dem Tisch in der Vorratskammer – daran gab es keinen Zweifel mehr.

Sie missgönnte Deirdre ihren Geliebten oder die Aufmerksamkeit jedes Mannes in der großen Halle nicht.

Nein, es gab lediglich *einen* Mann, um dessen Aufmerksamkeit sie die junge Schönheit beneidete. Als sie sich ins Gedächtnis rief, wie Connor sie angesehen hatte, wäre sie beinahe in Tränen ausgebrochen.

Unglücklich starrte Ilysa in die Dunkelheit. Seit sie in Connors Zimmer gewesen war und ihn halbnackt gesehen hatte, war sie so beschäftigt gewesen, dass sie nicht mehr daran gedacht hatte. In der Einsamkeit und Dunkelheit des Zimmers jedoch kehrten die Bilder zurück und wollten sie nicht mehr in Ruhe lassen, vermischten sich mit dem Bild des Paares aus der Vorratskammer.

Wie mochte es sich anfühlen, wenn Connor sie so berühren würde? Wie wäre es, wenn er sie mit glühender Leidenschaft im Blick ansähe, während er mit den Händen über ihre nackte Haut strich?

Kapitel 5

Hast du dich inzwischen entschieden, wen du zum Captain der Leibwache machen möchtest?«, wagte Ilysa einen Vorstoß.

Selbst nach einer Woche, in der sie täglich Connors Wunden versorgt hatte, konnte sie nicht behaupten, dass es ihr nichts ausmachte und sie kaltließ, wenn er in ihrer Gegenwart das Hemd auszog. Wenigstens gelang es ihr, nach außen einigermaßen die Ruhe zu bewahren, und für gewöhnlich unterhielten sie sich recht entspannt. Heute jedoch wirkte er abwesend und zerstreut.

»Nicht wirklich. Ich habe kurz an Tait gedacht. Er ist ein guter Kämpfer und loyal, aber ich fürchte, dass er keine Führungsqualitäten besitzt.« Er hielt eine Weile inne. »Ians Bruder Niall wird in ein paar Jahren ein außerordentlich guter Captain sein, bloß brauche ich jetzt jemanden. Die anderen sind brauchbare Krieger oder werden es mit etwas Übung irgendwann sein. Dennoch reicht es bei ihnen für einen Captain nicht.«

»Hm«, murmelte sie, während sie die Stoffbahnen, die um seine Brust gewickelt waren, löste und abnahm.

»Ich habe die Männer jeden Tag beobachtet und niemanden gesehen, der all das gehabt hätte, was ein Mann für diese Position braucht.«

»Nach welchen Qualitäten genau suchst du denn?«

»Er sollte der stärkste Krieger, der treueste Mann und ein Anführer sein, den die anderen akzeptieren und ihm gehorchen, ohne Fragen zu stellen.«

»Du kannst nicht erwarten, jemanden zu finden, der meinen Bruder oder deine Cousins so einfach ersetzen kann«, gab sie leise zu bedenken. »Ihr vier habt euer Leben lang miteinander trainiert und gekämpft.«

»*Aye.*« Connors Brust hob und senkte sich unter ihren Fingern, als er tief Luft holte und langsam ausatmete. »Ich würde mich mit einem Mann zufriedengeben, der den anderen überlegen ist.«

Ilysa hatte das Thema ganz bewusst angeschnitten. Trotzdem zögerte sie. Sie war sich nicht sicher, wie Connor einen Vorschlag von jemandem aufnehmen würde, der keine Ahnung von der Sache hatte.

»Wahrscheinlich bleibt mir nichts anderes übrig, als mich für Sorely zu entscheiden.« Connor richtete den Blick auf das Meer vor dem Fenster. »Er ist ein starker Kämpfer, und ich weiß, dass er loyal ist.«

»Ich habe von jemandem gehört, über den du vielleicht mal nachdenken solltest.«

»Wen meinst du?« Connor drehte sich abrupt um, seine blauen Augen musterten sie distanziert, schlagartig wechselte er in die Rolle des Chieftains.

Ilysa zwang sich, ruhig weiterzuatmen, und erzählte ihm alles, was sie über den Mann wusste, den Cook ihr beschrieben hatte.

»Hoffentlich ist dieser Lachlan tatsächlich so, wie es sich anhört.« Connor wiegte zweifelnd den Kopf. »Ich werde nach ihm schicken lassen. Irgendjemand auf der Burg wird wissen, wo er zu finden ist.«

Ilysa lächelte in sich hinein. Eine der beiden Aufgaben, die sie sich selbst gestellt hatte, war damit erfüllt. Und jetzt zum zweiten Punkt.

»Die Wunde in deiner Brust verheilt gut, die in deinem Oberschenkel vermag ich nicht zu beurteilen. Ich habe sie nicht mehr gesehen, seit ich den Pfeil entfernt habe«, erklärte sie mutig und betete, dass sie nicht rot wurde. »Du solltest mir erlauben, mal wieder einen Blick darauf zu werfen.«

Es schien, als würde er ihre Bitte ignorieren, denn er griff nach seiner Tunika und zog sie mit ihrer Hilfe über den Kopf. Mit einem Mal aber fing er an, seine Hose aufzuschnüren.

»Wünsch mir Glück«, sagte er, während sie ihm den Rücken zuwandte.

»Wofür?«

»Ich werde heute Abend einen Ehevertrag aushandeln.«

Langsam drehte Ilysa sich zu ihm um. »Einen Ehevertrag? Für wen?«

»Für mich«, antwortete Connor und strahlte sie an.

»Wen willst du heiraten?« Ihr Verstand arbeitete so langsam, als befände sich zäher Schlamm in ihrem Kopf. »Etwa Deirdre?«

»*Aye.* Sie ist eine schöne Frau, findest du nicht?«

»Das ist sie.«

Ilysa hörte das Blut in ihren Ohren rauschen. Sie musste ihm von Deirdre und ihrem Geliebten erzählen. Nur wie?

»Stimmt etwas nicht? Du siehst aus, als hättest du ein Gespenst gesehen.«

Er überraschte sie, indem er sie an der Taille packte und sie auf den Hocker hob, auf dem er zuvor gesessen hatte, was nicht gerade dazu beitrug, dass sie sich beruhigte.

Dann beugte er sich vor, bis sein Gesicht lediglich Zentimeter von ihrem entfernt war, und sah sie mit leicht zusammengekniffenen Augen eindringlich an. Ihr Herz schlug schneller.

»Es steht mir nicht zu, das zu sagen …« Sie machte eine Pause, um sich mit der Zungenspitze über die trockenen Lippen zu fahren. »Doch ich denke, wir sind befreundet, gut befreundet.«

»Natürlich sind wir das.« Er richtete sich auf und sah, als er so vor ihr aufragte, unglaublich groß aus. »Ich kenne dich, seit du ein Baby in den Armen deiner Mutter warst.«

Noch einmal holte sie tief Luft. »Du solltest Deirdre nicht heiraten, sie ist nicht die richtige Frau für dich.«

»Ihr Clan kann uns dabei helfen, die MacLeods zu schlagen«, entgegnete er, und die Besorgnis in seinem Blick löste sich in Rauch auf. »Und deshalb ist sie genau die Richtige für mich.«

Was nun? Sollte sie ihm wirklich hinterbringen, was sie in der Vorratskammer gesehen hatte? Mittlerweile wusste sie, dass es einer von James' Männern gewesen war, mit dem es seine künftige Braut getrieben hatte. Die folgenden Tage hatte Ilysa ihn beobachtet und festgestellt, dass er immer kurz nach Deirdre die große Halle verlassen hatte.

»Wenn du vorhast, mein Bein neu zu verbinden, dann solltest du das langsam tun«, riss Connor sie in die Gegenwart zurück.

»Ich fürchte, dass Deirdre dich unglücklich macht.« Ilysa unternahm einen neuen Vorstoß und starrte auf ihre Hände, die sie im Schoß gefaltet hatte. »Sie wird dich bloßstellen.«

Als er eine ganze Weile schwieg, hob sie den Blick und sah einen so kalten Ausdruck in seinen Augen, dass sie schlucken musste.

»So wie meine Mutter meinen Vater bloßgestellt hat? Willst du mir das damit sagen?«, fragte Connor mit harter Stimme. »Du gehst davon aus, dass ihre Schönheit gleichzeitig bedeutet, dass sie unzuverlässig und nicht vertrauenswürdig ist?« Seine Miene hatte sich verhärtet. »Du bist schnell mit deinem Urteil über das arme Mädchen, das ist nicht besonders nett von dir.«

»Hör zu, ich wollte nicht …«

»Du kannst dich jetzt zurückziehen, ich habe zu tun.«

»Und dein Bein?«, fragte sie.

»Ich sagte, du kannst dich zurückziehen.«

Obwohl es eine deutliche Zurückweisung war, musste sie es ihm sagen. Deirdre trug möglicherweise bereits das Kind eines anderen Mannes unter dem Herzen. Und für einen Chieftain war es besonders wichtig, dass es sein eigen Fleisch und Blut und damit sein legitimer Erbe war, den seine Frau zur Welt brachte.

»Connor, ich muss dir etwas sagen …«

»Meine enge Freundschaft zu deinem Bruder hat dich anscheinend vergessen lassen, dass ich dein Chieftain bin«, beschied er sie barsch, und seine Stimme klang gefährlich ruhig. »Eine Allianz, die durch eine Ehe geschlossen wird, ist eine komplexe Angelegenheit. Ich habe dich um deinen Segen gebeten und nicht um irgendwelche Ratschläge.«

»Aber …«

»Verschwinde!«, donnerte er und zeigte zur Tür.

»Connor lebt noch immer«, sagte Hugh. »Es ist dir also nicht geglückt, ihn zu töten.«

Lachlan zuckte die Achseln und sah sich in dem verlassenen Haus um, das Hugh als Unterschlupf und Stützpunkt diente. Es stank nach Hunden, ungewaschenen Männern und modrigem Schilf.

»Und dabei sagt man, du seist der Beste.« Hughs Stimme triefte vor Sarkasmus.

Sein Gegenüber zeigte keinerlei Reaktion. Er hatte es nicht für Hugh getan, und es war ihm egal, was er von ihm hielt. Ein gemeinsamer Feind hatte sie zu Verbündeten gemacht, doch das hieß nicht, dass er den Mann leiden konnte.

»Du hast gesagt, du hättest zwei Pfeile auf ihn abgeschossen, allerdings ist mir zu Ohren gekommen, dass er herumläuft, als wäre nichts passiert.«

»Du bist gefährlich knapp davor, mich einen Lügner zu nennen.« Lachlan machte einen Schritt auf ihn zu. »Falls du dir nicht absolut sicher bist, mit der Klinge besser zu sein als ich, würde ich vorschlagen, dass du das lieber bleiben lässt.«

Hughs Bande war ein zusammengewürfelter Haufen, der keinem Clan angehörte. Der reiste Abschaum. Die Männer hatten den Wortwechsel verfolgt. Schon wollten sie nach ihren Waffen greifen, hielten aber inne, als Hugh unvermittelt den Kopf in den Nacken warf und lauthals lachte. Was zur Hölle war so lustig? Diese Unberechenbarkeit war einer der Charakterzüge, die Lachlan dazu brachten, dem Mann nicht zu trauen.

»Du bist ein knallharter Hundesohn.« Hugh schob die Daumen in seinen Gürtel und wippte auf den Fußballen vor und zurück. »Das mag ich an dir.«

Hughs Geliebte Rhona, ein gut gebautes Mädchen mit dunklem Haar, schlenderte herbei und schlang die Arme um seinen Hals. Wenn er indes nicht hinsah, warf sie Lachlan eindeutige Blicke zu. Sie glaubte, ihr Gefährte merke es nicht. Ein Fehler, den Lachlan nie beging. Hugh war ein gerissener Kerl, und ihm entging so gut wie nichts.

»Mach dir keine Sorgen, du bekommst noch eine Chance, Connor zu töten«, spottete er. »Begib dich nach Trotternish Castle und biete ihm deine Dienste an.«

Lachlan nickte, weil er bereits beschlossen hatte, genau das zu tun.

Was ihm Sorgen bereitete, war die Tatsache, dass der Chieftain von ihm verlangen würde, einen Treueschwur zu leisten, und es entsprach nicht seiner Natur, einen falschen Eid abzulegen. Nun ja, es mussten Opfer gebracht werden. Und Connor zu töten war eine Ehrenschuld. Dieses Mal würde er nicht versagen.

Hughs Augen funkelten so kalt wie die einer Schlange. »Wir werden sie alle zusammen loswerden.«

»Ich sage es dir noch einmal, damit du mich ganz sicher verstehst.« Lachlan packte Hugh an seiner Tunika und zog ihn zu sich heran, bis ihre Nasenspitzen sich berührten. »Ich habe einen Konflikt mit Connor, ausschließlich mit ihm, und werde nichts tun, was dem Clan schaden könnte.«

Er spürte die Spitze eines Dolches, die sich in seinen Bauch bohrte.

»Nimm deine gottverdammten Hände von mir, wenn du hier lebend rauskommen willst«, knurrte Hugh.

Da Lachlan ihm seinen Standpunkt hinreichend deutlich gemacht hatte, ließ er ihn los.

»Sag mir Bescheid, wenn Connor sich außerhalb der Burgmauern befindet«, forderte Hugh ihn auf. »Meine Männer werden sich darum kümmern, dass er für immer verschwindet und nie mehr zurückkehrt.«

Lachlan warf den Piraten einen vernichtenden Blick zu. »Falls ich herausfinden sollte, dass du mich hintergehst, werden du und ich Feinde sein. Und glaub mir: Mich will man nicht zum Feind haben.«

»Connor ist dein Feind, nicht ich«, entgegnete Hugh. »Bring ihn mir, dann wird uns beiden Gerechtigkeit widerfahren.«

Kapitel 6

Ilysa ging hinauf in ihr Zimmer, um allein zu sein und nachzudenken. Sie stöhnte, als sie die Tür öffnete und Deirdre erblickte, die gerade von ihrer Zofe angekleidet wurde.

»Lass dieses Kleid waschen.« Deirdre stieg aus ihrem Kleid und warf es Ilysa entgegen, ohne sie eines Blickes zu würdigen. Sie behandelte sie wie eine gewöhnliche Bedienstete. »Außerdem ist ein Riss in dem Kleid, der genäht werden muss.«

Ilysa konnte sich denken, wie der Riss in den Stoff gekommen war. Allein bei der Erinnerung an dieses unwürdige Schauspiel wurde ihr ganz schlecht.

»Deine Herrin und ich müssen uns kurz unter vier Augen unterhalten«, wandte Ilysa sich an die Zofe. »Sei so nett und geh so lange nach draußen.«

Deirdre zog ihre fein geschwungenen Augenbrauen ein Stückchen hoch und wartete sichtlich verwundert auf eine Erklärung.

»Bist du dir darüber im Klaren, dass dein Bruder gerade über einen Ehevertrag zwischen dir und dem Chieftain verhandelt?«, begann Ilysa, sobald sie allein waren.

»Selbstverständlich.«

Versonnen betrachtete das Mädchen sich im Spiegel und

zupfte eine Strähne aus ihrem Zopf, damit sie als Locke über ihre Wange hing.

»Ist das hier wirklich das, was du willst?«

»Euer Clan ist nicht so mächtig wie der meines Vaters, also steht Connor ein Stück unter mir«, erwiderte Deirdre und zog die Nase kraus. »Aber er ist ohne Zweifel ein sehr gut aussehender Mann.«

»Er ist mehr als das«, korrigierte Ilysa sie mit Nachdruck. »Connor ist ein durch und durch ehrbarer Mann und wird ein hingebungsvoller Ehemann sein. Kannst du ihm das Gleiche versprechen?«

»Du bist wirklich erstaunlich ... Wobei es dir recht besehen nicht zusteht, mich dermaßen ungehörig auszufragen.« Deirdre wedelte mit der Hand, als wollte sie eine lästige Fliege verscheuchen. »Kümmere dich lieber um das Kleid.«

Ilysa blieb beharrlich und bohrte weiter. »Gibt es irgendetwas, das du Connor sagen solltest, bevor du die Ehe mit ihm eingehst?«

Deirdre drehte sich um und warf ihr einen kalten Blick zu. In diesem Moment erfasste Ilysa die ganze Tragweite. Deirdre erwartete bereits ein Kind.

»Du musst deinem Bruder sagen, dass du Connor nicht heiraten kannst.«

»Es war mein Bruder, der die Eheschließung vorgeschlagen hat.« Deirdre legte eine Hand auf ihre wohlgeformte Hüfte und lächelte. »Connor will ein Bündnis schließen. Und er will mich.«

»Du hingegen liebst einen anderen.«

»Liebe?« Die künftige Braut lachte belustigt auf. »Ich würde es kaum so nennen.«

Offensichtlich hatte das Mädchen nicht vor, der Sache

ein Ende zu bereiten. Was Connor betraf, so war er im Moment mit Blindheit geschlagen und außerstande, über die angestrebte Allianz und Deirdres äußere Vorzüge hinauszublicken. Wenn jedoch in sechs Monaten ein Kind auf die Welt kommen sollte, würde Connor am Boden zerstört sein.

Teàrlag hatte Ilysa geraten, auf ihren Instinkt und ihr Herz zu hören und Connor zu beschützen. Also traf sie eine Entscheidung.

»Wie du richtig gesagt hast, steht es mir nicht zu, dich solche Dinge zu fragen.« Ilysa stieß ein, wie sie hoffte, resigniert klingendes Seufzen aus und begann ihre Arzneien zusammenzusuchen. Sie nahm wahllos einige Dinge und legte sie in ihren Korb. »Ich habe noch zu tun. Eine Bäuerin auf einem Hof in der Nähe liegt in den Wehen und hat nach mir geschickt.«

Deirdre verengte ihre blauen Augen zu schmalen Schlitzen. »Ist es nicht gefährlich, die Burg zu verlassen? Und warum musst ausgerechnet du gehen?«

»Ganz einfach, weil ich Heilerin bin.« Ilysa nahm ihren Umhang von dem Haken neben der Tür. »Ich kann nicht genau sagen, wann ich zurück sein werde. Beim ersten Kind zieht sich die Geburt manchmal über Stunden hin.«

Nachdem sie das Zimmer verlassen hatte, lehnte sie sich an die kühle Steinmauer und ging in sich.

Bevor sie das tun würde, was sie glaubte tun zu müssen, wollte sie ganz sicher sein, dass es nicht eigennützige Beweggründe waren, die sie dazu bewogen, sondern die Sorge um Connors Wohl und das des Clans. Hinzu kam Teàrlags Warnung, dass Connor unglücklich würde, wenn er vor Beltane heiratete. Und das würde er mit Deirdre hundertprozentig, daran zweifelte sie keine Sekunde. Und was den

Clan betraf, so würde jede Schwächung seiner Autorität ihm seine Aufgaben zusätzlich erschweren.

Diese Ehe musste mit allen Mitteln verhindert werden.

Statt die Burg zu verlassen, wie sie es Deirdre gegenüber behauptet hatte, machte Ilysa sich auf den Weg nach unten in die Küche.

»Ich kann mich nicht in der großen Halle blicken lassen«, flüsterte sie Cook zu, als sie sich zu ihm an den Arbeitstisch gesellte, »aber ich muss wissen, wann genau Deirdre nach dem Abendessen aufsteht und die Halle verlässt.«

Fragend zog der Koch eine Augenbraue hoch, doch sie schüttelte den Kopf, um ihm wortlos zu verstehen zu geben, dass sie ihm den Grund für diese Bitte im Augenblick nicht verraten konnte.

»Kein Problem, ich werde einem der Mädchen, die die Speisen servieren, sagen, dass es die Lady im Auge behalten soll«, versprach er daraufhin mit so leiser Stimme, dass niemand sonst ihn verstehen konnte. »Ich werde mir irgendeinen Grund ausdenken.«

Ilysa war erleichtert, dass er begriffen hatte, wie wichtig ihr die Sache war, und drückte seinen Arm. »Du bist wirklich ein guter Freund.« Plötzlich dämmerte es ihr. »Du weißt etwas, oder?«

»Ich habe den Verdacht, dass das Mädchen an einem ganz bestimmten Krieger interessiert ist, um es vorsichtig auszudrücken. Und mit diesem Verdacht stehe ich nicht allein da.«

Das bedeutete, dass die halbe Burg schon über die heimlichen Treffen Bescheid wusste und dass Gerüchte in Umlauf waren. Falls Ilysa noch Zweifel gehegt haben sollte, dass gehandelt werden musste, so hatten sich diese spätestens jetzt in Rauch aufgelöst.

Das Abendessen schien sich endlos hinzuziehen, und es kam ihr wie eine Ewigkeit vor, bis Cook den Kopf grinsend durch die Tür des Weinkellers steckte, wo sie sich verborgen hielt.

»Die junge Lady hat sich soeben entschuldigt, um sich in ihr Gemach zurückzuziehen.«

Ilysa raffte ihre Röcke und rannte hinaus. Auf der schummrig beleuchteten Treppe blieb sie stehen. Von hier aus konnte sie die Halle überblicken, ohne selbst gesehen zu werden. Ihr Herz hämmerte wie wahnsinnig. Sie musste nicht lange warten, bis Connor und James sich ebenfalls von ihren Plätzen erhoben, um sich zurückzuziehen.

Los, los, befahl sie sich, während sie Deirdres Geliebten nicht aus den Augen ließ. Als er schließlich aufstand und zu der Treppe eilte, die in die oberen Stockwerke des Wohnturms führte, erkannte Ilysa, dass ihr Plan tatsächlich aufgehen könnte.

Sie wusste nicht, wie lange sie warten sollte. Würden Deirdre und ihr Galan vorher noch ein wenig plaudern oder gleich zur Sache gehen? Eingedenk der Bilder aus der Vorratskammer, die ihr noch allzu gut vor Augen standen, schüttelte sie den Kopf. Nein, die beiden würden sich bestimmt nicht mit langen Gesprächen aufhalten, falls sie überhaupt vorher miteinander redeten.

Und sobald sie begonnen hatten ... Wie lange würde es dauern, bis sie wirklich miteinander schliefen? Nach allem, was Ilysa so gehört hatte, war das sehr unterschiedlich. Sie durfte weder zu früh handeln noch zu spät, musste sie sozusagen in voller Aktion ertappen, wenn es keinen Zweifel und keine Ausrede mehr gab. Ilysa holte tief Luft und stieg die Treppe hinauf.

»Meine Schwester hat ein freundliches, fügsames Wesen, das jedem Mann gefallen würde«, sagte James, als er und Connor sich im Schlafgemach des Chieftains an den kleinen Tisch setzten.

»*Aye,* das sehe ich genauso«, stimmte Connor höflich zu, wenngleich Deirdre ihm nicht besonders freundlich oder besonders fügsam vorkam.

»Mir ist nicht entgangen, dass ihre Schönheit dich bereits für sie eingenommen hat.«

Connor nickte. Das Mädchen war zweifelsohne attraktiv, und nachdem er in der vergangenen Woche intensiv über die ganze Angelegenheit nachgedacht hatte, war er zu der Überzeugung gelangt, dass er im Augenblick nichts Besseres für den Clan tun konnte, als dieses Bündnis einzugehen. Alexander of Dunivaig verfügte über die Krieger und die Schiffe, die er für den Kampf gegen die MacLeods benötigte, und bot ihm überdies eine sehr großzügige *tochar,* eine Mitgift, an, die Connors belagerter Clan sehr gut gebrauchen konnte.

Desungeachtet nagte Ilysas Warnung, dass Deirdre nicht die richtige Frau für ihn sei, an ihm, und ihre Behauptung, dass sie ihn am Ende bloßstellen werde, ging ihm nicht aus dem Kopf.

»Es gibt zwei Dinge, die mir wichtig sind, wenn ich mich für eine Frau entscheide«, entgegnete Connor schließlich nach längerem Schweigen.

»Schönheit und was noch?«, unterbrach James ihn mit einem Lachen.

»Die erste Bedingung ist: Euer Clan muss sich verpflichten, mit meinem zusammen gegen die MacLeods zu kämpfen. Das heißt, ihr müsst eine Entscheidung treffen. Ihr könnt mich nicht bei der Rückeroberung von Trotternish unterstützen, wenn ihr woanders gegen die Krone kämpft. Denn ich kann nicht riskieren, eine Allianz zu schließen, die mich irgendwann in die Rebellion hineinzieht.«

»Wie ich neulich sagte, glaube ich, dass mein Vater kurz davorsteht, die Bedingungen der Krone anzunehmen«, beruhigte James ihn. »Sehr kurz davor sogar.«

Obwohl kurz davor eigentlich nicht reichte, würde Connor diese Unwägbarkeit in Kauf nehmen müssen, weil er dieses Bündnis brauchte, und zwar so schnell wie möglich.

»Und als Zweites ist für mich unabdingbar, dass meine zukünftige Ehefrau absolut loyal und treu ist. Dessen muss ich mir sicher sein können.«

Er merkte, dass James erstarrte.

»Du denkst wohl an deine Mutter, andernfalls würde ich diese Bemerkung als Beleidigung auffassen«, erwiderte er steif. »Doch zu deiner Beruhigung: Du hast in dieser Hinsicht nichts zu befürchten. Meine Schwester geht als Jungfrau in die Ehe und wird dir eine vorbildliche und tugendhafte Frau sein.«

»Im Austausch gegen ihre Loyalität kann sie sich meiner Treue sicher sein. Allerdings wünsche ich für das erste Jahr eine Ehe auf Probe, um zu schauen, ob sie Kinder austragen kann. Natürlich werde ich, solange sie meine Frau ist, mit keiner anderen schlafen.«

»Ich werde dich in der Hinsicht ganz sicher nicht beim Wort nehmen«, sagte James und zwinkerte ihm zu.

Connor hingegen nahm dieses Versprechen ernst, wenngleich er mehr und mehr befürchtete, dass Deirdre langweilig war wie ein Stück Holz und außer ihrer Schönheit nichts vorzuweisen hatte. Desungeachtet verdiente sie seinen Respekt, und er war fest entschlossen, ihr den nicht zu versagen.

Mit ihr zu schlafen, war mit Sicherheit keine lästige Pflicht. Er stellte sich vor, wie sie ihre langen Beine um seine Taille schlang, wie seine Hände …

»Ich bin froh, dass wir alles besprochen und die Details geklärt haben«, riss James ihn aus seinen Gedanken. »Falls du keinen eigenen Sekretär hast, ich habe meinen mitgebracht, der den Ehevertrag aufsetzen kann.«

Noch bevor Connor etwas erwidern konnte, wurde die Tür aufgestoßen.

Kapitel 7

Gott bewahre. Connor ballte die Hände zu Fäusten, als Niall, der heute Abend als Wache vor seiner Tür postiert war, Ilysa ins Zimmer führte.

»Habe ich dir nicht ausdrücklich gesagt, dass ich nicht gestört werden möchte, es sei denn, es handelt sich um einen Überfall«, presste Connor zwischen den Zähnen hervor.

Niall schaute ihn betreten an. Da er große Stücke auf Ilysa hielt, hatte er ihr geglaubt, dass ihr Anliegen überaus dringend war.

»Sie muss dir etwas Wichtiges sagen – es kann nicht warten«, stammelte er verlegen.

»Wage es ja nicht …«, wandte Connor sich drohend an seine Heilerin.

»Es tut mir leid, wenn ich störe, doch ich bin besorgt um die Sicherheit deiner Schwester«, begann Ilysa und sah James an. »Du willst bestimmt nicht, dass die gesamte Burg davon erfährt, aber ich habe gesehen, wie sich kurz nach Deirdre ein Mann in das Schlafzimmer geschlichen hat, das ich mit deiner Schwester teile.«

Connor sprang auf und wollte die Unglücksbotin schon packen, als er mit einem Mal bemerkte, dass James wie ein geschlagener Krieger in seinem Sessel saß. Eine böse Vorahnung beschlich ihn.

»Die Tür war verschlossen, ich habe sie nur schreien gehört. Ihr müsst euch beeilen. Wer weiß, was der Kerl gerade mit ihr anstellt.«

»Ihr beide wartet hier«, befahl Connor Ilysa und Niall. »James und ich werden uns um die Sache kümmern.«

Als sie die Halle erreichten, wurde Connor langsamer, um keine Aufmerksamkeit zu erregen.

»Deine Heilerin muss sich geirrt haben«, murmelte James. »Sicherlich würde keiner deiner Männer einem Gast etwas antun, oder?«

Connor reagierte nicht, sondern stürmte die Treppe des Wohnturms hinauf zu den Schlafräumen. Ohne sich die Mühe zu machen anzuklopfen, rammte er seine Schulter gegen Ilysas Tür. Sie war tatsächlich verschlossen, also machte er einen Schritt rückwärts und trat sie ein. Mit einem lauten Krachen fiel sie aus den Angeln.

Er trat ein und erstarrte, als er Deirdre erblickte, der vor Schreck der Mund offen stand. Sie war splitternackt und saß rittlings auf einem Mann, der sich aufzusetzen versuchte. Sobald Connor erkannt hatte, dass es keiner von seinen Männern war, drehte er sich zu James um.

»Sie ist dein Problem, nicht meins.«

James bedachte seine Schwester mit einem mörderischen Blick, überrascht war er nicht.

Connor ließ sich in seinem Handeln selten von Emotionen leiten, doch in diesem Moment war er so zornig, dass ihm alles vor den Augen verschwamm. Am liebsten hätte er mit den Fäusten gegen die Steinmauern geschlagen und das Gebäude zum Erbeben brachte.

»Kein Wort darüber, zu niemandem«, zischte er Niall ins Ohr, nachdem er in sein Gemach zurückgekehrt war. »Wir werden später noch über deine Rolle in dieser Angelegenheit sprechen.«

Er schlug die Tür zu und wandte sich Ilysa zu, die auf einem Stuhl hockte und ungewohnt ängstlich wirkte.

»Du wusstest, dass Deirdre mit einem Mann in dem Zimmer war«, schrie er sie an. »Mit deinem Handeln hast du nicht allein mich, sondern auch meine Gäste bloßgestellt und blamiert.«

»Ich habe versucht, dich vor ihr zu warnen«, entgegnete sie mit sanfter Stimme und brachte ihn damit auf den Boden der Tatsachen zurück.

»Leider habe ich geglaubt, dass du das Mädchen einfach nicht mochtest und eifersüchtig warst«, gestand er. »Warum hast du mit keiner Silbe erwähnt, dass sie in meinem Wohnturm mit einem von ihren Clanmännern schläft, während ihr Bruder mit mir über einen Ehevertrag verhandelt?«

»Ich wusste nicht, wie ich dich aufhalten sollte. Du wolltest ja nicht einmal zuhören.«

»Also bist du in mein Zimmer gekommen, hast die Unschuld gespielt und uns die Geschichte von der armen Deirdre aufgetischt, die möglicherweise überfallen wurde.« Verzweifelt griff er sich an die Stirn. »Damit hast du mich bewusst getäuscht und uns alle zum Narren gehalten!«

Ilysa sah in ihrem unförmigen Kleid so klein, so mitleiderregend und erbarmungswürdig aus, dass er sich wie ein Ungeheuer fühlte, weil er sie dermaßen anschrie. Dabei hatte sie ausschließlich zu seinem Besten gehandelt. Mühsam riss er sich zusammen.

»Ein Chieftain wird ebenfalls danach beurteilt, wie er mit seinen Gäste umgeht«, suchte er nach einer Rechtfertigung für sein rüdes Verhalten.

»Leider waren es keine besonders guten Gäste«, wisperte sie kaum verständlich.

»Ich mache mein Verhalten nicht von anderen abhängig«, maßregelte Connor sie.

»Gut, ich entschuldige mich für die Art und Weise, wie du es erfahren hast.« Nervös nestelte Ilysa an ihren Röcken. »Für sonst nichts. Ich musste einfach etwas tun, bevor es zu spät war, bevor du dich verpflichten würdest.«

Er rieb sich den Nacken und atmete tief durch. »Du hättest mir einfach sagen können, was du wusstest, statt vage Bemerkungen darüber zu machen, dass sie nicht die richtige Ehefrau sei.«

»In Ordnung, das merke ich mir fürs nächste Mal.«

Fürs nächste Mal? Gott bewahre, es würde kein nächstes Mal geben, hoffte Connor.

»Es gibt noch etwas, das du wissen solltest«, setzte sie erneut an. »Ich bin mir ziemlich sicher, dass Deirdre ein Kind erwartet.«

In diesem Augenblick fiel es Connor wie Schuppen von den Augen. Er ließ sich auf einen Stuhl sinken und schlug die Hände vors Gesicht. Natürlich war Deirdre schwanger. Und natürlich wusste ihr Bruder es. Was ihn betraf, so hatte er sich überlisten lassen. Ein schöner Chieftain war er, sich so vorführen zu lassen! Zum Glück hatte Ilysa ihn rechtzeitig aufgehalten, selbst wenn er sich wünschte, sie hätte eine weniger dramatische Art und Weise gewählt. Hauptsache jedoch war, dass er durch ihr Eingreifen keine Frau geheiratet hatte, die ihm einen Bastard unterschieben wollte. Das wäre die reinste Katastrophe gewesen.

Was hätte er dann getan? Zwei Möglichkeiten gab es für solche Fälle, und beide waren schlecht. Sie in Schimpf und Schande zu ihrem Clan zurückzuschicken, würde bedeutet haben, einen Krieg mit ihrem mächtigen Vater zu riskieren. Sie zu behalten, hätte unweigerlich zur Folge gehabt, den Respekt seines eigenen und den der anderen Clans zu verlieren, was das Ansehen der MacDonalds of Sleat nachhaltig geschädigt hätte.

Er warf sich vor, dass er keinen Verdacht geschöpft hatte, als James es so eilig zu haben schien, einen Ehevertrag unter Dach und Fach zu bringen. Immerhin stand sein Clan nicht unter Druck, eine taktische Allianz schließen zu müssen. Warum war er nicht aufmerksamer und vorsichtiger gewesen?

Selbstverständlich gab es Ausreden genug. Vor allem die, dass er dringend einen Verbündeten brauchte, um die MacLeods anzugreifen. Bloß war das nicht die ganze Wahrheit. Fakt war: Er hatte sich zudem so sehr danach gesehnt, endlich wieder eine Frau im Bett zu haben, dass dadurch sein Urteilsvermögen beeinträchtigt worden war. Ungezügelte Begierde hatte ihn dazu gebracht, übereilt und unvorsichtig zu handeln. Das war unverzeihlich. Er würde sich niemals mehr eine solche Schwäche gestatten.

Kapitel 8

Nett von dir, mich zu begleiten«, sagte Ilysa zu Niall, als sie die letzten Meter über das freie Feld zum Burgtor gingen.

»Es ist gefährlich außerhalb der Burgmauern«, entgegnete Niall in ungewohnt schroffem Ton. »Connor meinte, du bräuchtest einen Mann, der dich beschützt.«

Wieso wusste er überhaupt davon, dass sie zu einer Hütte in der Nähe gerufen worden war, um dort einer Frau zu helfen, die in den Wehen lag und bei der es Komplikationen gab, fragte sie sich. Jedenfalls hielt er ein Auge auf sie, ganz wie er es Duncan versprochen hatte, und seine Versprechungen nahm er ernst.

»Du wirst doch niemandem erzählen, dass ich umgekippt bin, oder?«, fragte Niall und klang wie ein kleiner Junge.

Dabei war er über einen Meter achtzig groß und ein mutiger Krieger, aber er war tatsächlich in Ohnmacht gefallen, als er bei der Geburt anwesend gewesen war.

»Natürlich nicht«, sagte sie. »Du bist nicht der erste Mann, dem das passiert, das kannst du mir glauben. Jetzt weißt du wenigstens, was dich erwartet, wenn du einmal eigene Kinder bekommst.«

Er verzog das Gesicht. »Dann bin ich hoffentlich ganz woanders, damit ich nichts davon mitkriege.«

»Ich schätze, du wirst deine Meinung noch ändern, wenn die Zeit gekommen ist.«

Niall hatte ein weiches Herz. Er würde einer der Ehemänner werden, der seiner Frau nicht von der Seite wich und zur Not mit anpacken würde.

»Ich kann den Frühling riechen«, sagte er und sog tief die Luft ein, als sie sich dem Tor näherten.

Bis Beltane war es nicht mehr lange hin. Seit dem überstürzten Aufbruch von James und Deirdre war Connor höflich, allerdings distanziert und zurückhaltend gewesen. Sie vermisste die entspannten Unterhaltungen, die sie geführt hatten, wenn sie ihn neu verbunden hatte – jetzt ließ er sie nicht mehr an sich ran. Seine Wunden seien verheilt und ihre Hilfe nicht mehr vonnöten, hatte er ihr erklärt.

In Gedanken versunken, stolperte sie beim Betreten der Burg, rasch packte Niall ihren Arm.

»Du warst die ganze Nacht auf den Beinen. Geh in deine Schlafkammer und leg dich hin. Ich werde einer Bediensteten sagen, dass sie dir etwas zu essen bringen soll.«

»Ich bin tatsächlich müde«, gab sie zu.

Da sie seit dem gestrigen Abendessen nichts mehr zu sich genommen hatte, war sie zudem froh, wenn sie in ihrem eigenen Zimmer essen konnte.

Dennoch sah sie sich erst mal in der großen Halle um. Connor war nicht zu sehen, der Großteil seiner Leibwache ebenfalls nicht. Vermutlich hielten sie sich irgendwo draußen auf. Dafür fiel ihr Blick auf einen Mann, den sie nie zuvor gesehen hatte.

Mit einem Mal verschwamm ihr alles vor Augen.

Die Fähigkeit, in die Zukunft zu sehen, hatte Ilysa so selten, dass sie erst langsam begriff, dass sich gerade eine Vision manifestierte. Zunächst hatte sie das seltsame Gefühl auf ihren leeren Magen und ihre Müdigkeit geschoben, doch dann wurde ihr bewusst, dass die Erschöpfung ihren Geist öffnete. Teàrlag behauptete immer, dass sie sich unbewusst gegen ihre Gabe wehren würde. Jetzt ließ sie sie zu.

Die Vision wurde stärker, und strahlende Farben flirrten um den Fremden herum. Nur hatte Ilysa keine Ahnung, was das bedeuten sollte.

Der Fremde saß allein auf einer Bank an der Wand und hatte die Arme verschränkt. Es wirkte, als würde er warten. Aufgrund seiner Kleidung, seiner muskulösen Gestalt und des Schwertes, das er auf dem Rücken trug, schloss sie, dass er ein Krieger sein musste. Er hatte blondes Haar, und seine gebräunte Haut ließ erkennen, dass er viel Zeit im Freien verbrachte.

Ilysa musterte sein Gesicht mit der ausdrucksstarken Nase und den breiten Wangenknochen. Als er unvermittelt den Kopf drehte, trafen sich ihre Blicke. Für gewöhnlich sahen Männer an ihr vorbei oder durch sie hindurch, dieser Fremde hingegen richtete seinen Blick unverwandt auf sie. Ob er wohl spürte, dass sie etwas an ihm wahrnahm, das die anderen nicht sehen konnten. Mehr und mehr wuchs in ihr das Gefühl, dass dieser Krieger ein Geheimnis hütete, von dem niemand wissen sollte. Und weil sie das unbedingt herausfinden wollte, ging sie zu ihm.

»Guten Tag«, begrüßte sie ihn.

»Ich habe etwas mit dem Chieftain zu besprechen«, sagte der Fremde und erhob sich. Er war ein hochgewachsener Mann und hielt sich sehr aufrecht.

»Unser Chieftain ist nicht hier, deshalb übernehme ich es, dich willkommen zu heißen.«

»Wer bist du? Seine Ehefrau?«

Obwohl sie seine Frage unverschämt fand, blieb sie ruhig. »Nein, mein Name ist Ilysa.«

Als der scharfe Blick seiner grünen Augen über sie glitt, erinnerte sie sich wieder an die Warnung ihres Bruders, ihre Anwesenheit auf der Burg könnte die Männer des Clans zu der Annahme verleiten, dass sie Connors Geliebte sei. Sie meinte beinahe zu hören, wie der Fremde überlegte, warum der Chieftain sich für ein so unscheinbares Mädchen entschieden hatte.

»Meine Mutter war die Kinderfrau des Chieftains, und mein Bruder ist sein bester Freund«, rechtfertigte sie sich unwillkürlich, da die prüfenden Blicke des Fremden sie verunsicherten. »Der Chieftain und ich sind fast wie Bruder und Schwester.«

»Fast?« Er zog eine Augenbraue hoch.

»Eigentlich genau wie, bloß dass wir nicht verwandt sind«, entgegnete sie mit fester Stimme und hielt seinem Blick stand. »Wenn du dich an einen Tisch setzt, werde ich dir eine Stärkung bringen lassen.«

Es war Vormittag, das Frühstück vorbei, und bis zum Mittagessen war es noch eine Weile hin. Besucher waren bei ihrer Ankunft meist hungrig, und selbst ein unverschämter Gast verdiente, gebührend behandelt zu werden.

Als sie einer der Dienstmägde einen Wink gab, eilte das Mädchen sogleich in die Küche, während sie den Fremden aufforderte, sich an die lange Tafel zu setzen. Kaum hatte er Platz genommen, kehrte das Mädchen mit einem Becher Ale und einer Schüssel dampfendem Eintopf zurück.

»Setz dich und leiste mir Gesellschaft«, forderte der unbekannte Besucher sie auf.

Ilysa war zum Umfallen müde, aber sie würde erst Ruhe

finden, wenn sie mehr über den geheimnisvollen Fremden in Erfahrung gebracht hatte.

»Ich habe dir meinen Namen verraten«, erwiderte sie und rutschte auf die Bank neben ihn. »Tust du mir den gleichen Gefallen?«

»Gerne, ich bin Lachlan.«

»Der Lachlan, der die Überfälle gegen die MacLeods angeführt hat?«

»Hm«, brummte er, und in ihren Ohren klang es wie eine Zustimmung. Dann beugte er sich vor und nahm einen Löffel von dem Eintopf.

Also war *er* der Krieger, den der Koch für geeignet hielt, Anführer der Leibwache zu werden.

»Das ist köstlich«, lobte er. »Viel besser als bei meinem letzten Besuch auf der Burg.« Als er den Eintopf zur Hälfte aufgegessen hatte, legte er eine Pause ein. »Da du unseren neuen Chieftain so genau kennst, erzähl mir bitte ein bisschen über ihn.«

Ilysa gefiel sein süffisanter Ton nicht. »Gibt es etwas Bestimmtes, das du gern wissen möchtest?«, gab sie reserviert zurück.

»Ist er ein Mann, der es wert ist, ihm zu dienen?«

Dieser Krieger war sehr direkt, selbst für einen Highlander.

»Er ist dein Chieftain und das sollte ausreichen«, beschied sie ihn förmlich.

Lachlan warf ihr von der Seite einen gelangweilten Blick zu und aß seinen Eintopf weiter.

»Du solltest eigentlich keinen anderen Grund benötigen«, fügte sie mit unverhohlenem Missfallen hinzu. »Dennoch versichere ich dir, dass Connor MacDonald ein guter, ehrenhafter Mann ist.«

Der Krieger legte den Löffel beiseite und wandte ihr den Kopf zu. »So ist das also …«

Dann zuckte er die Schultern und widmete sich wieder seinem Essen

Hatte er soeben erneut angedeutet, sie sei Connors Geliebte?

»Du scheinst da etwas misszuverstehen«, protestierte sie, während ihr die Hitze in die Wangen stieg.

Ihr Gast ging nicht darauf ein, sondern schnitt ein anderes Thema an. »Wie gut ist unser neuer Chieftain eigentlich als Krieger?«

»Es gibt keinen besseren, vielleicht außer meinen Bruder Duncan.«

»Dem ehemaligen Captain der Leibwache? Ich habe von ihm gehört.«

»Vielleicht überlegst du es dir jetzt etwas genauer, bevor du dir anmaßt, ein Urteil über mich zu fällen.«

»Es tut mir leid«, sagte er und schien es wirklich ehrlich zu meinen.

Als Stimmen ertönten, drehten sie sich gleichzeitig zur Tür um. Connor kam mit ein paar seiner Wachen in die große Halle, und wie immer machte Ilysas Herz einen verräterischen Satz bei seinem Anblick.

Im nächsten Moment wurde sie von einer Explosion roter Farben abgelenkt, die von Lachlan ausging und sich nach Feindseligkeit anfühlte. Als kurz darauf eine kräftige blaue Farbe hinter den orangeroten Flammen, die ihn umgaben, erglühte, wurde sie von einem undefinierbaren Schmerz erschüttert.

Sie packte Lachlans Arm und zwang ihn, sie anzusehen. Als er seinen Blick von Connor löste, stand eine Wildheit in seinen Augen, die ihr Angst machte. Lediglich der

Schmerz, den sie in seinem Herzen erkannt hatte, vermochte das ungute Gefühl etwas zu mildern.

»Was immer du über unseren Chieftain zu wissen glaubst, ist falsch«, sagte sie. »Connor ist ein guter Mensch.«

»Ich habe ihn noch nie getroffen, also denke ich gar nichts über ihn.«

Er log, begriff Ilysa. Sie spürte die Anspannung seines Körpers, als Connor seinen silberblauen Blick auf sie richtete und dann auf sie zukam. Als die beiden Männer sich über den Tisch hinweg anschauten, waberte Gefahr um sie herum und hallte wie lauter Trommelschlag in ihrem Kopf wider.

»Ich bin Lachlan of Lealt«, stellte der Neuankömmling sich vor und gab sich damit als Mann zu erkennen, der in der Nähe des Lealt River auf der östlichen Seite der Halbinsel geboren worden war. »Ich habe gehört, dass du starke Krieger brauchst, und bin gekommen, um dir meine Dienste anzubieten.«

Lachlan war ungefähr in Connors Alter, gut gebaut und ähnlich hochgewachsen wie der Chieftain. Seine Muskeln bewiesen, dass er intensiv mit der Waffe trainierte. Und in seinen Augen lag eine Härte, die ihn als entschlossenen Kämpfer auswies.

Connor gefiel, was er sah. »Ich habe viel von dir gehört. Man sagt, dass du die Häuser unserer Leute auf Trotternish beschützt hast.«

»Nicht jeder von uns hat vor den MacLeods die Flucht ergriffen«, betonte er mit unverkennbarem Stolz.

»Wenn du gegen sie kämpfen willst, dann kann ich dich und dein Schwert gut gebrauchen.«

»Ich werde dir gerne meine Fähigkeiten demonstrieren«, entgegnete der andere.

»Leider bin ich verwundet, sonst würde ich mich gerne mit dir messen.« Connor warf Ilysa einen flüchtigen Blick zu. »Ich fürchte, dieses zarte Mädchen hier, das über meine Gesundheit wacht, wird mich auspeitschen, wenn ich jetzt kämpfen und den Heilungsprozess gefährden würde.«

Lachlans Augen weiteten sich ein wenig, ohne dass er lächelte.

»Vielleicht kann ich ja gegen ihn antreten«, bot Sorely an und machte einen Schritt nach vorn.

Sogleich erhob Lachlan sich schwungvoll von der Sitzbank und ging in Richtung Tür, gefolgt von den anderen Kriegern, die sich sichtlich auf das Schauspiel freuten. Trotz der allgemeinen Aufregung entging es Connor nicht, dass Ilysa ihn mit alarmierter Miene ansah.

»Ich werde nicht zulassen, dass sie sich gegenseitig umbringen«, versprach er und zwinkerte ihr zu. »Schließlich brauche ich die beiden lebendig für den Kampf gegen die MacLeods.«

Ilysa reagierte nicht mit dem belustigten Funkeln in den Augen, das er eigentlich erwartet hätte, und er fragte nicht nach. Seit dem Debakel mit Deirdre herrschte zwischen ihnen ein unbehagliches Schweigen, das so einfach nicht zu überwinden war. Also ließ er die Sache auf sich beruhen und begab sich in den Burghof.

Die beiden Kämpfer warteten bereits auf ihn. Sobald er ihnen ein Zeichen gab, griff Lachlan kraftvoll und ohne zu zögern an. Connor verschränkte die Arme vor der Brust und beobachtete zufrieden den Kampf. Sorely war immerhin so gut, dass sein Gegner es nicht leicht hatte und sich durchaus ein wenig anstrengen musste. Trotzdem war von

Anfang an klar, wer als Sieger aus diesem Übungskampf hervorgehen würde. Als Lachlan seinen Kontrahenten schließlich zu Boden warf und ihm das Schwert abnahm, brachen die Zuschauer in Jubel aus. Die Miene des Siegers dagegen ließ keine Regung erkennen. Scheinbar ungerührt steckte er seine eigene Klinge in die Scheide, die er auf seinem Rücken befestigt hatte.

»Ich bin froh, dass du entschlossen bist, dich uns anzuschließen.« Connor war auf ihn zugegangen, nachdem die Aufregung sich gelegt hatte. »Du wirst jetzt sicher zu Ende essen wollen.«

Lachlan nickte knapp, machte auf dem Absatz kehrt und ging in Richtung der großen Halle.

»Aber zuerst«, rief Connor ihm nach, »werde ich dir den Treueschwur abnehmen.«

Als der Neue sich umdrehte, bemerkte er, wie im Blick des Mannes kurz etwas wie Widerstand aufflackerte. Der Moment war genauso schnell vorüber, wie er gekommen war, doch Connor glaubte nicht, dass er sich getäuscht hatte.

»Natürlich.« Lachlan sank auf ein Knie und legte sein Schwert zu Füßen des Chieftains auf die Erde. »Ich gelobe, mein Schwert und mein Leben zu geben, um die MacDonalds of Sleat gegen andere zu verteidigen.«

Connor war nicht vollkommen zufrieden, das Gelübde schien ihm nicht wirklich von Herzen zu kommen. Allerdings wusste er, dass die Intrigen seines Onkels den Clan entzweit hatten und er sich die Loyalität der Männer erst wieder verdienen musste.

Sorely klopfte sich den Schmutz von den Kleidern und gesellte sich zu Connor.

»Er ist ein arroganter Mistkerl«, knurrte er und schickte Lachlan missgünstige Blicke nach.

»*Aye*, mag sein, dafür ist er ein beeindruckender Krieger«, entgegnete Connor, »und ich brauche dringend genau solche Leute.«

Während draußen der Schaukampf ausgetragen wurde, durchwühlte Ilysa hektisch ihre Truhe. Sie war auf der Suche nach dem Beutel mit Kräutern, den Teàrlag ihr gegeben hatte. Sobald sie ihn gefunden hatte, eilte sie in Connors Schlafzimmer. Wie erwartet, waren die Wachen genau wie alle anderen in den Hof gegangen, sodass niemand sie aufhielt. Sie war erleichtert zu sehen, dass das Torfstück in der Feuerschale noch immer glomm, und kniete sich davor hin. Hier in Connors Zimmer hoffte sie die Gabe des Sehens heraufbeschwören und herausfinden zu können, ob Lachlan of Lealt eine Gefahr darstellte. Um sich selbst zu beruhigen und ihren Geist freizumachen, schloss sie die Augen und atmete langsam ein und aus. Dann warf sie die Kräuter, die die Visionen verstärken sollten, in die Glut.

Funken stoben aus der Feuerschale, stark riechender Rauch stieg auf. Als Ilysa sich vorbeugte und erneut tief einatmete, fühlte sie sich, als würde das gesamte Gebäude sich in eine Richtung neigen. Sie versuchte ihre Gedanken auf Connor und Lachlan zu konzentrieren. Stattdessen sah sie zwei Frauen, die sanft und leise mit einem Baby sprachen. Es hätte eigentlich eine tröstliche Szene sein können, wäre da nicht die tiefe Traurigkeit gewesen, die die beiden Frauen umgab. Dann verspürte sie Gefahr und die Anwesenheit eines Mannes, der sich versteckt hielt und den ihre Vision sie nicht erkennen ließ.

Als es vorbei war, setzte Ilysa sich auf ihre Fersen. Was um alles in der Welt sollte das bedeuten? Und wer war der Mann? Lachlan oder Connor?

Kapitel 9

Connor hätte es sich niemals erlaubt, vor seinen Leuten zu humpeln. Er biss die Zähne zusammen und konzentrierte sich darauf, sich beim Laufen den stechenden Schmerz, der durch sein Bein schoss, nicht anmerken zu lassen. Sobald er durch den Gang in den an den Wohnturm angrenzenden Trakt getreten war, blieb er stehen und atmete einmal tief durch, bevor er die Treppe erklomm.

Zum Teufel mit dem Pfeil, der in seinem Bein gesteckt hatte, und zum Teufel mit dem Mann, der den Pfeil auf ihn abgefeuert hatte.

Er schwitzte, als er den Treppenabsatz erreichte und die Tür zu seinem Zimmer aufstieß.

»Ilysa?«

Was zur Hölle machte sie da? Warum kniete sie auf dem Boden in seinem Zimmer? Warum war sie überhaupt hier?

Ihre braunen Augen wirkten riesig, als sie von unten zu ihm aufblickte, und zugleich wirkte ihre Miene verdächtig schuldbewusst.

»Ich wollte nur …«, murmelte sie und rappelte sich mühsam auf.

Als Connor einen großen Satz machte, um ihr beim Aufstehen zu helfen, durchzuckte ein heftiger Schmerz sein

Bein, als würde jemand tausend heiße Nadeln in sein entzündetes Fleisch stechen.

Sogleich schimpfte sie ihn. »Ich habe dich gewarnt. Du hättest mir erlauben sollen, mich um die Wunde an deinem Bein zu kümmern. Jetzt wirst du deinen Stolz beiseiteschieben, Connor MacDonald, und mich ohne Widerrede einen Blick darauf werfen lassen.«

Es war weniger sein Stolz gewesen, warum er sich dagegen gesträubt hatte, als die Erinnerung an das Gefühl ihrer Hände auf seiner nackten Haut. Genau genommen dachte er jedes Mal daran, wenn er sie sah. Er hatte sogar davon geträumt, wie sie jeden Zentimeter seines Körpers ganz sacht mit den Fingerspitzen berührte, bis er am Ende vor Lust gestöhnt und sie angefleht hatte, ihn in den Mund zu nehmen. Insofern bereitete es ihm großes Unbehagen, ihr näher als unbedingt nötig zu sein.

Die Kehrseite der Medaille war, dass er sich wegen seiner lüsternen Fantasien viel zu lange geweigert hatte, die Wunde versorgen zu lassen. Jetzt schien sie sich infiziert zu haben und schmerzte höllisch. Widerspruchslos ließ er sich deshalb von Ilysa zum Bett führen.

»Was ist das für ein Geruch?«, wollte er wissen und schnüffelte.

»Ich dachte, dass er dir vielleicht gefallen würde.«

»Um Himmels willen, hast du in meinem Schlafzimmer irgendwelche Essenzen verbrannt?«

Verwundert schüttelte er den Kopf, erst Lilienduft und dann das hier.

»Na ja, ich habe hier auf dich gewartet, um nach der Wunde an deinem Bein zu sehen.« Sie hielt ihren Arzneikorb in die Höhe. »Hier, ich habe alles dabei.«

Sie war keine geübte Lügnerin, aber die Wahrheit – dass

sie sich in Trance versetzt hatte – konnte und wollte sie ihm nicht offenbaren.

»Ich werde etwas Wasser erhitzen und einen Wickel vorbereiten, während du dich fertig machst«, sagte sie und deutete auf seine blutdurchtränkte Hose. Selbst die Tunika hatte etwas abbekommen.

Gehorsam zog er sich aus, legte sich aufs Bett und breitete die Decke über seine Hüften, falls ihre Berührungen ihn allzu sehr erregen sollten.

Ilysa hielt den Blick auf den Kessel mit dampfendem Wasser gerichtet, den sie in der Hand hielt, als sie zu ihm ging. Nachdem sie alles auf den Hocker gestellt und einen ersten Blick auf sein Bein geworfen hatte, sog sie scharf die Luft ein.

»Ich bin so wütend auf dich! Die Wunde ist vollkommen vereitert«, schalt sie ihn. »Das war unvorsichtig und verantwortungslos von dir, Connor MacDonald.«

Er lachte kehlig. Niemand hatte ihn jemals unvorsichtig und verantwortungslos genannt. Dabei wäre er es manchmal gerne. Ganz oben stünde auf seiner Liste, mit einer Frau zu schlafen, bis keiner von ihnen mehr aufrecht gehen könnte. Eigentlich würde nichts anderes darauf stehen, als sich im Bett herumzuwälzen und Sex zu haben, wieder und wieder. Beim bloßen Gedanken daran wuchs seine Erregung.

»Autsch!« Unsanft wurde er aus seinen Tagträumen gerissen, als Ilysa eine heiße, feuchte Kompresse auf seine Wunde legte, was tierisch schmerzte.

»Du hast es nicht anders verdient«, erklärte sie scheinbar mitleidslos, doch in ihrer Stimme schwang unverkennbar Sorge mit.

»Mach dir keine unnützen Gedanken. Das ist nicht so

schlimm«, versuchte er sie zu beruhigen und legte seine Hand auf ihre.

In diesem Moment schien die Luft zwischen ihnen zu vibrieren, und sein Mund wurde mit einem Mal ganz trocken. Abrupt zog er die Hand weg. Er durfte Ilysa nicht berühren, wenn er halbnackt auf seinem Bett lag und an heißen, leidenschaftlichen Sex dachte.

»Tut mir leid«, murmelte er. »Ich bin einfach ein bisschen nervös.«

»Ich weiß, dass es schmerzhaft ist.«

Sie hatte ja keine Ahnung, wie schmerzhaft es war – und damit meinte er nicht die Verletzung. Krampfhaft biss er die Zähne zusammen und unterdrückte ein Stöhnen, als sie die freie Hand erst leicht auf seinen Oberschenkel und dann auf seinen Bauch legte, während sie die Wunde säuberte und mit dem Wickel abdeckte.

Ein bisschen weiter unten.

Am liebsten hätte er sie angefleht, ihn zu berühren, die Hand um seinen harten Schaft zu legen und ihm die Erlösung zu verschaffen, nach der er sich so sehr sehnte. Oder noch besser: Er wollte sie anflehen, zu ihm ins Bett zu kriechen und ihn dann …

Wenn Ilysa geahnt hätte, was ihm gerade durch den Kopf schoss, wäre ihr wohl das Herz stehen geblieben. Er betrachtete die feinen Züge, die selbst ihre schäbige Kleidung nicht zu beeinträchtigen vermochte, und fragte sich, wie er so verdorben sein konnte, dass er tatsächlich mit dem Gedanken spielte, sie zu verführen. Er legte den Arm auf sein Gesicht und befahl sich, nicht weiter darüber nachzudenken, wie Ilysa unter diesem schrecklichen Kleid aussehen mochte.

Connor MacDonald war so ganz anders, als Lachlan es erwartet hätte. In den Tagen seit seiner Ankunft auf der Burg hatte er den Chieftain sehr genau beobachtet. Anders als Hugh erwiderte er seine Blicke ganz offen und sprach voller Respekt mit ihm. Nicht ein einziges Mal hatte er sich über Menschen, die gesellschaftlich unter ihm standen, erhoben oder sich über Bedienstete lustig gemacht. Vielmehr war er voller Selbstironie und konnte über sich selbst lachen – etwas, das Lachlan nicht kannte, das ihn verwirrte und das er zugleich bewunderte.

Nach allem, was sein Vater ihm erzählt hatte, hätte er von dem Mann, durch dessen Adern das Blut des letzten Chieftains floss, erwartet, dass er ein rücksichtsloser Frauenheld war, für den das Wohlergehen der weniger bedeutenden Clanmitglieder keine Rolle spielte. Im Grunde betrachteten es schließlich so gut wie alle Chieftains als ihr Vorrecht, sich Frauen nach Belieben aussuchen zu können. Connor hingegen, der Schwarm aller Frauen auf der Burg, wie nicht zu übersehen war, schenkte keiner von ihnen besondere Aufmerksamkeit.

Abgesehen von Ilysa, was überraschend war.

Sie war ein komisches kleines Ding. Obwohl auf einer Burg fast wie eine Familienangehörige aufgewachsen, trug sie langweilige, schlichte Kleider, die aussahen, als hätte sie sie von einer doppelt so breiten und großen Verwandten bekommen. Nein, sie sah ganz und gar nicht wie eine Frau aus, die das Bett mit dem Chieftain teilte. Wäre dem so, hätte Lachlan längst davon gehört.

Und dennoch schien zwischen den beiden irgendetwas zu laufen.

Gespannt beobachtete er, wie Ilysa die große Halle durchquerte und hier und da stehen blieb, um ein paar freundliche Worte mit jemandem zu wechseln und zu sehen, ob alles in Ordnung war. Trotz ihrer Jugend und ihrer behutsamen, freundlichen Art schien sie den großen Haushalt voll im Griff zu haben, und es sah aus, als würde die Dienerschaft alles für sie tun.

Als sie an ihm vorbeiging, hielt er sie zurück. »Du bist die ganze Zeit auf den Beinen. Setz dich und ruh dich ein bisschen aus.«

»Ich habe noch unzählige Dinge zu erledigen«, entschuldigte sie sich und wollte schon weitergehen, als sie es sich anders überlegte und stehen blieb.

Wie immer, wenn sie ihn prüfend ansah, lag ein besonderer Ausdruck in ihren Augen. Als würde sie die Finsternis in seinem Herzen erkennen, ohne ihn jedoch dafür zu verurteilen.

Nach kurzem Zögern ließ sie sich auf der Bank neben ihm nieder.

»Verrate mir, warum du deine Schönheit verbirgst«, sagte Lachlan lächelnd. »Willst du nicht, dass sie dem Chieftain auffällt?«

Ilysa straffte die Schultern und blinzelte ihn an. »Pass auf, was du sagst, das gerade war unverschämt. Im Übrigen bin ich nicht schön.«

Die junge Frau war ihm ein Rätsel. Wenn man sie richtig ansah und hinter die triste Fassade blickte, erkannte man, dass sie schöne Züge hatte.

Welche Farbe hat dein Haar unter der Kopfbedeckung?

Als er nach dem Tuch greifen wollte, schlug sie seine Hand weg. »Lass das!«

Plötzlich blitzte eine lange Klinge zwischen ihnen auf, deren Spitze nur wenige Zentimeter von Lachlans Kehle entfernt war.

»Belästigt Lachlan dich?«

Connors Stimme war so ruhig wie das Meer an einem windstillen Tag, aber seine blauen Augen waren kalt wie ein gefrorener See.

Lachlan rührte sich nicht.

»Nein, er belästigt mich überhaupt nicht«, versicherte Ilysa.

»Sie ist wie eine Schwester für mich«, erklärte Connor daraufhin. »Wenn du ihr in irgendeiner Weise zu nahe trittst, wirst du mir gegenüber Rechenschaft ablegen müssen. Ich will nicht, dass es zu Missverständnissen kommt.« Die Spitze des Schwertes berührte jetzt Lachlans Kehle. »Habe ich mich klar genug ausgedrückt?«

»*Aye*, das hast du.«

»Ich bin mir nicht sicher, ob es richtig war, dich vor dem Chieftain in Schutz zu nehmen«, sagte Ilysa leise, nachdem Connor gegangen war. »Zwar möchte ich dir vertrauen, doch du verheimlichst etwas, verbirgst etwas tief in deinem Innersten.«

»Ich habe die letzten zweieinhalb Jahre damit verbracht, gegen die MacLeods zu kämpfen«, verteidigte Lachlan sich. »Du hast nicht das Recht, an meiner Loyalität und Treue zu zweifeln.«

Ilysa ließ nicht locker. »Was hast du gegen unseren Chieftain?«

»Nichts«, erwiderte der Krieger seufzend.

Dieses zierliche Mädchen erinnerte ihn an diese kleinen drolligen Hunde, die einem ständig in die Waden zu beißen versuchten.

»Wenn du ihn in Gefahr bringst, werde ich dich eigenhändig töten.« Ilysa erhob sich und blickte auf ihn herab. »Das ist ein Versprechen, Lachlan.«

Aus Respekt ihr gegenüber lachte er sie nicht aus. Er musste zugeben, dass alle Menschen, die Connor MacDonald gut kannten, ihm treu ergeben waren. Was nicht zwangsläufig bedeutete, dass es bei ihm genauso war.

Wozu sonst hätte sein Vater ihm seit seiner Kindheit eingeschärft, dass Blut mit Blut bezahlt werden musste?

Kapitel 10

Connor fluchte unterdrückt. Das Glück war nicht auf ihrer Seite.

Zu dieser Jahreszeit war dichter Nebel eigentlich an der Tagesordnung, und er hatte sich darauf verlassen, dass der Nebel das Boot verbergen würde. Stattdessen schien der Vollmond so hell und klar, dass ihre Galeere für jeden MacLeod deutlich sichtbar wäre, der von der anderen Seite der Bucht, die das Territorium der MacDonalds von dem der MacLeods trennte, aufs Meer blicken würde.

»Bleib so nahe am Ufer, wie du kannst«, flüsterte Connor dem Mann zu, der das Ruder in der Hand hielt. Die anderen Krieger, die im Schiff hockten, gaben keinen Ton von sich. Sie wussten genau, dass sich in einer kalten, klaren Nacht selbst kleinste Geräusche über die Wasseroberfläche verbreiteten.

»Da ist es«, flüsterte der Mann neben Connor leise und wies auf eine dunkle Hütte, aus deren Schornstein dichter Rauch in den sternenklaren Himmel aufstieg.

Jede Nacht zog Connor im Schutz der Dunkelheit mit einer Handvoll seiner Krieger los, um jene MacDonalds zu besuchen, die noch nicht geflohen oder angesichts der Bedrohung durch die MacLeods gezwungen worden waren, ihr Zuhause zu verlassen. Heute allerdings sollte eine

Versammlung stattfinden. Alle waren angespannt, denn so weit hatten sie sich bislang noch nie von der Burg entfernt und waren dem Territorium der MacLeods noch nie so nahe gekommen. Hier war der gegnerische Clan am stärksten.

Als die kleine Galeere auf das Ufer zu glitt, ließ Connor den Blick über den Strand schweifen, um sofort das Signal zum Rückzug zu geben, falls gegnerische Krieger aus dem Gebüsch springen sollten. Aber es schien keine Gefahr zu bestehen. Alles, was er in der Stille der Nacht hörte, war das Rascheln des Schilfs und das Flattern von Flügeln, als ein Wasservogel aufgeschreckt wurde und davonflog.

Das Schwert in der Hand glitt er über die Reling ins eiskalte Wasser, das ihm bis zu den Oberschenkeln reichte. Keine Wellen, nicht einmal das geringste Kräuseln durchbrach die spiegelglatte Oberfläche. Gemeinsam zogen sie das Schiff ans Ufer und versteckten es unter den tief hängenden Ästen der Bäume.

Trotz der Ruhe ringsum blieben seine Sinne geschärft, als er und seine fünf Männer nacheinander die kleine Klippe zu der Hütte hinaufstiegen. Irgendwie sagte ihm sein Instinkt, dass jemand im Dunkeln lauerte und sie beobachtete.

Wieder einmal wünschte er sich, dass Ian, Duncan oder Alex hier wären. Sie hatten sich gegenseitig unzählige Male das Leben gerettet, und er konnte ihnen absolut vertrauen. Zwar hatte er die Krieger, die ihn heute Nacht begleiteten, persönlich ausgewählt, doch kannte er sie bis auf Sorely nicht besonders gut. Lachlan war nicht dabei, er hatte ihn nicht finden können.

Als sie die Hütte erreichten und anklopften, hob Connor

das Schwert hoch. Auf dem verwitterten Holz klang das Klopfen seltsam hohl.

»Mach auf«, flüsterte Sorely, »ich habe unseren neuen Chieftain mitgebracht.«

Seine Stimme wirkte in der Stille unnatürlich laut.

Die Tür wurde einen Spaltbreit geöffnet. Ein Mann mit scharfen Zügen spähte hindurch, bevor er einen Schritt zurückwich und sie ganz öffnete. Duncan, Ian oder Alex wären zuerst hineingegangen, um sicherzugehen, dass es sich um keine Falle handelte. Die Krieger, die auf Trotternish die Stellung gehalten hatten, waren das nicht gewöhnt und ließen ihm den Vortritt. Also trat Connor über die Schwelle und betete inständig, dass es kein Hinterhalt sein möge.

In der Hütte waren ein Dutzend Männer versammelt, die meisten von ihnen Bauern. Eine einzige Frau stand an der Feuerstelle, und ein paar Kinder lugten vom Dachboden zu ihnen herunter.

Er gab drei Männern aus seiner Begleitung ein Zeichen, draußen Wache zu stehen.

»Ich bin Connor, Urenkel des Lords of the Isles, Enkel von Hugh, dem ersten MacDonald of Sleat, und Sohn von Donald Gallach, dem letzten Chieftain.« Wenngleich es sicherer für sie alle wäre, dieses Treffen möglichst kurz zu halten, erwarteten die Leute von ihrem Clanoberhaupt ein gewisses Maß an Förmlichkeit. »*Beannachd air an taigh*, möge dieses Haus gesegnet sein.«

»*Mìle fàilte oirbh*, ein tausendfaches Willkommen. Ich bin Malcom«, begrüßte sein Gastgeber ihn.

Anschließend stellten sich alle Anwesenden vor, und Connor merkte sich jeden Namen und das dazugehörige Gesicht. Dann sagte er: »Erzählt mir, wie es euch und euren Familien auf dieser Seite von Trotternish geht.«

»Unsere Kinder haben Hunger«, meldete sich einer der Männer zu Wort, »und unsere Frauen fürchten, dass wir sie nicht beschützen können.«

Geduldig hörte Connor zu, als die Versammelten sich damit abwechselten, die Situation zu schildern.

»Trotternish Castle ist wieder in unserer Hand, aber die gesamte Halbinsel zurückzuerobern wird viel schwieriger werden«, eröffnete Connor ihnen. »Wenn wir die MacLeods verjagen wollen, damit ihr endlich sicher seid, muss sich jeder Mann dem Kampf anschließen.«

Im Raum erhob sich zustimmendes Gemurmel.

»Wenn die Zeit zu kämpfen gekommen ist, werde ich das *crann tara* schicken«, fuhr Connor fort und meinte damit ein Holzkreuz, das erst angezündet und dann in Blut getaucht wurde, um die Flammen zu ersticken. Ein Ritual, das den Clan traditionsgemäß zum Kampf zusammenrief. »Jeder Mann, der es sieht, muss es weitersagen.«

Erneut waren zustimmende Worte zu hören. Einer der Männer fragte: »Wo soll der Clan sich zusammenfinden?«

»Es muss hier in der Nähe sein. Die Krieger der MacLeods sind unseren Leuten auf Trotternish im Moment zahlenmäßig unterlegen, wobei die meisten sich derzeit auf der anderen Seite des Snizort River aufhalten. Deshalb schlagen wir zunächst hier zu.«

Im Raum war es mucksmäuschenstill, jeder dachte für sich über diesen Vorschlag nach.

»Wo gibt es einen geeigneten Ort, an dem wir uns sammeln könnten?«, fragte Connor. »Es sollte ein Platz sein, wo die MacLeods nicht auf uns aufmerksam werden.«

Alle schüttelten den Kopf.

»Und was ist mit einem Ort, an den sich die meisten

Leute nicht zu gehen wagen?«, durchbrach die einzige Frau im Raum das Schweigen.

Sie war eine attraktive, dralle Mittdreißigerin, von der Connor annahm, dass sie Malcoms Ehefrau und die Mutter der Kinder auf dem Dachboden war.

»Sei still«, herrschte ihr Mann sie an, doch Connor bedeutete ihr weiterzusprechen.

Ohne eine Ahnung zu haben, was die Frau meinte, hielt er ihren Vorschlag für eine kluge Idee, offenbar ganz im Gegensatz zu den anwesenden Männern.

»Es gibt in der näheren Umgebung drei von diesen Orten«, begann die Frau. »Der erste ist der Friedhof auf der Insel im Snizort River, wo sich die Kirche Saint Columba befindet.«

Connor spürte, wie die Anspannung im Raum wuchs. Kein Mensch wollte sich nach Anbruch der Dunkelheit mit den Toten einlassen.

»Wir würden riskieren, Unglück über uns zu bringen, wenn wir den toten Chieftains und Kriegern, die dort begraben sind, nicht den angemessenen Respekt zollen«, warf Connor ein. »Welche Orte gibt es sonst noch?«

»Die Feenschlucht. Sie liegt ganz versteckt, und die MacLeods wagen sich nicht dorthin, weder bei Tag noch bei Nacht.«

»Weil sie keine Dummköpfe sind«, grummelte einer der Männer.

»Die Feen zu reizen ist noch gefährlicher, als toten Chieftains nicht den angemessenen Respekt zu erweisen«, gab ein anderer zu bedenken.

»Und der dritte Ort?«, wollte Connor wissen, der langsam zu glauben begann, er hätte dem Ehemann lieber erlauben sollen, seiner Frau den Mund zu verbieten.

»Der stehende Stein«, antwortete sie. »Dort wirken immer zur Sonnenwende magische Kräfte. Obwohl es auch gute Magie sein kann, meiden die meisten bei Nacht diesen Platz.«

»Der Stein steht auf einem Hügel, von dem aus man die Bucht überblickt, nicht weit entfernt vom Fluss«, erläuterte Sorely. »Das wäre eine gute Wahl.«

»Dann ist es beschlossen. Sobald ich den Clan mit dem *crann tara* zusammenrufe, werden wir uns an diesem Stein treffen.« Connor blickte in die Runde, bis jeder der Männer genickt hatte, und reckte die Faust in die Luft. »Wir werden die MacLeods zu See und zu Land bezwingen!«

Alle Männer im Raum hoben die Fäuste und wiederholten das Motto des Clans: »Zu See und zu Land!«

In dem Moment, als Connor aus der Tür der Hütte nach draußen trat, spürte er, dass etwas nicht stimmte, obwohl die als Wachen abgestellten Männer offenbar nichts bemerkt hatten. Die Ohren gespitzt, spähte er in die Dunkelheit. Nichts. Er nahm weder eine Bewegung zu seiner Linken noch zu seiner Rechten wahr.

Erst als er auf das dunkle Wasser hinausblickte, sah er es. Zwei Kriegsgaleeren umsegelten gerade die Landzunge im Süden. Im Mondlicht konnte er die Schilde der Krieger blinken sehen. Jedes der Boote fasste dreißig bis fünfzig Kämpfer.

Connor hatte gerade mal fünf Männer dabei. Ihn eingeschlossen waren sie sechs. Sich dieser Übermacht zu stellen, wäre Selbstmord. Connor konnte es sich nicht leisten, auch nur einen zu verlieren. Nur war es für einen geordneten Rückzug zu spät, denn schon liefen die Galeeren in die Bucht ein.

»Unsere einzige Chance ist es, uns zu trennen und uns so schnell wie möglich zur Burg durchzuschlagen«, schärfte Connor seinen Leuten ein. »Lauft so schnell ihr könnt!«

Während die Männer davonrannten, kehrte Connor in die Hütte zurück, um die anderen zu warnen.

»Ihr müsst euch verstecken! Einige Krieger der MacLeods landen soeben an«, erklärte er und drängte die Leute zur Tür hinaus.

Die Männer suchten recht schnell das Weite, aber es schien eine Ewigkeit zu dauern, bis die Kinderschar die Leiter vom Dachboden hinuntergeklettert war.

Grundgütiger, wie viele Kinder hatte das Paar bloß, dachte Connor.

»Mach schnell«, wandte er sich mit gedämpfter Stimme an Malcom. »Schnell! Schnell!«

»Er soll sich selbst um seine Kinder kümmern«, zischte Sorely und zog an Connors Arm. »Du musst weg hier. Ich bleibe bei dir.«

Connor war inzwischen klar, dass das Aufkreuzen von zwei Galeeren voller Krieger kein Zufall war. Jemand aus den eigenen Reihen musste sie verraten haben. Und solange er nicht wusste wer, durfte er niemandem trauen und sich von niemandem begleiten lassen. Nicht einmal von Sorely.

»Nein«, sagte er leise. »Wir gehen alle getrennt.«

Nach kurzem Zögern und letzten Einwänden gehorchte Sorely und entfernte sich.

Als Malcom und seine Frau die Kinder eingesammelt und aus der Tür geschoben hatten, waren bereits die schweren Schritte der Krieger zu hören, die vom Strand aus den Hügel hinaufstapften.

Connor wollte gerade die Tür schließen, als er aus dem

Augenwinkel ein kleines Kind mit Lockenkopf entdeckte, das die Leiter vom Dachboden hinunterkletterte. Mit drei großen Schritten war er bei der Kleinen, packte sie und rannte mit ihr hinaus.

Als er um die Hausecke bog, kam ihm die Mutter mit zwei Kindern an den Händen entgegen. Ihr war offenbar aufgefallen, dass ein Sprössling fehlte.

»Ich habe sie«, flüsterte Connor. »Ihr müsst euch schnellstmöglich verstecken.«

»Hier entlang«, wisperte sie.

Sie waren völlig schutzlos, saßen praktisch auf dem Präsentierteller. Zusammen rannten sie in das Wäldchen hinter der Hütte, wo sie auf Malcom und die restlichen Kinder trafen. Sie waren gerade rechtzeitig entkommen, denn kurz darauf drangen Rufe an ihr Ohr und Geräusche, die ihnen verrieten, dass die Krieger die wenigen Möbel der Familie kurz und klein schlugen.

»Ich bin dankbar, dass du uns hilfst«, stieß die Frau atemlos hervor, »doch du bist hier in Gefahr, Chieftain. Du musst verschwinden, solange du noch kannst.«

»Ich werde warten, bis ihr und eure Kinder in einem sicheren Versteck seid«, entgegnete er leise. »Wir sind noch zu nahe an der Hütte. Hier werden sie euch ganz leicht finden.«

»Wir könnten uns am Fuße des Hügels verstecken«, raunte sie ihm zu. »Die anderen gehen schon in die Richtung.«

Offensichtlich suchten sie dort nicht zum ersten Mal Schutz, und so folgte Connor Malcolm und den älteren Kindern. Auch wenn bislang kein Verfolger zu sehen war, sie würden kommen, da war er sich sicher.

Die Familie versteckte sich in einer zweieinhalb Meter

breiten Senke, die durch einen umgestürzten Baum teilweise bedeckt war.

»Ihr müsst darauf achten, dass die Kinder leise sind«, flüsterte Connor Malcom und seiner Frau zu und legte sich neben dem Versteck flach ins Gras.

Von dort aus würde er jeden sehen, der sich ihnen von oben näherte. Wobei er vermutete, dass die MacLeods sich aufteilen würden, um in mehreren Gruppen zu suchen. Zumindest würde er es so machen.

Nicht lange, und die Situation verschärfte sich, als eine Stimme rief: »Hier entlang, ich habe etwas gehört!«

»Leg das Messer weg, bevor du dir noch einen Daumen abschneidest«, knurrte Cook und nahm es ihr ab. »Du solltest eigentlich überhaupt keine Küchenarbeit erledigen, aber heute bist du eine Gefahr für dich selbst.«

»Tut mir leid, dass ich dir im Weg stehe. Ich mache mir Sorgen und brauche Ablenkung.«

»Ich weiß, weil der Chieftain seit einigen Tagen mit seinen Leuten unterwegs ist und eigentlich zurück sein müsste«, nickte Cook, während er mit einer unglaublichen Geschwindigkeit Zwiebeln schnitt. »Bleib ruhig, es ist immer gut gegangen.«

Ilysa hatte sich das selbst ständig gesagt. Wieder und wieder. Trotzdem vermochte sie die böse Vorahnung, die sie beschlichen hatte, einfach nicht abzuschütteln.

»Die Männer werden bald zurück sein«, beharrte Cook. »Du wirst sehen.«

»Natürlich werden sie bald zurück sein.« Ilysa hauchte ihm einen Kuss auf die Wange. »Ich werde dich mal deiner Arbeit überlassen und nach oben gehen.«

Als sie die Wendeltreppe zu ihrem Zimmer hinaufstieg,

fühlte sie plötzlich eine Kälte an sich vorbeistreichen, als träfe sie der Hauch eines offenen Grabes, und ihr verschwamm alles vor Augen. Sie sah Connor, der, in Mondlicht getaucht, den Arm nach ihr ausstreckte. Seine Tunika war voller Blut.

Sobald die Vision verblasst war, rannte Ilysa die Stufen hinauf. Sie wusste, was sie zu tun hatte. Eilig sammelte sie die Dinge ein, die sie benötigen würde, und warf sich ihren Umhang über.

Kapitel 11

Auf dem Hügel über ihnen sah Connor die Umrisse von fünf Kriegern. Sie waren im hellen Mondlicht gut zu erkennen. Er atmete kaum und schaute zu den Kindern hinüber, die flach auf dem Boden in der Mulde lagen. Hoffentlich blieben sie leise und gaben keinen Mucks von sich.

Durch das hohe Gras geschützt, beobachtete er die Männer, die inzwischen so nahe waren, dass er ihre Stimmen in der Stille der Nacht deutlich hören konnte.

»Der Chieftain der MacDonalds hätte eigentlich hier sein sollen«, sagte einer. »Unsere Belohnung wird üppiger ausfallen, wenn wir diejenigen sind, die ihn finden.«

Die MacLeods hatten gewusst, dass er hier sein würde. Wie vermutet, musste einer von seinen eigenen Leuten ihn verraten haben. Doch wer war der Spion?

Zu seiner Erleichterung bemerkten sie die kleine Gruppe nicht, sondern wandten sich nach Norden und schlugen den Weg in Richtung Trotternish Castle ein. Nachdem sie im Dunkel der Nacht verschwunden waren, wartete er einige Minuten lang, bevor er sich halb aufrichtete, um sich einen besseren Überblick zu verschaffen.

»Sind sie weg?«, fragte Malcom leise.

»Sei still!«, befahl Connor, weil er das gedämpfte Geräusch von Stimmen hörte. »Sie kehren zurück.«

Kurz darauf standen die Krieger der MacLeods oberhalb ihres Verstecks auf dem Weg.

»Wir sollten den Hügel absuchen«, schlug einer von ihnen vor.

Der Chieftain erstarrte. Malcom war kein Krieger, was bedeutete, dass er es allein mit allen fünf aufnehmen musste.

»Nein, lasst uns zum Schiff zurückkehren«, entgegnete ein zweiter. »Zu Hause warten ein Krug Whisky und eine Frau auf mich.«

Connor betete, dass die anderen auf ihn hörten.

»Wir gehen, sobald wir den Hügel hier abgesucht haben«, widersprach der erste Mann.

Kurz darauf war zu hören, wie die fünf Krieger ihre Schwerter durch das hohe Gras schwangen und sich in Bewegung setzten. Nachdem er der Familie ein Zeichen gegeben hatte, im Versteck zu bleiben, rannte Connor geduckt an der Seite des Hügels entlang. Er musste schnell sein, um hinter die Männer zu kommen, bevor sie womöglich über die Familie stolperten.

Als er den Weg erreichte, nahm er eine Handvoll Steine und kletterte auf einen hohen Baum, verbarg sich in den Zweigen, warf die Steine hinunter und wartete. Als er ihre schnellen Schritte näher kommen hörte, umspielte ein boshaftes Grinsen seinen Mund.

Inzwischen hatte er sich auf einen dicken Ast vorgeschoben, der direkt über dem Weg hing. Vom dem ließ er sich jetzt auf die letzten beiden Männer herunterfallen, versenkte seinen Dolch zuerst in dem einen, dann in dem anderen Krieger. Ehe die anderen sich argwöhnisch umdrehen konnten, hatte Connor schon das Schwert gezogen. Gegen drei Krieger zugleich zu kämpfen war selbst für ihn schwierig. Mit einem schnellen Schlag blockierte er das Schwert des ersten Angreifers, führte blitzschnell eine kreisförmige Bewegung aus und stieß ihm die Klinge tief in die Seite.

Die letzten beiden Männer nutzten ihren Vorteil und stürmten gemeinsam auf ihn zu. Einer kam von links, der andere von rechts. Connor nahm das Schwert eines der Gefallenen und trat mit zwei Waffen gegen die beiden an. Er musste die Sache möglichst schnell zu Ende bringen, bevor weitere MacLeods auftauchten.

Geschickt duckte er sich zur Seite, als einer der beiden mit dem Schwert ausholte. Dennoch streifte die Klinge seinen Arm. Rasch kam er wieder hoch und zog gleichzeitig einen Dolch aus seinem Stiefel, den er mit voller Wucht in die Rippen des Angreifers rammte.

Daraufhin stürzte sich der letzte Krieger mit einem Schrei auf ihn. Gerade rechtzeitig spürte er den Luftzug, als der Mann sein Schwert schwang, und ließ sich auf den Boden fallen. In letzter Sekunde gelang es ihm, sich zur Seite zu rollen, um nicht von der herabsausenden Klinge zerteilt zu werden. Dass er am Oberschenkel getroffen wurde, nahm er kaum wahr, war im nächsten Moment wieder auf den Beinen, um dem letzten Gegner den Garaus zu machen. Er schwang sein Schwert rhythmisch in großen Bögen und zwang seinen Gegner, immer weiter zurückzuweichen. Eine kleine Unachtsamkeit des anderen, die ihn stolpern ließ, erlaubte ihm schließlich, den Kampf mit einem tödlichen Hieb zu beenden.

Als er sich auf sein Schwert lehnte, um wieder zu Atem zu kommen, sah Connor, dass die Familie das Versteck verlassen und im hohen Gras verborgen den Kampf beobachtet hatte. Er gab den Leuten ein Zeichen, dort zu bleiben, wo sie waren, und begann damit, die Leichen vom Weg zu ziehen. Falls andere MacLeods hier entlangkamen und die toten Kameraden fanden, würden sie noch viel intensiver suchen.

»Passt auf, dass die Kinder leise sind, und haltet euch vom Weg fern«, raunte Connor Malcom zu, als der ihm seine Hilfe anbot. »Ich selbst muss zurück zur Burg. Ihr solltet eigentlich in Sicherheit sein, wenn ihr euch versteckt haltet. Geht erst zurück in die Hütte, wenn der Tag angebrochen ist und ihr euch sicher sein könnt, dass die MacLeods sich auf ihre Schiffe zurückgezogen haben.«

»Lass mich deine Wunden verbinden, ehe du gehst«, sagte die Frau leise.

Erst jetzt bemerkte Connor, dass der Ärmel seiner Tunika blutgetränkt war und dass sein Oberschenkel schmerzte. Außerdem war ihm schwindelig.

Er nickte. »Ja, hilf mir bitte, die Wunden zu verbinden, damit ich mich auf den Weg machen kann.«

Mit dem Dolch des Chieftains schnitt sie daraufhin zwei Streifen vom Saum ihres Kleides ab, band den ersten um Connors Arm, den zweiten um die klaffende Wunde an seinem Oberschenkel.

Malcolm trat zu ihm. »Es ist weit zur Burg, zudem ist der Weg von Pflanzen überwuchert und im Dunkeln schwer zu finden. Ich sollte dich lieber begleiten.«

»Nein, ich schaffe das«, lehnte Connor ab. »Bleib bei deiner Frau und deinen Kindern.«

»Vergiss nicht, dass du die Feenschlucht meiden solltest«, warnte Malcom ihn. »Halt dich auf dem Weg um die Schlucht herum und lass dich nicht versuchen, die Abkürzung zu nehmen, damit du schneller zu Hause bist.«

Feen waren im Augenblick sein geringstes Problem, aber die einfachen Leute sahen das offenbar anders.

»Wenn du aus Versehen doch in die Schlucht geraten solltest, wäre es gut, wenn du eine Art Glücksbringer bei dir hättest, den du für die Feen dalassen kannst.« Die Frau griff in die Tasche ihres Kleides und holte einen Stein hervor, der im Mondlicht glitzerte. »Manchmal stimmt ein Geschenk sie gnädig. Bei Feen weiß man nie …«

Connor wollte sie nicht kränken, also dankte er ihr und steckte den Stein in das Lederbeutelchen, das er an seinem Gürtel befestigt hatte.

»Ich kann jetzt verstehen, warum man sich erzählt, dass du die Hoffnung für unseren Clan bist«, fuhr die Frau fort. »Möge Gott ein Auge auf dich haben und dich beschützen. Wir können diese Hoffnung dringend gebrauchen.«

Kapitel 12

Connor hatte das Gefühl, seit Stunden unterwegs zu sein. Er war dankbar für die Stille der Nacht, auch wenn der Eindruck von Ruhe und Frieden täuschte. Er brauchte die Zeit, um nachzudenken, zumal er, was selten vorkam, nicht von Kriegern seiner Leibwache umgeben war, die ihn ablenkten.

Wer aus ihren eigenen Reihen mochte ihn wohl verraten haben? Er dachte über jeden der Männer nach, die ihn begleitet hatten, und verwarf jeden von ihnen wieder. Trotzdem musste der Verräter jemand sein, der ihr Ziel in dieser Nacht gekannt hatte.

Irgendwann stellte er das fruchtlose Grübeln ein. Er war erschöpft, ihm war schwindelig, und er hatte Schmerzen. Benommen stolperte er weiter. Schritt für Schritt. Zweimal verlief er sich und musste ein Stück zurückgehen. Vor sich sah er die Umrisse einiger seltsamer kegelförmiger Hügel, die aus dem Nebel, der über dem Boden hing, herausragten und vom Mondlicht in einen sanften Schein getaucht wurden. Sie waren zerfurcht und wirkten beinahe wie die gekräuselte Wasseroberfläche des Meeres.

Sein Verstand arbeitete langsam, und er hatte das ungute Gefühl, dass er gerade etwas Wichtiges vergaß. Etwas, das die Frau mit den vielen Kindern ihm gesagt hatte. Vielleicht verlor er zu viel Blut, dachte er und setzte sich hin, um die Verbände, die sich gelockert hatten, wieder festzuziehen. Als er merkte, dass jede Bewegung ihn anstrengte, nahm er kurz den Kopf zwischen die Beine, um sich zu sammeln und einen Moment lang auszuruhen.

Unversehens schlief er ein und wachte erst nach einer Weile zitternd auf. Der Mond war am Himmel noch nicht viel weiter gewandert, also konnte er nicht allzu lange geschlafen haben. Mühsam rappelte er sich auf, er musste zurück auf der Burg sein, bevor der Tag anbrach. Denn falls die MacLeods nach ihm suchten, war er nur im Schutze der Dunkelheit sicher.

Obwohl er kaum einen klaren Gedanken fassen konnte, wurde ihm irgendwann bewusst, dass er sich mitten in der Feenschlucht befand. Plötzlich fiel ihm wieder ein, dass er bereits von den kegelförmigen Hügeln gehört hatte. Seltsamerweise machte ihn diese Erkenntnis nicht im Geringsten nervös.

Connor wandte den Kopf und sah durch den Nebel das Flackern von Flammen. Freund oder Feind? Eine offenbar weibliche Gestalt ging vor dem Feuer entlang. Ob es eine Fee oder ein Mensch war, vermochte er nicht zu sagen. Vermutlich bildete er sich diese Frau ohnehin bloß ein, schoss es ihm durch den Kopf, doch ihr Bild ließ sich selbst durch Blinzeln nicht vertreiben. Ihre schlanke Gestalt war in ein durchscheinendes hauchzartes Gewand gehüllt.

Sie wirkte wie ein Engel. Oder eben wie eine Fee.

Während er sie beobachtete, begann sie um das Feuer herumzutanzen. Sie bewegte sich mit der Anmut eines Vogels, der am Himmel schwebte. Jedes Mal, wenn sie in seiner Nähe vorbeikam, war durch den dünnen Stoff ihres

Kleides ihre geschmeidige Gestalt zu erkennen. Sie schien nichts darunter zu tragen.

Die Bewegungen des Feenmädchens waren so aufreizend, dass Connor nicht daran dachte zu gehen. Seit seiner Kindheit hatte er Geschichten vom gefährlich-verführerischen Feenzauber gehört, aber sollte das hier einer sein, war es ihm egal.

Sie sang mit hoher, melodischer Stimme. Wenngleich Connor zu weit entfernt war, um die Worte zu verstehen, erfüllte der Klang sein Herz mit Verlangen. Alles an ihr bannte ihn: die Spitzen ihrer kleinen Brüste unter dem dünnen Stoff, das Flattern ihres Gewands, das an Engelsflügel erinnerte, und das lange rotgoldene Haar, das ihr wie ein glitzernder Wasserfall über den Rücken fiel.

Begierde breitete sich in ihm aus. Ob sie nun eine Fee oder eine Erscheinung war, er wünschte sich von ganzem Herzen, eine magische Nacht mit ihr verbringen zu können. Verzweifelt sehnte er sich danach, mit der Hand über die Linien ihres Körpers zu fahren, ihre Brüste zu umfassen, über ihr Haar zu streichen – kurzum, mit dieser Fee eine verzauberte Nacht zu erleben, an die er sich erinnern könnte, nachdem sie in ihre Welt und er in seine Welt zurückgekehrt wäre.

Mit angehaltenem Atem verfolgte er, wie Funken aus ihren Fingerspitzen stoben. Wie würde es sich anfühlen, dieses ätherische Wesen zu berühren? Küsse auf ihren langen Schwanenhals zu hauchen? Sein Gesicht in ihrem Haar zu vergraben, ihre Brüste an seinem Oberkörper zu fühlen …

Seine Augenlider wurden schwer, während sie sich bedächtig wiegte und er dem Klang ihrer Stimme lauschte. Er war sich nicht sicher, ob er wach war oder träumte, als er sich auf seine Decke legte und sie ihre schlanken Beine um ihn schlang, woraufhin er sie leidenschaftlich zu küssen begann. Falls es ein Traum war, dann wollte er nicht mehr aufwachen.

Der federleichte Stoff glitt sinnlich über Ilysas Haut, während sie sich um das Feuer herumbewegte. Zuerst war sie unsicher gewesen, hier mit offenem Haar und nichts außer dem dünnen Kleid am Leib zu tanzen, doch niemand würde in der Feenschlucht sein und sie beobachten. Sie hatte all ihren Mut zusammengenommen und war an diesen besonderen Ort gekommen, um die Wirkung ihres Zaubers zu verstärken. Nachdem in ihrer Vision Connor von einer schwarzen Gefahr umgeben gewesen war, fürchtete sie, dass ein einfacher Zauber ihn nicht schützen konnte, und sie hatte sich an Teàrlags Worte erinnert, dass die Kraft der alten Magie in der Feenschlucht besonders stark sei.

Ilysa hatte nie zuvor den Feuertanz praktiziert, der die Macht der Feen anrief, aber die kundige Seherin hatte ihr alles erklärt und sogar behauptet, dass sie das Kleid, das aus einem Stoff gefertigt war, der an drei aufeinanderfolgenden Vollmonden unter freiem Himmel gelegen hatte, als junges Mädchen von den Feen geschenkt bekommen habe. Allerdings fand sie es leichter, sich auszumalen, dass Feen das Kleid angefertigt hatten, als sich vorzustellen, dass Teàrlag jemals jung gewesen war.

Während sie sich im Kreis drehte, vergaß sie sich selbst und verlor sich in der Freiheit des Tanzes. Aus der stillen, unscheinbaren jungen Frau, die niemand bemerkte, war eine wunderschöne, verführerische Feenprinzessin geworden. Die Kraft des Zaubers durchströmte sie, als sie in einen beschwörenden Singsang verfiel.

Klingen mögen dich treffen,
aber niemand wird dich töten.
Falsche Freunde mögen dich verraten,
aber niemand wird dich töten.
Verbündete mögen dich verlassen,
aber niemand wird dich töten.
Feinde mögen dich fangen,
aber niemand wird dich töten.
Seun Dhè umad!
Làmh Dhè airson do dhìona!
Der Bann Gottes sei über dir!
Die Hand Gottes möge dich beschützen!

Während sie herumwirbelte, warf sie mit beiden Händen eine Kräutermischung in die Flammen. Das Feuer prasselte, und Funken stoben in die Dunkelheit. Auch das sollte die Feen besänftigen, sie erfreuen und ihnen schmeicheln. Schließlich waren sie bekannt dafür, dass sie alles liebten, was funkelte und glänzte.

Als sie den Tanz beendete, sank Ilysa zu Boden und starrte ins Feuer. Allein durch diesen einen Feuertanz würde Connor geschützt sein, um die volle Wirkung des Zaubers jedoch zu erreichen, musste sie den Tanz beim nächsten Vollmond wiederholen.

Zwar hatte sie alles genauso gemacht, wie Teàrlag es ihr gesagt hatte, trotzdem beschloss sie, noch eine weitere Schutzmaßnahme zu ergreifen, die sie oft bei ihrer Mutter gesehen hatte, als ihr Bruder mit seinen Freunden fern in Frankreich gewesen war. Es handelte sich um einen einfachen Bann, eine kleine Zauberformel. Das einzig Wichtige war, den Kreis in die richtige Richtung auszuführen.

Ilysa ging von links nach rechts um das Feuer herum und zog dabei einen Stock hinter sich her.

»Beschütze ihn, heile ihn, bring ihn zurück.«

Sie dachte an Connor, beschwor vor ihrem inneren Auge sein Bild herauf, während sie die Worte ständig wiederholte und einmal, zweimal, dreimal im Kreis um das Feuer lief.

Müde und durchgefroren löschte sie anschließend die Flammen, legte sich ihren schweren Umhang um, schlang ihr Haar zu einem Knoten und band sich das grobe, unansehnliche Tuch um den Kopf. Das federleichte Kleid auf ihrer Haut war die einzige Erinnerung daran, dass sie für einen Moment eine wunderschöne Feenprinzessin gewesen war.

Connor erwachte noch vor dem Morgengrauen und fühlte sich steif und nass, da es zwischenzeitlich geregnet hatte. Er sah zu den kegelförmigen Hügeln hinüber und versuchte sich in Erinnerung zu rufen, wo er sich befand und wie er hergekommen war.

Ach ja, die Feenschlucht und das Feenmädchen. Er setzte sich auf bei der Erinnerung und schaute sich um.

Die Fee war verschwunden. Als er auf die leere Stelle blickte, wo sie getanzt hatte, empfand er einen bitteren Verlust. Hatte er sie wirklich und wahrhaftig gesehen? Sein Traum, mit ihr geschlafen zu haben, war immerhin ganz lebendig und real gewesen.

Einige Minuten lang saß er reglos da und hoffte, sie werde ein weiteres Mal erscheinen. Aber sie war mit dem Nachtnebel verschwunden wie ein Traum oder wie die Feen aus den uralten Erzählungen.

Obwohl er kein Mensch war, der dazu neigte, sich Fantasien hinzugeben, war sie ihm so lebendig vorgekommen, dass es ihm schwerfiel zu glauben, dass er sie sich lediglich eingebildet hatte. Es mochte keinen Sinn ergeben, dennoch hatte er sich extrem zu ihr hingezogen gefühlt und nie zuvor ein derart tiefes Verlangen erlebt – eine Sehnsucht, die möglicherweise nicht zu stillen war. Ihm war, als hätte er die einzige Frau gesehen, die ihn vervollständigen könnte.

War das etwa Feenmagie, mit der sie ihn gebannt hatte?

Er rief sich zur Ordnung. Seit seiner Kindheit war er nicht mehr für solche Dummheiten anfällig gewesen – nicht mehr seit dem Tag, an dem seine Mutter ihn verlassen hatte. Mit ihr war sein Glaube an Magie gestorben. Außerdem hatte sie ihn gewarnt, vorsichtig zu sein, wenn es um Frauen ging, die die Herzen von Männern verzaubern konnten. Sie selbst war eine von ihnen gewesen.

Sosehr Connor sie geliebt hatte, wünschte er sich eine Ehefrau, die zuverlässiger und vertrauenswürdiger war als sie und die nicht einfach verschwand.

Trotzdem geisterte das Feenmädchens weiter durch seinen Kopf. Auch wenn er im Dunkel der Nacht das Gesicht nicht genau hatte erkennen können, wusste er, dass ihre zarten Züge genauso verführerisch waren wie ihre anmutige Gestalt.

Connor seufzte. Seine Fantasien waren sinnlose Zeitverschwendung. Als Chieftain durfte er sich nicht in Tagträumen verlieren. Jede Entscheidung, die er traf, alles, was er tat, musste zum Wohl des Clans und der ihm anbefohlenen Menschen sein. Und im Augenblick hieß das, die restlichen Kilometer zur Burg trotz seiner Verletzungen so schnell wie möglich zurückzulegen.

Die Morgendämmerung färbte die Wolken rosa, als er aufbrach. Nicht ohne zuvor noch einmal zu der Stelle zu humpeln, wo er das Feenmädchen hatte tanzen sehen – oder wo er geglaubt hatte, sie tanzen zu sehen.

Er stutzte. Wieso waren da Überreste eines Feuers, wenn alles ein Traum oder eine Wahnvorstellung gewesen war? Neugierig hockte er sich hin, um den Kreis aus Steinen zu berühren, der um das Feuer gelegt worden war. Je länger er darüber nachdachte, desto mehr wunderte es ihn, dass es in der Feenschlucht überhaupt eine Feuerstelle gab. Wehmütig dachte er an die Funken, die aus den Fingerspitzen des Feenmädchens gestoben waren.

War irgendetwas davon vielleicht doch real gewesen?

Er nahm den funkelnden Stein, den Malcolms Frau ihm als Gabe für die Feen mitgegeben hatte, aus seinem Lederbeutelchen und legte ihn auf ein Holzscheit in der Nähe des erloschenen Feuers. Als Dankeschön für die anmutige Schönheit – ob er sie sich nun eingebildet hatte oder nicht.

Kapitel 13

»Geht es dir gut?«, erkundigte Lachlan sich, als er Ilysa auf der Treppe im Wohnturm begegnete.

Er hatte sie beim Frühstück nicht gesehen und fand, dass sie blass und erschöpft wirkte.

Sie ignorierte seine Frage. »Ist der Chieftain inzwischen zurückgekehrt?«

»Die Männer, die bei ihm waren, sind im Laufe der Nacht aufgetaucht«, erhielt sie zur Antwort und wurde noch eine Spur blasser.

»Und Connor nicht?«

»Nein, bislang leider nicht.«

»Weißt du, was passiert ist?«

»Man hat mir erzählt, dass sie von zwei Galeeren der MacLeods überrascht wurden«, rückte Lachlan nach kurzem Zögern mit der Wahrheit raus. »Da ihnen der Weg zu ihrem Boot abgeschnitten war, machten sie sich einzeln zu Fuß zur Burg auf, um den MacLeod-Kriegern die Verfolgung zu erschweren.«

Sonderbarerweise vermochte Lachlan sich nicht über diesen Angriff zu freuen. Dabei bestand ja durchaus die Chance, dass er ihm, falls Connor getötet worden war, die Blutrache ersparte. Als er Ilysa nach seiner Eröffnung wanken sah, nahm er sie beim Arm.

»Setz dich, bevor du mir noch in Ohnmacht fällst«, sagte er und zog sie mit sich auf die Stufen hinunter.

»Keine Sorge, ich kippe nicht so schnell um, schließlich bin ich eine Heilerin.«

In diesem Moment kam Sorely aus der großen Halle. Als er die beiden erblickte, stemmte er die Hände in die Hüften. Seit dem verlorenen Übungskampf war er auf den Neuen nicht gut zu sprechen.

»Du hast hoffentlich eine verdammt gute Erklärung dafür, warum wir dich gestern Abend nicht finden konnten«, wandte er sich mit drohendem Unterton an Lachlan, für den dieser ihm am liebsten einen Faustschlag ins Gesicht versetzt hätte.

»Fahr zur Hölle«, knurrte er. »Du bist nicht mein Aufpasser.«

»Das werden wir ja noch sehen«, beschied Sorely ihn von oben herab.

Nach wie vor schien er damit zu rechnen, zum Captain der Leibwache ernannt zu werden, und glaubte offenbar, sich entsprechend aufspielen zu dürfen.

Sein Rivale zog es vor, den Mund zu halten. In seiner gegenwärtigen Situation konnte er es absolut nicht gebrauchen, unangenehm aufzufallen und allzu genau beobachtet zu werden.

»Wo hast du gestern Abend gesteckt?«, wollte auch Ilysa wissen, nachdem Sorely beleidigt verschwunden war, und fügte hinzu, als sie keine Antwort erhielt: »Erklär mir bitte, dass du nichts mit dem zu tun hast, was letzte Nacht passiert ist.«

»Ich würde die MacLeods niemals auf unseren Clan hetzen und sie niemals zu unseren Leuten führen«, beteuerte er. »Niemals.«

Seine Worte beruhigten Ilysa, und sie berührte sanft seinen Arm. »Ich weiß, dass du ein guter Mensch bist«, erwiderte sie, »aber ich weiß ebenfalls, dass du etwas zu tun beabsichtigst, das dich sehr belastet.«

Nicht gewöhnt, dass jemand seine Gedanken zu lesen vermochte, schaute er zur Seite und rief sich in Erinnerung, dass Ilysa eine nicht zu unterschätzende Bedrohung für ihn darstellte, wobei ihm schleierhaft war, wieso sie in die Finsternis seiner Seele blicken konnte.

»Hör auf dein Gewissen«, fuhr sie eindringlich fort. »Tu es nicht.«

Lachlan war es gewöhnt, dass Frauen auf ihn standen und ihn gern in ihr Bett ließen, doch dass eine sich Sorgen um sein Seelenheil machte, das war eine völlig neue Erfahrung für ihn.

»Was immer es ist, du musst es aufgeben und Connor helfen«, drängte Ilysa. »Er ist die Hoffnung unseres Clans, der einzige Mensch, der zwischen uns und Hughs Übernahme des Postens als Chieftain steht.«

»Ich bin ja hier, oder?«, erwiderte er. »Allerdings verstehe ich nicht ganz, was für einen Unterschied es machen sollte, ob Connor oder Hugh unser Chieftain ist.«

Es war ein Fehler, das zuzugeben.

Empört packte sie mit einem überraschend kräftigen Griff seinen Arm, und in diesem Augenblick begriff er, dass sie nicht gewillt war, ihn vom Haken zu lassen.

»Es ist ein riesengroßer Unterschied«, belehrte sie ihn streng. »Ich war auf Dunscaith, als Hugh die Burg eingenommen und sich selbst zum Chieftain ausgerufen hat. Der Schurke hat nichts unternommen, als die MacKinnons Knock Castle angriffen und als die MacLeods dem Clan Trotternish wegnahmen.«

»Glaub bitte nicht, dass ich ein Freund von Hugh bin, aber er hat nicht als Einziger Fehler gemacht. Beispielsweise war es nicht seine Schuld, dass man damals all unsere Krieger zum Kampf gegen die Engländer abgezogen hat und wir aus diesem Grund unseren Feinden schutzlos ausgeliefert waren. Das hatte ein anderer zu verantworten: Connors Vater, der ehemalige Chieftain.«

Sie ignorierte seinen Einwand, selbst wenn er berechtigt sein mochte.

»Geschenkt. Ich habe es selbst erlebt, wie unmöglich Hugh als Clanoberhaupt war. Als unsere Leute aus Knock Castle flohen und in Dunscaith verzweifelt um Hilfe flehten, saß Hugh mit zwei Mädchen auf seinem Schoß in der großen Halle, lachte und trank und tat nichts. Trotz der Feuer, die wir in der Ferne lodern sahen.«

So ein Mistkerl, dachte Lachlan, und so, wie er Hugh kannte, glaubte er unbesehen Ilysas Bericht. Warum er dennoch Worte zu seiner Verteidigung fand, verstand er selbst nicht ganz. Wahrscheinlich lag es daran, dass er Connor nicht allzu sehr in den Himmel heben wollte, wie die anderen es taten.

»Jedenfalls habe ich so meine Zweifel, ob unser ehemaliger Chieftain viel besser gewesen ist als sein Bruder.«

»Connors Vater mag seine Fehler und Schwächen gehabt haben, doch er hätte sich niemals in seiner Burg verschanzt, während der Feind sich anschickte, unser Land zu erobern. Und Connor würde so etwas erst recht nicht tun.«

Lachlan war von seinem Vater zum Hass auf Donald Gallach erzogen worden, denn sein Sohn sollte dereinst für ihn Rache nehmen und war deshalb von klein auf mit Kampfübungen gedrillt worden. Dabei hatte er selbst nie schlechte Erfahrungen mit dem ehemaligen Chieftain gemacht und ihn nie richtig kennengelernt. Nein, Ilysa hatte recht. Ein Feigling und Verräter an den eigenen Leuten war er im Gegensatz zu Hugh sicherlich nicht gewesen. Und was Connor betraf, so kam er nicht umhin, zugeben zu müssen, dass er Nacht für Nacht sein Leben riskierte, um auf dem besetzten Land nach den dort verbliebenen Clanmitgliedern zu sehen.

»Hugh brachte seine widerlichen Piraten, die keinem Clan angehören, nach Dunscaith Castle«, setzte Ilysa ihre Erzählung ungefragt fort. »Und keine Frau und kein Kind war mehr sicher.«

»Haben sie dir etwas angetan?«

Der Gedanke schmerzte Lachlan. Aus irgendeinem verdammten Grund hatte er die junge Frau ins Herz geschlossen. Vielleicht weil ihre Sturheit ihn an seine Schwester erinnerte.

»Ich habe dafür gesorgt, dass der Räuberbande zu Ohren kam, dass ich mich auf magische Praktiken verstehe«, hörte er sie sagen. »Seitdem fürchteten sie, ich könnte sie mit einem Fluch belegen.«

»Wenn Hugh und seine Leute so widerlich waren, warum bist du dann dortgeblieben?«

»Um Hugh auszuspionieren natürlich. Ich wusste, dass die vier – mein Bruder Duncan, Connor und seine Cousins Ian und Alex – zurückkehren würden, sobald sie erfuhren, was zu Hause los war. Darüber hinaus war mir klar, dass sie jemanden brauchten, der sich für sie auf der Burg unauffällig umhörte.«

Ihre Worte entlockten Lachlan ein Grinsen. Bestimmt war Ilysa ein besserer Spion als er. Dank ihrer Unschuldsmiene und der stillen Art schöpfte bei ihr einfach niemand Verdacht.

»Connor braucht dich«, sagte sie flehend. »Um des Clans willen, du musst ihm helfen.«

Wie gerne wäre er auf ihre Bitte eingegangen, aber man hatte ihn in die Pflicht genommen. Es war eine Frage der Ehre, die ihm keinen Ermessensspielraum ließ, sondern unerbittliches Handeln verlangte.

Er war froh, als draußen Unruhe entstand und ihn einer Antwort enthob.

»Ein Mann kommt über das freie Feld auf die Burg zu«, rief eine der Wachen von der Burgmauer herunter.

Gemeinsam stürmten sie die Treppe hinunter und rannten zum Tor, das die Wachen soeben öffneten. Eine unerwartete Erleichterung ergriff Lachlan, als er die hochgewachsene, schwarzhaarige Gestalt erkannte, die sich auf einen langen, starken Ast stützte.

»Gott sei Dank!«, seufzte Ilysa und presste die Hand auf ihr Herz.

Zwar sah er mitgenommen aus und hatte zweifellos Verletzungen davongetragen, doch er hatte eine weitere Begegnung mit dem Tod überlebt.

Dieser Mann war einfach nicht kleinzukriegen – und das in mehr als einer Hinsicht.

»Kann ich mit dir sprechen?« Sorely stand in der Tür zum Schlafgemach des Chieftains, trat nervös von einem Bein auf das andere und ließ den Blick durch das Zimmer huschen.

Connor war überrascht, ihn hier zu sehen, denn der altgediente Kämpe mied diesen Gebäudetrakt wie die Pest und wollte deshalb nicht als Wache vor seinem Zimmer eingeteilt werden. Es hatte eine Zeit lang gedauert, bis er begriffen hatte, warum das so war: Der ansonsten unerschrockene Krieger fürchtete sich davor, der Geist des unseligen Kindermädchens könnte ihm erscheinen. Auch jetzt zitterte er wie Espenlaub.

»Es gibt keinen Geist«, versuchte Connor ihn zu beruhigen. »Seit ich hier wohne, habe ich die Kinderfrau kein einziges Mal zu Gesicht bekommen.«

»Sie ist da!« Sorely wies auf die Tür zum Turm. »Siehst du sie nicht?«

Der Chieftain seufzte. Eigentlich war dieser Mann einer seiner besten Kämpfer, und ausgerechnet der glaubte derartig alberne Geschichten und fürchtete sich vor einem Gespenst. Nützlicher wäre es, wenn Alastair MacLeod aus Angst vor dem Geist des Kindermädchens einen Bogen um die Burg machen oder seine eigenen Geister bekämpfen würde.

»Ich sage dir noch einmal, dass es keinen Geist gibt. Trotzdem können wir gerne in die Halle gehen, wenn dir das lieber ist«, bot er großmütig an.

Sorely nickte dankbar und folgte seinem Herrn nach unten, wo er schlagartig wieder ganz der Alte war: schroff und befehlsgewohnt. Offensichtlich hatte er keine Angst, der Geist könnte unbemerkt mit ihm die Treppe hinuntergeschlichen sein.

»Worum geht's?«, fragte Connor, nachdem sie sich in eine Ecke des riesigen Raumes zurückgezogen hatten, um ungestört zu sein.

»Jemand hat den MacLeods verraten, dass wir zu der Hütte wollten.«

Das war nichts Neues, wobei der Chieftain es für wahrscheinlich hielt, dass es sich bei dem Verräter um einen Gewährsmann von Hugh handelte, der das Ausspionieren der Burg übernommen hatte. Die MacLeods stellten bei

Bedarf lediglich ihre Schiffe und ihre Krieger zur Verfügung.

»Wer, glaubst du, ist es?«

»Mit Sicherheit weiß ich es nicht, aber es gibt etwas, das du über Lachlan of Lealt wissen solltest. Etwas, das sich bisher noch niemand zu äußern getraut hat.«

»Ich habe keiner Menschenseele gesagt, wohin wir gehen – außer den Männern, die dabei waren.«

»Einer von ihnen hätte es Lachlan stecken können. Oder er hat sie möglicherweise belauscht.«

Connor hoffte inständig, dass es sich bei dem Verräter nicht um den besten Krieger auf der Burg handelte.

»Er musste unser Ziel gar nicht kennen«, fügte Sorely hinzu. »Es hätte gereicht zu verraten, in welche Richtung wir gesegelt sind. Es wäre ein Leichtes gewesen, einfach nach unserem Boot Ausschau zu halten.«

»Was soll ich denn über Lachlan wissen? Was macht ihn für dich so verdächtig?«

»Seine Mutter war eine Geliebte deines Vaters, obwohl sie verheiratet war. Du weißt ja, wie er gewesen ist, wenn es um Frauen ging. Wenn er eine wollte, bekam er sie.«

Connor zuckte die Schultern. »Ich kann nicht den Angehörigen aller Frauen misstrauen, mit denen mein Vater im Bett war. Das wäre die Hälfte des Clans.«

»Da ist noch mehr.« Sorely warf einen Blick zu dem Durchgang zum angrenzenden Gebäude. »Es war ihr Sohn, den das Kindermädchen aus dem Turmfenster fallen ließ.«

Jetzt endlich merkte Connor auf. Bislang hatte er angenommen, dass die Geistergeschichte so alt sei wie die Burg, um jetzt festzustellen, dass sie noch recht aktuell war. Es dauerte einen Moment, bis er eins und eins zusammenzählte.

»Es war demnach das Kind meines Vaters, das in jener Nacht starb?«

Gott, er hatte nicht einmal gewusst, dass er neben Ragnall einen weiteren Bruder gehabt hatte. Und der war gleichzeitig Lachlans Bruder gewesen.

»Nach dem Unfall verstieß der Chieftain die Mutter des Kindes, woraufhin die arme Frau Selbstmord beging, sagt man.«

Hörte das Unglück, das sein Vater mit seinen leichtfertigen Frauengeschichten verursacht hatte, denn niemals auf?

»Manche Leute behaupten, dass sie es aus Kummer über den Verlust ihres Babys getan habe. Andere meinen, es lag daran, weil dein Vater das Interesse an ihr verloren hatte.« Sorely machte eine Pause. »Und Lachlans Vater zimmerte sich eine ganz spezielle Theorie zusammen. Er behauptete, dass der Chieftain seine Frau zum Sex gezwungen und sie sich aus Scham umgebracht habe.«

»Ich bin froh, dass du mir das alles erzählt hast.« Connor rieb sich die Stirn, um den Kopfschmerz zu lindern, der sich urplötzlich eingestellt hatte. »Wobei es nicht bedeutet, dass Lachlan derjenige gewesen sein muss, der mich verraten hat.«

In den Highlands wurde der Hass auf andere vom Vater an den Sohn weitergegeben, über Generationen, und ebenso die Verpflichtung zur Rache. Das war Connor bekannt. Doch ihn interessierte an der Geschichte viel mehr, dass er und Lachlan einen gemeinsamen Bruder gehabt hatten, den keiner von ihnen kennenlernen durfte. Vielleicht war es dumm, aber er hatte das Gefühl, dass dieser Verlust eine Art Band zwischen ihnen darstellte. Und allein deshalb hoffte er tief in seinem Innersten, dass er nicht sein Feind war.

In dieser Nacht träumte Connor zum ersten Mal, seit er Dunscaith verlassen hatte, von seiner Mutter. In seinem Traum sah er sich als Kind am Strand, die Arme gegen die Kälte und gegen die Angst um seine Knie geschlungen.

»Ich verfluche dich!«, schrie seine Mutter, während ihr Haar wie sich windende Schlangen um ihren Kopf wehte. »Möge dein Samen eintrocknen, Donald Gallach ... Mögen deine Söhne, die von anderen Frauen zur Welt gebracht wurden, jung sterben ...«

Ihm kam es vor, als würde er auf sein kindliches Ich hinabblicken, während seine Kinderfrau versuchte, Catriona zu beruhigen.

Er setzte sich im Bett auf, war mit einem Mal hellwach und erinnerte sich daran, was seine Mutter in jener Nacht zu Anna gesagt hatte.

Er hat eine neue Frau auf Trotternish Castle – und sie hat ihm einen Sohn geschenkt!

Die Frau, von der sie gesprochen hatte, musste Lachlans Mutter gewesen sein und der Sohn das Baby, das ums Leben gekommen war. Schmerz erfüllte Connor, als die Worte, die er im Laufe der Jahre vergessen hatte, in seinen Ohren widerhallten.

Mögen deine Söhne, die von anderen Frauen zur Welt gebracht wurden, jung sterben.

Er hatte sie singen gehört, als sie um das Feuer herumgelaufen war, ohne es wirklich zu verstehen. Seine Mutter hatte Ragnall, seinen älteren Bruder, der ihn geliebt und beschützt hatte, und das unschuldige Baby verflucht. Beide waren sie gestorben. Hatte das der Zauberspruch seiner Mutter bewirkt? Immerhin hatte ihr Sohn als Einziger überlebt.

Halt, da war ein weiterer Bruder, fiel ihm mit einem Mal

ein. Einer, den er noch nie getroffen hatte und der nicht von Donald Gallach abstammte. Torquil MacLeod of Lewis war der Sohn seiner Mutter. Sie hatte ihn bei ihrem ersten Ehemann zurückgelassen, nachdem sie beschlossen hatte, den Chieftain der MacDonalds of Sleat zu heiraten.

Bis zum Morgengrauen lag Connor wach und dachte über den Hass nach, der seine Familie entzweite. Zwar war seit der Rebellion, die zu Rivalitäten zwischen den Clans geführt hatte, ein gewaltsamer Tod in den Highlands schon fast etwas Alltägliches, doch in seinem Umkreis kam der Tod für gewöhnlich durch die Hand eines Mitglieds der eigenen Familie.

Das musste ein Ende haben. Connor nahm sich vor, seinem letzten überlebenden Bruder die Hand zu reichen.

Kapitel 14

Der junge Chieftain spürte seine Anspannung wachsen, als eine seiner Wachen in die große Halle stürmte und direkt zu ihm eilte. Normalerweise war das kein gutes Zeichen und bedeutete, dass es schlechte Nachrichten gab, die nicht warten konnten.

»Da steht ein Mann am Tor, der behauptet, ein Verwandter von dir zu sein – und er sieht aus, als könnte es stimmen. Übrigens ist er in einer schmucken Galeere mit einem Dutzend Krieger gekommen.«

War es doch eine gute Nachricht? Vor einer Woche hatte er Sorely mit einem Schreiben zu Torquil MacLeod of Lewis geschickt, seinem Halbbruder. Zwar hatte er nicht damit gerechnet, dass dieser seine Einladung und das damit verbundene Freundschaftsangebot so schnell annehmen würde, aber er freute sich, falls er es wider Erwarten getan hatte. Aufgeregt sprang Connor auf, er war zu nervös, um sitzen zu bleiben.

»Bringt ihn sofort herein.«

Als die Türen zur Halle aufschwangen und der Gast mit seinen Kriegern hereinkam, erkannte er, dass er sich geirrt hatte. Das war nicht der Verwandte, den zu sehen er gehofft hatte. Überhaupt konnte er sich nicht daran erinnern, diesem Mann mittleren Alters in dem eleganten Gewand schon einmal begegnet zu sein, wenngleich er ihm irgendwie seltsam bekannt vorkam.

»Ich bin Connor, Sohn von Donald Gallach, und Chieftain der MacDonalds of Sleat«, stellte er sich vor. »Willkommen auf Trotternish Castle.«

Der Besucher musterte ihn. »Ich hoffe sehr, dass ich willkommen bin. Seit du ein kleiner Junge warst, habe ich dich nicht mehr gesehen. Ich bin der Bruder deines Vaters, Archibald Lerrich.«

Mittlerweile hatte er sich das bereits gedacht. Das kantige Gesicht, das verblassende blonde Haar und die breite Gestalt, alles war wie bei seinem Vater und seinem verhassten Onkel Hugh. Von den sechs Söhnen, die sein Großvater von sechs unterschiedlichen Frauen hatte, waren diese beiden die Einzigen, die noch lebten.

Archibald war Mitte vierzig und genoss den Ruf, sich aus allen Schwierigkeiten herauszuhalten. Das Letzte, was Connor von ihm gehört hatte, war, dass er die Isle of Skye verlassen hatte, um bei dem Clan seiner Ehefrau in Lachalsh an der Nordwestküste Schottlands Wohnung zu nehmen.

»Ich bin gekommen, um meinen Treueschwur zu leisten«, erklärte der Onkel und sank auf ein Knie. Als der Neffe nickte, sprach er, sein Schwert mit beiden Händen umfassend, den Eid.

»Du hast dir Zeit gelassen.« Connor machte sich nicht die Mühe, die Kälte aus seiner Stimme zu verbannen.

»Immerhin habe ich nicht auf Hughs Seite gegen dich gekämpft.« Archibald breitete die Arme aus. »Da ich natürlich auch nicht zwischen die Fronten geraten wollte, habe ich mich rar gemacht.«

Der Jüngere ließ die Erklärung fürs Erste unkommentiert, er wollte den wahren Grund des Besuches erfahren.

»Wir sollten uns zurückziehen, um uns ungestört unterhalten zu können«, schlug er vor.

»Du bist zu einem stattlichen Mann herangewachsen«, stellte Archibald fest, als sie sich an den Tisch in Connors Gemach setzten. »Ich sehe deine Mutter in dir.«

»Ach ja? Aber lassen wir das. Ich bin seit einiger Zeit Chieftain, warum bist du ausgerechnet jetzt erschienen?«

»Du magst wie deine Mutter aussehen, doch dein Ton ist wie der deines Vaters«, gab Archibald mit einem bemühten Lächeln zurück.

Connor reagierte nicht darauf. Er wartete, dass sein Onkel aufhörte herumzudrucksen, und sagte, was Sache war.

»Ich bin in der Hoffnung gekommen, dich und Hugh zu versöhnen und Frieden zu schaffen.«

»Dazu ist es zu spät. Ich gebe ihm die Schuld am Tod meines Vaters und meines Bruders, denn ich habe Gerüchte gehört, dass sie nicht durch feindliche Hand auf dem Schlachtfeld gefallen sind.«

»Möglich, darüber weiß ich nichts.« Der Onkel legte den Kopf leicht schräg. »Hugh gibt dafür dir die Schuld am Tod von zweien unserer Brüder.«

»Es besteht ein Unterschied zwischen Gerechtigkeit und Mord.« Connor beugte sich über den Tisch und packte Archibald an der Vorderseite seiner Tunika. »Die beiden waren marodierende Piraten, die sich schuldig gemacht haben, Kindern das Essen zu stehlen und ihre Mütter zu vergewaltigen. Also rede nicht so, als wäre ihr Tod mit dem unschuldiger Leute vergleichbar.«

Er ließ den Onkel wieder los und lehnte sich zurück, war wütend auf sich selbst, weil er derart die Beherrschung verloren hatte.

»Ich verstehe deine Gefühle, was das betrifft«, versicherte Archibald, nachdem er sich geräuschvoll geräuspert hatte. »Nur findest du nicht, dass es genug Blutvergießen in unserer Familie gegeben hat?«

»Wenn man bedenkt, wie oft Hugh mich bereits ermorden lassen wollte, bezweifle ich, dass er das genauso sieht«, versetzte Connor zynisch. »Er wird nicht eher Ruhe geben, bis einer von uns tot ist.«

»Zugegeben, Hugh ist so bösartig wie eine Ratte, die sich in die Enge gedrängt fühlt, aber er ist kein Dummkopf – er weiß sehr wohl, dass er dabei ist, diesen Kampf gegen dich zu verlieren. Er hat mir durch eine gewisse Rhona eine Nachricht übermitteln lassen und bittet mich, als Vermittler zu fungieren.«

Also war Duncans ehemalige Geliebte noch immer mit Hugh zusammen. Die Erwähnung ihres Namens verschlechterte Connors Laune zusätzlich.

»Nachdem er durch die Auslieferung von ein paar Piraten das Wohlwollen der Krone gewonnen hat, scheint er bereit zu sein, die Piraterie ganz aufzugeben …«

»Wie sagt man so schön? Eine Krähe hackt der anderen kein Auge aus.«

»Hugh will …«

Archibald verstummte, als er hörte, wie die Tür aufging und Ilysa mit einem Tablett hereinkam, auf dem ein Whiskykrug und zwei Becher standen. Da ihre Loyalität außer Frage stand, bedeutete Connor seinem Onkel weiterzusprechen.

»Hugh will seine Differenzen mit dir beilegen. Ich denke, du könntest ihn mit ein bisschen Land bestechen.«

Obwohl er innerlich vor Wut kochte, ließ der Chieftain sich nichts anmerken. Er sollte diesem mordenden Mistkerl etwas von dem Land schenken, das dem Clan gehörte? Allein die Vorstellung versetzte ihn in Rage.

»Zumindest dürfte sich ein Treffen mit Hugh lohnen, um sich einfach anzuhören, was er zu sagen hat, oder?«

Connor sah das ganz anders. Eigentlich wollte er Hugh Dubh höchstens aus einem einzigen Grund noch einmal begegnen: um ihm die Spitze seines Schwertes in den Bauch zu rammen. Dennoch riss er sich zusammen und zwang sich, ganz kühl und sachlich über den Vorschlag nachzudenken. Zumal, das musste er zugeben, die Familienfehde ihn immer wieder von der eigentlichen Herausforderung ablenkte, dem Kampf mit den MacLeods um Trotternish. Sein Clan hatte nicht die Kraft, zeitgleich an zwei Fronten zu kämpfen.

Andererseits glaubte er nicht eine Sekunde lang, dass Hugh bereit war, sein Streben nach der Position des Chieftains aufzugeben. Irgendwann würde er die Sache ein für alle Mal erledigen müssen. Falls er allerdings die endgültige Abrechnung mit seinem Onkel bis nach dem Kampf gegen die MacLeods aufschieben könnte, hätte er eine erheblich größere Chance, aus beiden Auseinandersetzungen als Sieger hervorzugehen.

»Hugh hat mich gebeten, das Treffen bei mir zu Hause zu veranstalten«, fuhr Archibald fort. »Ihr wärt also beide meine Gäste und als solche durch den Kodex der Gastfreundschaft geschützt.«

»Ich werde mir die Sache durch den Kopf gehen lassen«, versprach Connor und verriet nicht, dass er sich schon entschieden hatte, das Treffen wahrzunehmen.

»Wenn du einverstanden bist«, schloss sein Onkel, »dann solltest du in genau fünf Tagen in mein Haus kommen.«

Ilysas Herz begann zu rasen, als sie hörte, was Archibald vorschlug, vermochte jedoch nicht zu sagen, ob es Angst war oder eine konkrete Vorahnung. Sie musste versuchen, ihre Gabe des Sehens erneut heraufzubeschwören. Weil sie das Ritual dieses Mal nicht in Connors Räumlichkeiten durchführen konnte, um die Vision mit ihm zu verbinden, stahl sie heimlich je ein ausgefallenes Haar von den Tuniken der Männer, um diese mit ihren Kräutern zu vermischen, und kehrte in ihr Zimmer zurück.

Nachdem sie die Tür verriegelt hatte, legte sie ein zusätzliches Torfstück in die Feuerschale des Kamins, schnitt mit dem Dolch die Haare in die Kräuter und streute die Mischung darüber.

Sie hatte bislang selten in die Zukunft blicken können. Und wenn, war das, was sie sah, eher ein Rätsel und keine klare Vision. Aber dieses Mal war es anders. Kaum hatte sie den stark riechenden Rauch eingeatmet, stellte sich die Vision so schnell und deutlich ein, dass sie nach Luft rang.

Sie sah Connor an einer reich gedeckten Tafel sitzen. Links und rechts von ihm zwei Männer mit blondem Haar und kantigem Gesicht, seine beiden Onkel. Hugh erhob sich vom Tisch und winkte den anderen zu, ihm zu folgen. Archibald stellte sich sofort zu ihm ans Fenster, Connor hingegen zögerte.

Geh nicht, sagte Ilysa stumm, ohne zu wissen, warum sie nicht wollte, dass Connor sich zu ihnen ans Fenster gesellte. *Verlass das Zimmer. Verlass das Haus. Sofort!* Sie versuchte, ihm das zuzurufen, doch er konnte sie nicht hören.

»Komm und schau dir mein neues Schiff an.« Hughs Stimme hallte, als befände er sich in einem Tunnel. »Ist es nicht eine Schönheit?«

Tränen schossen Ilysa in die Augen, als Connor zu seinen Onkeln trat. Sie spürte seinen Widerwillen, als Hugh ihm den Arm um die Schultern legte und aus dem Fenster wies. Dabei stieß er mit einer so schnellen Bewegung, dass Ilysa sie kaum wahrnahm, eine Klinge in den Rücken seines Neffen. Lautlos schrie sie, als Connor zu Boden sank und eine Blutlache sich unter ihm bildete. Trauer und Schmerz umhüllten sie. Archibalds Miene drückte Entsetzen aus, offensichtlich hatte er von der ganzen Sache nichts geahnt. Mehr noch. Auch für sich selbst sah er die Gefahr viel zu spät, denn im nächsten Moment traf ihn ebenfalls ein Dolchstich.

Ilysa hatte keine Ahnung, wie viel Zeit vergangen war, als sie wieder zu sich kam. Sie lag auf dem Boden, kalter Schweiß bedeckte ihren Körper. Nachdem sie sich aufgerappelt hatte, taumelte sie zu dem schmalen Tisch, der an der Wand stand, und goss mit zitternden Händen Wasser aus dem Krug in die Waschschüssel, um ihr Gesicht zu kühlen.

Sie musste es verhindern, um jeden Preis. Connor durfte unter keinen Umständen zu dem geplanten Treffen reisen, sonst würde Hugh ihn ermorden.

Der Chieftain stand am Fenster und las noch einmal die königliche Vorladung durch, die ihn dazu aufrief, an der bevorstehenden Versammlung teilzunehmen. In der Vergangenheit hatte er es vermieden, auf solche Einladungen zu reagieren. Wenn die Krone nervös war, hatte sie die unangenehme Angewohnheit, Clanoberhäupter aus den Highlands des Hochverrats zu verdächtigen und sie zu verhaften oder sie vorsorglich als Geiseln zu nehmen. Nachdem der aktuelle Aufstand so gut wie vorüber war, gab sich der Hof etwas gelassener. Und der Vorladung einfach nicht zu folgen, stellte ohnehin das weitaus größere Risiko dar.

Die Versammlung fand auf Mingary Castle statt, der Festung der MacIains, kompromisslosen Anhängern der Krone – und das in einer Region, in der das nicht viele von sich behaupten konnten.

Kurz nachdem der Lord of the Isles gezwungen worden war, sich der schottischen Krone zu unterwerfen, hatte der Chieftain der MacIains, ein Zweig der MacDonalds, sich gegen seine Verwandten und ehemaligen Verbündeten gerichtet, die MacDonalds of Dunivaig and the Glens. Durch seinen hinterlistigen Verrat hatte er es geschafft, deren Chieftain, dessen Sohn und die zwei ältesten Enkelsöhne gefangen zu nehmen und hinzurichten.

Einzig ein jüngerer Enkel hatte überlebt, der zu der Zeit in Irland gewesen war. Alexander, der Vater von Deirdre und James. Ihn hatte die Krone wieder auf Linie gebracht, indem sie durch seine Vermählung mit MacIains Tochter einen Frieden erzwang.

Auf der Versammlung würde Connor sich dafür entscheiden müssen, mit welchem verräterischen Clan er ein Bündnis eingehen wollte. Zunächst indes hatte es Priorität, sich auf die Auseinandersetzung mit seinem niederträchtigen Onkel vorzubereiten, dem er lieber heute als morgen das Lebenslicht ausblasen würde.

»Darf ich sprechen?«

Connor erschrak, als er die leise Stimme hinter sich hörte, und wandte sich vom Fenster ab. Er atmete auf, als er Ilysa erblickte.

»Ich habe gar nicht gehört, dass du reingekommen bist. Was gibt es? Gehen unsere Vorräte zur Neige? Soll ich ein paar Männer auf die Jagd schicken? Oder ist es etwas Schlimmeres? Bitte sag mir nicht, dass wir keinen Whisky mehr haben.«

Er wollte sie ärgern und freute sich über die kleine Ablenkung von seinen Problemen. Als Ilysa ihm jedoch nicht das kleinste Lächeln schenkte, verengte er die Augen zu schmalen Schlitzen und betrachtete sie genauer. Die für gewöhnlich so ruhige und unerschütterliche Freundin wrang nervös ihre Schürze in den Händen.

»Was ist los?«

»Du darfst nicht zu dem Treffen mit deinen Onkeln reisen«, stieß sie hervor.

»Was hast du gesagt?« Connor glaubte, sich verhört zu haben.

»Geh nicht«, wiederholte sie und sah ihn mit ihren großen braunen Augen an. »Andernfalls gerätst du in tödliche Gefahr.«

Connor war sich bewusst, dass Ilysa das Gespräch zwischen ihm und seinem Onkel verfolgt hatte, was ihn nicht störte. Er vertraute ihr und wusste, dass sie niemals Geheimnisse ausplaudern würde. Aber dass sie ihm plötzlich etwas vorschreiben wollte, fand er nicht angemessen.

»Ich weiß deine Sorge um mich zu schätzen, um wichtige Angelegenheiten hingegen kümmere ich mich selbst«, hielt er ihr entgegen und drehte sich wieder zum Fenster um.

Trotzdem machte sie keine Anstalten, den Raum zu verlassen. Kapierte das Mädchen nicht, dass sie gehen sollte?

»Bitte lass mich in Ruhe«, brummte er, ohne sich umzudrehen.

»Du warst wütend auf mich, weil ich nicht offen mit dir über Deirdre gesprochen habe«, begann sie erneut. »Diesmal wollte ich es besser machen und …«

Ärger wallte in Connor auf, als er daran zurückdachte, und der Blick, den er auf sie richtete, glühte wie Höllenfeuer.

Ilysa blieb beharrlich. »Du hast damals gesagt, ich solle dir künftig einfach sagen, was ich weiß.«

»Das stimmt«, räumte er ein, ohne zu verstehen, worauf sie hinauswollte.

»Das tue ich hiermit.« Ilysa machte eine kurze Pause, um sich mit der Zungenspitze über die Lippen zu fahren. »Ich sage dir nochmals, dass du dich nicht mit deinen Onkeln treffen darfst.«

Connor schloss die Augen, rieb sich die Nasenwurzel und atmete tief durch. Er ermahnte sich, sie nicht erneut anzuschreien. Was nichts daran änderte, dass er sie in ihre Schranken weisen musste.

»Ich lasse dir freie Hand in der Küche und mit den Bediensteten«, erklärte er mühsam beherrscht. »Doch ich bin dein Chieftain, und du überschreitest deine Befugnisse, wenn du mir vorschreiben willst, was ich zu tun habe.«

»Du verstehst es nicht«, entgegnete sie, und ihre Stimme klang schrill. »Ich hatte eine Vision.«

Grundgütiger. Von Teàrlag wusste sie, wie man ein paar Salben zusammenrührte, und jetzt glaubte sie die Gabe des Sehens zu besitzen.

»Ich habe keine Zeit für solche Dummheiten.« Connor legte das Schreiben mit der Einladung auf den Tisch und nahm ihren Arm.

»Hugh will dich umbringen«, stieß Ilysa hervor, während er sie in Richtung Tür schob.

»Das ist kaum etwas Neues. Dieser Schuft will mich seit Jahren umbringen.« Er legte ihr die Hand auf den Rücken.

»Hinterfrag nie mehr mein Urteilsvermögen oder meine Entscheidungen. Und jetzt verschwinde.«

Connor fühlte sich schuldig, als er Ilysa auf der gegenüberliegenden Seite des Hofes sah. Seit er sie vor zwei Tagen so schroff zurechtgewiesen hatte, schlug sie die Augen nieder, sobald sie an ihm vorbeiging. Sie war ein so süßes Mädchen. Obwohl er ihre Einmischung nicht zulassen und erlauben konnte, hatte er ihre Gefühle nicht verletzen wollen.

Derzeit wechselte sie kaum ein Wort mit ihm. Seltsam, wie sehr ihn das verunsicherte. Er mochte und respektierte diese junge Frau, und die Missstimmung zwischen ihnen fühlte sich nicht richtig an. Als ihre Wege sich nun mitten auf dem Hof kreuzten und sie stehen blieb, um mit ihm zu sprechen, war er erleichtert.

»Dein Lieblingshund hat Welpen bekommen«, sagte sie mit strahlendem Gesicht. »Ich kann sie dir zeigen, wenn du einen Moment Zeit hast.«

Zwar hatte er noch einiges zu erledigen, bevor er aufbrach, aber das hier war wichtig, um die Sache zwischen ihnen wieder in Ordnung zu bringen.

»Ja gerne«, willigte er ein. »Wo ist Maggie?«

»Sie hat ihre Welpen gut versteckt. Komm mit rein, dann zeige ich sie dir.«

Arglos folgte er ihr ins Untergeschoss und an der Küche vorbei, in der es ungewöhnlich ruhig war. Als sie die Tür zu einem Vorratsraum öffnete, schaute er sich suchend zwischen den Säcken mit Hafer und Gerste um. Ilysa ging lächelnd in die Knie und hob eine Bodenplatte an, unter der ein dunkles Loch zum Vorschein kam. Verwirrt hockte er sich neben ihr nieder. Als er genauer hinsah, bemerkte er eine Leiter, die in die Tiefe führte.

»Was ist das?«

»Cook hat mir erzählt, dass sich dort unten hinter dem Kellergewölbe ein geheimes Verlies für besondere Gefangene befindet.«

»Für besondere Gefangene? Warum weiß ich nichts davon?«

»Sein Großvater hat es ihm gezeigt, als er ein Junge war. Offenbar wird das Gewölbe seit Langem nicht mehr benutzt, sodass außer ein paar älteren Burgbewohnern niemand von dem Verlies weiß.«

»Und wie ist Maggie da runtergekommen?«, fragte er und spähte in das dunkle Loch.

»Keine Ahnung, vermutlich gibt es einen zweiten Zugang.« Ilysa drehte sich um, um die Leiter hinunterzusteigen.

»Kletter lieber nicht runter.«

»Ich muss dir doch zeigen, wo sie sich versteckt«, widersprach Ilysa. »Komm mit, du kannst die Fackel tragen.«

»Also gut, ich gehe voraus.«

Der Geruch nach feuchter Erde drang in Connors Nase, als er sich in den engen Tunnel tastete. Als er die unterste Sprosse erreichte, sprang er auf den Boden und hob Ilysa hinunter. Er schaute sich um und erkannte, dass sie in einem gemauerten Durchgang standen. Viele Burgen hatten solche geheimen Tunnel.

»Maggie und ihre Welpen sind dort hinten«, sagte Ilysa und deutete in die Dunkelheit.

Connor folgte dem Tunnel, an dessen Ende sich ein kleiner Raum mit einer eisernen Gittertür befand, der wie eine Zelle aussah. Er hob die Fackel, um in die Ecken zu blicken, und suchte nach seinem Hund. Irgendetwas stimmte hier nicht. Wo waren die Welpen, die hier angeblich sein sollten? Er entdeckte nicht einmal eine Ratte, die über den Boden huschte, und auch keine Spinnweben.

Als die Eisentür hinter ihm ins Schloss fiel, glaubte er im ersten Moment, sie sei zugeweht worden, bis ihm dämmerte, dass es hier unten keinen Wind gab. Irritiert drehte er sich um und fragte sich, was passiert sein mochte.

»Ilysa?«

Er hob die Fackel an. Nichts, es kam keine Antwort. Wo war sie geblieben?

Vergeblich rüttelte er an der Tür, sie öffnete sich nicht.

Erneut brüllte er ihren Namen, schlug mit der Faust gegen das Gitter.

Erleichterung ergriff ihn, als endlich Ilysas Umrisse sichtbar wurden.

»Die Tür ist zugefallen und lässt sich nicht mehr öffnen. Du musst vielleicht einen meiner Männer holen, damit ich hier wieder herauskomme.«

»Tut mir leid«, entgegnete sie und kam näher. »Würdest du auf mich gehört haben, hätte ich das hier nicht tun müssen.«

»Wovon zur Hölle sprichst du?«, schrie er. »Mach sofort diese verdammte Tür auf!«

»Das kann ich nicht.«

Ihm verschlug es die Sprache. Was sollte das Ganze?

»Ich habe dir gesagt, dass ich eine Vision hatte«, erklärte sie. »Du warst mit deinen beiden Onkeln zusammen, und Hugh hat dich von hinten erstochen.«

War sie jetzt ganz verrückt geworden, ihm solche Schauermärchen aufzutischen? Da sie außerhalb des Lichtkegels seiner Fackel stand, konnte er ihr Gesicht nicht erkennen, aber sie klang so, als würde sie weinen.

»Mach die Tür auf«, knurrte er und bemühte sich, ruhig zu bleiben. »Du hast hoffentlich den Schlüssel?«

»Verstehst du nicht, dass ich das Treffen mit Hugh verhindern muss? Ich tue das hier allein zu deinem Schutz.«

»Du meinst mich beschützen zu müssen?« Wut ergriff ihn aufs Neue. »Ich bin dein Chieftain und befehle dir, mich freizulassen.«

»Hugh wird dich ermorden, wenn du zu dem Treffen reist. Ich habe es ganz deutlich gesehen.«

»Ilysa!«, brüllte er.

»Es ist ja nicht für lange.« Sie strich ihre Röcke glatt, als wäre ihr Aussehen jetzt wichtig. »Drei Tage sollten ausreichen, damit du das Treffen verpasst.«

Connor verdrehte die Augen. Das konnte nicht ihr Ernst sein, oder?

»Du hast hier unten alles, was du brauchst. Kerzen, Pergament und Stifte, Tisch und Stuhl, ein Lager mit Decken und Kissen. Ich bringe dir jeden Tag etwas zu essen und frisches Wasser, damit es dir an nichts fehlt.«

Bei allen Heiligen, sie hatte das hier geplant. »Du hast die Zelle sogar geputzt und eingerichtet?«

Er hätte sie am liebsten auf der Stelle erwürgt.

»Auf dem abgedeckten Teller, der auf dem Tisch steht, findest du einen Apfelkuchen, so einen, wie du ihn gerne magst.«

»Einen Apfelkuchen?«, wiederholte er und ballte die Hände zu Fäusten. »Gott, Ilysa, glaubst du wirklich, dass mich ein Apfelkuchen beschwichtigen könnte?«

»Kein Grund für Blasphemie und ebenfalls kein Grund, laut zu werden«, sagte sie.

»Ich werde noch viel schlimmere Sünden begehen, wenn ich hier rauskomme«, schrie er. »Ich werde dich umbringen! Und jetzt lass mich sofort raus!«

Kapitel 15

Ilysa horchte auf das Schnarchen der Männer, als sie leise durch die dunkle Halle schlich. Sie tastete sich an der Wand entlang zur Treppe und stieg dann die Stufen ins Untergeschoss hinab. Nachdem sie in der Vorratskammer angekommen war und die Tür hinter sich verriegelt hatte, machte sie die Lampe an, die sie dort versteckt hatte.

Bevor sie die Leiter hinabstieg, holte sie tief Luft und wappnete sich dafür, mal wieder in Grund und Boden gebrüllt zu werden. Das geschah regelmäßig.

Erst wenn Connor sich abreagiert hatte und sich langsam beruhigte, konnten sie sich einigermaßen vernünftig miteinander unterhalten. Ilysa berichtete ihm jeden Tag ausführlich, was auf der Burg vor sich ging, sodass er immer voll informiert war.

Dieses Mal allerdings würde es nach dem Gebrüll keine Unterhaltung geben. Sie würde ihn freilassen.

Nachdem sie sich drei Tage lang seine maßlosen Drohungen angehört hatte, machte die Vorstellung, ihn aus der Zelle zu lassen, sie ein wenig nervös.

Zwar glaubte sie nicht, dass er tatsächlich handgreiflich wurde oder gar seine Drohung wahrmachte, sie mit bloßen Händen zu ermorden, doch mit irgendeiner Strafaktion oder Rache rechnete sie durchaus.

War Connor wütend genug, um sie vor aller Augen auf dem Hof auspeitschen zu lassen? Nein, sie war sich sicher, dass er sie nicht öffentlich demütigen würde.

Mit einem bangen Gefühl machte sie sich auf den Weg nach unten. Ihr Gefangener schwieg, als sie sich der Eisentür näherte, was sie zusätzlich verunsicherte.

»Ich habe allen erzählt, dass du die Burg in der ersten Nacht nach Einbruch der Dunkelheit verlassen hast, um zu einem geheimen Treffen zu gehen«, begann sie sogleich zu erklären, als sie den Eisenschlüssel aus dem Lederbeutel an ihrem Gürtel zog. »Auf diese Weise wird sich niemand wundern, dass du nicht zu sehen warst. Und jetzt bist du eben mitten in der Nacht zurückgekommen. Niemand wird auf die Idee verfallen, dass du die ganze Zeit über hier gewesen bist.«

Ihre Hand zitterte zu sehr, um den Schlüssel ins Schloss zu bekommen.

»Au!«, schrie sie auf, als eine Hand durch das Gitter schoss, sie am Handgelenk packte und ihr den Schlüssel entriss. Ilysa wurde gegen die Wand geschleudert, als er die Eisentür aufstieß.

»Ich habe große Lust, dich an meiner Stelle in die Zelle zu werfen und den Schlüssel wegzuschmeißen«, giftete er sie an, und sein unversöhnlicher Ton jagte ihr einen kalten Schauer den Rücken hinunter.

Natürlich tat er das nicht. Stattdessen packte er sie, trug sie zur Leiter, stellte sie auf eine Sprosse und schob sie praktisch nach oben. Dann standen sie einander in der Vorratskammer gegenüber.

Im Licht der Laterne, die sie dort hatte brennen lassen, sah sie, wie er seine Hände zu Fäusten ballte, wie seine Brust sich hob und senkte. Mit den Bartstoppeln der letzten drei Tage im Gesicht und einem unbändigen Zorn in den Augen sah er so finster und gefährlich aus, dass sie kaum zu atmen wagte. Gleichzeitig ließ ihn das unglaublich attraktiv aussehen.

»Ich will, dass du gehst«, befahl er. »Sofort.«

Ilysa erschrak, damit hatte sie nicht gerechnet, und ihre Stimme bebte.

»Ich soll gehen? Kannst du nicht einfach anordnen, dass man mich zur Strafe auspeitscht?«

»Ich lasse keine Frauen auspeitschen, verdammt noch mal!« Connor verengte die Augen zu schmalen Schlitzen. »Im Übrigen würde das Aufsehen erregen und lästige Fragen nach sich ziehen. Aber schließlich soll niemand von diesem kleinen … Zwischenfall erfahren.«

In diesem Augenblick begriff Ilysa, was sie angerichtet hatte: Ihr schlimmstes Vergehen bestand darin, seinen Stolz gekränkt zu haben.

»Du brauchst mich doch hier … Wer soll sich sonst um den Haushalt kümmern?« Verzweiflung ergriff sie. »Ich verspreche dir, dass niemand jemals erfahren wird, dass ich dich eingesperrt habe.«

»*Ich* weiß es«, entgegnete Connor und presste die Zähne zusammen. »Du verschwindest, und ich will dich nie mehr auf dieser Burg sehen.«

Damit machte er auf dem Absatz kehrt und ging. Seine Wut war beinahe mit Händen greifbar.

Connor saß auf seinem Platz an der langen Tafel und wartete auf sein Frühstück. Die fragenden Blicke seiner Leute ignorierte er. Er war ihnen keine Rechenschaft schuldig, wo er in den vergangenen drei Tagen gesteckt hatte. Und er hatte auch nicht vor, es irgendjemandem auf der Burg zu erzählen.

Drei Tage in seinem eigenen Verlies. Gefangen gehalten von einem zierlichen Mädchen. Selbst Shaggy Maclean hatte ihn nicht länger als einen einzigen Tag festsetzen können. Connors Zorn war grenzenlos.

Und dann hatte Ilysa noch die Frechheit besessen zu behaupten, das alles geschehe zu seinem Schutz. Schlimmer noch: Sie glaubte das tatsächlich! Was genauso beleidigend war, wie zu denken, sie habe das Recht, sein Urteilsvermögen anzuzweifeln und seine Befehle zu ignorieren. Nachdem er den Rest der Nacht rastlos auf und ab gelaufen war und nachgedacht hatte, war er zu dem Entschluss gelangt, sie nicht zurück nach Dunscaith bringen zu lassen, was er eigentlich beabsichtigt hatte. Er würde sie stattdessen anders bestrafen.

Wo zur Hölle blieb sein Frühstück? Er hatte Hunger, und das trug nicht gerade dazu bei, seine ohnehin schlechte Laune zu verbessern. Die Bediensteten rannten durch die Gegend wie aufgescheuchte Hühner, ohne dass jemand ihm sein Essen brachte.

Steckte sie etwa dahinter? Rächte sie sich auf diese Weise, dass er so grob mit ihr umgesprungen war? Hatte sie womöglich Dankbarkeit erwartet? Bislang hatte er immer geglaubt, sie genau zu kennen. Jetzt merkte er, dass dem nicht so war.

»Wo bleibt mein Frühstück?«, schrie er ungehalten, um sich abzureagieren.

Jeder in der Halle warf ihm nervöse Seitenblicke zu. Für gewöhnlich missbrauchte er seine Autorität nicht, indem er laut über Kleinigkeiten schimpfte. Und das alles bloß, weil Ilysa ihm so übel mitgespielt und seine Entscheidungshoheit untergraben hatte. Eine Frau sperrte ihren Chieftain ein, wo gab's denn das? Dafür verdiente sie eine saftige

Strafe. Nur welche? Ihm wollte absolut nichts einfallen. Ihr zusätzliche Arbeit aufzudrücken, war unrealistisch, da sie sowieso schon über Gebühr eingespannt war.

Er wurde von seinen Grübeleien abgelenkt, als eine Magd ihm einen Teller hinstellte mit etwas, das wie das Abendessen vom Vortag aussah. Kalt.

Missmutig starrte er darauf. »Wo ist mein Haferbrei?«, fragte er ungnädig.

»Es tut mir leid, Chieftain.« Das junge Mädchen zog schuldbewusst den Kopf ein. »Wir haben vergessen, ihn zu kochen. Wir wussten ja nicht, dass …«

Vergessen? Jeder wusste, dass er morgens eine Schale Porridge aß. Selbst in seinem verdammten Verlies hatte Ilysa ihm tagtäglich eine große Portion frisch zubereiteten Haferbrei gebracht.

»In Ordnung, sorgt einfach dafür, dass es nicht wieder vorkommt. Selbst wenn ich überraschend von einer Reise zurückkehre, bestehe ich darauf, dass man mir mein gewohntes Frühstück serviert.«

Sobald er das Ersatzessen lustlos heruntergeschlungen hatte, begab sich Connor nach draußen, um endlich ein bisschen frische Luft zu schnappen. Es ging nichts über einen Aufenthalt in einem feuchten Verlies, um das Tageslicht wieder zu schätzen. Als er gerade um die Ecke des Wohnturms biegen wollte, hörte er, wie sein Name fiel, und blieb stehen.

»Wo, glaubst du, hat unser Chieftain gesteckt?«, sagte eine Frauenstimme.

Zum Teufel. Er hätte sich denken können, dass alle Bewohner der Burg sich den Kopf darüber zerbrachen, wo er die ganze Zeit über gewesen war.

»Ilysa klang verlegen, als sie uns erzählt hat, er sei zu

einem geheimen Treffen aufgebrochen«, antwortete eine männliche Stimme. »Außerdem war seine Leibwache auf der Burg. Wenn du mich fragst, weist das eindeutig darauf hin, dass er eine Frau besucht hat.«

»Das wurde auch langsam Zeit!« Derbes Gelächter erklang, offenbar standen mehrere zusammen. »Wir können ihn dann wohl nicht länger den heiligen Connor nennen.«

»Wer ist die Glückliche?«

Die Namen einiger Frauen wurden aufgezählt, diskutiert und wieder verworfen.

»Mich hätte er nicht zweimal bitten müssen.« Eine weitere Stimme, die erneut wieherndes Gelächter auslöste.

Connor rieb sich die Schläfen, als er erkannte, wer das vom Stapel gelassen hatte. Flòraidh, ein Großmütterchen, das so rund wie eine Steckrübe war.

»Er hat es geheim gehalten, von daher nehme ich fast an, dass unser Heiliger mit der Frau eines anderen Mannes schläft!«

Es war definitiv an der Zeit, der Sache ein Ende zu bereiten, entschied Connor und setzte sich wieder in Bewegung. Sobald er um die Ecke kam, starrte die kleine Gruppe ihn mit offenen Mündern an.

»Da ihr ja anscheinend viel freie Zeit habt, könnt ihr zwei für eine Woche die Nachtwache übernehmen«, sagte er und deutete auf die beiden Krieger. Dann funkelte er die Frauen an, die in der Küche arbeiteten. »Ab mit euch. Morgen früh sollte besser eine Schale mit heißem Porridge an meinem Platz stehen.«

Nachdem das geklärt war, verbrachte er den Rest des Morgens damit, die Männer zu trainieren. Ein paar Stunden lang seine Gegner zu Boden zu bringen, half dabei, seine Laune zu verbessern. Fast fühlte er sich wieder wie er selbst, als er sich zum Mittagessen in die Burg begab.

Seine gute Stimmung verflog schnell, denn die Katastrophe vom Frühstück wiederholte sich. Kaltes, fades Essen vom Vortag, das kaum reichte, um alle satt zu machen. Connor hatte genug Probleme, da konnte er nicht zusätzlich einen leeren Magen gebrauchen.

Vermutlich war das alles Teil von Ilysas Rache. Connor verspürte zum wiederholten Mal große Lust, sie eigenhändig für ein paar Tage und Nächte in dem Verlies einzusperren. Er nahm einen Schluck von seinem Ale, knallte den Becher jedoch sogleich mit Nachdruck auf den Tisch, weil das Bier schal schmeckte, und erhob sich.

»Schick Ilysa zu mir«, sagte er zu Lachlan, der zufällig an der Tür stand, ging nach oben und wartete.

Warum zur Hölle brauchte sie so lange?

Endlich klopfte es, aber es war nicht Ilysa, sondern Lachlan.

»Ich konnte sie nicht finden«, erklärte der Krieger.

»Dann musst du etwas intensiver suchen.«

»Sie ist nicht da.«

»Vielleicht bedurfte irgendjemand auf den umliegenden Höfen der Hilfe einer Heilerin«, überlegte Connor und hoffte sehr, dass sie zumindest so viel Verstand gehabt hatte, nicht allein zu gehen. »Sobald sie zurückgekehrt ist, will ich sie sehen.«

»Ilysa ist nicht mehr auf Trotternish. Noch vor Tagesanbruch ist sie mit dem Boot in Richtung Dunscaith Castle aufgebrochen.«

»Das kann nicht sein.« Der Chieftain, der ungeduldig auf und ab gegangen war, blieb abrupt stehen. »Sie kann nicht allein mit einem Boot so weit segeln.«

»Niall ist bei ihr. Er hat die kleine Galeere genommen.«

Das Schiff, das sie Shaggy Maclean gestohlen hatten und das sich mit zwei Leuten problemlos segeln ließ.

»Woher weißt du das?«

»Cook war der Einzige, dem Ilysa Bescheid gesagt hat – es war nicht ganz einfach, ihm diese Information zu entlocken«, rückte Lachlan mit der Sprache raus, wenngleich ihm das alles sehr unangenehm zu sein schien.

»Was meinst du damit, dass es nicht ganz einfach war?« Connor musterte ihn argwöhnisch. Wollte er damit etwa sagen, dass er den Koch unter Anwendung von Gewalt gezwungen hatte, sein Wissen preiszugeben? Es gefiel ihm nicht, wenn die Krieger zu rau mit den Bediensteten umgingen.

»Ach, der Mann ist das heulende Elend, seit Ilysa weg ist, und sitzt ständig jammernd herum.« Lachlan verzog das Gesicht. »Ich habe ihm gesagt, dass ein MacDonald sich nicht so benimmt, aber es hat nichts gebracht. Folglich müssen wir damit rechnen, dass das Abendessen genauso schlecht wird wie das Frühstück und das Mittagessen.«

Das also war der Grund.

Besorgt ging Connor zum Fenster und blickte aufs Meer hinaus. Niall war ein guter Seemann, doch sie würden zwangsläufig an Küstenstreifen vorbeikommen, über die die MacLeods die Kontrolle hatten. Und das wäre für die beiden ein großes Risiko.

»Warum sind sie überhaupt fortgegangen?«, hörte er sich selbst sagen. Ihm war nicht bewusst, dass er die Frage laut ausgesprochen hatte.

»Ilysa hat Cook erzählt, du hättest ihr befohlen zu verschwinden.«

Kapitel 16

Ilysa stützte den Kopf in die Hände und starrte auf den Riss in der Mauer. Seit sie nach Dunscaith zurückgekehrt war, hatte sie die Hütte ihrer Mutter, die lediglich aus zwei Zimmern bestand und sich an die Burgmauern schmiegte, kaum verlassen.

Ihr war klar, dass sie sich etwas überlegen musste, aber sie fühlte sich so niedergeschlagen, dass es ihr sogar schwerfiel, nur den Kopf zu heben. Von Kindesbeinen an war sie es gewohnt gewesen, von morgens bis abends beschäftigt zu sein. Inzwischen saß sie hier seit einer geschlagenen Woche untätig herum, hatte keine Pflichten, war für nichts verantwortlich.

Als sie ein Klopfen an der Tür vernahm, beachtete sie es nicht weiter. Dann wurde daraus ein lautes Hämmern, und im nächsten Moment tauchten hinter der Fensterscheibe zwei Gesichter auf. Die von Moira und Sìleas, den Ehefrauen von Duncan und Ian. Die beiden waren bekanntermaßen ausgesprochen hartnäckig und würden vermutlich gegen die Tür trommeln, bis sie sie hineinließ.

Sobald sie geöffnet hatte, zerrten die jungen Frauen sie aus der Hütte und in den Wohnturm der Burg hinein. Bevor Ilysa wusste, wie ihr geschah, stand sie im Schlafzimmer ihres Bruders und ihrer Schwägerin.

»Das Kleid muss weg.« Moira schüttelte den Kopf. Es ist absolut scheußlich.

»Wir können es zerschneiden, um Putzlumpen daraus zu machen«, schlug Sìleas vor.

»Was stimmt bitte nicht mit meinem Kleid?«, wandte Ilysa ein. »Zugegebenermaßen ist es ein bisschen abgetragen. Ich sollte es vielleicht ausbessern …«

Keine der beiden anderen machte sich die Mühe, darauf zu antworten, entschlossen kritisierten sie weiter an ihr herum.

»Die Kopfbedeckung muss ebenfalls weg.« Sìleas schaute fast angewidert auf das unkleidsame braune Tuch, das die Haare verdeckte.

»Dringend«, stimmte Moira ihr zu.

Bevor ihr Opfer ein Wort des Protestes herausbringen konnte, zog Sìleas die Nadeln aus dem derben Wollstoff, und Moira öffnete die Häkchen an der Rückseite ihres formlosen braunen Kleides.

»Wartet!«

Es nutzte Ilysa nichts, sich zur Seite zu ducken, um sich den Zugriffen zu entziehen. Schon hielt Sìleas das Kopftuch in der Hand, und das Haar fiel in üppigen rotgoldenen Wellen bis über die Schultern. Die beiden Frauen starrten sie mit offenen Mündern an, als würden sie nicht fassen, was sie da sahen.

»Was ist los?«, fragte Ilysa verwundert.

»Dein Haar ist wunderschön«, stammelte Sìleas und seufzte vernehmlich.

»Ach was, verglichen mit deinem Kupferton ist meine Farbe langweilig. Irgendwie sieht sie rosa aus, fast wie zerdrückte Erdbeeren.«

In der Tat war Ians Frau eine wahre Schönheit mit ihrem

roten Haar und den smaragdgrünen Augen. Und Moiras Erscheinung war der Inbegriff von Sinnlichkeit. Sie hatte das gleiche schwarze Haar wie Connor, leuchtend blaue Augen und üppige Kurven, die den Männern das Wasser im Mund zusammenlaufen ließen.

»Warum hast du dein Haar die ganze Zeit über versteckt?« Sie ließ eine der im Licht des Tages schimmernden Strähnen durch ihre Finger gleiten. »Es ist einfach umwerfend!«

»Ich war verheiratet«, murmelte Ilysa und fühlte sich unwohl, weil sie mit einem Mal im Mittelpunkt des Interesses stand.

»Unsinn, du warst kaum lange genug verheiratet, dass es zählen würde«, erwiderte Moira und wischte den unausgesprochenen Hinweis auf den alten Brauch, dass eine verheiratete Frau ihre Haare bedenken musste, mit einer Handbewegung beiseite. »Und wenn ich mich recht entsinne, hast du dein Haar schon versteckt, als du noch ein kleines Mädchen warst.«

»Meine Mutter hat darauf bestanden.«

Anna hatte in ständiger Angst um ihre einzige Tochter gelebt.

Du darfst die Aufmerksamkeit nicht so auf dich lenken. Bedeck dein Haar. Sprich leise. Halt deinen Blick gesenkt.

Bis zu ihrem elften Lebensjahr hatte Ilysa manchmal gegen derartige Einschränkungen rebelliert, jedoch damit an dem Tag aufgehört, als Duncan mit Moira erwischt worden war und anschließend fortgeschickt wurde. Sie wollte ihrer Mutter keinen zusätzlichen Kummer bereiten.

Selbst wenn ihr Verhalten eher zurückhaltend, demütig und fast kleinlaut gewirkt hatte, war sie im Grunde ihres Herzens eine mutige, entschlossene Person geblieben.

Heimlich, still und leise hatte sie die Pflichten ihrer Mutter im Haushalt auf der Burg übernommen, und im Laufe der Zeit war ihr die Arbeit im Hintergrund so in Fleisch und Blut übergegangen, dass Ilysa gar nicht mehr wusste, ob es nicht ihre wahre Natur war.

»Seit wir wissen, was deiner Mutter widerfahren ist, als sie jung war«, sagte Sìleas und bezog sich damit auf Annas Entführung, »ist es leichter zu verstehen, warum sie dich so sehr behütet hat und so übervorsichtig war.«

»Jetzt, wo sie tot ist«, ergänzte Moira und tätschelte Ilysas Hand, »solltest du deine Schönheit allerdings nicht länger verbergen.«

»Meine Schönheit?« Die junge Frau lachte trocken auf.

»Dürfen wir es dir zeigen?«, fragte Moira und zwinkerte Sìleas zu.

Beide machten sich sogleich daran, Ilysa bis aufs Unterkleid von den hässlichen braunen Schichten zu befreien.

»Wie ich vermutet habe.« Moira trat einen Schritt zurück und verschränkte die Arme vor ihrer üppigen Brust. »Unter dem unförmigen Kleid hast du eine bezaubernde Figur.«

»Ich sehe aus wie ein dürrer Junge«, widersprach sie.

»Nein, das tust du nicht.« Sìleas schenkte ihr ein warmes Lächeln. »So schlank und anmutig wie du bist, siehst du aus wie eine Elfe.«

»Welche Farbe soll das Kleid haben, Sìl?«, erkundigte sich Moira und betrachtete Ilysa mit leicht zusammengekniffenen Augen, als würde sie darüber nachdenken, wie sie einem Hasen am besten das Fell über die Ohren ziehen konnte. »Blau oder grün?«

»Sie wird mehr als ein Kleid brauchen. Und da sie vom Typ her fast wie ich ist und die Zeit drängt, habe ich ein paar von meinen Kleidern mitgebracht, die wir leicht ändern können.«

»Wofür haben wir nicht viel Zeit?«, hakte Ilysa nach. »Warum macht ihr das alles?«

Die beiden zogen sie zu der Bank unter dem Fenster und setzten sich mit ihr hin.

»Ich weiß, dass du Gefühle für meinen Bruder hegst«, ergriff Moira das Wort. »Aber es bringt nichts, wenn du dich noch länger auf Connor versteifst. Das weißt du mit Sicherheit selbst.«

Ja, sie wusste es vom Kopf her, ihr Herz hingegen hatte es noch längst nicht akzeptiert.

»Was ein Mädchen braucht, um einen Mann zu vergessen, ist ein anderer Mann.«

»Die meisten Chieftains werden zu der Versammlung auf Mingary Castle erscheinen«, warf Sìleas ein. »Und jeder von ihnen wird von einigen seiner Krieger begleitet.«

»Das bedeutet, dass es auf der Burg von schönen Burschen aus den Highlands wimmeln wird!« Moiras Augen funkelten. »Duncan soll mit einigen unserer Männer ebenfalls hinfahren und Connor treffen, und wir beide werden ihn begleiten. Mit all den attraktiven Männern, die sich dort versammeln, wirst du eine wundervolle Zeit und sehr viel Spaß haben.«

»Männer bemerken mich nicht einmal – ich werde mich bloß lächerlich machen.«

Sìleas zog die Augenbrauen hoch. »Höre ich dasselbe Mädchen sprechen, das einer Horde Piraten mutig die Stirn geboten und sie für uns ausspioniert hat, als Hugh Dunscaith in seiner Gewalt hatte?«

»So mutig war das gar nicht«, winkte Ilysa ab.

»Egal, jedenfalls werde ich dafür sorgen, dass du dich nicht in einer Ecke verkriechst, wo niemand dich sehen kann«, bekräftigte Moira. »Du wirst bestimmt eine gute Auswahl an möglichen Ehemännern haben.«

»Ich will gar keinen Ehemann.«

»Natürlich könntest du für immer hier bei uns bleiben, wenn du das gerne möchtest, doch glaube ich nicht, dass es dich wirklich glücklich machen würde.«

Obwohl sie unterschiedlich wie Tag und Nacht waren, hatte Moira die kleine Schwester ihres Mannes ins Herz geschlossen. Falls sie blieb, würde sie ihr Bestes tun, damit Ilysa sich nicht überflüssig vorkam, aber genau genommen wurde sie hier nicht gebraucht.

»Sag mir nicht, dass du vorhast, bei der alten Teàrlag zu hausen und dein Leben in einer winzigen Hütte zu vergeuden«, drang die Schwägerin weiter auf sie ein. »Sonst muss ich dir leider eine Ohrfeige verpassen, damit du zur Vernunft kommst.«

»Sie meint das nicht so.« Sìleas tätschelte Ilysas Arm. »Wir alle lieben Teàrlag. Dennoch wäre das keine Lösung für dich. Du brauchst jemanden, mit dem du dir ein Leben aufbauen kannst.«

»Ich weiß, dass Connor der Mann ist, den du willst, nur kannst du ihn nicht haben«, wiederholte Moira.

»Das war mir immer klar«, gestand Ilysa leise.

»Du brauchst einen Mann, mit dem du Kinder bekommst.« Sìleas' Augen leuchteten auf. »Ich habe gesehen, wie gut und liebevoll du mit meinen Zwillingen umgehst, und ich weiß, dass du dir eine eigene Familie wünschst.«

Eine Träne rollte über Ilysas Wange. Ja, das war ihr wunder Punkt, denn zu gern hätte sie Kinder.

»Und du brauchst einen Mann in deinem Bett«, stellte Moira klar. »Es gibt wohl niemanden, der so viel Freude daran hat, ein Zuhause zu erschaffen wie du.«

»*Is uaigneach an níochán nach mbíonn léine ann.* Es ist ein unerfülltes, sinnloses Waschen, wenn kein Männerhemd dabei ist«, heißt es so schön. »Denk darüber nach«, fügte Sìleas hinzu und strich Ilysa das Haar hinter das Ohr. »Du solltest eine Familie haben, ein eigenes Zuhause und einen Mann, der dich glücklich macht.«

»Mir ging es gestern Nacht hundeelend«, sagte der Chieftain der MacNeils, als er zu Connor und Alex stieß, die mit ausgestreckten Beinen vor dem Kamin in der großen Halle saßen. »Wenn ich es nicht besser wüsste, würde ich sagen, dass du versucht hast, mich zu vergiften.«

Connor rieb sich die Stirn. Durchaus möglich, dass das Essen am Zustand von Alex' Schwiegervater schuld war. Cook lag krank im Bett, und im gesamten Haushalt herrschte Chaos. Vor allem schien niemand derzeit eine genießbare Mahlzeit auf den Tisch bringen zu können.

»Das wäre niemals passiert, wenn Ilysa noch hier wäre«, kommentierte Alex hinterhältig. »Wie heißt es gleich«: *Cha bhi fios aire math an tobair gus an tràigh e.* Der Wert des Brunnens wird erst erkannt, wenn er ausgetrocknet ist.«

»Danke, dass du das noch einmal so deutlich zum Ausdruck gebracht hast«, gab Connor gekränkt zurück.

Im Grunde hatte er überhaupt nicht gewusst, welch wichtige Rolle Ilysa für den reibungslosen Ablauf im Haus gespielt hatte. Ihr Verdienst war es gewesen, dass alles wie am Schnürchen gelaufen war: dass genug Vorräte da waren, dass ein anständiges Essen pünktlich auf den Tisch kam, dass die Bediensteten spurten. Er hatte das alles als ganz selbstverständlich hingenommen.

»Ein anderer Besucher hätte geglaubt, dass es Gift war«, setzte MacNeil spöttisch eins drauf. »Du solltest lieber deinen Haushalt auf Vordermann bringen, bevor es durch verdorbenes Fleisch zu einem Clankrieg kommt.«

»Ich weiß, dass nichts mehr funktioniert«, seufzte Connor. »Heute Morgen hat eine der Mägde mir ganz nebenbei gesagt, dass der Vorrat an Ale zur Neige geht, stellt euch das vor. Himmel, ich kann mich angesichts der Bedrohung durch die MacLeods und Hugh nicht auch noch darum kümmern, was in der Küche anliegt.«

Sein Gast schüttelte den Kopf. »Du brauchst eindeutig eine Frau, so kann kein Mann leben.«

»Ich habe vor, auf der Versammlung Ausschau zu halten. Da Alastair MacLeod ebenfalls dort sein wird, kann ich es wagen, Skye zu verlassen, ohne mir Sorgen machen zu müssen, dass jemand während meiner Abwesenheit einen Angriff startet. Ich glaube nicht, dass irgendwer den während derartiger Zusammenkünfte üblichen Waffenstillstand bricht, das würde die Krone zu sehr verärgern und das Risiko einer Einmischung heraufbeschwören.«

»Hervorragend, dann sind wir bereits zu zweit, die eine passende Frau suchen«, erwiderte MacNeil, dessen zweite Frau kürzlich bei der Geburt des gemeinsamen Kindes gestorben war, und erhob sich. »Und jetzt entschuldigt mich bitte. Ich lege mich wieder hin, um mich von dem Fraß zu erholen, den ihr mir vorgesetzt habt.«

»Armer Mann«, sagte Alex, nachdem sein Schwiegervater verschwunden war. »Er ist jetzt ganz allein mit einem Neugeborenen, einem kleinen Jungen, und Glynis' Schwestern aus erster Ehe.« Er erschauerte, als er die Mädchen erwähnte. »Die drei sind schrecklich, hübsch, aber dumm, und kichern ständig albern herum. So langsam verlieren wir die Hoffnung, dass sich das noch legt.«

Alex würde während Connors Abwesenheit auf Trotternish Castle bleiben und dort als Burgwächter fungieren. Er selbst saß auf North Uist so fest im Sattel, dass er unbesorgt die Burg verlassen konnte. Zudem hatte er anders als sein Cousin einen guten Mann vor Ort, dem er bedingungslos vertraute.

»Ich habe mir ernsthaft vorgenommen, von dem Treffen in der Gewissheit zurückzukehren, eine Frau und damit einen möglichst mächtigen Bündnispartner gefunden zu haben«, spann Connor das Thema weiter.

Sein Cousin musterte ihn. »Ich kenne die Tochter eines Chieftains, die du von vornherein von deiner Liste streichen kannst. Alexander of Dunivaig ist nicht eingeladen.«

Connor verriet nicht, dass Deirdre längst von seiner Liste möglicher Ehekandidatinnen gestrichen war. Wenn Alex von dem Debakel erfuhr, würde er es ihm für immer und ewig genüsslich aufs Brot streichen.

»Hat er sich nach wie vor nicht mit der Krone geeinigt?«, fragte er nach.

»Könnte man so sagen«, erklärte Alex mit einem Grinsen. »Ich habe gehört, er hat sich auf die Seite unserer MacDonald-Verwandtschaft geschlagen und macht mit Donald Gallda gemeinsame Sache. Angeblich wollen sie Mingary Castle angreifen.«

Grundgütiger. Connor schickte in stummes Dankgebet zum Himmel, dass der Plan, durch eine Heirat mit Deirdre ihren Vater und seinen Clan als Bündnispartner zu gewinnen, gescheitert war. Das wäre eine Katastrophe geworden. Wenn Alexander of Dunivaig tatsächlich noch immer in der Rebellion mitmischte und obendrein sogar die Burg seines Schwiegervaters angriff, wäre Connor womöglich in einen hoffnungslosen Kampf hineingezogen und überdies von der Krone beschuldigt worden, gegen sie zu agieren.

»Wird die Versammlung trotzdem auf Mingary Castle stattfinden?«

»*Aye*, bloß wundere dich nicht, wenn es nach Rauch stinkt«, entgegnete Alex süffisant. »Wenn das mal kein warnendes Beispiel dafür ist, wie wichtig die Wahl eines Bündnisses durch Eheschließung ist und wie leicht man andererseits Fehler machen kann.«

»Mal was anderes: Du siehst übrigens ganz gut aus«, wechselte Connor das Thema. »Vielleicht lag die Übelkeit deines Schwiegervaters ja nicht an unserem Essen.«

»Glücklicherweise hat meine fürsorgliche Ehefrau mir genug Proviant eingepackt, um mein Schiff zu versenken, also musste ich nicht das Risiko eingehen, von dem gräulich aussehenden Fleisch zu essen.«

»Mir ist nicht schlecht geworden, wenngleich es tatsächlich komisch geschmeckt hat.«

»Das liegt daran, dass du genug Whisky dazu getrunken hast, das tötet alle Keime ab«, machte Alex sich lustig.

Der Cousin hatte recht mit seiner Anspielung, er trank in letzter Zeit erheblich mehr als früher.

»Wenigstens können sie den Whisky nicht ruinieren«, sagte er und schenkte ihnen eine große Portion nach.

»*Cha deoch-slàint, i gun a tràghadh!* Gesund bleibt man nur, wenn der Kelch geleert wird!«, riefen sie gemeinsam aus und kippten einen großen Schluck.

Im nächsten Moment spuckte Alex den Whisky auf den Boden. »Was in Gottes Namen haben sie jetzt wieder angestellt? Das ist ja ein fürchterliches Gesöff.«

Connor zuckte die Schultern. »Schätzungsweise haben sie den Whisky mit Wasser gestreckt, weil der Vorrat langsam zur Neige geht.«

Sein Cousin hob warnend den Zeigefinger. »Du musst die Situation unbedingt in den Griff bekommen!«

Zwar hatte Alex es halb im Spaß gesagt, doch es stimmte. Irgendetwas musste geschehen. Da allerdings die Verhandlungen über eine Eheschließung erfahrungsgemäß einige Zeit in Anspruch nahmen, würde es dauern, bis eine Herrin auf der Burg Einzug hielt.

Also blieb ihm nichts anderes übrig, als seinen Stolz hinunterzuschlucken und Ilysa wieder herzubitten, selbst wenn ihn das eine gewaltige Überwindung kostete. Er konnte nicht vergessen, dass sie ihn eingesperrt hatte. Ihr Verdienst, ihn vor einer Heirat mit Deirdre bewahrt zu haben, war dadurch in den Hintergrund getreten. Egal, ihm blieb keine andere Wahl.

Überdies stellte er zunehmend fest, wie sehr ihm ihre Nähe fehlte, ihre Gesellschaft. Er hatte sie in all der Zeit auf Dunscaith kaum wahrgenommen. Hier auf Trotternish hingegen war sie zu seiner wichtigsten Bezugsperson geworden, mit der er seine Gedanken zu teilen pflegte. Inzwischen vermisste er sogar das Geräusch ihrer schnellen Schritte, ihr sanftes Lächeln und die Ruhe, die sie um sich verbreitete. Allein in ihrer Nähe war es ihm gelungen, wirkliche Entspannung zu finden.

Wenn er aber ihre Hände auf seiner nackten Haut gespürt hatte, war jeder Teil von ihm schlagartig hellwach gewesen, dabei hatte sie sich in aller Unschuld lediglich um seine Verletzungen gekümmert. Er indes hatte an ganz andere Dinge gedacht, während sie ihn massierte und ihn mit Salben einrieb, bis sein Körper schließlich vor Verlangen brannte. Er würde die Erinnerung daran aus seinem Gedächtnis, aus seinem Kopf verbannen müssen.

Allein seine Träume würden ihm blieben – die konnte man einem Menschen nicht nehmen.

Kapitel 17

Du bist so entzückend wie ein Hundewelpe«, sagte Moira und trat einen Schritt zurück, um ihr Werk in Augenschein zu nehmen.

Ilysa unterdrückte ein Seufzen. Zuerst ein Reh, jetzt ein Hündchen. Ihr wäre lieber gewesen, als attraktiv oder interessant bezeichnet zu werden, das klang bedeutender und weniger kindlich.

Sie waren in einem Zimmer im Westturm von Mingary Castle untergebracht, gemeinsam mit den Ehefrauen, die ihre Männer auf die Versammlung begleitet hatten. Eine gefühlte Ewigkeit lang hatte Moira winzige Blüten in den lockeren Zopf geflochten und dazu passende Blumen ins Kopfhaar gesteckt, bevor sie in dieses unanständige Kleid gesteckt wurde, das so eng geschnürt war, dass Ilysa fürchtete, ihre Brüste würden herausspringen, wenn sie zu tief einatmete.

»Bereit?« Moira öffnete die Tür, ohne eine Antwort abzuwarten, und hakte sich, als sie die Treppe hinuntergingen, bei Ilysa unter. »Jetzt wirst du dich gefälligst amüsieren, andernfalls kriegst du es mit mir zu tun.«

Duncan und Niall warteten bereits im Hof vor der Tür zum Westturm.

»Oh, du siehst wundervoll aus«, stieß der Jüngere atemlos hervor, nachdem er Ilysa eine ganze Weile mit offenem Mund angestarrt hatte.

Der Blick, den ihr Bruder ihr zuwarf, war dagegen eine Mischung aus Sorge und Missfallen, und so hakte sie sich mit leichtem Unbehagen bei Niall ein.

»Ist Connor inzwischen angekommen?«, fragte sie ihn leise.

»Bis jetzt habe ich ihn noch nicht gesehen.«

Als sie durch den Bogengang schritten, der in die große Halle von Mingary Castle führte, drang das Gemurmel unzähliger Stimmen an ihre Ohren. Das mussten ja Hunderte Menschen sein! In ihrem tief ausgeschnittenen Kleid und mit dem unbedeckten Haar fühlte Ilysa sich irgendwie nackt und schutzlos, als würde sie im Nachthemd diesen riesigen Raum voller Fremder betreten.

Instinktiv berührte sie die mit Edelsteinen besetzte Brosche ihrer Mutter, die an einer silbernen Kette um ihren Hals hing. Sie hatte keine Ahnung, wie Anna an so ein wertvolles Schmuckstück gekommen war.

»Ist dieser junge Krieger der Glückliche, den du als Ehemann bekommen hat?«

Ilysa drehte sich um und erblickte einen gut aussehenden Mann mit grauen Schläfen.

»Wer? Niall?«, fragte sie und lachte. »Nein, der arme Kerl ist gezwungen worden, auf dieser Versammlung meinen Beschützer zu spielen. Die Pflicht, mein Ehemann sein zu müssen, blieb ihm erspart.«

»Eine Pflicht, die jeder Mann mit einem Sinn für die Schönheit allzu gern erfüllen würde«, entgegnete der elegante Galan.

Grundgütiger. Wenn sie sich nicht irrte, flirtete der Mann

gerade mit ihr, was sie zu ihrer nicht geringen Überraschung als durchaus angenehm empfand.

»Ich bin Alan, ein Cousin des Chieftains der Campbells«, stellte er sich vor, ergriff ihre Hand und küsste sie, wie Höflinge es taten.

Als Ilysa ihm daraufhin ihren Namen nannte, bemerkte sie, dass Niall den armen Mann mürrisch musterte, als würde er ihm am liebsten die Spitze seines Schwertes vor die Nase halten.

»Man muss offenbar mutig sein, um Duncan MacDonalds Schwester anzusprechen. Eine andere Erklärung kann es nicht dafür geben, dass ein solches Juwel noch zu niemandem gehört.« Alan Campbells Augen blitzten auf, als er hinzufügte: »Ich bin ein mutiger Mann.«

Niall hustete und schüttelte fast unmerklich den Kopf. »Entschuldige uns«, sagte er und führte Ilysa in die Menge hinein.

»Warum hast du das getan?«, wollte sie wissen. »Ich habe mich gut unterhalten.«

»Denk dran, was man so sagt: Solange Bäume im Wald stehen, gibt es Heimtücke und Verrat im Clan der Campbells. Und dieser spezielle Campbell sucht ganz bestimmt nicht nach einer Ehefrau.«

»Er schien aber an mir interessiert zu sein.«

»Vor allem dürfte er daran interessiert sein«, zischte Niall ihr ins Ohr, »dich in sein Bett zu locken.«

»Wirklich?« Ilysa presste die Hand auf ihr Herz. Andere Frauen sprachen immer darüber, dass Männer sie zu verführen suchten, ihr war das noch nie passiert. »Das ist ja aufregend. Meinst du, andere Männer werden es auch versuchen?«

»Ilysa!« Niall sah so schockiert aus, dass sie in Lachen ausbrach.

»Verrätst du mir, worüber du so herzlich lachen musst, meine Liebe?«

Dieses Mal war der Mann, der sie ansprach, groß, blond und bekleidet mit der elegantesten Tunika, die sie je gesehen hatte.

Nialls finsterem Blick nach zu urteilen, schien ihm dieser Verehrer genauso wenig zu gefallen wie der erste, wohingegen Ilysa sein schiefes Lächeln ziemlich charmant fand.

Mingary Castle kam in Sicht, sobald Connors Galeere die Spitze der Halbinsel Ardnamurchan, die den westlichsten Punkt des Landes bildete, umrundet hatte. Die Burg bestand aus mehreren Gebäuden, die von einer unregelmäßigen sechseckigen Mauer umgeben waren. Sie lag strategisch günstig, um die Seerouten in den Sound of Mull und nach Loch Sunart zu überwachen. Als sie mit dem Boot näher kamen, fielen Connor die versengten Baumstümpfe auf, stumme Zeugen des letzten Rebellenangriffs.

Obwohl die Burg riesig war, konnten dort nicht so viele Gäste untergebracht werden, wie erforderlich gewesen wäre. Deshalb waren am Strand Lager aufgeschlagen worden. Connor lächelte in sich hinein. Er ahnte, dass Duncan, der solche Versammlungen verabscheute, sich hier ein Zelt ausgesucht hatte, weil er damit möglichst weit vom Trubel in der Burg entfernt war. Sobald er das Schiff verlassen und seine Männer bei anderen Mitgliedern ihres Clans gelassen hatte, machte er sich auf den Weg zur Burg.

Kurze Zeit später stand er in der großen Halle und ließ seine Blicke über die Menge schweifen. Bevor die Versammlung zu Ende war, wollte er mit einem der Chieftains in diesem Raum eine Vereinbarung getroffen haben. Offen war allerdings, wessen Schwester oder Tochter es am Ende werden würde.

»Welch seltener Anblick: Connor MacDonald gibt sich endlich einmal die Ehre.«

Als er sich umdrehte, erblickte er eine attraktive blonde Frau, die einen hohen kunstvollen Kopfputz und ein tief ausgeschnittenes Kleid trug.

»Lady Philippa.«

»Du erinnerst dich«, sagte sie und warf ihm ein strahlendes Lächeln zu.

Connor bezweifelte, dass je ein Mann diese Frau vergaß. In jungen Jahren war sein Cousin Ian so begeistert von ihr gewesen, dass er vorgehabt hatte, um ihre Hand anzuhalten. Glücklicherweise war er gezwungen worden, stattdessen Sìleas zu heiraten. Philippa mochte ihre guten Seiten haben – Treue zählte nicht gerade dazu.

»Warum sagst du, dass mein Anblick ein seltener ist?«, fragte er.

»Weil du bisher jedes Treffen mit Chieftains, die Töchter im heiratsfähigen Alter haben, wie die Pest gemieden hast«, erwiderte sie mit einem belustigten Gesichtsausdruck. »Bei deinem Erscheinen hier hättest du gut eine Fanfare erklingen lassen und rufen können: Der gut aussehende Chieftain der MacDonalds of Sleat ist bereit, sich eine Ehefrau zu wählen.«

Connor vermochte ein Lachen nicht zu unterdrücken.

»Also, wer ist die Glückliche?« Philippa hakte sich bei ihm unter und lehnte sich zu ihm herüber. »Ich will die Erste sein, die es erfährt.«

»Noch habe ich keine Frau im Auge. Wen würdest du vorschlagen?«

Philippa kannte sich bei Hofe aus und würde wissen,

wer bei der Krone in Ungnade gefallen und wer im Aufstieg begriffen war. Sie würde seine Zeit nicht damit vergeuden, so zu tun, als könnte er eine Braut allein nach ihrem Aussehen und ihrem Charme wählen.

»Der Regent ist Shaggy Maclean und Alastair MacLeod außerordentlich dankbar, dass sie die Brüder von Donald Gallda gefangen haben«, sagte sie und meinte damit den Anführer der Rebellen.

»Hm«, machte er und wiegte eher ablehnend den Kopf.

»Zudem ist eine Verbindung mit den Campbells immer eine Überlegung wert. Oder«, Philippa richtete einen vielsagenden Blick auf einen gut gekleideten dunkelhaarigen Mann mit Spitzbart, »wenn du bereit bist, ein Risiko einzugehen, könnte sich die Eheschließung mit einer Douglas durchaus auszahlen.«

Connor musterte den als ehrgeizig und skrupellos bekannten Archibald Douglas, Earl of Angus.

Kurz nach dem Tod des schottischen Königs Jakob IV. in der Schlacht von Flodden hatte er versucht, Einfluss auf die Regierungsgeschäfte zu nehmen und die Regentschaft für den minderjährigen Thronerben an sich zu reißen, die laut Testament des verstorbenen Königs seiner Frau Margaret Tudor, einer Schwester des mächtigen englischen Monarchen Heinrich VIII., zufallen sollte. Zu diesem Zweck heiratete er sogar die Witwe. Jeder bis auf Margaret selbst hatte sofort begriffen, dass er sie nur in der Hoffnung geehelicht hatte, im Namen ihres kleinen Sohnes Schottland regieren zu können.

Allerdings musste die Königin wegen ihrer zweiten, nicht vom Hof genehmigten Eheschließung die Regentschaft für den kleinen Jakob V. abgeben. Ein innerschottischer Machtkampf entbrannte, den die nach Frankreich orientierte Partei gewann. Damit war der mit England sympathisierende Earl of Angus endgültig aus dem Rennen, und die Regentschaft wurde John Stewart, dem Duke of Albany, übertragen, der väterlicherseits dem schottischen Königshaus entstammte, jedoch bei seiner französischen Mutter aufgewachsen war und eigens aus Frankreich zurückberufen werden musste.

Als Gerüchte auftauchten, Margaret Tudor plane, mit ihren Söhnen nach England zu fliehen, belagerte Albany Stirling Castle und zwang sie, die königlichen Kinder in seine Obhut zu übergeben. Die Königin flüchtete daraufhin alleine an den Hof ihres Bruders.

»Ich bin überrascht, Douglas hier zu sehen«, sagte Connor. »Mir ist zu Ohren gekommen, dass er noch nicht sicher sein kann, einer Anklage wegen Hochverrats zu entgehen.«

»Nein, aber er hat die Hoffnung wohl noch nicht ganz aufgegeben, irgendeine Einigung zu erzielen. So gerissen, wie er ist, traue ich ihm das zu.« Philippa warf Connor über ihren Fächer hinweg einen verschmitzten Blick zu. »Ich fürchte, es dürfte viel schwieriger für ihn sein, sich mit seiner Frau zu versöhnen.«

»Warum?«

»Er hat wieder etwas mit einer ehemaligen Geliebten angefangen und lebt ganz offen mit ihr zusammen.« Philippa lehnte sich so dicht zu Connor hinüber, dass er einen Hauch von ihrem verführerischen Parfum wahrnehmen und einen Blick in den Ausschnitt ihres Kleides werfen konnte. »Ich habe gehört, dass Albany bald nach Frankreich zurückkehren will und die Königin in dem Moment, wenn er den ersten Fuß auf sein Schiff setzt, wieder nach Schottland kommt. Das Leben bei Hofe dürfte also interessant werden. Der Rest von uns kann die Partner nicht einfach so austauschen wie ihr Highlander«, sagte Philippa mit einem bedauernden Lächeln. »Ob es der Königin nun gefällt oder nicht: Bislang ist Douglas ihr Ehemann, und wer weiß, ob sich das Blatt nicht noch einmal wendet, wenn Albany nach Frankreich zurückkehrt. Der Clan ist schließlich einer der mächtigsten im Land. Deshalb würde ich vorschlagen, dass du die Ehe mit einer Douglas getrost in Betracht ziehen solltest.«

Connor fiel es schwer, sich vorzustellen, dass er zu den Douglas oder den Campbells passte. Die beiden Clans warfen ständig ein Auge auf Ländereien, die ihnen nicht zustanden, und betrachteten Bündnisse, die sie durch eine Verheiratung schlossen, als Mittel, ihren territorialen Besitz zu vergrößern, selbst wenn sie eine Generation darauf warten mussten.

Welchen anderen betrügerischen Chieftain sollte er dann als Bündnispartner in Betracht ziehen?

Als wäre er die Antwort auf seine Frage, erblickte er in diesem Moment seinen Gastgeber, der durch die Menge auf ihn zukam.

»Ich habe gehört, dass er eine Enkelin hat, die im heiratsfähigen Alter ist«, flüsterte Philippa und tätschelte erneut seinen Arm. »Ich werde dich jetzt mal deinen Geschäften überlassen.«

»Du solltest längst eine Ehefrau haben«, sagte John MacIain, nachdem sie sich begrüßt und ihre Ansichten darüber ausgetauscht hatten, wie lange die Rebellion wohl noch dauern werde.

Als der Burgherr seine Hand auf Connors Schulter legte, dachte der sofort an die unzähligen, gut ausgebildeten

Krieger des Chieftains und dessen hervorragende Beziehungen zur Krone.

»Mit achtundzwanzig«, fuhr MacIain fort, »hatte ich bereits zwei starke Söhne und drei Töchter.«

»Du hattest Glück bei der Wahl deiner Frau«, entgegnete Connor, womit er darauf anspielte, dass seine Frau eine Campbell war.

Ein zusätzlicher Vorteil, eine Enkelin des Clanoberhaupts zu heiraten, läge darin, dass dadurch eine Verbindung zu den Campbells geschaffen würde, ohne dass er direkt dort einheiraten müsste.

Moira, die durch die Menge zu ihnen herüberschlenderte, verfolgt von den begehrlichen Blicken der Männer, unterbrach ihre Unterhaltung.

Connor gab ihr einen Kuss auf die Wange. »Wie geht es meiner Lieblingsschwester?«

»Ist das Rauch, den ich da rieche?«, fragte Moira und schnüffelte – eine Provokation in Richtung MacIains, die ihr Bruder geflissentlich überhörte.

»Dann werde ich dich mal deiner charmanten Schwester überlassen«, gab der Burgherr anzüglich zurück. »Wir unterhalten uns später weiter.«

»Wie konntest du«, rügte Connor sie und stellte mal wieder fest, dass sich Moira nicht kontrollieren ließ, woran auch sein Aufstieg zum Chieftain nichts geändert hatte.

»Ich musste etwas tun, um ihn loszuwerden.« Moira wirkte verärgert. »Was hast du mit dem Teufel besprochen, bevor ich dich gerettet habe?«

»Clanangelegenheiten«, beschied er sie knapp. »Wo ist Duncan?«

»Du weißt doch, dass er solche Menschenansammlungen hasst«, entgegnete sie. »Er ist in seinem Zelt.«

»Erzähl mir Neuigkeiten aus Dunscaith.« Connor hoffte, sie werde von Ilysa erzählen, und als sie das nicht tat, fragte er sie direkt. »Wie geht es Ilysa?«

»Willst du dich entschuldigen?«, konterte seine Schwester kampflustig.

»Hat sie etwas gesagt, das dich glauben lässt, das sei nötig?«, hakte er argwöhnisch nach.

Moira schüttelte den Kopf. »Leider habe ich nichts aus ihr herausgekriegt. Das Mädchen ist viel zu loyal dir gegenüber, aber du musst etwas wirklich Schreckliches getan haben, dass sie gegangen ist.«

»Nichts, wofür ich mich entschuldigen müsste«, wies er ihren Vorwurf zurück. »Also, wie geht es ihr?«

»Hast du sie noch nicht gesehen?«

»Wie bitte? Warum zur Hölle ist sie hier?«, stieß Connor hervor und drehte sich um, um in der Menge nach ihr zu suchen.

Es sollte nicht schwierig sein, sie zwischen den wie leuchtend bunte Vögel gekleideten Damen in ihrem tristen Gewand zu entdecken.

»Ich schätze mich glücklich, eine Schwägerin zu haben, die ich so mag«, hörte er seine Schwester sagen. »Und ich sehe, dass ich nicht die Einzige in diesem Saal bin, die ihre Vorzüge erkennt.«

Obwohl er ihrem Blick folgte, entdeckte er Ilysa nicht. Stattdessen fiel ihm eine Frau ins Auge, die von einer Gruppe von Männern umgeben war. Da sie ihr Gesicht abwandte, konnte er lediglich ihre schmale Gestalt und ihr wundervolles rotgoldenes Haar sehen, das ihn an die Farben der Sommersonne erinnerte und zu einem dicken Zopf gebunden war, in dem winzige blauen Blüten steckten.

Eine wahre Augenweide, über der er die Suche nach Ilysa fast vergaß. Als die Schönheit sich dem Mann neben ihr zuwandte, erhaschte er einen Blick auf ihr Profil. Und als sie den Kopf in den Nacken warf und lachte, schien sein Herz einen Schlag lang auszusetzen.

»Du hast sie direkt vor deinen Augen«, drang Moiras Stimme wie aus weiter Ferne an sein Ohr. »Vielleicht kannst du sie nur deshalb nicht richtig erkennen, weil die Männer dir die Sicht rauben.«

Männer raubten ihm die Sicht? Wie das? Sie sprachen hier schließlich von Ilysa, die kein Mann je beachtete.

Kapitel 18

Die bezaubernde Lady mit den blauen Blüten im Haar drehte sich um. In diesem Moment hatte Connor das komische Gefühl, alles durch wirbelnde Nebelschwaden zu sehen, die die Halle mitsamt den Menschen und den Geräuschen zu verschlucken schienen.

Er nahm allein sie wahr.

Die junge Frau riss die Augen auf und öffnete die Lippen, als würde sie ihn erkennen, ehe sie sich wieder abwandte. Connors Herz zog sich zusammen, und ein heftiges Verlangen ergriff ihn, ähnlich wie damals in der Feenschlucht. Doch es war nicht sein Feenmädchen, das er sah. Inzwischen war er zu der Einsicht gelangt, dass eine durch Blutverlust bedingte Schwäche und die Schmerzen ihn in jener Nacht hatten halluzinieren lassen. Die tanzende Fee war eine Erscheinung gewesen.

Trotzdem seltsam, dass jemand inmitten dieses ganzen Trubels ihn an die Feenschlucht und das ätherische Mädchen erinnerte, das mit einer solchen Hingabe und Unbekümmertheit durch seine Traumbilder getanzt war. Nie zuvor hatte er Derartiges erlebt, nicht einmal nach Verletzungen, die ihn an den Rand des Todes geführt hatten.

»Wer ist das?«, wollte er wissen.

Moira hakte sich bei ihm unter. »Komm mit. Wir finden es zusammen heraus.«

Als sie näher kamen, machten die Männer, die sie umringten, Platz. Es brachte tatsächlich einige Vorteile mit sich, ein Chieftain zu sein.

»Mach morgen mit mir einen Spaziergang und zeig mir, wo du die kleinen blauen Blumen gefunden hast, die in dein Haar geflochten sind«, sagte einer der Verehrer, und die junge Frau errötete leicht. »Versprich mir, dass du mit mir spazieren gehst, Ilysa.«

»Ilysa?«

Connor war nicht bewusst, dass er laut gesprochen hatte, bis sie sich umdrehte. Ihm verschlug es die Sprache, als er sie erkannte. Sie war es, sah aber völlig anders aus, wundervoll anders, sodass sein Verstand es nicht wirklich zu fassen vermochte.

Wie konnte ihm entgangen sein, wie schön ihre braunen Augen waren, in denen man sich verlieren konnte. Als er ihre Robe näher betrachtete, war seine Kehle mit einem Mal wie zugeschnürt. Die ganze Zeit über hatte sie ihre Reize unter viel zu großen und unansehnlichen Kleidern verborgen.

»Ich kann mich nicht daran erinnern, je dein Haar gesehen zu haben«, brachte er mühsam heraus und streckte die Hand aus, um eine der glänzenden Strähnen zu berühren, die ihre Wangen umspielten.

Ilysa machte einen Schritt auf ihn zu, um ihn zu begrüßen. »Guten Abend, Connor.«

Beim Klang ihrer vertrauten, ruhigen Stimme ließ er die Hand sinken. Was hatte er sich bloß dabei gedacht, vor all diesen Menschen ihr Haar zu berühren, als wäre er ein Liebhaber, der die Hände nicht von ihr lassen konnte?

Wieso reagierte sie so gelassen, wenn bei ihm der Puls bis in die Schläfen zu spüren war?

»Was ist mit dir passiert?«, platzte er heraus.

»Deine Schwester und Sìleas haben mich neu eingekleidet.« Kokett schaute sie ihn von unten herauf an. »Findest du, dass das Kleid zu mir passt? Ich bin es schließlich nicht gewohnt, so etwas zu tragen.«

Verdammt. Warum musste sie seine Aufmerksamkeit gezielt auf das Kleid lenken, was seine lüsternen Fantasien zusätzlich beflügelte. Es war im französischen Stil gehalten, wie man es bei Hofe trug, und das enge, eckig ausgeschnittene Oberteil gab den Ansatz ihrer wundervollen cremeweißen Brüste frei. Von ihrer schlanken Taille floss der Stoff dann anmutig über ihre Hüften bis zum Boden.

»Nein, das ist einfach nicht richtig so«, murmelte er in sich hinein.

So sollte Ilysa nicht aussehen. Von ihr erwartete er, dass sie in ihm stilles Behagen, Ruhe und Frieden auslöste und nicht seinen Herzschlag zum Rasen brachte und seine Sinne hoffnungslos verwirrte.

Desungeachtet vermochte er die Augen nicht abzuwenden. Sein Blick wanderte nach oben, glitt über ihren verlockenden Busen hinauf zu ihrem Gesicht, das zugleich vertraut und fremd war.

»Du siehst unglaublich aus«, hauchte er, doch sie hörte es nicht mehr, hatte sich schon wortlos entfernt.

Ilysa stürmte die Stufen hinab nach draußen und blieb erst stehen, als sie das Ende der Burgmauer erreichte, wo sie sich sicher sein konnte, nicht gesehen zu werden.

Ihr Brustkorb hob und senkte sich, als sie sich an die Mauer lehnte und die Augen schloss. Die Kälte der Steine drang in ihren Körper ein, ohne die Hitze in ihren Wangen lindern zu können.

Sie schämte sich so. Zuerst, als Connor sie angestarrt hatte, war es ihr vorgekommen, als würde er ihren Anblick wie die anderen Männer bewundern. Offenbar war das ein Irrtum gewesen. Warum sonst hätte er so eine Äußerung von sich geben sollen, dass es nicht richtig sei.

Sie atmete bedächtig durch und versuchte sich zu beruhigen. Immerhin hatte sie durch ihren Ehemann schlimmere Demütigungen überlebt und würde auch das hier überstehen. Dennoch nagte die Enttäuschung an ihr, und sie musste die aufsteigenden Tränen zurückdrängen.

Sie hatte sich selbst etwas vorgemacht. Erst jetzt gestand sie sich ein, dass sie nicht aus dem Grund zugestimmt hatte, ihr Äußeres zu verändern und Moira zu der Versammlung zu begleiten, weil sie auf einen Heiratsantrag aus gewesen war. Nein, sie hatte es getan, weil sie gehofft hatte, dass Connor sie ansehen und eine begehrenswerte Frau in ihr erkennen würde.

Anscheinend war das zu viel verlangt gewesen.

Ihre Freude über die Aufmerksamkeit der anderen Männer schmolz dahin wie Schnee in der Sonne. Vermutlich hatten sie sich sowieso lediglich um sie geschart, weil hier nicht allzu viel andere junge Frauen waren. Und was spielte es überhaupt für eine Rolle, dass alle sie für hübsch hielten, wenn der Mann, den sie wirklich liebte, sie nicht hübsch und begehrenswert fand?

Ilysa spürte, dass jemand zu ihr getreten war.

O shluagh! Kein Geringerer als Alastair MacLeod stand keinen Meter von ihr entfernt und starrte aus beachtlicher Höhe auf sie herab.

Obwohl sie dem berühmt-berüchtigten Chieftain des verfeindeten Clans noch nie persönlich begegnet war, hatte sie ihr ganzes Leben lang Geschichten über ihn gehört. Sie erkannte ihn zudem an seiner verkrüppelten Schulter, die er der Streitaxt eines MacDonald verdankte. Ihre Handflächen begannen zu schwitzen.

»Ich bin Alastair MacLeod«, sagte er mit einer Stimme, die so tief war, dass sie sie in ihrem gesamten Körper als Vibrieren spürte. »Egal, was du über mich gehört hast, ich verspeise keine Kinder der MacDonalds zum Frühstück.«

Sein Scherz überraschte Ilysa. Sie nahm das als Zeichen, dass er nicht vorhatte, ihr etwas anzutun. Trotz seines Alters und der kaputten Schulter war er unerwartet gut aussehend. In keiner der unzähligen Geschichten war das erwähnt worden.

»Es ist mir eine Ehre, dich kennenzulernen«, sagte sie höflich, auch wenn es nach wie vor schwer zu glauben war, dass sie sich tatsächlich mit dem Chieftain der MacLeods unterhielt. »Woher weißt du überhaupt, dass ich eine MacDonald bin?«

»Ich sah dich mit deinen Clansleuten in die große Halle kommen. Wie lautet dein Name, Mädchen?«

»Ilysa«, antwortete sie, und ihre Stimme klang mit einem Mal unnatürlich hoch.

»Ein hübscher Name, er passt zu dir.«

Sie wusste nicht, was sie darauf erwidern sollte, war zu verwirrt über die Begegnung.

»Bist du mir aus der Burg gefolgt?«

»Nein, ich war hier draußen und habe die Stille genossen, und dabei sah ich, dass du wie ein Lamm, das von einem Wolf gejagt wird, aus dem Wohnturm gestürmt bist.«

Natürlich konnte sie nicht sicher sein, ob er die Wahrheit sagte, aber sie hatte keine Angst mehr vor ihm. Zumindest keine große.

»Es wird dunkel, und hier treiben sich jede Menge Männer herum«, fuhr er fort. »Du solltest lieber nicht ohne Begleitung hier draußen herumwandern.«

»Mein Bruder wäre ebenfalls nicht begeistert, wenn er es wüsste«, entgegnete sie und lachte freudlos auf.

Es hatte keinen Sinn, darüber nachzudenken, was Duncan tun würde, wenn er herausfand, dass sie allein in einer abgeschiedenen Ecke der Burg bei dem Mann stand, den er die Geißel von Skye nannte. Und das war noch einer der harmloseren Namen, die er ihm gab.

»Das ist eine außergewöhnliche Brosche, die du da trägst«, stellte er fest.

»Sie gehörte meiner Mutter.«

Das Schmuckstück mit dem ungewöhnlichen Muster aus ineinander verschlungenen Blättern, die einen tiefroten Stein umrankten, war wirklich einzigartig.

»Ist deine Mutter gestorben?«, erkundigte Alastair MacLeod sich mit überraschend sanfter Stimme.

Ilysa nickte, während ihr Tränen in die Augen stiegen. Auch wenn es lächerlich sein mochte, hatte Ilysa das Gefühl, dass der Chieftain ihre Traurigkeit verstand.

»Sie ist vor drei Jahren gestorben. Ich war damals sechzehn.« Sie fuhr mit den Fingerspitzen über die glatte Oberfläche des roten Steins. »Da sie sich sehr schlicht kleidete, trug sie sie immer unter ihrem Kleid, wo niemand sie sah.«

»Bist du nach ihr benannt worden?«

»Nein. Ihr Name war Anna.«

»Ich hoffe, du hast wenigstens noch einen Vater, der sich um dich kümmert.«

»Ach, meinen Vater. Wer immer er sein mag, ich habe ihn nie kennengelernt.«

Als sie hochblickte, stand in Alastair MacLeods Augen der leere Ausdruck, wie ihn Menschen aufwiesen, deren ständiger Begleiter der Schmerz war.

»Tut deine Schulter dir sehr weh?«, fragte sie zögerlich.

»Was?« Sein Ton war mit einem Mal scharf wie eine Klinge, und er war wieder ganz der gefürchtete Chieftain.

»Ich wollte dir nicht nahetreten«, versicherte sie rasch. »Ich bin Heilerin und erkenne, wenn jemand leidet, weil man die Wunde nicht rechtzeitig und nicht gut genug versorgt hat.«

»Wir waren weit von zu Hause entfernt«, erklärte er düster. »Und niemand hat sich um die Schulter gekümmert, weil alle geglaubt haben, ich würde es sowieso nicht überleben.«

»Das ist eine schwache Entschuldigung. Leider kann ich jetzt nichts mehr tun, um die Schulter zu richten, außer dir eine Salbe anzurühren, die die Schmerzen lindert.«

»Der Schmerz ist mir egal«, knurrte er. »Er dient dazu, mich daran zu erinnern, wer meine Feinde sind.«

Nachdem Connor eine Runde durch die Halle gedreht hatte, wollte er gerade noch einmal versuchen, sich mit MacIain über seine Enkeltochter zu unterhalten, als Ilysa seine Aufmerksamkeit fesselte. Sie stand im Bogengang, der sie umrahmte wie ein wertvolles Bild. Es war ihm ein Rätsel, dass sie einerseits wie sie selbst und andererseits so unglaublich reizvoll aussehen konnte.

Seine Muskeln verkrampften sich, als er bemerkte, dass Alastair MacLeod neben ihr stand. Ein schier unerträglicher Anblick: sie neben seinem ärgsten Feind.

Als er einen Schritt auf sie zu machte, hielt John MacIain ihn zurück. »Ich will keinen Ärger zwischen dir und MacLeod. Nicht hier«, warnte sein Gastgeber ihn.

Aber Connor entspannte sich erst, als der Chieftain der MacLeods sich von Ilysa entfernte und sich unter die Gäste mischte. Doch plötzlich drehte der Mann sich um und umfasste ihn mit seinem Blick, als hätte er die ganze Zeit über gespürt, dass Connor ihn beobachtet hatte. Der Hass, der zwischen den beiden loderte, hätte die Halle in Brand setzen können.

Kapitel 19

Es kommt mir vor, als wären wir schon einen Monat lang hier«, stöhnte Duncan, als Connor ihn gegen Abend des zweiten Tages in ihrem Zelt antraf. »Wann können wir endlich abreisen?«

»Sobald ich die Angelegenheit mit einer Hochzeit unter Dach und Fach gebracht habe.«

Den ganzen Tag über hatte Connor Gespräche mit anderen Chieftains über ihre Töchter und Schwestern im heiratsfähigen Alter geführt, ohne sich zu irgendetwas zu verpflichten. Die Situation hatte sein ganzes diplomatisches Geschick gefordert und ihm die Schweißperlen auf die Stirn getrieben. Jetzt war es an der Zeit, mit einem von ihnen in ernsthaftere Verhandlungen zu treten.

Durch seinen Beinahefehltritt mit Deirdre war Connor bewusst, dass er sein Augenmerk nicht allein auf die Stärke des Clans richten durfte, sondern ebenfalls die Persönlichkeit der Frau berücksichtigen musste. Eine Sache, die ihm weniger lag. Insofern bedauerte er, dass Alex nicht hier war, denn wenn sich einer mit Frauen auskannte, dann sein Cousin. Duncan war in dieser Hinsicht völlig nutzlos, und Moira ließ sich in ihrem Urteil zu sehr von ihren Gefühlen leiten.

»Wer ist der Kerl an Ilysas Seite?«, wollte Connor wissen, als er sie in der beginnenden Dunkelheit in der Ferne mit einem Mann am Strand entlangspazieren sah. »Ich bin überrascht, dass du sie so weit weg von der Burg mit ihm allein lässt.«

Duncan lachte. »Bist du blind? Das ist der Chieftain der MacNeils, Alex' Schwiegervater.«

Peinlich, er hatte ihn wirklich nicht erkannt, dabei war er gerade erst bei ihm zu Besuch gewesen.

»Entschuldige, ich scheine ein bisschen durcheinander zu sein, nachdem ich erlebt habe, wie die Männer um sie herumscharwenzelt sind.«

Mit einem Mal fiel ihm ein, dass er sie noch nicht gebeten hatte, nach Trotternish zurückkehren, und er beschloss, das sofort nachzuholen.

Ilysa war dankbar, dass MacNeil sie nach draußen begleitet hatte, damit sie der überfüllten Halle entkommen war und die Frühlingsluft genießen konnte.

»Connor ist nicht der Einzige, der auf der Versammlung weilt, um sich nach einer Ehefrau umzuschauen«, sagte ihr Begleiter nach einer Weile. »Wie du weißt, ist meine Frau vor Kurzem bei der Geburt unseres Sohnes gestorben.«

»Das tut mir leid«, entgegnete sie und drückte kurz seinen Arm.

»Ich habe nun die Verantwortung für das Neugeborene und für einen weiteren kleinen Sohn«, fuhr er fort. »Natürlich habe ich ein Kindermädchen für die beiden, aber sie brauchen eine Mutter.«

»Hm«, murmelte Ilysa, um zu zeigen, dass sie ihm zuhörte, fragte sich jedoch, warum er ihr das alles erzählte, und hoffte, dass er außer einem Rat nichts von ihr wollte.

»Außerdem habe ich drei törichte Töchter im Backfischalter. die dringend eine vernünftige Frau an ihrer Seite brauchen, die sie führt und ihnen zeigt, wo es langgeht. Eine Frau wie dich.«

»Wie mich?«

Ilysa blieb abrupt stehen und drehte sich um, damit sie ihn ansehen konnte. Meinte er damit tatsächlich das, was sie befürchtete?

»Glynis' Mutter war die Einzige, der mein Herz wirklich gehörte. Trotzdem habe ich mein Bestes getan, um meiner zweiten Ehefrau desgleichen ein guter Ehemann zu sein. Und das werde ich bei der nächsten genauso halten.«

War das etwa alles, was sie erwarten durfte? Einen zweifachen Witwer mit einem Haufen Kinder? Würde niemand sie je aus Liebe heiraten wollen? MacNeil mochte ja ein guter Mann sein, ihr Traumprinz war er nicht.

»Ich …« Ilysa zögerte, brachte es nicht übers Herz, ihn offen abzuweisen.

»Kein Grund, eine übereilte Entscheidung zu treffen«, kam er ihr zuvor und hob die Hände. »Ich sehe, dass du Zeit brauchst, um darüber nachzudenken.«

In diesem Augenblick kam Connor auf sie zu, und Ilysa atmete erleichtert auf. Er schritt mit der Anmut eines Kriegers aus, der tagtäglich hart trainierte, und sah mit seinen blauen Augen und dem schwarzen Haar, das knapp bis zu seinen Schultern reichte, wie immer einfach umwerfend aus. Als der Wind ihn umwehte und die Sonne hinter ihm unterging, kam er ihr vor wie eine alte keltische Gottheit.

MacNeil, der ihn nicht bemerkte, redete weiter über seine familiären Probleme. »Junge Männer wissen nicht, worauf sie bei einer Ehefrau achten und nach was sie suchen müssen. Ich hingegen erkenne einen Hauptgewinn, wenn ich ihn sehe.«

Sobald Connor ihn allerdings entdeckt hatte, trat er den Rückzug an.

»Ilysa, ich lasse dich dann mal mit deinem Chieftain allein.«

»Komm mit.« Connor packte ihren Arm, sobald MacNeil sich entfernt hatte. »Ich muss mit dir reden.«

Ihr Herz schlug viel zu schnell, während er sie über den menschenleeren Strand führte. Unter ihren Fingerspitzen, die auf seinem Arm ruhten, spürte sie die Hitze seiner Muskeln, die sich langsam in ihrem gesamten Körper ausbreitete und selbst vollkommen unerwartete Stellen erfasste. Connor half ihr über einen steinigen Abschnitt hinweg und geleitete sie zu einem ruhigen Platz, der von den tief hängenden Ästen einiger Bäume abgeschirmt wurde.

Noch waren die Wolken im Licht des Sonnenuntergangs rosa und lila gefärbt, doch das Tageslicht schwand rasch. Zwar hatte Ilysa keine Ahnung, warum Connor sie hergebracht hatte, vermutete aber, dass es um die Geschichte mit dem Verlies ging. Nach der traurigen Zeit, als er zur Strafe praktisch so getan hatte, als wäre sie Luft für ihn, war sie froh, wieder seine volle Aufmerksamkeit zu haben.

Gebannt wartete sie darauf, was er ihr zu sagen hatte.

»Es kommt Wind auf, dir muss kalt sein.« Er nahm seinen Umhang ab, schlang ihn um sie und blickte in ihre Augen. »Als ich, auf dein Kleid angesprochen, sagte, dass es einfach nicht richtig sei – damit meinte ich, dass es vollkommen ungewohnt für mich war.« Connor strich mit der Hand über ihren Arm, und erneut breitete sich Wärme in ihr aus. »Du siehst einfach hinreißend aus, Ilysa. Wirklich wunderschön.«

Ihr Wunsch hatte sich erfüllt, er fand sie attraktiv. Doch

im nächsten Augenblick wurde ihr klar, dass ihr das nicht reichte. Sie wollte mehr, als ein kurzes Begehren in seinen Augen aufflackern zu sehen, mehr als einen einzigen lustvollen Blick.

Sie wollte ihn.

Und mochte es noch so hoffnungslos sein – er war der einzige Mann, den sie sich wünschte und den sie begehrte.

»Ich möchte, dass du zurück nach Trotternish Castle kommst«, hörte sie ihn sagen.

Für einen winzigen Moment schloss Ilysa die Augen und ermahnte sich, nicht in Tränen auszubrechen. Connor wollte sie zurück.

»Heißt das, dass du nicht mehr wütend auf mich bist und mir verziehen hast?«

»Sagen wir, ich bin nicht mehr so wütend wie am Anfang, wenngleich klar sein muss, dass du dich nicht mehr in meine Entscheidungen mischt, sondern sie respektierst.«

»Das tue ich«, versicherte sie, ohne hinzuzufügen, dass es sich manchmal eben nicht vermeiden ließ, sie zu umgehen.

Er musterte sie aus schmalen Augen. »So weit, so gut. Leider muss ich zugeben, dass ich meinerseits dir nicht den Respekt gezollt habe, den du verdienst. Ich hatte keine Ahnung, was du alles tust, um den Haushalt zu organisieren. Ohne dich funktioniert auf der Burg überhaupt nichts mehr. Ohne dich ist nichts so, wie es sein sollte.«

Ihr ging bei seinen Worten das Herz auf, und lächelnd erwiderte sie: »Ich werde gerne zurückkommen.«

»Dem Himmel sei Dank«, stieß er atemlos hervor und ergriff ihre Hand. »Ich verspreche dir, dass es nicht für lange sein wird, nur bis meine Braut kommt.«

Ihr war, als hätte er ihr einen Tiefschlag versetzt, und bittere Enttäuschung breitete sich auf ihren Zügen aus. Sie musste zweimal schlucken, bevor sie fähig war zu sprechen.

»Deine Braut?«

»Ich habe noch nichts vereinbart«, erklärte er. »Aber ich werde wohl bald heiraten.«

Er musste die Heirat in der Tat schnellstmöglich einfädeln, nicht allein wegen des Bündnispartners. Er hatte so lange keine Frau mehr gehabt, dass er allmählich den Verstand verlor. Hatte er wirklich kurz davorgestanden, Ilysa zu küssen?

Ja, definitiv.

Allein aus diesem Grund hatte er sie so weit von der Burg weggeführt. Um ungestört mit ihr zu reden, wäre das nicht nötig gewesen. Vergeblich hatte er sich zu ermahnen versucht, dass das hier Ilysa war, die er bereits als Baby und als kleines Mädchen gekannt hatte. Egal, er begehrte sie. Und je dunkler es wurde, desto leichter fiel es ihm, sich vorzustellen, wie er sich mit ihr in den Sand legte und sie sich zu Willen machte, wieder und wieder. Leider war es einfach nicht richtig.

»Lass uns zurückgehen«, sagte er und erhob sich.

»Für welche Frau hast du dich entschieden?«

»Ich spiele mit dem Gedanken, um die Hand von John MacIains Enkelin anzuhalten. Sie ist die Tochter seines ältesten Sohnes, der im Kampf gefallen ist, als ihre Mutter mit ihr schwanger war.«

»Hm«, murmelte Ilysa, und er bemerkte, dass ihre Züge mit einem Mal verkrampft wirkten.

»Warum missfällt dir das?«

Connor wurde endgültig bewusst, wie wichtig ihm war, was Ilysa über seine zukünftige Ehefrau dachte. Immerhin hatte sie als Einzige Deirdre durchschaut.

»Hoffen wir mal, dass der Apfel in diesem Fall weit vom Stamm gefallen ist«, erwiderte sie mit einem Anflug von Zynismus.

»Du solltest sie nicht danach beurteilen, was für ein Mann ihr Großvater ist.«

»Und da bist du dir sicher? Weil du sie kennst?«

»Ich habe sie noch nicht getroffen«, gab er zu.

Sie schwieg einen Moment lang. »Was ist dir an einer Ehefrau eigentlich wichtig? Abgesehen von ihrem Clan als starkem Bündnispartner?«

»Nun, ich wünsche mir eine ruhige, respektvolle Frau, die treu ist und sich nicht in meine Arbeit einmischt. Darüber hinaus sollte sie eine gute Gastgeberin sein und eine gute Mutter.«

Und er hätte nichts dagegen, wenn sie dazu hübsch wäre.

»Und was ist mit Liebe?«, fragte Ilysa leise.

»Nichts.«

Connor runzelte die Stirn. Was sollte der Unsinn. Schließlich wusste sie, um was es ihm ging, gehen musste. Wieso brachte sie plötzlich Liebe ins Spiel?

»Wer sind die anderen potenziellen Bräute, die infrage kommen?«

Er nannte sie ihr, und an jeder der möglichen Verbindungen hatte sie etwas auszusetzen.

»Ich kann mir nicht helfen, ich denke …« Ilysa unterbrach sich und schaute in Richtung des Meeres, das im Dunkeln lag.

»Was?«

»Du hast mir gesagt, dass ich dein Urteilsvermögen als Chieftain niemals hinterfragen soll …«

»Jetzt habe ich dich ausdrücklich um deine Meinung gebeten«, versetzte er. »Das ist etwas anderes.«

Sie wandte ihm den Kopf zu. »Willst du wirklich das Risiko eingehen, dich an eine Frau oder einen Clan zu binden, von denen du nicht einmal genau weißt, ob du ihnen vertrauen kannst?«

»Wirklich trauen kann ich keinem von ihnen«, räumte Connor ein und lachte trocken auf. »Bloß wenn ich auf dich höre, werde ich niemals eine Frau finden.«

»Du bittest sie, an deiner Seite um Trotternish zu kämpfen – was werden sie als Gegenleistung verlangen? Kennst du den Preis?«

»Nein, nicht wirklich, leider habe ich keine Wahl. Ohne einen Bündnispartner stehen wir gegen die MacLeods auf verlorenem Posten. Sie sind zu stark für uns, um es allein zu schaffen.«

Was ihm noch viel größere Sorgen bereitete, war das Risiko, dass der Clan seiner Braut eine Ausrede finden könnte, um ihm nicht zu Hilfe zu kommen. Allianzen waren bekanntermaßen unwägbar und unbeständig.

»Vielleicht solltest du einen Clan wählen, der uns genauso sehr braucht wie wir ihn«, schlug Ilysa vor und fügte nach einer langen Pause hinzu: »Was ist mit Torquil MacLeod of Lewis?«

Wäre Torquil nicht sein Halbbruder, hätte er Ilysas Vorschlag sehr gerissen und klug gefunden. Sie brauchten beide Unterstützung, um einen anderen Clan von ihrem Besitz zu vertreiben. Nach einer früheren Rebellion hatte die Krone die Ländereien des Clans auf der Isle of Lewis einem Rivalen übergeben, und am Ende hatte Torquils Vater die ganze Insel verloren.

»Eine schwierige Sache. Unsere Mutter hat seinen Vater für meinen verlassen«, erklärte Connor. »Insofern stehen die Chancen, ihn als Bündnispartner zu gewinnen, in etwa so gut wie eine Allianz mit seinem entfernten Verwandten Alastair MacLeod.«

»Das weißt du gar nicht, solange du es nicht einmal probiert hast.«

Connor schüttelte den Kopf. Er war sich sicher. Kurz bevor er zur Versammlung aufgebrochen war, war Sorely mit der Nachricht zurückgekehrt, dass Torquil sein Friedensangebot abgelehnt habe. Wie in seiner Familie oft der Fall, schienen die Blutsbande die Verwandten eher voneinander zu trennen als zu vereinen.

Lachlan hielt die Augen offen und die Hand an seinem Dolch, als er und sein Vater sich dem Haus näherten, in dem Hugh sein Lager aufgeschlagen hatte.

»Es gefällt mir nicht, hierher zurückzukehren«, flüsterte er. »Wir sollten einer Schlange wie Hugh nicht vertrauen.«

»Er ist nützlich. Denk an das alte Sprichwort: Der Feind meines Feindes ist mein Freund.«

Die dreckigen, stinkenden Männer, die auf Steinen und Holzblöcken vor dem Haus hockten, fuhren ungerührt mit ihren Würfelspielen fort, als die beiden vorbeigingen. Lachlan fühlte sich schmutzig, weil er solche Menschen überhaupt kannte.

»Wir müssen das Unrecht, das unserer Familie widerfahren ist, rächen«, beschwor ihn sein Vater leise. »Für die Ehre unserer Familie.«

»Ehre?«, zischte Lachlan. »Was hat es mit Ehre zu tun, wenn man sich mit solchen Typen zusammentut?«

»Vergiss nicht, dass du die heilige Pflicht hast, deine Mutter zu rächen. Einzig Blut vermag meinen Rachedurst zu stillen.«

Inzwischen hasste Lachlan es, dass sein Vater ihm diese

Pflicht aufgebürdet hatte, nachdem es ihm nicht gelungen war, persönlich Rache zu nehmen. Er als Sohn empfand keinerlei Bedürfnis danach. Als der Chieftain seine Mutter entführt hatte, war der Ehemann vorsorglich von der Burg verbannt worden und hatte es nie mehr geschafft, dem Ehebrecher nahe genug zu kommen, um ihm den Garaus zu machen. Damals waren die MacDonalds noch stark gewesen und hatten ihr Oberhaupt sehr gut beschützt.

»Wir warten draußen«, sagte Lachlan, als der Mann, der an der Tür Wache hielt, zur Seite trat, um sie einzulassen. »Sag Hugh, dass wir da sind.«

Es widerstrebte ihm, mit einem unberechenbaren Mann auf engstem Raum eingeschlossen zu sein. Draußen standen die Chancen zu fliehen besser, falls die Dinge eine unerwartete Wendung nehmen sollten.

»Wir haben uns lange nicht gesehen«, knurrte Hugh mürrisch, als er ein paar Augenblicke später aus der Tür trat. »Ich habe gehört, dass Connor bei der Versammlung auf Mingary Castle ist.«

Lachlan gab ein undefinierbares Geräusch von sich. Er hatte Hugh keine Informationen mehr zugespielt, seit er den Treueschwur geleistet hatte. Obwohl er darauf geachtet hatte, ihn so zu formulieren, dass seine Loyalität dem Clan und nicht Connor persönlich galt, schien die Grenze zwischen den beiden Adressaten sich immer mehr zu verwischen.

»*Dir* habe ich die Information, dass mein Neffe auf Mingary Castle weilt, nicht zu verdanken.« Hugh bedachte ihn mit einem finsteren Blick. »Du hast mir überhaupt nichts Neues mehr verraten.«

Der hochgewachsene Krieger ignorierte ihn einfach und setzte eine gleichgültige Miene auf.

Dass Connor an der Versammlung teilnehmen würde, war ein offenes Geheimnis gewesen. Dennoch schürte Hughs Bemerkung seinen Verdacht, dass er einen Spitzel auf der Burg hatte, der ihn mit Informationen fütterte, und er fragte sich einmal mehr, wer das sein mochte.

»Mein Sohn ist ein Krieger und weder eine Klatschtante noch dein Zuträger«, ergriff sein Vater zu seinem Staunen das Wort. »Ich habe ihn von dem Tag an ausgebildet, seit er ein Holzschwert halten konnte, und inzwischen ist er der beste Krieger auf ganz Trotternish. Was nicht zuletzt der Grund sein dürfte, warum du ihn unbedingt für deine Zwecke einspannen möchtest.«

»Wenn dein Sohn so verdammt gut ist«, kanzelte Hugh den alten Mann verdrossen ab, »warum hat er Connor dann noch nicht ermordet?«

»Von mir aus muss es nicht unbedingt Lachlan sein, der ihn tötet – falls sich dir unerwartet eine Gelegenheit auftut und er ist gerade nicht zur Stelle, erledige es selbst. Schließlich wünschst du dir seinen Tod nicht weniger als ich. Und falls er am Ende derjenige ist, der die Sache übernimmt, sorg dafür, dass niemand davon erfährt und niemand herausfindet, dass er es war. Ich will nicht, dass er für den Tod des Chieftains womöglich sein Leben verliert.«

Lachlan wusste nicht, was er von dieser Ansprache seines Vaters halten sollte. Sie kam ihm nicht ehrlich vor, denn er war sich absolut nicht sicher, ob seinem Vater sein Leben tatsächlich so wichtig war. In den Highlands zählte normalerweise die Rache mehr.

»Also«, hakte der alte Mann nach, »hast du dir nun einen neuen Plan ausgedacht, um Connor MacDonald zu töten oder nicht?«

Kapitel 20

»Warum holst du Ilysa zurück nach Trotternish?«, wollte Moira wissen und warf ihrem Bruder einen missmutigen Blick zu.

»Weil mein Haushalt ohne sie im Chaos versinkt.«

»Wie kannst du so rücksichtslos sein?«, stieß seine Schwester hervor.

»Beruhige dich. Ich habe keine Ahnung, warum du so außer dir bist.«

»Männer!« Moira warf die Hände in die Luft und verdrehte die Augen. »Mir ist es endlich gelungen, Ilysa davon zu überzeugen, die hässlichen Kleider und das fürchterliche Kopftuch abzulegen, und die Männer laufen ihr scharenweise hinterher und wollen sie heiraten – und was macht mein Bruder, der Chieftain? Er beschließt, sie auf Trotternish Castle einzusperren und damit sämtliche Chancen zu ruinieren.«

»Was für Chancen ruiniere ich denn?«

»Die Chancen, ihr Glück zu finden«, schleuderte sie ihm entgegen. »Das Mädchen ist dir so ergeben, dass es alles für dich opfern würde, jeder kann das sehen.«

Verwundert sah Connor sie an. Dass Ilysa dem Clan treu ergeben war, geschenkt. Aber ihm?

»Ilysa macht es Spaß, mir den Haushalt zu führen. Und

sie muss es lediglich so lange tun, bis ich meine Verhandlungen über eine Heirat abgeschlossen habe und meine Ehefrau auf die Burg kommt.«

»Wage es ja nicht, das von ihr zu verlangen«, fuhr seine Schwester ihn an, stemmte resolut die Hände in die Hüften und beugte sich drohend vor.

Ihre Reaktion bestätigte ihn in seiner Überzeugung, dass die Frauen der MacDonalds die eigensinnigsten Weiber in den gesamten Highlands waren.

»Will Ilysa denn einen dieser Männer heiraten, die sie hier getroffen hat?«, fragte er arglos.

»Das kommt noch«, erwiderte Moira. »Ilysa liebt Kinder. Sie verdient einen Ehemann und eine eigene Familie. Du scheinst vergessen zu haben, dass es zu deinen Pflichten gehört, für eine Witwe einen neuen Mann zu finden«, fügte sie vorwurfsvoll hinzu.

Das stimmte. Als Chieftain oblag es ihm ebenfalls, sich um verwitwete Clanfrauen zu kümmern. Nicht gerade seine Lieblingsbeschäftigung. Connor würde es vorziehen, gegen hundert MacLeods zu kämpfen, als Heiratsvermittler zu spielen. Und den richtigen Mann für Ilysa zu finden, würde bestimmt nicht leicht werden, so wählerisch und kritisch, wie sie nun mal war.

»Wenn du sie einfach in Ruhe lässt, wird sie keine Schwierigkeiten haben, selbst einen Ehemann zu finden«, schob Moira nach und verschränkte die Arme.

»Was denn nun? Wie du mir soeben gesagt hast, ist es angeblich meine Pflicht, dafür zu sorgen, dass sie einen guten Mann heiratet. Vorausgesetzt natürlich, dass sie überhaupt heiraten möchte …«

»Sie hat es verdient, glücklich zu werden. Gib ihr die Chance, ihr Glück zu finden.«

Ilysa hielt Ausschau nach Alastair MacLeod. Als er zum Mittagessen nicht in der Halle erschien, beschloss sie, ihn zu suchen. Duncan hatte Niall aufgetragen, sie zu begleiten, wenn sie den Wohnturm verließ, doch da er sich gerade mit Lady Philippa unterhielt, würde es kein Problem sein, ihm zu entschlüpfen.

Mit Recht vermutete sie, dass ein Chieftain vom Kaliber Alastair MacLeods ein Gemach in der Burg bekommen hatte und sich nicht mit einem Zelt am Strand begnügen musste.

Vorsichtshalber fragte sie ein Dienstmädchen.

»Der ist im Ostturm untergebracht«, antwortete die Magd erwartungsgemäß und erklärte ihr den Weg.

Kurz darauf erblickte Ilysa im zweiten Stock des Turms zwei hünenhafte Krieger der MacLeods, die dort eine Tür bewachten.

»Ich bin Heilerin und habe eine Salbe für euren Chieftain dabei«, sagte sie und zeigte ihnen ein Glas.

Die beiden Männer wechselten einen Blick, bevor einer von ihnen ins Zimmer ging. Kurz darauf kehrte er zurück und wollte ihren Namen wissen.

»Ilysa.«

Daraufhin öffnete er die Tür und bedeutete ihr mit einem Kopfnicken hineinzugehen.

»Ich muss euren Chieftain nicht persönlich sehen. Ich wollte nur die Salbe bringen.«

»Geh hinein«, gab der Wachhabende zurück, und es klang wie ein Befehl, der keinen Zweifel daran ließ, dass er sie hineintragen würde, wenn sie sich nicht sofort in Bewegung setzte.

Der Ton verursachte ihr Unbehagen, das aber schwand, sobald sie über die Schwelle trat und Alastair MacLeod erblickte. Sein Gesicht war schmerzverzerrt.

»Ich habe die versprochene Salbe dabei«, erklärte sie und nahm neben ihm auf einem niedrigen Hocker Platz.

»Die wird nicht helfen.«

»Sie wirkt immer.« Demonstrativ hielt sie das Glas hoch, damit er sich die Salbe ansehen konnte. »Die spezielle Zubereitung entfaltet besondere Heilkräfte.«

»Lilien?«, fragte er, nachdem er wie Connor daran gerochen hatte. »Was macht sie so speziell?«

Ilysa zögerte, es ihm zu sagen, doch sie wollte ihn ja davon überzeugen, sie auszuprobieren.

»Ich habe die Wasserlilien in einer Vollmondnacht in der Feenschlucht gesammelt.«

Es war in jener Nacht gewesen, als sie um das Feuer getanzt war. Auf dem Rückweg hatte sie die Lilien in einem kleinen Teich zwischen den kegelförmigen Hügeln entdeckt und einige der Blüten abgeschnitten.

»Die Feenschlucht auf Trotternish?« Als sie nickte, brummte er anerkennend: »Du bist ein mutiges Mädchen. Hattest du keine Angst, die Schlucht zu betreten?«

»Wenn ich eine Fee oder einen MacLeod gesehen hätte, würde ich vielleicht Angst bekommen haben«, erwiderte sie mit einem verschmitzten Lächeln. »Ansonsten ist es ein wundersamer, magischer Ort.«

Die Unterhaltung mit Moira hatte Connor die Laune verdorben, und die Aussicht auf das Gespräch, das er mit dem Oberhaupt der MacIains führen musste, verschlechterte seine Stimmung weiter.

»Euer Chieftain erwartet mich«, sagte er zu den Männern, die vor der Tür zum Privatgemach seines Gastgebers standen, und wartete, während eine der Wachen hineinging, um ihn anzukündigen.

»Genau der Mann, den ich sehen wollte.«

MacIain begrüßte ihn mit einem jovialen Schulterklopfen, von dem er nicht sicher wusste, ob es ehrlich gemeint war, aber egal, er konnte sich keine übertriebene Empfindlichkeit leisten.

Nachdem er sorgfältig über alles nachgedacht hatte, war er zu dem Schluss gekommen, dass eine Allianz mit den MacIains für seinen Clan in jeder Hinsicht von Vorteil wäre. Zusätzlich zu den Kriegern, der Schiffsflotte und der Verwandtschaft mit den Campbells würde auch die enge Beziehung zur Krone von Nutzen sein.

Sobald Trotternish zurückerobert war, hoffte Connor, dass John MacIain den Regenten überreden konnte, ihm Privilegien zu gewähren, die anderen Clans, die nicht der Rebellion angehörten, schon zugestanden worden waren.

»Vielleicht sollte ich deine Enkelin einmal kennenlernen«, brachte Connor vor und sah sich im Zimmer um.

»Das solltest du unbedingt.« MacIain bedeutete Connor, am Tisch Platz zu nehmen. »Zuvor möchte ich allerdings alles Wichtige mit dir besprechen.«

Das lief nicht nach Plan.

Nach dem Desaster mit Deirdre hatte er sich vorgenommen, das Mädchen unter die Lupe zu nehmen, bevor er in konkrete Verhandlungen einstieg. Immerhin würde er diese Frau für den Rest seines Lebens jeden Morgen, Mittag und Abend an seinem Tisch sehen. Es fühlte sich fast wie eine lebenslängliche Strafe an.

»Meine Enkeltochter steht mir in Sachen Aussehen in nichts nach, falls es das ist, was dir Sorgen bereitet«, sagte MacIain, der die Bedenken seines Besuchers zu bemerken schien, mit einem Lachen.

Gott, das wollte er nicht hoffen in Anbetracht von MacIains pockennarbiger Haut, seiner hervortretenden Fischaugen und seiner krummen Beine.

»Sie freut sich bereits, dich zu treffen«, fügte der Großvater hinzu und füllte Whisky in zwei Becher. »Als ich sie fragte, welchen von unseren Gästen ich als ihren Ehemann aussuchen solle, wies sie auf dich und meinte, sie hätte am liebsten den hübschen schwarzhaarigen Chieftain der MacDonalds.«

Teàrlags Worte hallten in Connors Ohren wider. *Die Frau wird dich aussuchen.* War das ein Zeichen, dass sie die Richtige war?

»Natürlich hätte ich meiner Enkelin bei aller Liebe in einer so wichtigen Angelegenheit niemals die Entscheidung überlassen. Zum Glück stimmt ihre Wahl mit meiner überein. Sie wurde drei Monate nach dem Tod meines Sohnes geboren und hat für meinen Geschmack viel zu lange in den Lowlands beim Clan ihrer Mutter gelebt. Mein Wunsch ist es, dass sie einen starken Highlander heiratet.«

Connor trank einen Schluck von seinem Whisky. Dass seine künftige Braut in den Lowlands aufgewachsen war, verunsicherte ihn etwas.

»Das Leben in den Highlands ist für ein Mädchen, das es nicht gewohnt ist, ziemlich hart.«

»Ach, sie hat das Herz der MacIains«, versuchte der Großvater ihn zu beruhigen, was Connor seinerseits absolut nicht beruhigend fand.

»Was genau versprichst du dir eigentlich von dieser Allianz, abgesehen von einem Mann, der deine Enkelin gut behandeln wird?«

Beide wussten sie, dass andere Dinge wichtiger waren

als private Gefühle, und so redete MacIain gar nicht erst um den heißen Brei herum.

»Ich erwarte von dir, meinem Ruf zu den Waffen zu folgen, sollte ich dich in Zukunft brauchen.«

Mit seiner Heirat würde Connor sich also verpflichten, MacIain beizustehen, egal was der Grund für die Schlacht sein mochte. Das war der Preis, den er zahlen musste, um die Ländereien seines Clans zurückzugewinnen und sie gegen die MacLeods zu schützen. Er konnte bloß hoffen, dass er durch diese Verpflichtung nicht in eine Auseinandersetzung gezogen würde, die ihm völlig zuwider war.

Nachdem die Eckdaten geklärt waren, diskutierten sie anschließend lange über die *tochar* der Braut, die Mitgift, und andere Bedingungen, bis sie schließlich eine Einigung erzielten.

»Kann ich jetzt deine Enkeltochter kennenlernen?«, fragte Connor, der sich vorbehalten hatte, den Ehevertrag erst zu unterzeichnen, wenn er die zukünftige Braut getroffen hatte. Wobei es schwer möglich sein würde, sich zu diesem Zeitpunkt noch aus der Affäre zu ziehen.

»Leider ist sie gestern Abend krank geworden«, entgegnete MacIain. »Ich fürchte, sie wird ein paar Tage lang das Bett hüten müssen.«

Der Zeitpunkt ihrer Erkrankung war verdächtig, milde ausgedrückt. Sein Gastgeber wusste verdammt gut, dass er nicht länger hierbleiben konnte. Stimmte womöglich etwas mit der Heiratskandidatin nicht und die Krankheit war eine Ausrede? Warum sonst sollte er sie nicht sehen? Hatte MacIain einen Grund für die Verzögerung, den er vor ihm verbarg?

»Der Kampf um Trotternish wird bald beginnen, und

ich muss mir sicher sein können, dass du mich mit deinen Kriegern und Schiffen unterstützen wirst.«

»Ja, das ist momentan leider etwas schwierig«, rückte MacIain mit der Sprache raus und faltete die Hände.

»Was willst du damit sagen?« Connor bemühte sich, ruhig zu bleiben, doch er war so wütend, dass er das Gefühl hatte, gleich zu explodieren.

»Seit der Chieftain der MacLeods die Rebellion verlassen hat, wirst du hier keinen finden, der bereit ist, es an deiner Seite mit seinem Clan aufzunehmen.«

»Einige Chieftains haben durchaus ihr Interesse an einer Allianz bekundet«, widersprach Connor, aber mit einem Mal fiel ihm ein, dass sie deutlich in Reserve gegangen waren, sobald der unmittelbar bevorstehende Kampf um Trotternish erwähnt worden war. Einige hatten ihm sogar nahegelegt, sich mit dem Land zufriedenzugeben, das er besaß.

»Jeder weiß, dass du, falls du deine aktuellen Schwierigkeiten überstehst, eine Macht auf den Inseln innehaben wirst, die dich zu einem gefragten Partner macht.« MacIain spreizte die Finger. »Im Moment hingegen, wo der Ausgang völlig ungewiss ist, sind die Chieftains nicht bereit, an deiner Seite gegen die MacLeods zu kämpfen. Ich als Einziger bin in einer stärkeren Position und könnte das Risiko eingehen. Allerdings nicht so schnell, wie du es willst. Ich brauche Zeit, um die Sache vorzubereiten, und muss zudem alles mit dem Chieftain der Campbells besprechen. Er als Lieutenant of the Isles könnte aufgebracht reagieren, dass ich einen Clan angreifen will, der sich soeben von einem Rebellen zu einem Unterstützer der Krone gewandelt hat.«

Connor saß in der Falle. Wenngleich MacIains vage Zusage ihm herzlich wenig nützte, waren ihm die Hände gebunden, auf seiner Burg weiter mit anderen Chieftains in ernsthafte Verhandlungen zu treten. Nach kurzem Überlegen fasste er den Entschluss, sich nicht austricksen zu lassen.

»Mehr als drei Wochen kann ich nicht warten. Bring deine Krieger und deine Enkeltochter vor Beltane nach Trotternish Castle, oder zwischen uns wird keine Allianz zustande kommen.«

Kapitel 21

Alastair MacLeod bestand darauf, Ilysa persönlich bis zum Eingang der Halle zu begleiten. Dort nickte er ihr knapp zu und entfernte sich wortlos. Kaum war er verschwunden, als Connor auf sie zukam. Er sah aus, als wäre er bereit, in den Krieg zu ziehen.

»Ich habe nicht erwartet, dass auch Alastair MacLeod zu deinen Bewunderern zählt«, sagte er sichtlich verstimmt. »Warum unterhältst du dich mit unserem Feind?«

»Es kommt mir nicht vor, als wäre er ein schlechter Mensch«, entgegnete Ilysa. »Bündnisse ändern sich ständig. Vielleicht könntet ihr eure Differenzen ja beilegen.«

»Der einzige Weg, wie die MacDonalds ihre Differenzen mit den MacLeods beizulegen vermögen, ist durch das Schwert und Ströme von Blut.«

»Ich mag ihn«, erklärte sie und verärgerte Connor damit noch mehr.

»Der Mann ist gefährlich«, zischte er. »Halte dich gefälligst von ihm fern.«

Sie ersparte sich und ihm die flapsige Bemerkung, dass sie nicht vorhabe, Dunvegan Castle, die Festung der MacLeods, zu besuchen. Zum Glück, denn Connor pochte jetzt auf seine Rechte und würde keinerlei Spaß verstehen.

»Als dein Chieftain ist es meine Pflicht, dir noch eine Warnung mit auf den Weg zu geben«, erklärte er mit drohendem Unterton. »Du musst dich vor einigen der Männer, die du hier triffst, vorsehen.«

»Keiner der Clans wird während der Versammlung einen Streit vom Zaun brechen, etwas Unüberlegtes tun oder Schwierigkeiten machen.«

»Das meine ich nicht.« Er beugte sich zu ihr herüber und gab sich freundschaftlich besorgt. »Du hast keine Erfahrung mit dieser Art von Männern.«

»Und welche Art von Männern meinst du genau?«, hakte sie nach, obwohl sie glaubte, die Antwort zu kennen.

»Männer mit Macht und Geld.«

Ilysa, die Connors Bevormundung satt hatte, konnte sich eine spitze Erwiderung nicht verkneifen.

»Du meinst Chieftains?«.

»Lass es mich einmal ganz direkt ausdrücken. Wenn du dir einen Mann und ein eigenes Zuhause wünschst, solltest du nicht unter Clanoberhäuptern und ihren Söhnen danach suchen.«

Als wüsste sie das nicht selbst. Connor erinnerte sie mit seiner bloßen Anwesenheit jeden Tag daran.

»Du stammst aus gutem Hause, doch damit ein Mädchen die Ehefrau eines Chieftains werden kann, muss es Macht und Reichtum mit in die Ehe bringen.«

»Ich weiß es zu schätzen, dass du mir meine Unwürdigkeit so deutlich aufzeigst.« Es lag ihr auf der Zunge, ihm von dem Heiratsantrag zu erzählen, aber vermutlich war es klüger, das für sich zu behalten, bis sie in dieser Angelegenheit eine Entscheidung getroffen hatte.

»Ich habe nicht gesagt, dass du unwürdig seist.« Connor redete mit ihr, als wäre sie schwer von Begriff. »Vielmehr will ich dich schützen, wenn ich dir rate, dich vor solchen Männern in Acht zu nehmen, die ganz bestimmt nicht auf eine Ehe aus sind, die dich lediglich ausnutzen wollen und dir etwas vorgaukeln, um ihr Ziel zu erreichen.«

»Seit meinem elften Lebensjahr passe ich auf mich selbst auf«, stieß Ilysa hervor. »Ihr wart alle fort, also habe ich es ohne deine Hilfe oder die Hilfe meines Bruders oder die Hilfe von sonst irgendjemandem geschafft …«

»Mag sein, jedenfalls denke ich, dass es gut ist, wenn wir morgen abreisen«, unterbrach er sie.

Normalerweise reagierte sie nie wütend. Ihrer Erfahrung nach war es wirkungsvoller, der Gegenseite möglichst ruhig gegenüberzutreten, doch in diesem Augenblick gelang ihr das nicht. Insofern war sie froh, als ein hochgewachsener Mann mit lockigem Haar zu ihnen trat und ihren Arm ergriff. Und es handelte sich nicht um den Spross eines Chieftains, was Wasser auf Connors Mühlen gewesen wäre, sondern um den Sohn des Earls of Huntly.

»Diese bezaubernde junge Frau hat mir versprochen, beim Abendessen meine Tischdame zu sein.«

»Vielen Dank für deine Ratschläge«, sagte sie daraufhin über die Schulter hinweg und entschwand mit ihrem Verehrer.

»Die Schiffe der MacLeods sind verschwunden«, berichtete Connor, als er Duncan traf.

»Dein Schiff ist beladen, und die Männer sind bereit, die Segel zu setzen, sobald du abzureisen wünschst.«

»Danke. Und du komm bitte an Beltane nach Trotternish Castle, es sei denn, ich lasse schon vorher nach dir schicken, weil die MacLeods uns früher angreifen als erwartet.«

Duncan brummte zustimmend, verschränkte die Arme vor der Brust und starrte aufs Meer hinaus.

»Bring alle Krieger mit, die du erübrigen kannst, und gib Ian Bescheid, dass er das Gleiche tun soll«, fuhr Connor fort. »Ich selbst werde Alex eine entsprechende Nachricht zukommen lassen.«

Erneut brummte Duncan bloß, ohne ihn anzusehen.

Insgesamt gesehen, war seine Situation desolat. Sein Versuch, eine Heirat samt Allianz zu arrangieren, war gescheitert. Seine Schwester sprach nur noch das Nötigste mit ihm, Ilysa hatte er gründlich verärgert, und jetzt beschlich ihn zudem das dunkle Gefühl, dass irgendetwas zwischen ihm und Duncan stand, der seit Kindertagen sein bester Freund war.

»Was beschäftigt dich?«, wollte er wissen. »Raus mit der Sprache.«

»Es gefällt mir nicht, dass meine Schwester bei dir auf Trotternish Castle leben soll«, bekam er zu seiner Überraschung zu hören.

»Warum um Himmels willen nicht?«

»Die Leute werden reden.«

»Reden, wieso?«

»Tu nicht so arglos. Sie werden unterstellen, dass sie dir nicht allein im Haushalt zu Diensten ist, sondern desgleichen im Bett.«

Connor fiel aus allen Wolken, an diese Möglichkeit hatte er nie gedacht trotz seiner eigenen Träume, die sich genau darum drehten.

»Ilysa hat sich um meinen Haushalt gekümmert, seit ich Chieftain geworden bin, und du hast derartige Bedenken noch nie geäußert«, wehrte er ab. »Im Übrigen würde niemand auf die Idee kommen, dass Ilysa und ich …« Es erschien ihm zu gefährlich, die Worte auszusprechen, die ihm durch den Kopf schossen: *dass Ilysa und ich ein Liebespaar sind.*

»Die Männer sehen sie inzwischen mit anderen Augen an und werden auf diese Idee kommen. Besonders jetzt, nachdem sie hier für Furore gesorgt hat.«

»Sie würden es nicht wagen – allein deshalb nicht, weil sie deine Schwester ist.«

»*Aye*, das ist sie. Trotzdem.« Duncan drehte sich zu Connor um und sah ihn eindringlich an. »Sie verehrt dich, und du bist ihr Chieftain. Es wäre ein Leichtes für dich, sie auszunutzen.«

»Bei allen Heiligen. Ich lebe enthaltsam wie ein Mönch. Es war nicht leicht, aber du weißt, warum ich so lange durchgehalten habe: Weil ich nicht riskieren will, ein Kind mit einer anderen Frau als meiner Ehefrau zu zeugen.«

»Manchmal passieren Dinge zwischen einem Mann und einer Frau, selbst wenn man es nicht vorhat. Pass ja auf, dass das nicht mit meiner Schwester geschieht.«

Kapitel 22

Connor vergaß, was er sagen wollte, als Ilysa mit einem Korb, den sie auf der Hüfte balancierte, durch die große Halle von Trotternish schritt. Ein Anblick, der eigentlich alltäglich war, doch er war sich ihrer Bewegungen nie zuvor so bewusst gewesen wie jetzt nach ihrer Rückkehr von der Versammlung.

Das Problem war, dass sie sich neuerdings anders kleidete. Zwar trug sie nichts, was irgendwie unangemessen aufreizend wäre, bloß versteckten ihre neuen Gewänder die weiblichen Rundungen ihres Körpers nicht mehr. Connor vermochte seinen Blick nicht von ihrem langen Hals und den zarten Wölbungen ihrer Brüste zu wenden. Und ehe er wusste, wie ihm geschah, stellte er sich ihre schlanken, wohlgeformten Beine unter den Röcken vor.

Darüber merkte er gar nicht, dass die Männer am Tisch ihn ansahen. Sie warteten darauf, dass er weiterredete. Unglücklicherweise hatte er den Faden komplett verloren und wusste nicht mehr, worüber sie gesprochen hatten. Stotternd fing er noch einmal von vorn an, ohne den Anschluss zu finden. Seine Augen und Gedanken waren bei Ilysa.

So konnte es nicht weitergehen. Er erhob sich.

»Wir werden uns später ausführlicher unterhalten.

Sorely, du überwachst das Kampftraining. Ich werde in Kürze dazukommen. Unsere Feinde ruhen nicht – und wir sollten das genauso wenig tun.«

Mit dieser banalen Ermahnung verließ er seine Krieger und ging durch die Halle zu Ilysa, die sich gerade in einem verzweifelten Kampf mit einer Fackel befand, die zu fest in eine Halterung an der Wand gerammt worden war.

»Ich mache das«, sagte er und griff nach der blakenden Fackel.

Als ihre Hände sich berührten, kam es ihm vor, als würde ein Blitz durch seinen Körper zucken. Wütend über seine Reaktion riss den mit Öl getränkten brennenden Holzstab von der Wand und schmiss ihn in den Kamin.

Verwundert zog Ilysa die Augenbrauen hoch. Andererseits gehörten die Fackeln ihm, und wenn ihm danach war, eine davon ins Feuer zu werfen, dann war es eben so. Ihn beschäftigte gerade ein viel größeres Problem als eine verschwendete Fackel.

»Ich muss mit dir reden«, brummte er.

»Ich wollte gerade …«

»Sofort.« Connor drehte sich um, marschierte durch die Halle und durch den Bogengang in das Nebengebäude und stapfte in sein Privatgemach. Er konnte nicht riskieren, dass irgendjemand sie belauschte. Stattdessen wurde ihm auf einmal bewusst, dass sie allein in seinem Schlafzimmer waren, ohne dass sie in ihrer Rolle als Heilerin gekommen war.

»Was ist denn los?«, erkundigte Ilysa sich mit einem freundlichen Lächeln und faltete die Hände.

Plötzlich schien sämtliches Blut aus seinem Körper in seine Lenden zu schießen, und tief in seinem Inneren regte sich der Wunsch, ihre Gelassenheit einmal auf die Probe zu stellen und zu sehen, ob unter all ihrer Tüchtigkeit und ruhigen Selbstbeherrschung vielleicht ein heimliches Feuer loderte.

Was stimmte nicht mit ihm? Er rief sich in Erinnerung, dass Ilysa eine tugendhafte Frau war, die ihm blind vertraute. Und als wäre das nicht genug, war sie die Schwester seines besten Freundes. Connor holte tief Luft und ging auf sie zu. Ein Fehler, wie er sogleich bemerkte. Wie früher schon des Öfteren stieg ihm der leichte Duft nach Lilien in die Nase und weckte in ihm das Verlangen, diesen Duft auf ihrer nackten Haut zu riechen.

Wie einfach wäre es, sie ins Bett zu locken. Sein Atem ging schneller, als er sich vorstellte, wie sie nackt auf ihm saß, wie ihr rotgoldenes Haar ihr über die Brüste fiel, wie er ihre schmalen Hüften packte …

»Ich will, dass du wieder deine alten Kleider trägst.« Unvermittelt hatte er die Worte hervorgestoßen, um die ganze Angelegenheit rasch hinter sich zu bringen.

Ilysa starrte ihn mit großen Augen an. »Ich habe sie nicht mehr.«

Er stieß einen stummen Fluch aus. »Warum nicht?«

»Deine Schwester und Sìleas haben sie weggeworfen. Allen außer dir gefallen meine neuen Sachen übrigens.«

»Du bist schön und die Kleider ebenfalls«, räumte Connor widerwillig ein. »Allerdings lenkst du die Männer ab, wenn du dich so kleidest.«

»Ich lenke die Männer ab? Entschuldige, Connor, das ist lächerlich.«

»Jedenfalls will ich nicht, dass du so in die Halle kommst, während ich mit ihnen ernsthafte Gespräche führe.«

Sie sah ihn mit ihren riesigen braunen Augen, die so unschuldig wie die eines Rehkitzes waren, verständnislos an.

»Tut mir leid, wenn ich dich dadurch abgelenkt oder gestört habe.«

»Ich kann dir nicht erlauben, in diesem Aufzug ständig in der Halle hin und her zu laufen. Du musst, das verlange ich, bei der Hausarbeit etwas anziehen, das weniger … aufreizend ist.«

Dass ihre Aufmachung vor allem seinen Seelenfrieden störte, verschwieg er wohlweislich.

Ausgerechnet in diesem Moment musste sie tief durchatmen, sodass er deutlich sehen konnte, wie ihre Brüste gegen den weichen Stoff ihres Oberteils gedrückt wurden.

»Meine Kleider sind nicht aufreizend«, entgegnete sie entschieden und ein wenig gekränkt.

Connor wusste selbst, dass es eine unsinnige Behauptung war, die er da vom Stapel gelassen hatte. Das Problem war nämlich nicht ihr Kleidungsstil, sondern die Tatsache, dass er sich unaufhörlich vorstellte, wie sie wohl ohne alle Hüllen aussehen mochte.

»Ich wollte dich nicht beleidigen«, sagte er zerknirscht und ergriff ihre Hände.

Sie waren so klein und ihre Finger so unsagbar zart. Ihre Hände waren wie sie selbst. Hinter der zarten Erscheinung verbargen sich indes Können und Kraft. Er betrachtete die Handinnenflächen.

»Es ist schwer zu glauben, dass du mit diesen Händen eine Pfeilspitze aus meiner Brust entfernt hast.«

»Diese Hände haben mehr für dich getan, als du denkst«, erwiderte sie, wurde mit einem Mal rot und versuchte sich aus seinem Griff zu lösen, doch er ließ ihre Hände nicht los.

»Was haben diese Hände denn für mich getan, von dem ich nichts weiß?«

Er grinste sie spitzbübisch an. Wenn er sie ein bisschen aufziehen und ärgern konnte, fühlte er sich gleich um einiges sicherer.

»Du kannst dich wahrscheinlich nicht daran erinnern, oder?«, fügte Ilysa hinzu.

»Dann verrate es mir. Was hast du getan? Mir durchs Haar gewuschelt, als du noch ein kleines Mädchen warst?«

»Nein.«

»Vermutlich warst du bereits damals zu brav, um irgendetwas zu tun, was sich nicht schickte. Sag, war es nicht schrecklich anstrengend, immer nur so lieb und nett zu sein.«

Als sie die Augen niederschlug, erkannte er, dass er ins Schwarze getroffen hatte. Instinktiv strich er mit dem Daumen über ihre Handfläche, um sie zu trösten. Als sie scharf die Luft einsog, geriet sein Blut in Wallung. Er sollte sie loslassen, doch er tat es nicht.

»Du wirst nicht eher gehen, bis du mir erklärst, was du damit gemeint hast«, erwiderte er und bemühte sich um einen lockeren Tonfall.

Erneut sah sie verlegen zur Seite und schaute dabei zufällig zum Bett. *O shluagh!* Er sollte diese Spielchen lassen und sie aus dem Zimmer schicken.

Gerade wollte Connor das tun, als ihre nächsten Worte wie Blitze in seinen Körper fuhren.

»Ich habe dich gewaschen.«

»Was?« Ganz sicher hatte er sich verhört. »Du meinst, dass du meine Wunden gereinigt hast.«

»Nicht allein deine Wunden.« Sie sprach so leise, dass er sich vorbeugen musste, um sie verstehen zu können. »Ich habe alles an dir gewaschen – und das mehr als einmal.«

Warum sagte sie so etwas? Wollte sie, dass sein Herz aufhörte zu schlagen? Wollte sie ihn umbringen?

»Nicht wirklich, oder? Daran würde ich mich schließlich erinnern.«

»Nachdem die MacKinnons dich in dem Glauben, dass du tot seist, haben liegen lassen und Ian dich zu Teàrlag gebracht hatte, habe ich mich um deine Verletzungen gekümmert.« Sie machte eine Pause und fügte mit erstickter Stimme hinzu. »Wir haben gefürchtet, dich zu verlieren.«

Plötzlich rannen ihr Tränen über die Wangen, und er legte die Arme um sie. Er, Duncan und Alex waren damals von zwei Dutzend MacKinnons und ein paar MacLeods in eine Falle gelockt und überfallen worden. Sie hatten viele ihrer Angreifer getötet, aber alle drei waren sie schwer verwundet worden. Connor selbst, hinter dem sie insbesondere her gewesen waren, so schwer, dass die Angreifer ihn für tot gehalten hatten.

»Ian hat deine blutigen Kleider entzweigeschnitten und sie ins Kaminfeuer geworfen«, sagte sie. »Jeder Zentimeter von dir war verletzt und zerschmettert. Ich habe deine Wunden gewaschen und verbunden, dir drei Tage lang eine kräftigende Brühe eingeflößt und deinen Körper mit einem Schwamm abgerieben, um das Fieber zu bekämpfen, das dich auf die andere Seite ziehen wollte.«

Er zog sie fester in seine Arme. »Nicht weinen. Es ist alles gut«, flüsterte er an ihrem Haar.

»Manchmal kam es mir so vor, als wärst du kurz zu Bewusstsein gekommen. Deshalb dachte ich, du würdest dich an etwas erinnern.«

»Nein, ich war völlig weg und meinte sogar in meinen Fieberfantasien einen Engel zu sehen, der über mich wachte. Doch das musst du gewesen sein.«

»Wohl kaum«, murmelte sie an seiner Brust.

Zwischen ihnen wuchsen Hitze und Spannung an, und Connor war sich mit einem Mal bewusst, wie gefährlich es war, sie so zu halten. Obwohl er sich ermahnte, sie loszulassen, wollten ihm seine Arme nicht gehorchen.

»Was ist der wahre Grund dafür, dass ich nicht mehr in die große Halle kommen soll?« Ilysa lehnte sich in seinen Armen zurück und bedachte ihn mit einem Blick, der das Herz einer Seeschlange zum Schmelzen bringen könnte. »Früher hast du dich nicht daran gestört.«

»Wie gesagt, es ist deine neue Aufmachung, die geradezu dazu auffordert, dich anzuschauen.« Mit der Rückseite seiner Finger berührte er ihre Wange, die so unglaublich zart war. »Jedes Mal, wenn du jetzt einen Raum betrittst, nehme ich nichts anderes um mich herum mehr wahr.«

Sein Inneres zog sich zusammen, und er spürte die Anspannung in sich wachsen. Es war falsch, sie in den Armen zu halten, falsch, darüber nachzudenken, sie zu küssen. Er wusste es, und dennoch wollte er ihre Lippen spüren. Ausnahmsweise einmal wollte er unbekümmert und waghalsig sein, etwas tun, das ganz für ihn allein war. Wie außerdem sollte er sich zurückhalten, wenn er spürte, wie auch ihr Körper von seinem angezogen wurde?

Was konnte ein einziger Kuss schon schaden?

»Ilysa.«

Er hauchte ihren Namen, als er den Kopf neigte. Ein unschuldiger Kuss, dann würde er das alles hier hinter sich lassen und wieder zu seinen Verpflichtungen zurückkehren. Aber in dem Moment, als ihre weichen, zitternden Lippen seinen Mund berührten, breitete sich in seinem Körper ein verzehrendes Feuer aus …

Vielleicht hätte er die Kraft gehabt, sich von ihr zu lösen, wenn sie nicht sein Hemd gepackt und ihn an sich gezogen hätte. Heiße Lust schoss in jede Stelle seines Körpers, die mit ihrem in Berührung kam. Er drang mit seiner Zunge in ihren Mund ein, war sich kaum bewusst, dass er sie damit erschreckt hatte. Trotzdem wich sie nicht zurück, stieß vielmehr ein wohliges Seufzen aus.

In diesem Augenblick wusste er, dass er verloren war. Er schloss sie noch enger in die Arme, küsste sie voller Leidenschaft, und sie erwiderte seine Küsse mit einer Sehnsucht, die seiner nicht nachstand. Sie kannte ihn mit all seinen Makeln und Unzulänglichkeiten und würde sich ihm nicht hingeben, weil er der Chieftain war, sondern weil sie ihn begehrte.

Und er begehrte sie genauso. Ohne seinen Mund von ihr zu lösen, schob er sie rückwärts zu seinem Bett. Sein Denken war ausgeschaltet, die Stimme seines Gewissens ignorierte er, seine Skrupel unterdrückte er. Ausnahmsweise einmal gab er sich blinder Leidenschaft hin.

Ein Teil von ihm wollte, dass sie Nein sagte, dass sie sich wie das vernünftige Mädchen verhielt, das sie immer gewesen war, und ihn von sich stieß. Stattdessen schmiegte sie sich an ihn, woraufhin er eine Spur von Küssen auf ihren anmutigen Hals hauchte. Ohne sich dessen bewusst zu sein, hatte er sich das immer gewünscht.

Als er jedoch hinter sich griff, um den Bettvorhang aufzuziehen, packte ihn ein gewaltiges Schuldgefühl, das ihn veranlasste, sich wie ein ehrloser Schuft zu fühlen. Das hier war Ilysa, Duncans Schwester. Wenn es ein Mädchen gab, das es verdiente, voller Respekt behandelt zu werden, dann war sie es.

Schweren Herzens löste Connor ihre Arme, die sie um

seinen Hals geschlungen hatte. Ihr Atem ging unregelmäßig, und in ihren Augen stand eine verzehrende Leidenschaft, eine Lust, die seine erotischen Träume und Fantasien befeuerte. Aber es ging nicht anders. So schwer es ihm fiel, er musste sie vor seiner eigenen Begierde und der ihren beschützen.

Verwirrung stand in ihrem Blick. Würde er noch einen Moment länger in diese Augen blicken, dann wäre es zu spät, und er würde alle guten Vorsätze vergessen. Und das durfte nicht geschehen.

»Das ist nicht richtig«, stöhnte er und drehte ihr den Rücken zu. »Verzeih mir.«

»Ich verstehe nicht«, wisperte sie und berührte leicht seine Schulter, doch ihm war, als hätte er sich verbrannt.

»Es ist meine Schuld«, flüsterte er. »Ich bitte dich, Ilysa, geh jetzt.«

Sie ging zu ihrem Zimmer, schloss die Tür hinter sich zu und lehnte sich dagegen.

Connor hatte sie geküsst! Es war kein brüderlicher kleiner Kuss auf die Wange gewesen, ein flüchtiger Kuss auf die Lippen. Nein, es war ein echter Kuss gewesen voller Leidenschaft und Begehren. Ein nicht enden wollender Kuss, der aus einer Folge einzelner Küsse bestanden hatte, die ineinander übergegangen waren. Einer in den anderen. Ihr war noch immer schwindelig. Erst war sie überrascht gewesen, als er seine Zunge in ihren Mund geschoben hatte, um dann festzustellen, wie sehr es ihr gefiel.

Mit den Fingerspitzen fuhr sie sacht über ihre Lippen. Sie hatte davon geträumt, geküsst zu werden, ohne zu wissen, wie es sich anfühlte. Jetzt wusste sie, dass es noch wundervoller gewesen war, als sie es sich vorgestellt hatte.

Wenn es nach ihr gegangen wäre, hätte sie Connor die ganze Nacht lang küssen und sich dabei in seine starken Arme schmiegen können. Sie schlang ihre Arme um sich und erinnerte sich daran, wie magisch das Gefühl gewesen war. Während sie von ihm festgehalten und an seine Brust gedrückt worden war, hatte sie geglaubt, dass alles möglich sei. Einfach alles.

Dennoch war ihr klar, dass er niemals zu ihr gehören konnte, nicht wirklich und nicht für lange. Seine Position als Chieftain erlaubte das nicht, was sie allerdings nicht daran hindern würde, alles von ihm zu nehmen, was er ihr zu geben bereit war.

Im Grunde hatte Connor genauso wenig aufhören wollen wie sie. Seine Küsse hatten nicht gelogen, desgleichen nicht das Verlangen in seinem Blick. Seine Ehrenhaftigkeit war es, die ihm im Weg stand, und allein aus einem falsch verstandenen Pflichtgefühl heraus hatte er sie zurückgewiesen.

Ilysa focht das nicht an. Zwar würde sie Connor vielleicht nicht für lange haben, aber sie hatte vor, ihn zumindest eine Zeit lang für sich zu gewinnen, damit sie für den Rest ihres Lebens von den Erinnerungen zehren konnte.

Sobald Lachlan durch das Tor trat, wusste er, dass Connor von der Versammlung zurückgekehrt war. Die Wachen an der Burgmauer waren aufmerksamer, und die Männer im Hof übten mit mehr Begeisterung, weil sie von ihm gelobt werden wollten. Sie verehrten ihren Chieftain bedingungslos und wetteiferten um seine Aufmerksamkeit. Connor selbst beobachtete gerade die Jungen zwischen vierzehn und siebzehn Jahren bei ihren Kampfübungen. Lachlan ging zu ihm hinüber.

»Du bist zurück, wie ich sehe«, brummte Connor, der eindeutig schlechter Laune war.

»Ich habe die Lager der MacLeods ausgespäht. Inzwischen haben sie noch mehr Krieger zusammengezogen.«

»Mit nichts anderem habe ich gerechnet, wir unterhalten uns später darüber. Im Augenblick ärgere ich mich über die da.« Der Chieftain ließ die jungen Krieger nicht aus den Augen. »Sie haben sich während meiner Abwesenheit kein Stück verbessert. Eine Schande.«

Sorely, ein guter Schwertkämpfer, doch ein schlechter Lehrer, war daran nicht ganz schuldlos.

»Nicht so, du verdammter Idiot!«, brüllte er gerade einen Jungen namens Robbie an und zog den Kopf ein, als er ihre Anwesenheit bemerkte.

»Lachlan und ich werden heute mit dieser Gruppe weiterarbeiten«, verkündete Connor.

»Danke, dass ihr mir diese Last abnehmt.« Sorely lachte auf, aber es war ein falsches Lachen, denn obwohl er nicht gerne mit den Jungen trainierte, reagierte er beleidigt auf die Zurücksetzung.

Sorely war ein Arsch.

»Versammelt euch«, rief Connor. »Wenn ich Gemurre höre, verbringt ihr alle die Nacht im Verlies bei den Ratten. Ganz nebenbei werden die MacLeods euch in Stücke reißen, wenn ihr nicht lernt, besser zu kämpfen, und zwar schnell«, fuhr er streng fort. »Ich trage immerhin die Verantwortung für euer Leben und möchte keine Katastrophe erleben. Also gebt euer Bestes, oder ihr könnt gleich zu euren Müttern nach Hause gehen.«

Keiner der Jungen wollte diese Demütigung erleben. Sie scharrten mit den Füßen, als Connor seinen düsteren Blick über jeden von ihnen gleiten ließ.

»Seid ihr bereit, Krieger zu werden, die dem Clan der MacDonalds alle Ehre machen?« Als die Jungen schwiegen, hob er sein Schwert in die Luft und schrie: »Was ist? Seid ihr bereit?«

»*Aye! Aye!*«, riefen die Jungen.

Connor wies sie an, in zwei Reihen anzutreten – eine Reihe vor ihm, die andere vor Lachlan, der bereits zuzeiten der MacLeods auf dem freien Feld mit kleinen Gruppen erfolgreich trainiert hatte. Unauffällig musterte er jetzt Connor, und ihm gefiel, was er sah. Er war geduldig und hartnäckig zugleich. Anders als Sorely machte er sich nie über die Fehler der Jungen lustig, sondern korrigierte, lobte und trieb jeden dazu an, seine Fähigkeiten zu verbessern. Und diese Verbesserung würde eines nicht allzu fernen Tages für jeden von ihnen den Unterschied zwischen Leben und Sterben ausmachen.

Nach ein paar Stunden hob Connor die Hand und bedeutete den Gruppen, dass sie eine Pause machen durften. Lachlan wollte gerade sein Schwert in die Scheide stecken, als Connor ihn zurückhielt.

»Wir sollten ihnen einmal auf ganz andere Art und Weise etwas zeigen«, sagte er, und seine Augen funkelten. »Ich will sowieso seit dem Tag, an dem du hier angekommen bist und Sorely einen Tritt in den Hintern verpasst hast, gegen dich antreten.«

Lachlan fühlte sich unbehaglich. Er war sich ziemlich sicher, dass es dem Chieftain nicht gefallen würde, vor seinen Männern selbst einen Tritt in den Hintern verpasst zu bekommen.

»Schaut gut zu, Jungs!« Connor baute sich mit leicht gebeugten Knien und dem Schwert in der Hand vor seinem Kontrahenten auf.

Dem brach der Schweiß aus, als er erkannte, dass sich ihm unversehens ein perfekter Zeitpunkt bot, um die Rache seines Vaters zu vollenden. Er könnte sein Schwert zwischen die Rippen des Chieftains rammen, und die Sache wäre ein für alle Mal erledigt. Er dachte an die Worte, die ihm seit seiner Kindheit eingetrichtert worden waren.

Eines Tages wirst du deine Mutter rächen und unsere Ehre wiederherstellen. Du musst ihn töten. Töte ihn! Töte ihn!

Als sie einander langsam umkreisten, war er sich der Anfeuerungsrufe der Zuschauer bewusst, die sich um sie versammelt hatten. Sobald Connor sich aber mit einer Reihe von kraftvollen Schwerthieben auf ihn stürzte, hörte er sie nicht mehr. Er hatte sich daran gewöhnt, besser zu sein als jeder seiner Gegner, jetzt hingegen wurde ihm klar, dass er in Connor MacDonald einen absolut ebenbürtigen Gegenspieler gefunden hatte. Er war gut, sogar sehr gut.

Der Chieftain hätte nach dem stundenlangen Training mit den Jungen eigentlich erschöpft sein müssen, doch er zeigte keine Anzeichen von Müdigkeit, schlug vielmehr unaufhörlich mit dem Schwert auf den Kontrahenten ein. Und er hatte auch noch Spaß dabei! Lachlan war lange kein Gegner mehr vor die Klinge gekommen, der ihn wirklich gefordert hatte, und zu seiner eigenen Überraschung begann er, ebenfalls Spaß an dem Wettkampf zu haben. Als Connor über sein Schwert sprang und sich aus einer fast aussichtslosen Position befreite, stahl sich ein anerkennendes Lächeln auf Lachlans Gesicht. Der Chieftain war schnell. Richtig schnell.

Sie wirbelten herum und trieben einander mit kraftvollen Hieben über den Hof. Schließlich landete Lachlan mit der flachen Seite seiner Klinge einen Schlag auf Connors

Oberschenkel, der ihn so hart traf, dass er eigentlich hätte zu Boden gehen müssen. Eigentlich. Bevor der andere sich nämlich von der Wucht des Schwungs erholt hatte, drehte Connor sich blitzschnell um die eigene Achse, und ehe Lachlan wusste, wie ihm geschah, lag er auf dem Rücken, und sein Gegner hatte den Fuß auf seine Brust gestellt.

»Das war gut«, erklärte der Chieftain, dem Schweiß über das Gesicht ran, und sah ihn grinsend an.

Erst als er den Arm ausstreckte und dem am Boden Liegenden aufhelfen wollte, bemerkte dieser das Blut, das durch Connors Hemd sickerte.

Jemand rief: »Der Chieftain ist verletzt!«

Lachlan erstarrte. Während einer Übung sollte man zwar hart kämpfen, aber niemals so hart, dass man den anderen in ernsthafte Gefahr brachte. Hatte er sich im Eifer des Gefechts vergessen? Hatte er unbewusst auf die fordernden Worte seines Vaters in seinem Kopf gehört?

Angst breitete sich in seinem Innersten aus, als er sah, dass Connor aus Wunden an der Brust und am Oberschenkel blutete.

»Das wollte ich nicht«, murmelte er mit so leiser Stimme, dass er kaum zu hören war.

»Was?« Connor blickte stirnrunzelnd an sich hinab. »Ach, das war nicht deine Schuld.«

Einige Männer zerrten Lachlan auf die Beine und hielten ihn fest.

»Himmel, lasst ihn los!«, donnerte der Chieftain. »Das Blut stammt aus alten Wunden, die im Kampf wieder aufgebrochen sind. Seht ihr? Mein Hemd ist unversehrt, kein Riss oder Schnitt.« Er zog sein Hemd aus, um die blutende Wunde in seiner Brust zu präsentieren, die sichtlich nicht von einem Schwert, sondern von einem Pfeil stammte.

»Es tut mir leid«, erklärte Lachlan trotzdem.

»Wie gesagt.« Connor legte ihm die Hand auf die Schulter und blickte ihm in die Augen. »Es ist nicht deine Schuld.«

Ungeachtet dieser beruhigenden Worte fühlte Lachlan sich schuldig, weil er sich nicht sicher war, welche Gefühle ihn in diesem Zweikampf angetrieben hatten, und das war nicht fair gewesen.

Kapitel 23

Nach dem Kampf holte jemand Ilysa, und Connor musste einmal mehr die süße Qual ihrer Hände auf seiner nackten Haut ertragen.

»Warum brauchen durch Pfeile hervorgerufene Wunden so verdammt lange, um abzuheilen?«

Er biss die Zähne zusammen, als ihre Finger federleicht über seine Brust strichen. Das hier war viel schlimmer als ihre Bemühungen um seine Verletzungen kurz nach ihrer Ankunft auf Trotternish, als sie ihn täglich neu verbunden hatte. Damals konnte er sich noch einreden, dass die Nähe jeder beliebigen Frau ihn erregte. Jetzt indes vermochte er nicht mehr zu leugnen, dass sein Verlangen einzig ihr galt.

Seit er sie geküsst hatte, war alles anders geworden.

»Die Pfeile steckten tief in deinem Körper, und dadurch brechen die Wunden leichter immer wieder auf.« Ilysa schnalzte missbilligend mit der Zunge. »Du bist viel zu unvorsichtig.«

Als sie sich über ihn beugte und ihr rotgoldener Zopf über ihre Schulter fiel, kam es ihm beinahe wie eine Einladung vor. Wenngleich das Mieder ihres Alltagskleids längst nicht so viel zeigte wie ihre festliche Robe bei der Versammlung der Chieftains, war seine Erinnerung an den

Ansatz ihres Busens in dem tief ausgeschnittenen Kleid noch sehr lebendig.

»Ich habe gehört, dass du und Lachlan euch ziemlich produziert habt.« Als sie mit den Fingerspitzen seinen Oberschenkel streifte, stockte ihm schon wieder der Atem. »Hoffentlich war es das wirklich wert, dass die Wunde an deinem Bein aufgeplatzt ist.«

»Lachlan hat mir an den heiklen Stellen einen ziemlich harten Schlag mit der flachen Seite seiner Klinge versetzt«, erklärte er mit bemüht beherrschter Stimme. »Ich spiele mit dem Gedanken, ihn zum Captain der Leibwache zu machen.«

Unvermittelt zog Ilysa zu seiner Enttäuschung ihre Hände zurück.

»Was ist? Bist du mit meiner Wahl nicht einverstanden?«, fragte Connor. »Lachlan ist der beste Krieger, den ich habe, und die Männer respektieren ihn.«

»Sicherlich hast du recht«, stimmte sie zu, doch ihr Tonfall verriet Unsicherheit. »Irgendetwas macht ihm zu schaffen, und ich wünschte, ich wüsste, was es ist.«

Connor vergaß Lachlan und alles andere, als sie eine Hand auf seine Hüfte legte und mit der anderen die nach Lilien duftende Salbe auf die Wunde an seinem Oberschenkel strich. Dabei hielt er sein zusammengefaltetes Hemd über seine Lenden, um die heftige Erektion zu verdecken. Aber als sie den Verband anlegte, kam sie mit ihrer Hand so nah heran, dass ihm der Schweiß ausbrach.

Er schloss die Augen, damit sie nicht bemerkte, dass er sie wie ein ausgehungertes Tier anstarrte. Stattdessen tauchten in seinem Kopf erotische Fantasien auf. Connor erinnerte sich an die Weichheit ihrer Lippen und sehnte sich danach, das ein weiteres Mal zu erleben. Gott, es wäre ein Leichtes, sie an der Taille zu packen und sie in seine Arme zu ziehen, um sie bis zur Besinnungslosigkeit zu küssen.

»Fast fertig«, sagte sie und klang ein wenig atemlos.

Dachte sie womöglich an dasselbe wie er? Er durfte gar nicht daran denken, dass ein anderer Mann sie dereinst besitzen würde. Warum konnte er nicht derjenige sein?

Sein Blick umfasste sie, während sie sich umdrehte, um eine weitere zusammengerollte Leinenbinde aus ihrem Korb zu nehmen, und fragte sich unwillkürlich, wie sie im Bett sein mochte. Würde sie mit ihren Kleidern jegliche Kontrolle ablegen und eine Geliebte sein, die einen Mann um den Verstand brachte?

Connor schluckte, er vermutete, dass sie das wäre.

Gerade beugte sie sich über ihn, um die Leinenbinde um seinen Oberkörper zu schlingen, streifte dabei mit ihrer Brust seinen Arm. Obwohl es kaum eine echte Berührung gewesen war, sogen beide den Atem scharf ein. Ihre Blicke verschränkten sich, und zwischen ihnen war mit einem Mal eine Hitze zu spüren, die den ganzen Raum in Flammen hätte setzen können.

Er konnte nichts anderes mehr sehen, konnte an nichts anderes mehr denken und gab dem unerbittlichen Verlangen nach, das ihn ergriffen hatte. Mit beiden Händen umschloss er ihr Gesicht, bedeckte es mit seinem heißen Atem, ehe er sie sanft küsste. Ilysa ließ die Leinenbinde fallen, die sie in der Hand gehalten hatte, und seufzte.

Mehr Ermutigung brauchte er nicht.

Hastig zog er sie auf seinen Schoß und küsste sie mit wilder, hemmungsloser Leidenschaft. Irgendwo im Hinterkopf sagte ihm der vernünftige Teil von ihm, dass das hier ein riesengroßer Fehler sei. Aber es fühlte sich einfach richtig an. Ilysa war perfekt für ihn.

Mit gespreizten Fingern fuhr sie ihm durchs Haar und schmiegte sich an ihn. Ihrem Seufzen und Stöhnen nach zu urteilen, wollte sie ihn genauso dringend wie er sie. Also schien sie zu wissen, was sie tat und wohin das alles führte. Überdies konnte sie nicht gänzlich unerfahren sein, immerhin war sie zumindest kurz verheiratet gewesen. Dennoch verspürte er ein Schuldgefühl, das ihn zögern ließ. Ilysa, der das offenbar nicht entging, schlang ihre Arme wie zum Protest noch fester um seinen Hals.

»Bitte, Connor.« Ihre Stimme klang atemlos. »Nur dieses eine Mal.«

Ihr unverhülltes Begehren ließ ihn erschauern. *Aye,* dieses eine Mal. Er schaffte es nicht, sich abzuwenden. Nicht wenn sie ihn so küsste.

Er stand auf und hob sie hoch. Sie war so leicht wie ein Kind, und zugleich war sie ganz Frau. Als sie die Beine um seine Taille legte, spürte er ihre feuchte Hitze an seinem Schaft. Einen Moment lang wurde ihm schwindelig, und er war sich sicher, dass er es nicht überleben würde, wenn er sie nicht bald haben konnte.

»Ich will dich so sehr«, murmelte er zwischen den wilden Küssen, die sie tauschten. »Ich habe noch nie eine Frau so sehr begehrt.«

Behutsam setzte er sich mit ihr auf die Bettkante und umfasste stöhnend ihre Brüste, die in seine Hände passten, als wären sie dafür gemacht. Genauso hatte er sie sich vorgestellt. Während er ihren Hals küsste, stützte sie sich mit den Händen ab und ließ den Kopf in den Nacken fallen. Da ihre Röcke bereits nach oben geschoben waren und sie nach wie vor die Beine um seine Taille geschlungen hatte, war der dünne Stoff seiner Hose alles, was ihn noch vom Paradies trennte.

Sein Herz pochte wild, als er seine Hände unter ihre Röcke schob und ihre seidenweichen Schenkel streichelte. *Aye*, er würde sie nehmen. Jetzt gleich. *Jetzt, jetzt, jetzt,* hallte es in seinem Kopf wider.

Für eine Sekunde hielt er inne, um ihr eine Frage zu stellen: »Bist du dir sicher, dass du es wirklich willst?«, fragte er sie mit gepresster Stimme.

Sein Herz pochte, und sein Atem ging stoßweise, als er auf ihre Antwort wartete.

»Ich will es.« Sie näherte sich seinem Gesicht und küsste ihn. »Mehr als alles andere.«

Kapitel 24

Connor zerrte ungeduldig an Ilysas Kleidern, um mehr von ihrer Haut zu spüren, während er sie gleichzeitig mit heißen, leidenschaftlichen Küssen überhäufte. Sein Herz schlug so wild, dass er fürchtete, es könnte ihm in der Brust zerspringen.

Inzwischen vermutete er, dass Ilysas Ehemann höchstens im Dunkeln linkisch herumgefummelt und keine Ahnung gehabt hatte, wie man eine Frau befriedigte. Dafür, dass sie verheiratet gewesen war, wirkte sie nämlich sehr unerfahren. Was sie noch begehrenswerter für ihn machte.

Jeder ihrer überraschten kleinen Lustschreie und jedes kehlige Stöhnen brachte ihn um den Verstand. Zweifellos besaß sie eine angeborene Leidenschaft, die ihre anerzogene Selbstbeherrschung jetzt hinwegfegte, und er konnte es kaum erwarten, bis ihre Kontrolle unter seinen Händen vollends zerbrechen würde. Er wollte ihr Stöhnen hören und die Ekstase in ihrem Gesicht sehen, wenn sie in seinen Armen von ihrem Höhepunkt mitgerissen würde.

Ihre Haut war samtig weich. Später würde er jeden Zentimeter von ihr erkunden, heute noch nicht, denn er brauchte sie zu dringend. Schnell und hart wollte er sie nehmen, in sie hineinstoßen, bis sie vor Lust schrie und er in ihr explodierte.

Als er ihren geheimsten Punkt berührte, zuckte sie zusammen. Sie war heiß und feucht, rieb sich an ihm und warf enthemmt den Kopf zurück. Ihr unverstelltes Verlangen erregte ihn so sehr, dass er fürchtete, auf der Stelle zu kommen.

»Es ist so lange her, dass ich mit einer Frau zusammen war«, murmelte er und blickte ihr tief in die Augen, »dass ich nicht mehr länger warten kann.«

»Ich warte schon mein ganzes Leben lang auf dich«, flüsterte sie und zog seine Hüften dichter zu sich heran.

Sein Körper verstand und fand seinen Weg wie von selbst. Connor schloss die Augen, als er mit der Spitze seines Schafts vorsichtig in sie einzudringen versuchte. Himmel, sie war so eng. Er bemühte sich, es langsam angehen zu lassen, doch als sie ihre Hüften anhob, verlor er die Kontrolle. In seinen Ohren hörte er das Blut rauschen, während er tief in sie hineinstieß.

Ein kleiner Schmerzenslaut entrang sich ihr.

Damit hätte er nicht gerechnet. Seinem von Lust vernebelten Hirn dämmerte, dass er gegen einen Widerstand gestoßen war und ihn durchbrochen hatte. O Gott, nein, sie war noch Jungfrau gewesen. Aber als er sich aus ihr zurückziehen wollte, klammerte Ilysa sich so fest an ihn, als müsste er sie vor dem Ertrinken retten.

Heftiges Verlangen ergriff ihn, zerrte an seiner Selbstbeherrschung – es fühlte sich an, als würde er an einem Seil hängen, das bis zum Zerreißen gespannt war, zumal sie die Beine noch fester um ihn schlang und ihn drängte weiterzumachen. Alles, was er noch wahrnahm, war ihre enge, feuchte Hitze und ihr leises Stöhnen, als er wieder und wieder in sie stieß, bis er wie im Rausch explodierte und benommen auf sie sank.

Sobald er sich wieder etwas gesammelt hatte, rollte er von ihr herunter und legte den Arm auf seine Augen.

»Gott. Was habe ich getan?«

Schuldgefühle drohten ihn zu ersticken. Er hatte jede Regel gebrochen, die er für sich aufgestellt hatte. Dabei war der Vorsatz, nicht zu riskieren, außerhalb seiner Ehe ein Kind zu zeugen, nicht einmal die wichtigste. Selbst bevor er Chieftain geworden war, hatte er nie unschuldige, unerfahrene Mädchen in sein Bett geholt.

Und was noch schlimmer war: Diese Jungfrau war die kleine Schwester seines besten Freundes. Duncans letzte Worte an ihn hallten in seinen Ohren wider: *Pass nur auf, dass das nicht mit meiner Schwester geschieht.*

Normalerweise ging ihm Loyalität über alles, doch mit diesem Fehler hatte er ausgerechnet Duncans Vertrauen missbraucht. Und im Grunde genommen auch das von Ilysa. Daran änderte nicht einmal die Tatsache etwas, dass sie es selbst gewollt hatte – er zumindest hätte einen klaren Kopf behalten müssen.

Als Chieftain bekam er schließlich ständig Angebote von Frauen. So lange hatte er allen Avancen widerstanden, um am Ende dem Charme einer unschuldigen jungen Frau zu erliegen. Hinzu kam, dass ihm mit einem Mal ein weiterer Fehler bewusst wurde: Er war in ihr gekommen, anstatt sich rechtzeitig zurückzuziehen.

»Warum hast du mir nicht gesagt, dass du noch Jungfrau warst? Ich hätte nicht mit dir geschlafen, wenn ich es gewusst hätte.«

»Genau deshalb habe ich es dir ja verschwiegen«, sagte Ilysa leise.

Widerstreitende Gefühle ergriffen von ihm Besitz. In seine Verärgerung und Verwirrung mischte sich eine seltsame Freude, dass sie ihn als ihren ersten Liebhaber erwählt hatte. Was für ein Idiot er war …

Und warum hatte sie sich das so unbedingt gewünscht? Hoffte sie, ein Kind von ihm zu bekommen? War sie einfach neugierig gewesen? Lag es daran, dass sie ihm bedingungslos vertraute? Oder bildete sie sich etwa ein, ihn zu lieben?

Connor stöhnte. Gott, das würde alles, was er getan hatte, zusätzlich schlimmer machen.

»Du warst verheiratet. Wie kommt es, dass du noch unberührt warst?«

Als sie zu weinen begann, legte er die Arme um sie und hauchte ihr einen Kuss aufs Haar.

»Ich hätte nicht gedacht, dass du es so schnell bereuen würdest«, schluchzte Ilysa.

»Das tue ich nicht, allerdings sollte ich es.«

Sie lehnte sich ein Stück zurück, um ihn besser ansehen zu können. »Warum?«

»Weil ich dich nicht heiraten kann«, entgegnete er und strich ihr eine Haarsträhne hinters Ohr. »Du bist die letzte Frau im Clan, mit der ich hätte ins Bett gehen dürfen.«

»Das weiß ich, dass du mich nicht heiraten kannst«, flüsterte sie.

Plötzlich fielen ihm die Wachen vor seiner Tür ein. Wenn die spitzkriegten, was hier hinter verschlossener Tür geschehen war, würde es unweigerlich Gerede geben. Sie war ohnehin bereits zu lange bei ihm.

Er sprang aus dem Bett. »Wir müssen hier verschwinden, bevor irgendjemand Verdacht schöpft.«

Ihre Jungfräulichkeit ließ sich nicht mehr retten – das Mindeste, was er für sie zu tun vermochte, war dafür zu sorgen, dass nicht alle auf der Burg hinter vorgehaltener

Hand darüber tratschten oder sich gar darüber das Maul zerrissen. Duncan hatte vermutlich recht gehabt mit seinen Befürchtungen, dass die Männer sie mit anderen Augen sehen könnten, wenn sie mit ihm schlief. Allein die verschlossene Tür musste verdächtig wirken.

Nachdem er seine Kleidung übergeworfen hatte, half er Ilysa aus dem Bett. Eine neue Welle von Schuldgefühlen schlug über ihm zusammen, als er das Blut sah, das an ihren Schenkeln hinabrann.

»Warte hier«, sagte er und brachte ihr ein feuchtes Tuch, damit sie sich säubern konnte.

Während er ihr anschließend half, ihr Kleid zu richten, fragte er sich ein weiteres Mal, wie viel Zeit verstrichen sein mochte und ob die Wachen etwas gehört hatten, das sie verriet. Er wünschte sich, er wüsste es. Als er den Arm um sie legte und mit ihr zusammen zur Tür gehen wollte, zitterten ihre Beine. Connor schluckte, als ihm einfiel, wie hart er in sie hineingestoßen hatte.

»Es tut mir leid, Ilysa.«

Mit unbewegter Miene starrte sie geradeaus, und er erkannte, dass sie Mühe hatte, nicht in Tränen auszubrechen.

Ihr erstes Mal hätte zärtlich und liebevoll sein müssen. In seiner Gier, sie zu nehmen, hatte er sie nicht einmal ausgezogen. Von allem, was er falsch gemacht hatte, bedauerte er am meisten, so überhastet mit ihr geschlafen zu haben.

Sobald Ilysa die Tür ihres Zimmers hinter sich verriegelt hatte, lehnte sie sich dagegen und ließ sich zu Boden sinken. Wenn Connor bloß nicht alles mit seiner Reue zerstört hätte. Sie schlug die Hände vors Gesicht. Lediglich für eine kurze Episode hatte er sie mit einer Leidenschaft begehrt, die sie sich nie hätte erträumen lassen, dann war es vorbei gewesen. Jetzt blieb ihr nichts als die Erinnerung.

Unzählige Male hatte sie sich vorgestellt, wie es sein würde mit ihm, und seit seiner Rückkehr aus Frankreich jeden Tag darauf gehofft. Die Realität hatte ihre Träume bei Weitem übertroffen.

Sie war schon überwältigt gewesen, sobald er sie in seine Arme gezogen hatte, doch als er sie küsste, als würde er sonst sterben, war es das Wundervollste, was ihr je passiert war. Und bei jeder Berührung schienen auf ihrer Haut magische Funken zu sprühen. Ihre Sehnsucht nach ihm hatte in diesem Moment eine Heftigkeit erreicht, die beinahe wehtat. Was anschließend würde, war ihr egal gewesen.

Ihre Vereinigung hatte in ihr das unauslöschliche Gefühl erzeugt, eins mit ihm zu sein. Daran vermochte selbst die Entdeckung, dass Connor ihretwegen Schuldgefühle empfand und sich Vorwürfe machte, nichts zu ändern. Für sie war es eine unersetzliche Erfahrung gewesen. Nicht zuletzt aus diesem Grund hatte sie sich so an ihn geklammert, ihn nicht loslassen wollen. Schließlich war ihr klar, dass er sich nie zu ihr bekennen konnte und sie ihn möglicherweise nie wieder in den Armen halten würde. Umso mehr hatte sie die kostbaren Augenblicke genossen, in denen sie miteinander verschmolzen waren und er ihr allein gehörte. Außer ihnen beiden hatte für eine Weile nichts gezählt. Die Sorge des Alltags und die Verpflichtungen gegenüber dem Clan waren außen vor geblieben.

Und dann hatte Connor sich von ihr gelöst.

Wie konnte er bloß nach dem wundervollen Erlebnis, das sie geteilt hatten, Worte der Reue ausstoßen. Zumal ihr während des Liebesakts keine Sekunde der Gedanke gekommen war, es sei für ihn nicht genauso wundervoll.

Oder war es für ihn immer das Gleiche, egal mit wem er schlief? Fast gegen ihren Willen schoss ihr diese Frage durch den Kopf, denn es war ihr unmöglich, sich Connor mit einer anderen Frau im Bett vorzustellen.

Ilysa wusste nicht, wie sie es aushalten sollte, ihm am nächsten Tag gegenüberzutreten. Wie sie es ertragen sollte, die Reue in seinem Blick zu sehen. Warum konnte er diese verfluchte Prinzipientreue, die ihn andererseits ehrte, nicht einfach mal vergessen? Sie jedenfalls würde sich ein bisschen mehr Skrupellosigkeit in Bezug auf ihr Verhältnis wünschen. Weil sie ihn liebte, mit jedem Atemzug und jedem Herzschlag. Nichts würde sie je glauben machen, dass das, was sie getan hatten, falsch gewesen war.

Nach dem Übungskampf mit Connor hatte Lachlan die Burg verlassen, um seine Schwester zu besuchen. In Floras Haushalt war immer etwas los, da überall Kinder herumwuselten, die ihn sogleich umringen würden. Nachdem er seine Nichten und Neffen begrüßt und in die Luft geworfen hatte, arbeitete er sich durch das Chaos zu seiner Schwester vor.

»Tut mir leid, dass ich so lange nicht bei euch war«, sagte er und gab ihr einen Kuss auf die Wange.

»Schließlich weiß ich, wie sehr deine Kämpfe gegen die MacLeods dich beansprucht haben, und werde dir noch einmal verzeihen«, entgegnete sie mit einem Lächeln und rührte weiter in dem Topf, der über dem Feuer hing. »Ich bin wirklich stolz auf dich.«

Als jemand an seiner Tunika zupfte, drehte er sich um und sah Brigid, die Jüngste aus der Rasselbande.

»Wie geht es meinem Lieblingsmädchen?«, fragte er und hob die Kleine hoch.

»Sie lebt, dank unseres Chieftains.« Flora seufzte. »Ach, der Mann ist ein Heiliger.«

»Unser Chieftain? Was hat der mit Brigid zu tun?«

Seine Schwester bedeutete ihm, sich auf einen Stuhl an den Tisch zu setzen, woraufhin er mit dem kleinen Mädchen auf dem Schoß Platz nahm.

»Er kam zu einem Treffen in unser Haus, was die MacLeods irgendwie herausfanden, und wir mussten um unser Leben rennen.«

Lachlan spürte, wie sein Herz sich bei dem Gedanken daran zusammenzog, dass seine Schwester und ihre Kinder in so großer Gefahr geschwebt hatten, und hörte voller Unbehagen den detailreichen Ausführungen über diesen denkwürdigen Abend zu.

Flora schilderte, wie Connor Brigid gerade noch rechtzeitig aus dem Haus getragen hatte, bevor die Krieger alles verwüsteten, wie er sie zu ihr gebracht und die ganze Familie versteckt hatte, um anschließend die Spießgesellen der MacLeods abzulenken, sie fortzulocken und zu töten. Wie er sie von ihrem Versteck am Hügel weggelockt hatte.

Jetzt erst ging Lachlan ein Licht auf. Dann hatte der Überfall, der Connor und seine Männer gezwungen hatte, einzeln und zu Fuß zur Burg zurückzukehren, also beinahe seine Familie ausgelöscht. Vor seinem geistigen Auge sah er wieder, wie der Chieftain sich über das Feld zur Burg schleppte. Er schlug die Hände vors Gesicht. Grundgütiger. Der Mann, an dem er Blutrache üben sollte, hatte seine Schwester und seine Nichten und Neffen gerettet.

»Der Chieftain hätte genauso gut mit den anderen flüchten können, statt bei uns zu bleiben und sich damit in Gefahr zu bringen, unseretwegen gefangen genommen zu werden.« Flora war nach wie vor ganz bewegt. »Stell dir vor, er ganz allein hat fünf Krieger der MacLeods getötet.«

»Hast du Vater das alles erzählt?«, erkundigte Lachlan sich, wenngleich er nicht glaubte, dass diese ebenso selbstlose wie gefährliche Heldentat ihn beeindrucken oder gar seine Meinung ändern würde. In seinem Kopf hatte nichts Platz außer seinen Rachegelüsten.

»Nein, ich habe ihn länger nicht gesehen.« Seine Schwester warf eine Handvoll Kräuter in den Topf. »Malcom möchte wegen der MacLeods und Hughs Piraten, die sich in der Nähe herumtreiben, derzeit nicht, dass ich mich weit vom Haus entferne.«

»Da hat er völlig recht, wobei es noch besser wäre, du kämst mit den Kindern in die Burg.«

In ihren Augen stand heiliger Zorn. »Ich werde mein Zuhause nicht den diebischen MacLeods überlassen«, widersprach sie vehement und stemmte die freie Hand kämpferisch in ihre üppige Hüfte.

Lachlan seufzte. Er wusste, dass es keinen Sinn hatte, sie zum Gehen zu überreden. Sie besaß diese für die MacDonalds so typische Sturheit, die die MacLeods am Ende hoffentlich von ihrem Land vertreiben würde.

»Welchen Grund gibt es eigentlich, dass du nach wie vor unverheiratet bist«, wechselte sie das Thema und schimpfte anschließend kurz mit zweien ihrer Kinder herum, ohne die Augen von ihrem Kochtopf zu nehmen.

Gut, dass sie mit ihrer großen Kinderschar vollauf ausgelastet war, dachte Lachlan nicht zum ersten Mal. Sonst würde sie sich ständig um ihn kümmern und ihn herumzukommandieren versuchen.

»Allein, wie du mit unserer kleinen Brigid umgehst, zeigt, dass du eine nette Frau finden musst, die dir Kinder schenkt und für ein schönes Heim sorgt«, fuhr sie völlig ungekränkt fort

»Solange uns die MacLeods im Nacken sitzen, bleibt keine Zeit, um über eine Familiengründung nachzudenken«, entgegnete Lachlan und fragte sich, ob der Tag, an dem er sich solche Gedanken machen könnte, wohl jemals kommen würde.

»Ich setze große Hoffnungen in den neuen Chieftain«, betonte Flora. »Möge Gott ihn beschützen.«

Dem würde Lachlan gerne aus vollem Herzen zustimmen, nur vertrug sich das schlecht mit dem Rachedurst seines Vaters. Ein Dilemma, das ihn zunehmend belastete. Am Anfang hatte er noch geglaubt, dass ein Chieftain so gut oder so schlecht sei wie der andere. Inzwischen aber hatte er sowohl Hugh als auch Connor kennengelernt und vermochte die gewaltigen Unterschiede zu erkennen. Nicht umsonst hatte er seiner Schwester vorgeschlagen, nach Trotternish Castle zu gehen. Er wusste, dass Connor bis zum letzten Atemzug kämpfen würde, um die Burg und alle, die sich in ihren Mauern aufhielten, zu beschützen und zu verteidigen. Hugh Dubh hingegen war für ihn zu einer Person geworden, die man besser mied.

Zärtlich betrachtete er den Lockenkopf seiner Nichte, die mit dem Daumen im Mund auf seinem Schoß eingeschlafen war. Hugh hätte für die kleine Brigid niemals sein Leben riskiert.

Am Ende gab das für Lachlan den Ausschlag. Er würde sich endgültig weigern, für seinen Vater Rache zu üben, sondern die Vergangenheit vergangen sein lassen. Von diesem Moment an würde er ausschließlich für die Zukunft seines Clans kämpfen. Und zwar an Connors Seite.

Kapitel 25

Connor wartete darauf, dass Ilysa zum Abendessen erschien. Die Gerichte in den Schüsseln waren mittlerweile kalt geworden, als er endlich sein Messer in die Hand nahm und damit das Zeichen gab, dass alle zu essen beginnen konnten. Obwohl ihm der Appetit vergangen war, zwang er sich, etwas zu sich zu nehmen, wobei es ihm schwerfiel, nicht ständig zu ihrem leeren Platz zu schielen.

Nach außen hin gab er sich ruhig und gelassen und unterhielt sich mit seinen Leuten, doch er war froh, als er die große Halle verlassen und sich in sein Privatzimmer zurückziehen konnte.

»Ich denke, ich werde keine Wachen mehr auf dem Gang benötigen, es sei denn, wir haben Gäste«, erklärte er den beiden Kriegern, die dort standen. »Sagt das auch den anderen.«

Wachen vor der Tür zu haben, war ein Statussymbol, das traditionell dem Chieftain gebührte. Connor war es nie wichtig gewesen, er legte mehr Wert auf seine Privatsphäre. Besonders jetzt. Sein Schwert und der Riegel an seiner Tür boten ihm allen Schutz, den er benötigte. Mehr brauchte er nicht.

Er setzte sich in seinen Sessel, trommelte mit den Fingern auf die Lehne und starrte in die glühenden Torfballen, die in der Feuerschale des Kamins lagen. Während er auf den Einbruch der Nacht wartete, versuchte er seine Strategie für die Schlacht gegen die MacLeods zu planen. Seine Gedanken allerdings wanderten unentwegt zu Ilysa.

Wieder und wieder grübelte er darüber nach, was ein paar Stunden zuvor hier in diesem Raum passiert war. Er hätte erkennen müssen, dass sie noch Jungfrau war, aber er hatte sie so sehr begehrt, dass er lediglich sah, was er sehen wollte. Sie war bereit gewesen, daran gab es keinen Zweifel – doch bereit wofür? Im Grunde genommen hatte sie nicht viel mehr getan, als seine Küsse zu erwidern, während er irgendwann ihre Röcke hochgeschoben und sie einfach genommen hatte.

Seine Lust hatte ihn taub, dumm und blind gemacht. Zum ersten Mal vermochte er nachzuvollziehen, was seinen Vater getrieben hatte, alle guten Sitten zu missachten und sich allein von seiner Lust leiten zu lassen. Mit dem einzigen Unterschied, dass er dieses rücksichtslose Verhalten als sein gutes Recht betrachtet und sich nie schuldig gefühlt hatte, wohingegen sein Sohn im Sturm seiner Schuldgefühle unterzugehen drohte.

Connor erinnerte sich voller Scham an das dunkle Blut auf Ilysas alabasterfarbener Haut und daran, wie sie gezittert hatte, als sie mit ihm so schnell wie möglich das Zimmer verlassen sollte. Er hätte nicht so überstürzt reagieren dürfen – trotz seiner Befürchtungen, die Wachen könnten Verdacht schöpfen, wenn sie noch länger blieb. Er musste unbedingt mit ihr sprechen und sehen, wie es ihr ging.

Nachdem in der Burg Ruhe eingekehrt war und alle schliefen, schlich er sich zu ihrem Zimmer und klopfte leise an ihre Tür.

»Wer ist da?«, hörte er Ilysas Stimme.

»Connor.«

Es dauerte eine Weile, in der er sich bereits fragte, ob sie ihm öffnen würde, dann wurde der Riegel zurückgeschoben. Ihm verschlug es die Sprache, als er sie hinter der Tür stehen sah. Ihre Haut und ihr Haar glänzten im goldenen Licht der flackernden Kerze, die sie in der Hand hielt. Sie trug ein langes weißes Nachthemd, das keineswegs in irgendeiner Weise besonders freizügig oder gewagt war und dennoch den Reiz des Verbotenen hatte, der seine Gedanken in eine gänzlich unpassende Richtung lenkte. Sein Atem beschleunigte sich, als sein Blick über ihren Körper bis hinunter zu den nackten Füßen glitt.

»Wir müssen reden.«

Sie wies zu der Bank, die an einer Wand stand, stellte ihre Kerze auf einem kleinen Tisch ab und nahm in gebührender Entfernung von ihm Platz. Ilysa wirkte so klein und zierlich, dass er sich wie ein Riese vorkam. Vorsichtig rückte er näher an sie heran. Sie ließ es unkommentiert. Während er es für gewöhnlich zu schätzen wusste, dass sie schweigen konnte, wünschte er sich in diesem Moment, sie würde den Mund aufmachen.

»Ich habe mir Sorgen gemacht, weil du den ganzen Tag über nicht heruntergekommen bist«, ergriff er schließlich das Wort. »Geht es dir gut?«

Sie nickte, ohne ihn anzusehen. Ganz offensichtlich ging es ihr nicht gut.

»Es tut mir leid, dass ich …« Es gab so viele Dinge, die ihm leidtaten, dass er nicht wusste, wo er beginnen sollte. »Es tut mir leid, dass ich dich anschließend nicht mehr in den Armen gehalten habe.«

Zwar klang es unbeholfen, aber es war die richtige Entscheidung gewesen, das vorzubringen.

Ilysa schenkte ihm ein kleines Lächeln. »Das wäre schön gewesen.«

Als er behutsam den Arm um sie legte, lehnte sie den Kopf an seine Schulter und stieß ein zittriges Seufzen aus. Eine ganze Weile sagte keiner von ihnen ein Wort.

»Ich habe nie zuvor mit einer Jungfrau geschlafen«, sagte er schließlich. »Hat es dir sehr wehgetan?«

»Nein.«

Er wusste nicht, ob es die Wahrheit war. »Jedenfalls wäre ich zärtlicher und weniger stürmisch gewesen, wenn ich es geahnt hätte«, fügte er entschuldigend hinzu. »Du warst immerhin mal verheiratet, deshalb dachte ich … Nun ja, ich verstehe nach wie vor nicht, wieso du unberührt sein konntest.«

»Mìchael wurde kurz nach unserer Hochzeit in der Schlacht von Flodden Field getötet.«

»Wie lange wart ihr überhaupt verheiratet?«, erkundigte Connor sich und lehnte sich etwas zurück, um ihr ins Gesicht sehen zu können.

Ilysa hielt kurz inne und fuhr sich mit der Zungenspitze über die Lippen. »Drei Monate.«

»Drei Monate?« Connor hob mit einem Finger ihr Kinn an und musterte sie mit großen, erstaunten Augen. »Wie kann ein Mann nur einen einzigen Tag lang mit dir verheiratet sein, ohne mit dir zu schlafen?«

Ihre Unterlippe begann zu zittern, als würde sie gleich zu weinen beginnen.

»Was ist passiert?«

Connor schob eine rotgoldene Strähne aus ihrem feenhaften Gesicht und widerstand dem Drang, ihr einen Kuss auf die Stirn zu hauchen.

»Mein Ehemann hat mich … Er hat mich ganz einfach

nicht begehrt«, stammelte sie und blinzelte verstohlen eine Träne weg.

»Das ist nicht dein Ernst, oder?«

»Doch, vielleicht fand er mich nicht hübsch genug. Nicht so hübsch wie Moira und Sìleas. Möglich, dass er sich eigentlich eine Frau wie sie gewünscht hatte.«

»Unsinn, Ilysa. Du bist schön und verführerisch wie eine Waldelfe.«

»Du musst mir nichts vormachen«, murmelte sie und versuchte zu lächeln. »Auch wenn ich zugeben muss, dass es mir gefällt, wenn du so etwas sagst …«

»Ich weiß nicht, wie dein Ehemann dir widerstehen konnte, nachdem er sich dich na…«

Connor presste die Lippen aufeinander, aber es war zu spät. Sobald er sie sich nackt vorstellte, durchflutete ihn Verlangen, und einmal mehr bedauerte er, sie nicht ausgezogen zu haben.

Sogleich verfluchte er sich und rief sich in Erinnerung, dass er hier war, um sie zu trösten und um einige Antworten zu bekommen – und nicht, um sich schwülen Gedanken hinzugeben. Er seufzte. Es fiel ihm so verdammt schwer, sich zu konzentrieren, wenn er die Wärme ihrer Haut durch das Nachthemd hindurch spürte.

»Mìchael hat gelegentlich ein paar Anläufe genommen, ohne dass sie zu etwas geführt hätten«, rückte Ilysa verlegen mit der Sprache raus. »Er war einfach nicht dazu in der Lage, mit mir zu schlafen, und sein Unvermögen zu erleben war schlimmer als die Tatsache selbst.«

»Mochte er vielleicht Männer?«, fragte Connor, für den das die einzig plausible Erklärung zu sein schien. Als ihre Augen sich ungläubig weiteten, hakte er nach: »Du weißt schon, dass einige Männer es lieber mit einem Mann machen, oder nicht?«

Dass sie den Kopf schüttelte, war eigentlich nicht verwunderlich. Er hatte diese Spielart in den französischen Adelskreisen Frankreichs kennengelernt, in den Highlands hingegen versteckte jeder Krieger, der ein Fünkchen Verstand und eine gute Portion Selbsterhaltungstrieb im Leib hatte, diese Vorliebe besser.

Ilysa schwieg eine Weile nachdenklich. »Ich weiß nicht. Da gab es einen Freund, einen anderen Krieger, dem er besonders nahestand«, sagte sie schließlich. »Andererseits stehst du meinem Bruder und deinen Cousins Ian und Alex ja ebenfalls sehr nahe.«

»Das ist etwas anderes!« Connor holte tief Luft. »Ich denke, er wollte eine Frau, damit niemand hinter sein Geheimnis kam. Du warst die perfekte Wahl, weil du bestimmt nie mit den anderen Frauen darüber getratscht hättest, was bei euch im Bett passierte oder eben nicht.«

»Das stimmt«, gab sie zu und errötete. »Viele Frauen beklagen sich bei mir als Heilerin oft über ihre Ehemänner, weil sie wissen, dass ich nichts weitererzähle, was sie mir anvertraut haben.«

»Wie gesagt, vermag ich nachzuvollziehen, warum er dich geheiratet hat. Weniger klar ist mir, warum du ihn geheiratet hast«

»Meine Mutter lag im Sterben, und sie hat es sich gewünscht. Sie meinte Mìchael sei der richtige Ehemann für mich, weil er keine Forderungen stellen werde.«

So war das also, Anna hatte ganz offensichtlich Bescheid gewusst über die Veranlagung des Mannes, den sie für ihre ahnungslose Tochter ausgesucht hatte.

»Duncan war ja zu diesem Zeitpunkt noch nicht wieder

da, genau wie du nicht, und ich fürchtete mich davor, nach dem Tod meiner Mutter völlig einsam und verloren dazustehen. Ich wusste ja nicht, dass ihr bald zurückkehren würdet. Wie denn? Ihr habt euch ja erst dazu entschieden, als ihr erfahren habt, dass dein Vater und dein Bruder bei Flodden ums Leben gekommen waren.«

Wie konnte ihre Mutter ihr so etwas aufbürden? Ließ sich das noch damit entschuldigen, dass sie es aus ihrer eingeengten Sicht gut gemeint hatte? Diese Ehe war genauso zu einem zweifelhaften Schutz gedacht wie die unvorteilhafte Kleidung, in die sie ihre hübsche Tochter gezwungen hatte. Es war eine verfehlte Art von Liebe gewesen. Anna hatte Ilysa unglücklich gemacht und sie zu einer Außenseiterin abgestempelt, indem sie sie für aller Augen praktisch unsichtbar gemacht hatte.

»Ich weiß nicht, wie mir entgehen konnte, wie hübsch du bist, selbst in den tristen Kleidern«, erklärte er und fuhr ohne nachzudenken mit der Rückseite seiner Finger über ihre Wange.

Die Lust, die mit einem Mal durch seinen Körper schoss, traf ihn vollkommen unvorbereitet, und willenlos überließ er sich ihr. In Gedanken trug er sie bereits zum Bett und zog ihr das Nachthemd aus. Dieses Mal würde er jeden Zentimeter von ihr genießen und sich Zeit lassen. Er würde sein Verlangen so lange zügeln, bis sie seinen Namen keuchte und … Erschrocken kam er zur Besinnung und erhob sich. Er musste weg, bevor er sich erneut vergaß.

»Es wird nie wieder vorkommen.« Kühle Luft umwehte ihn, als das Gefühl ihrer Wärme verflog. »Ich wollte lediglich sichergehen, dass es dir gut geht.«

Als er ihr einen sehnsüchtigen Blick zuwarf, bemerkte er ein gefährliches Begehren in ihren Augen und erkannte, dass sie ihm erlauben würde zu bleiben. Die Versuchung war groß. Ein Wort, eine Berührung …

»Du bedeutest mir sehr viel«, flüsterte er. »Zu viel, um dir wehzutun.«

Er zwang sich, zur Tür zu gehen und das Zimmer zu verlassen, war erleichtert, das Richtige getan zu haben. Nur dass es sich überhaupt nicht richtig anfühlte und dass er noch nie etwas so sehr bereut hatte.

Zwei Nächte waren vergangen, seit Connor in ihr Zimmer gekommen war. Obwohl Ilysa wusste, dass er sie nicht ein weiteres Mal aufsuchen würde, lag sie wach, lauschte und hoffte auf ein Klopfen an ihrer Tür. Nach einer Weile gab sie es auf, erhob sich aus den Kissen, schlang sich ein Plaid um die Schultern und ging zum Fenster, um in die Nacht hinauszublicken.

Eine Bewegung auf dem Hof erregte ihre Aufmerksamkeit. Wahrscheinlich war es einer der Männer, der Nachtwache schob, dachte sie, aber die Art, wie dieser Mann sich an die Mauer drückte, als wollte er nicht gesehen werden, kam ihr nach einer Weile irgendwie verdächtig vor. Er wirkte nicht, als würde er jemanden beobachten. Als das Mondlicht auf sein blondes Haar fiel, wusste sie, um wen es sich handelte.

Wohin wollte Lachlan um diese Uhrzeit? Sie beschloss, der Sache auf den Grund zu gehen.

Rasch huschte sie nach unten, durchquerte vorsichtig die große Halle, in der die Krieger schliefen, und schlüpfte zur Tür hinaus. Auf der obersten Stufe der Treppe, die in den Hof führte, hielt sie Ausschau. Lachlan stand jetzt in einer Ecke der Burgmauer. Es war nicht zu erkennen, ob er kam oder ging. Ilysa raffte mit einer Hand ihr Nachthemd, hielt mit der anderen ihren Umhang fest und rannte auf ihn zu.

Als sie ihn atemlos erreichte, wirbelte er erschrocken zu ihr herum.

»Himmel, Ilysa!«, stieß er hervor und steckte seinen Dolch wieder ein. »Du solltest dich niemals im Dunkeln von hinten an einen Krieger heranschleichen. Was zur Hölle treibst du hier draußen?«

»Du bist derjenige, der durch die Nacht schleicht«, erwiderte Ilysa leise. »Wohin willst du?«

Er beugte sich zu ihr herüber. »Genau genommen, geht dich das nichts an … Egal, ich bin gerade zurückgekommen«, erklärte er mit gedämpfter Stimme.

»Und wo warst du?«, insistierte sie. »Erklärst du es mir, oder möchtest du lieber mit dem Chieftain sprechen.«

Sie spürte, wie seine Blicke sie im Dunkeln durchbohrten und wie er zögerte.

»Wenn du ein Geheimnis für dich behalten kannst, verrate ich es dir« bequemte er sich schließlich zu sagen

»Solange es niemanden gefährdet, werde ich dein Geheimnis bewahren«, versprach sie. »Ich habe vom ersten Tag an darauf gewartet, dass du es mir anvertraust.«

Lachlan sah sich kurz um. Er schien sichergehen zu wollen, dass keine der Wachen auf der Burgmauer nahe genug war, um sie zu belauschen.

»Du hattest recht, was Connor betrifft. Er ist ein Mann, der es wahrhaftig wert ist, ihm zu dienen.«

Ilysas Schultern entspannten sich. Die ganze Zeit über hatte sie gewusst, dass Lachlan im Grunde seines Herzens ein guter Mensch war, und gehofft, dass er seine kritische Haltung Connor gegenüber ändern werde.

»Was mich angeht, hattest du ebenfalls recht«, fuhr er fort. »Ich war eine Bedrohung für ihn.«

Sie packte seinen Arm. »Was hast du getan?«

»Es ist besser, wenn du nicht Bescheid weißt. Glaub mir trotzdem und vertrau mir, dass ich von nun an bedingungslos hinter Connor stehen werde.«

»Das freut mich.«

»Leider gibt es jemanden auf der Burg, dem du nicht vertrauen darfst. Jemanden, der ein Spion von Hugh Dubh ist. Ich versuche gerade herauszufinden, um wen es sich handelt.«

Connor wachte schweißgebadet und mit einer gewaltigen Erektion auf. Ilysa verfolgte ihn in seinen Träumen, raubte ihm den Schlaf und den Seelenfrieden. Ungeachtet seiner Bemühungen, sein Verlangen nach ihr zu unterdrücken, wollte er jeden Zentimeter ihrer Haut küssen, wollte sie nackt auf sich liegen sehen und wollte spüren, wie ihre Brüste seinen Oberkörper berührten. Und vor allem sehnte er sich danach, in ihr zu sein und ihr lustvolles Stöhnen zu hören.

Er gab den Versuch auf, Schlaf zu finden, und trat ans Fenster. Aus einer Gewohnheit heraus suchte er nach den Wachen auf der Burgmauer, um sicher zu sein, dass sie nicht eingeschlafen waren. Bevor er sich abwandte, ließ er seinen Blick noch einmal über den Hof schweifen und zuckte erschrocken zusammen, als er Ilysa mit einem Mann in der hintersten Ecke stehen sah. Was zum Teufel machte sie mitten in der Nacht draußen auf dem Hof? Dazu im Nachthemd, wenn er sich nicht täuschte. Und wer um alles in der Welt war da bei ihr?

Im fahlen Mondlicht vermochte er den Mann nicht

wirklich zu erkennen. Er war groß, breitschultrig und blond. Der einzige Krieger, auf den das passte, war Lachlan of Lealt.

Die Eifersucht erhob sich wie ein hässliches grünes Seeungeheuer aus den Tiefen des Meeres, schlug die Zähne in ihn und zog ihn herunter. Was trieb sie da mit Lachlan? Die Frage ließ ihn nicht mehr los. Keine Frau hatte je Eifersucht in ihm ausgelöst.

Natürlich stand ihm nicht das Recht zu, Einwände zu erheben. Wenngleich sie einmal mit ihm geschlafen hatte, war sie nicht sein Eigentum. Mehr noch: Es war seine Pflicht, einen Mann zu finden, der sich um sie kümmerte. Lachlan wäre da keine schlechte Wahl, er besaß schließlich den Mut und die kämpferischen Fähigkeiten, eine Frau und eine Familie zu beschützen. Nein, bei genauerem Überlegen gab es keinen Besseren als ihn.

Und dennoch weckte die bloße Vorstellung, dass Lachlan sie berühren könnte, mörderische Gedanken in ihm.

Kapitel 26

Connor stand nach dem Frühstück am Kamin, als die Türen zur großen Halle aufgestoßen wurden. Stille legte sich über den Raum, alle musterten den grauhaarigen Mann in zerlumpten Kleidern, der mit einer jungen Frau auf den Armen eintrat. Als Connor sah, wie ihr langes Haar sowie Arme und Beine bei jedem Schritt hin und her schlenkerten, kehrte die Erinnerung an jenen Tag zurück, an dem man seine Mutter auf Dunscaith den Strand hinaufgetragen hatte.

Er wusste sofort, dass das Mädchen tot war.

Die Leute, die gerade noch herumgelaufen waren, machten Platz, um den Alten vorbeizulassen. Er trug den leblosen Körper durch die Halle und blieb vor dem Chieftain stehen. Wut ergriff Connor, als er die Wunden und Blutergüsse im Gesicht sowie auf Hals und Armen der Toten bemerkte. Sie war noch jung, höchstens sechzehn Jahre alt.

»Meine Tochter«, stieß der Mann mit rauer Stimme hervor. »Sie sollte in einer Woche heiraten.«

Krieger starben im Kampf. Connor trauerte um jeden Mann, den er verlor, doch das war ein ehrenvoller Tod im Dienste des Clans. Diesem Tod hier hingegen war nichts Tröstliches abzugewinnen. Ein solches Vergehen wie dieses war unverzeihlich und verdiente eine ebenso grausame

Vergeltung. Er würde sein Schwert nehmen und jeden dafür verantwortlichen Krieger persönlich umbringen.

»Meine Frau lebt, aber sie haben sie ebenfalls vergewaltigt«, sagte der Mann, und tiefe Trauer stand in seinen Augen. »Mich haben sie gefesselt und dazu gezwungen, alles mit anzusehen.«

Connor hörte das Blut in seinen Ohren rauschen, so sehr war er von heißem Zorn erfüllt, und er ballte die Hände zu Fäusten.

»Ich verspreche dir, dass die MacLeods dafür bezahlen werden.«

Die Stille im Raum hallte wie eine Anklage in seinem Kopf wider. Rache war nicht genug, er hätte es verhindern müssen. Seinen Clan zu beschützen war schließlich seine Pflicht – bei diesem Mann und seiner Familie zumindest hatte er versagt. Alles, was er jetzt noch für sie tun konnte, war, sie zu rächen. Und das würde er tun.

»Die Teufel, die ihr das angetan haben«, setzte der Mann erneut zum Sprechen an, »waren keine MacLeods.«

»Keine MacLeods?« Welcher andere Clan sollte eine so ungeheuerliche Gräueltat gegen seine Leute verübt haben? »Wer war es dann?«

»Hugh Dubhs Verbrecherbande.«

Lachlan beobachtete Connor, während der verzweifelte Vater erzählte, wie Hughs Männer an der Ostküste von Trotternish entlang Amok gelaufen waren. Sie hatten alle Bauern des MacDonald-Clans überfallen und getötet, die bisher dem Druck der MacLeods widerstanden hatten, ihre Höfe und Felder zu verlassen. Connors Miene war undurchdringlich, doch sein Zorn zeigte sich an der Art, wie er die Kiefer zusammenpresste, und an dem Feuer, das in seinen Augen loderte.

»Weißt du, wo sich Hughs Bande jetzt aufhält?«, fragte Connor den Mann. »Sie müssen ja irgendwo ein Lager, einen Unterschlupf haben.«

Als er den Kopf schüttelte, wusste Lachlan, dass der Moment gekommen war, in dem er sein Wissen über Hugh und sein Lager preisgeben musste. Er tat es nicht gerne, weil das bloß Fragen aufwerfen würde, die er eigentlich nicht beantworten wollte.

Wie ein Engel tauchte plötzlich Ilysa an der Seite des Mannes auf und überzeugte ihn mit leisen Worten, den Leichnam seiner Tochter auf einen der langen Tische zu legen.

»Krieger, macht euch bereit!«, dröhnte Connors Stimme im gleichen Moment durch die große Halle. »Wir werden in einer Stunde aufbrechen, um Hugh und seine Spießgesellen aufzuspüren.«

Lachlan folgte ihm ins Nebengebäude und holte ihn auf der Treppe ein. »Kann ich kurz mit dir sprechen?«

Als Connor sich umdrehte, erkannte er unbändige Wut im Blick des Chieftains. Wenn Hugh ihn jetzt sehen könnte, würde er es sich vermutlich zweimal überlegen, seinen Neffen zu provozieren.

»Komm mit«, sagte er kurz und lud ihn mit einer Handbewegung ein, ihm in sein Zimmer zu folgen.

»Das ist eine Falle, um dich gefangen zu nehmen«, fiel Lachlan ohne Einleitung mit der Tür ins Haus. »Siehst du das nicht? Hughs Männer haben dafür gesorgt, dass der arme Vater wusste, wer sie sind, und dann haben sie ihn gehen lassen. Sie haben das absichtlich gemacht.«

Versteinert hörte Connor ihm zu, weil er kurz davor gewesen war, dem Mörderpack auf den Leim zu gehen.

»Hugh kann dir nichts anhaben, solange du auf der

Burg bleibst. Er hat das alles inszeniert, um dich aus der Festung zu locken, auf das offene Feld, an einen Ort seiner Wahl«, fuhr Lachlan fort. »Hugh weiß, dass du auf diese neue Untat reagieren wirst, und wird dich mit absoluter Sicherheit erwarten.«

»Er wird weiterhin morden und vergewaltigen, wenn ich ihn nicht stoppe.« Connor schob den Dolch in den Schaft seines Stiefels. »Ich kann nicht tatenlos in der Burg sitzen, während er unseren Leuten so etwas antut.«

Obwohl Lachlan genauso wütend auf Hugh war und sich zudem heftige Vorwürfe machte, dass er sich von einem solchen Dreckskerl je hatte benutzen lassen, redete er weiter auf Connor ein, nicht sehenden Auges in sein Verderben zu rennen.

»Kümmere dich ein andermal um Hugh und konzentrier dich zunächst auf den Kampf gegen die MacLeods«, drängte er ihn. »Jeden Tag kommen weitere ihrer Krieger über den Snizort River.«

»Wir haben bislang nicht genug Leute, um gegen die MacLeods in die Schlacht zu ziehen. Wir müssen den Kampf bis Beltane hinauszögern, erst dann treffen meine Cousins und Duncan mit dem Rest unserer Krieger ein.« Connors Miene war grimmig. »Bete dafür, dass wir bis dahin auch einen Bündnispartner haben werden, der uns zu Hilfe kommt – denn den werden wir brauchen.«

»Sieht so aus, als wärst du nicht bereit, auf die anderen zu warten, bevor du auf die Jagd nach Hugh gehst?«, stellte Lachlan lapidar fest. »Der Schuft dürfte genau damit rechnen.«

»Anders als bei den MacLeods besteht das Einzige, was ich tun muss, um Hughs Piraten auseinanderzutreiben, darin, meinen schwer zu fassenden Onkel zu finden und zu töten«, wandte Connor ein. »Es ist eher eine Frage des Glücks als der Stärke.«

Sie wussten beide, dass das so nicht stimmte. Hughs Männer waren widerwärtig und verdorben, doch sie waren gute Kämpfer.

»Was zwischen dir und Hugh läuft, ist eine sehr persönliche Angelegenheit. Gib ihm nicht das, was er will. Schick einige von uns, während du hierbleibst und die Stellung in der Festung hältst.«

»Ja, es ist etwas Persönliches. Und genau das ist der Grund, warum ich derjenige sein muss, der ihn jagt, stellt und tötet.«

Lachlan seufzte. Wenn er die Strafexpedition hätte anführen dürfen, würde er so getan haben, als hätte er Hughs Unterschlupf zufällig entdeckt. So würde er wohl oder übel Farbe bekennen und Connor gestehen müssen, wie er an sein Wissen gekommen war.

»Als ich draußen bei unseren Clansleuten war, habe ich gehört, dass Hugh sich auf einem alten Hof am südlichen Ende der Staffin Bay eingerichtet habe. Andere behaupteten, er sei auf dem winzigen Inselchen, das von Trotternish lediglich durch einen schmalen Wasserarm getrennt ist«, erklärte Lachlan und fühlte sich unbehaglich, weil es nur die halbe Wahrheit war. »Beides ist ganz in der Nähe vom Ort des Überfalls, also nehme ich an, dass er dort nach wie vor sein Lager hat.«

»Wir werden nach dem Hof und der Insel schauen, aber wenn du schon davon gehört hast, wird Hugh wahrscheinlich inzwischen weitergezogen sein. Mein Onkel ist bekannt dafür, sich sozusagen immer wieder in Rauch aufzulösen.«

»Ich werde dafür sorgen, dass die Männer und die

Schiffe bereit sind.« Lachlan hoffte, Connors Boot zugeteilt zu werden. »Wie viele von uns willst du mitnehmen?«

»Eine Galeere mit zwanzig Männern«, erklärte Connor, während er seine Schwertscheide auf dem Rücken befestigte. »Du und Sorely, ihr bleibt hier.«

»Wieso das?«

»Ich kann die Burg nicht schutzlos zurücklassen, falls die MacLeods die Gelegenheit wahrnehmen, um einen Angriff zu starten. Deshalb brauche ich euch hier.«

»Dann pass gut auf dich auf«, sagte Lachlan, als sie sich nach Art der Krieger gegenseitig an den Unterarm fassten, um sich zu verabschieden. »Achte auf einen möglichen Hinterhalt.«

»Das tue ich immer«, versicherte Connor und begann unerwartet zu lächeln. »Hast du noch nicht mitbekommen, dass ich nicht so leicht totzukriegen bin?«

Am Bug seines Schiffes stehend, kniff der Chieftain der MacDonalds of Sleat die Augen zusammen, um besser den dichten Nebel durchdringen zu können, der tief über dem Wasser hing. Sie näherten sich der Staffin Bay. Wenn Lachlan recht hatte, befand sich hier irgendwo Hughs Unterschlupf, und einige seiner Männer würden garantiert Wache halten. Die niedrige, küstennahe kleine Insel, die sie sich als Erstes vornehmen wollten, musste direkt vor ihnen liegen. Die schmale Passage wäre der perfekte Ort, um ein vorbeifahrendes Schiff zu kapern, weshalb Connor befahl, eine andere Route zu nehmen.

Besonders bei dem dichten Nebel war die Gefahr groß. Sie konnten sich ja nicht einmal durch Handsignale verständigen. Also ging Connor, da absolute Ruhe unerlässlich war, von einem Mann zum anderen, um seine Befehle auszugeben.

»Bring uns zu der dem Meer zugewandten Seite der Insel«, flüsterte er dem Mann am Steuer ins Ohr. »Lenk das Boot dort ans Ufer.«

Bald darauf hörte Connor das Klatschen der Wellen, die das Boot verursachte, als sie sich dem Strand näherten. Bevor sie ins flache Wasser glitten, ging Connor noch einmal zwischen den Männern hindurch und tippte den beiden, mit denen er an Land gehen wollte, auf die Schultern, um ihnen ein paar letzte Anweisungen zuzuflüstern.

Sie mussten sich so lautlos wie eben möglich bewegen. Da auf der kleinen Insel so gut wie nichts wuchs, würden sämtliche Geräusche sich dort genauso gut ausbreiten wie auf dem Wasser. Von nun an durften sie keinen Ton mehr von sich geben.

Die kühle, feuchte Luft erschwerte ihnen das Atmen, während sie geduckt über die Insel rannten. Erst als der Boden in Richtung des Ufers abfiel, wurden sie langsamer. Connor lauschte angestrengt auf das Geräusch von Stimmen oder das Knistern eines Lagerfeuers.

Nichts.

Sobald sie den Strand auf der Trotternish gegenüberliegenden Seite erreicht hatten, stand er eine Weile ganz ruhig da und horchte in die Stille hinein. Er glaubte, über den schmalen Wasserlauf hinweg eine Stimme zu hören. Auf dem winzigen Eiland anzulanden, war offenbar eine Zeitverschwendung gewesen. Hugh hatte sein Lager vermutlich längst anderweitig aufgeschlagen. Und bestimmt hielt er dort eine Überraschung für ihn bereit.

Plötzlich stutzte Connor. Moment mal, was war das? Irgendetwas auf seiner rechten Seite lief den Strand entlang. Er bedeutete seinen Leuten, dem Geräusch gemeinsam mit ihm zu folgen. Der Nebel war so dicht, dass sie beinahe über Hughs Wachen gestolpert wären, ehe sie ihre Stimmen vernahmen.

»Hughs Neffe wird in dieser Suppe nicht kommen, oder?«

»Hugh war sich sicher, dass nichts seinen Neffen davon abhalten würde, nach uns zu suchen, sobald der alte Bauer ihm erzählt hatte, was wir getan haben. Der Hof des Mannes liegt südlich von hier. Wenn der Chieftain dorthin will, muss er hier vorbei.«

Connor sah die Umrisse von drei Männern, die im Strandhafer oberhalb des Ufers hockten und aufs Wasser blickten. Er verengte die Augen zu schmalen Schlitzen, um mehr zu erkennen. Einer der Männer hatte die Hand auf einem gespannten Seil liegen, das um einen Felsen neben ihm geschlungen war.

Eine clevere Falle, wie er erkannte. Sie hatten ein Seil über die schmale Durchfahrt zu den Wachen am anderen Ufer gespannt, in dem sich eine vorbeifahrende Galeere verfangen würde, die sonst im Nebel verborgen blieb. Zu ihrem Glück hatten sie einen Umweg gemacht.

Kurzfristig spielte er mit dem Gedanken, einen der Wachtposten gefangen zu nehmen, um ihn auszufragen, doch es war besser, es nicht unnötig noch komplizierter zu machen, als es ohnehin war. Das Risiko, dass jemand schrie, war einfach zu groß.

»Warst du nicht der Glückliche, der die Tochter des Alten zuerst nehmen durfte?«, hörte er einen der Männer. »Das Mädchen war die Mühe kaum mehr wert, als ich endlich an der Reihe war.«

»Dafür hatte die Mutter noch Leben in sich«, meinte der dritte, und die drei lachten gedämpft.

Auf sein Zeichen hin sprangen Connor und seine Leute vor und durchschnitten den Wachen die Kehlen, ohne ein Geräusch zu machen. Er bedauerte es, dass er weder die Zeit noch die Geduld gehabt hatte, den dreien einen langsameren und qualvolleren Tod zu bereiten.

Da er nun die Falle kannte, in die Hugh ihn locken wollte, segelten sie nicht leichtgläubig hinein, sondern hielten gebührend Abstand von der Stelle, als sie um das Inselchen herumsegelten, um in Skye an Land zu gehen und den Hof zu suchen.

Dass Lachlan zufällig den Unterschlupf von Hugh und seinen Leuten entdeckt haben wollte, warf Connors Meinung nach einige Fragen hinsichtlich seiner Loyalität auf. Trotzdem vertraute er darauf, dass der hünenhafte Krieger seinen Clansleuten und vor allem Ilysa nicht schaden würde, sondern bereit wäre, alles zu ihrem Schutz zu tun. Insofern war er sich auch ziemlich sicher, dass er ihnen kein Märchen über Hughs Unterschlupf aufgetischt hatte.

Der Nebel lichtete sich, als Connor und seine Männer im Schutze der Dunkelheit einen kleinen Wasserlauf entlang den Hügel hinaufliefen. Oben angekommen, erblickte Connor die Fenster eines Hofes, die durch den Schein einer Lampe oder eines Feuers im Kamin erhellt wurden, und machte die vagen Umrisse eines langen Gebäudes aus.

Sein Herz schlug schneller. Endlich hatte er seinen Onkel gefunden. Connor war ihm bereits früher einmal ganz dicht auf den Fersen gewesen, um dann miterleben zu müssen, wie er ihm in letzter Minute entwischte. Jeder auf Skye wusste, dass Hugh Dubh ein schwer zu fassender Teufel war. Dieses Mal, hatte Connor beschlossen, würde er ihn nicht entkommen lassen.

Zu diesem Zweck postierte er einen Mann an jedem Fenster und stellte sich mit dem Rest seiner Leute an der Tür auf. Zwei Männer hatten einen Holzstamm im Anschlag und warteten auf seinen Befehl, die Tür einzuschlagen. Jedes Geräusch schien für seine hellwachen Sinne unnatürlich laut und schrill zu hallen.

Und genau das brachte ihn mit einem Mal darauf, dass hier irgendetwas nicht stimmte, denn in dem Haus war es viel zu ruhig.

»Lauft!«, brüllte er. »Das ist eine Falle!«

Im nächsten Moment kamen Hughs Männer schon aus dem Wald hinter dem Haus gestürmt.

Ilysa war spät am Abend noch in die Küche gegangen und unterhielt sich mit Cook, als sie plötzlich eine unheimliche Kälte verspürte, die über sie hinwegstrich.

»Du siehst aus, als wäre gerade jemand über dein Grab gelaufen«, sagte Cook und legte die Hand auf ihre Schulter.

»Connor ist in Gefahr«, stieß sie hervor.

»Natürlich ist er das.« Cook schob einen Becher mit Wein zu ihr herüber. »Unser mutiger Chieftain ist jedes Mal in Gefahr, sobald er einen Fuß nach draußen setzt, und ich vermute, dass er selbst in diesen Gemäuern in Gefahr schwebt. Falls deine Vermutung, dass es in der Burg einen Spion gibt, tatsächlich wahr sein sollte.«

Dass Connor sich latent irgendwelchen Gefahren aussetzte, war klar. Das hier aber war etwas ganz anderes. In diesem Moment versuchte jemand, ihn zu töten. Sie spürte es, wusste es.

Den ganzen Tag über bei der Arbeit hatte Ilysa gebetet und leise Schutzzauber für Connor und die anderen Männer gesprochen. Wenn heute Vollmond gewesen wäre, hätte sie all ihren Mut zusammengenommen und wäre erneut in die Feenschlucht gegangen.

»Sag mir, wen du für den Verräter hältst«, forderte Cook sie auf, »dann werde ich bei nächster Gelegenheit dessen Schale mit Eintopf vergiften.«

»Ich kann lediglich Vermutungen anstellen, Genaues weiß ich nicht. Und kein Gift bitte«, ermahnte sie ihn und gähnte. »Es ist spät geworden, ich ziehe mich besser schön langsam ins Bett zurück.«

Bevor sie in ihr eigenes Schlafzimmer ging, beschloss Ilysa, noch kurz in Connors Refugium zu gehen, wo sie seine Anwesenheit am deutlichsten spürte. Zu ihrer Verwunderung prallte sie vor seiner Tür beinahe mit jemandem zusammen, der gerade herauskam.

»Sorely? Was machst du denn hier?«

»Das könnte ich dich genauso fragen«, erhielt sie patzig zur Antwort, und es gefiel ihr gar nicht, wie dieser schwer durchschaubare Mann sie von Kopf bis Fuß musterte.

Sie erinnerte sich daran, dass die Bediensteten in der Küche sich über den gestandenen Krieger lustig gemacht hatten. Er habe Angst vor dem Geist des Kindermädchens, hatten sie geflüstert und ihr die Geschichte erzählt. Das würde sie jetzt gegen den arroganten Kerl verwenden.

»Bist du hergekommen, um den Geist zu treffen?«, spottete sie.

»Einige der Männer haben mich provoziert«, erklärte er wenig überzeugend.

In dem Fall nämlich wären seine Herausforderer ebenfalls hier und würden zuschauen, statt schnarchend in der großen Halle zu liegen. Was also hatte er wirklich in Connors Gemach gesucht?

»Ich habe nichts gesehen«, erklärte er kleinlaut und

fügte nach kurzem Zögern hinzu: »Hast du sie mal gesehen?«

»Mir sind sogar die Geister von zwei Frauen hier begegnet«, versuchte Ilysa ihn aus der Fassung zu bringen und ihn so schnell wie möglich zu vertreiben, doch es entsprach der Wahrheit.

Sorely sah sie mit weit aufgerissenen Augen an und blickte sich verängstigt um.

»Es ist nicht damit zu rechnen, dass sie dich verfolgen werden.« Sie machte eine Pause. »Es sei denn, sie haben einen guten Grund dazu.«

»Hinter deinem unschuldigen Gesicht verbirgt sich ein hinterhältiger Sinn für Humor«, knurrte Sorely und eilte davon.

Ilysa hatte erreicht, was sie wollte. Eigentlich war sie hergekommen, um in Connors Zimmer Trost zu finden. Aber in dem Moment, als sie über die Schwelle trat, wurde sie von Traurigkeit umhüllt. Hatte sie ungewollt die Verzweiflung der beiden Frauen heraufbeschworen, oder hatte es mit Connor zu tun?

Die Gabe des Sehens war unbeständig – diesmal verriet sie ihr nichts.

Die Morgendämmerung stieg über dem Meer auf und beschien die erschöpften Gesichter der Männer an den Rudern. Wie durch ein Wunder hatte Connor im Kampf gegen Hughs Piraten nicht mehr als zwei seiner Krieger verloren, die anderen, unter denen sich sechs Verwundete befanden, hatten es zurück auf das Boot geschafft. Er war froh, dass es keinen von ihnen so schlimm getroffen hatte, dass er gezwungen wäre, ihn auf der Stelle zur Burg zu bringen.

Deshalb gab er den Befehl, weiter nach Süden zu segeln, und es dauerte nicht lange, bis niedergebrannte Höfe am Ufer in Sicht kamen. Sie hielten bei jedem an, suchten nach Überlebenden und boten ihnen ihre Hilfe an. Als sie das Ende von Hughs Schneise der Zerstörung erreichten, war Connor so müde und niedergeschlagen, dass er kaum noch den Kopf gerade halten konnte.

Er hatte zu viele Häuser gesehen, die in Schutt und Asche gelegt worden waren, und zu viele Geschichten über Mord und Vergewaltigung gehört.

Kapitel 27

Ilysas Herz machte einen Satz, als sie Connor sah. Er führte die Gruppe von Männern an, die einer nach dem anderen vom Strand aus die Stufen, die man in die Klippe geschlagen hatte, nach oben erklommen.

»Gott sei Dank! Er lebt, und es geht ihm gut!« Sie wandte sich mit einem Lächeln zu Lachlan um, der sie zum Tor begleitet hatte, um die zurückkehrenden Krieger in Empfang zu nehmen.

»Zwei der Männer fehlen«, stellte er fest. »Das ist schlimm, allerdings ist es weniger, als ich befürchtet hatte, befürchten musste.«

Connors Blick war starr geradeaus gerichtet, und er schien in Gedanken versunken zu sein. Die Burgbewohner, die zu ihm rannten, sobald er den Hof betrat, und ihn mit Fragen löcherten, ignorierte er.

»Kümmere dich bitte um die Verwundeten«, wies er Ilysa knapp an.

Es war der einzige Hinweis, dass er ihre Anwesenheit überhaupt wahrgenommen hatte, als er an ihr vorbeigekommen war.

Ihr Inneres zog sich zusammen. Was immer passiert war, es musste schlimm gewesen sein.

Lachlan half ihr, die Verwundeten in die große Halle zu

bringen. Während sie sich die Verletzungen ansah und frische Verbände anlegte, schnappte sie einige Gesprächsfetzen auf, in denen es um die Auseinandersetzung mit Hughs Männern ging.

Wir waren umzingelt … Der Chieftain musste allein ein halbes Dutzend von ihnen umbringen … Nein, ich bin mir sicher, dass es acht waren … Ich wurde verletzt und hätte es nicht allein zum Schiff geschafft, aber er hat mich auf seinen Schultern zum Boot getragen … Er ist zurückgekommen, um mich in Sicherheit zu bringen.

Ilysa ging das Herz auf, als sie hörte, dass die Männer mit so viel Stolz und Bewunderung über ihren Chieftain sprachen. Zwar war es Connor nicht gelungen, Hugh zu fangen, dafür hatte er die bedingungslose Loyalität dieser Männer gewonnen. Der Kampf mit Hughs Leuten erklärte jedoch nicht den Ausdruck auf Connors Gesicht, denn eigentlich war er an derartige Rückschläge gewöhnt.

»Was ist noch passiert?«, wollte sie wissen.

Die Männer schwiegen, und keiner von ihnen sah sie an. Was immer vorgefallen war, sie wollten nicht darüber reden, zumindest nicht mit ihr.

An diesem Abend zauberte Cook aus ihren mageren Vorräten ein Festmahl zu Ehren der heimgekehrten Krieger. Als Connor zum Essen nach unten kam, war er wieder etwas mehr er selbst, und dennoch spürte Ilysa die Qual, das Leiden hinter der Maske. Nur einmal sah er über die Tafel kurz zu ihr hin, und als seine Männern ihn lobten, wie mutig er gehandelt hatte, merkte sie, dass er nicht zuhörte.

Connor nahm noch einen großen Schluck von seinem Whisky. Der Abend hatte kein Ende nehmen wollen. Endlich war er allein in seinem Zimmer und musste nicht mehr so tun, als hätte er die Situation im Griff und als würde der Clan die erlittene Niederlage leicht überstehen.

Er zuckte zusammen, als es an der Tür klopfte. Hoffentlich kam nicht jemand, um ihm zu seinen Heldentaten zu gratulieren, das würde er nicht ertragen. Ganz offensichtlich war es ihm schließlich nicht gelungen, seine Leute zu beschützen.

Es klopfte erneut. Connor zwang sich, aufzustehen und zur Tür zu gehen, wappnete sich dabei, den späten Besucher, wer immer es sein mochte, am Betreten seines Zimmers zu hindern. Doch dann erblickte er den einzigen Menschen, über dessen Anblick er sich in diesem Moment freute. Es war fast wie ein Geschenk.

»Ilysa.«

»Lass mich rein«, bat sie.

Ohne auf seine Erwiderung zu warten, duckte sie sich unter seinem ausgestreckten Arm hindurch, setzte sich an den Tisch, faltete die Hände im Schoß und sah ihn streng und entschlossen an.

»Erzähl mir davon«, forderte sie ihn ohne Umschweife auf, nachdem er neben ihr in seinem bequemen Sessel Platz genommen hatte.

»Nein, damit will ich dich nicht belasten.«

Ilysa ignorierte die Zurückweisung und berührte sein Gesicht – eine liebevolle Geste, die nach all den Abscheulichkeiten, die er in den vergangenen zwei Tagen gehört und gesehen hatte, eine Wohltat war.

»Ich mache mir Sorgen«, gestand er nach einem längeren Schweigen.

Sie schob ihren Stuhl zurück und stellte sich neben ihn, zog seinen Kopf an ihre Brust und schlang die Arme um ihn. Obwohl es seiner verletzten Seele guttat, traute er sich nicht über den Weg.

»Du solltest jetzt gehen«, murmelte er und schob sie halbherzig von sich.

Sie ließ die Hand auf seiner Schulter liegen und schenkte ihm ein kleines Lächeln, das sein Herz berührte. Und als sie mit den Fingern seine Haare zurückstrich, schloss er die Augen.

Ihre Lippen glitten über seine Stirn. »Ich will dich trösten«, wisperte sie.

»Ich will verdammt viel mehr von dir als deinen Trost«, brach es mit brutaler Offenheit aus ihm heraus.

Er wollte sich in ihren Armen verlieren, wollte sie lieben, bis er die Schrecken der vergangenen Tage nicht mehr vor sich sah – das tote Mädchen in den Armen seines Vaters, den Geruch der ausgebrannten Höfe, die leeren Blicke der Kinder, die er nicht hatte beschützen können.

Sie nickte. »Genau deshalb bin ich hier.«

Ihn verlangte so sehr nach ihr, dass es wehtat. Er brauchte sie heute Nacht, und es war ihm egal, wenn es ein Dutzend Gründe gab, die dagegen sprachen, sie in sein Bett zu holen. Wenn sie es ebenfalls wollte, reichte ihm das.

Ilysa schluckte, als sie die unverstellte, animalische Begierde in Connors Blick sah, aber sie würde jetzt nicht den Mut verlieren und einen Rückzieher machen. Als sie nach hinten griff, um ihren *brèid,* das Tuch um ihr Haar, zu lösen, hielt er sie zurück.

»Lass mich das machen.«

Schon stand er vor ihr, ragte über ihr auf. Sie reichte ihm gerade bis zur Brust. Er öffnete den Knoten in ihrem Nacken, nahm das Tuch von ihrem Kopf und legte den Zopf über ihre Schulter.

»Du siehst so hübsch aus«, murmelte er und umschloss ihr Gesicht mit beiden Händen. »Dieses Mal lassen wir uns Zeit – und wir werden ganz sicher nackt sein.«

Nackt? Sie errötete bei der Vorstellung, und ihr Atem beschleunigte sich, als er auch noch begann, ihr Küsse auf Wangen, Nase, Kinn und hinters Ohr zu hauchen.

»Ich sollte besser die Tür verriegeln«, flüsterte er und ließ sie los.

Anschließend streifte er sein Hemd ab und warf es auf einen Stuhl. Connor MacDonald war schön. Ihr wurde ein bisschen schwindelig beim Anblick seines breiten, muskulösen Rückens und seiner schmalen Taille. Zwar hatte sie alles bereits viele Male gesehen, doch jetzt stand er nicht als ihr Patient vor ihr, sondern als ihr Liebhaber. Die Muskeln seines Hinterteils und seiner langen Beine spannten sich unter dem Stoff seiner Hose an, als er mit der Anmut eines Kriegers auf sie zukam.

Ihr Körper kribbelte, und sie verspürte eine seltsame Enge in der Brust. Ohne den Blick von ihrem Gesicht zu wenden, zog Connor seine Hose aus – und Ilysa hörte auf zu atmen, als sie sich urplötzlich mit seiner Nacktheit konfrontiert sah.

Fast ungläubig starrte sie auf das Symbol seiner Männlichkeit, das hoch aufgerichtet war und viel größer, als sie gedacht hatte. Beim ersten Mal hatte sie ihn bloß gespürt, aber nicht gesehen. Und von ihrem Ehemann war ihr diesbezüglich keinerlei Anschauungsunterricht zuteilgeworden, der sie aus ihrer Unwissenheit hätte befreien können.

O *shluagh!* Die Hitze, das Feuer in seinem Blick versengten ihre Haut und brachten ihr Herz dazu, wie wahnsinnig zu pochen.

Alles an dem imposanten Krieger, der vor ihr stand, war überwältigend – seine Nacktheit, seine hungrigen Augen, sein harter Schaft. Sie musste sich ins Gedächtnis rufen, dass das hier Connor war und dass sie ihm vertrauen konnte. Mehr noch: dass sie ihn liebte.

Als er sie in die Arme schloss und küsste, vergaß sie ihre Nervosität. Seine Lippen waren erstaunlich weich und schienen nicht zu dem gefährlichen Krieger zu passen, der er zweifellos war. Während er den Kuss vertiefte und ihre Zungen einander umkreisten, strich er mit der Hand von ihrer Hüfte hoch zu ihrer Brust. Sie spürte die Spannung seiner Muskeln unter ihren Fingern, als seine Küsse immer drängender wurden und er an ihrem Mund stöhnte. Und als er mit dem Daumen über den Stoff ihres Kleides fuhr, unter dem sich die Brustspitze abzeichnete, bog sie sich ihm entgegen und hatte das Gefühl, ihr ganzer Körper würde Funken sprühen.

Nie gekannte Empfindungen strömten durch sie hindurch. Bei jedem Kuss, bei jeder Berührung, bei jedem Streicheln. Sie seufzte, als er mit der Zungenspitze über die Haut oberhalb ihres Mieders fuhr.

»Komm, wir ziehen dir das Kleid aus und gehen ins Bett, in Ordnung?«

Seine Hand zitterte, und sein Brustkorb hob und senkte sich, als er bedächtig die Bänder löste, die ihr Kleid vorn zusammenhielten, und er eine Hand in ihr Mieder schob, um ihre nackte Brust zu liebkosen. Als er die harte Spitze berührte, jagten lustvolle Schauer durch ihren Körper. Ihr Atem flog, ihr Herz raste, und ihr wurde warm. Viel, viel zu warm.

Dann ließ er sie los, um ihr das Kleid abzustreifen. Ilysa fühlte sich etwas unbehaglich, als sie im Unterkleid ins Bett kroch und die Decke bis zum Kinn zog. Ihre Anspannung wuchs, sobald Connor sich neben ihr ausstreckte, seine silberblauen Augen auf sie gerichtet. Für einen Moment lang kam er ihr vor wie ein Raubtier, das seine Beute beobachtete.

»Was ist los?«, fragte sie, als er keine Anstalten machte, sie zu berühren.

»Ich warte darauf, dass du aufhörst, dich vor mir zu fürchten.«

»Ach, ich bin einfach ein bisschen nervös«, gestand sie kleinlaut, wenngleich sie wusste, dass das albern war.

Sie tat ja, als wäre es das erste Mal.

»Hast du es dir anders überlegt?«

»Nein!«, entgegnete sie schnell. »Das darfst du nicht denken.«

Liebevoll schaute er sie an. »Verständlich, dass du beim letzten Mal Angst hattest und nervös warst. Ich hatte schon lange keine Frau mehr und wusste nicht, dass du ... Na ja, es tut mir leid, dass ich so ungeduldig war und mir keine Zeit für dich genommen habe.«

»Das warst du ja gar nicht.« Sie schüttelte den Kopf. »Es war ziemlich aufregend für mich.«

Ihre Worte vermochten sein schlechtes Gewissen nicht zu vertreiben, wie sie am Ausdruck seiner Augen erkannte. Zärtlich strich sie über seine Brust, auf der die tiefe, durch den Pfeil hervorgerufene Wunde endlich verheilt zu sein schien.

»Du hast so viele Narben«, sagte sie, als sie mit den Fingerspitzen die alten Verletzungen nachzeichnete. »Ich erinnere mich daran, dass du diese Wunde hier den MacKinnons zu verdanken hast.«

»Mir fallen sie gar nicht mehr auf.« Er umschloss ihre

Hand mit der seinen, hob sie an die Lippen und küsste sie, während sein Atem warm über ihre Finger strich. »Stören sie dich?«

»Nein, mich schmerzt der Gedanke, wie oft Menschen versucht haben, dich zu töten.« Sie zog ihre Hand zurück, um mit den Fingern über seine Schläfen zu fahren. »Aber jede Narbe erinnert mich zugleich daran, wie wertvoll dein Leben ist.«

»Die vergangenen zwei Tage haben mich daran erinnert, wie schnell es vorbei sein kann«, erwiderte er, und ein Schatten legte sich über seine Augen.

Ilysa fürchtete, dass sie ihn an die Dunkelheit verlieren könnte, die ihn früher des Öfteren umfangen hatte, und legte ihre Hand an seine Wange, um ihn ins Licht, zu ihr, zurückzuholen.

»Heb dir die Sorgen für morgen auf. Heute Nacht gibt es allein dich und mich.« Sie beugte sich zu ihm herüber. »Vergiss alles andere und küss mich.«

Eine Aufforderung, die er sich nicht zweimal sagen ließ. Er antwortete mit einem langen Kuss, der ihr Herz zum Schmelzen brachte. Mit den Händen fuhr er dabei langsam über ihren Körper und bescherte ihr an jeder Stelle, die er berührte, kleine Wellen der Lust. Zu gerne hätte sie sich revanchiert, wusste jedoch nicht, wo oder wie. Beim letzten Mal war alles zu schnell gegangen, um Erfahrungen zu sammeln. Also ließ sie ihre Hände einfach eher ziellos über seinen Körper gleiten.

Sie strich durch sein Haar, über die Muskeln seiner Schultern und seines Rückens und wunderte sich, wie sehr diese harmlosen Berührungen ihn erregten. Sein Atem ging stoßweise, wurde immer rauer. Dann drehte er sie auf den Rücken, war nur noch Hitze und Leidenschaft, und sie verlor sich in dem Gefühl seines Körpers, der an ihren gepresst wurde. Wie hatte sie je ohne das leben können? Ein Schauer ergriff sie, als sein Mund sich langsam bis zu ihren Brüsten an ihr hinabbewegte.

Überrascht zuckte sie zusammen, als sie die feuchte Hitze seiner Lippen durch den Stoff hindurch fühlte. Wie Nadeln prickelte die Lust, als er an ihrer Brustspitze saugte, und ein vernehmliches Stöhnen entrang sich ihr. Kurz darauf schob er ihr Unterkleid hoch.

»Was machst du da?«

»Ich will deine Haut auf meiner spüren, ganz ohne Hüllen«, sagte er.

Wieder etwas Neues für Ilysa. Sie hatte noch nie nackt vor einem Mann gestanden, und eine Minute lang fragte sie sich, ob das wirklich notwendig war, aber Connors Entschlossenheit vertrieb ihre Bedenken.

»Ich fürchte, du wirst enttäuscht sein«, erklärte sie, als er ihr das Unterkleid auszog.

»Bestimmt nicht«, widersprach er und küsste sie so lange, bis sie ihre Unsicherheit vergaß.

Trotzdem bedeckte sie, einem Reflex folgend, ihre nackten Brüste, als er den Kopf hob, um sie anzusehen.

»Tu das nicht. Ich will dich sehen«, sagte er, packte ihre Handgelenke und presste sie auf die Matratze.

Sie hielt die Luft an, als seine Blicke über ihren Körper wanderten.

»Du bist noch schöner, als ich es mir vorgestellt hatte. Und ich habe wirklich und wahrhaftig eine Menge Zeit damit zugebracht, mir vorzustellen, dass du nackt in meinem Bett liegst.«

Sie wusste nicht, was sie mehr überraschte – dass er sie sich nackt vorgestellt hatte oder dass er sie schön nannte.

Nachdem sie sich so lange vergeblich danach gesehnt hatte, von Connor begehrt zu werden, war es schwer zu glauben, dass es tatsächlich passierte.

»Ich habe es mir auch vorgestellt«, gestand sie, verschwieg allerdings, dass sie nicht gewusst hatte, wie sie sich das genau vorstellen sollte.

Wie einen Gewittersturm, der sie mit Macht erfasste, jedenfalls nicht, und inzwischen rechnete sie damit, dass weitere Überraschungen sie erwarteten.

Sie schluckte, als Connor begann, mit seiner Zunge ihre Brustspitze zu umkreisen, zu lecken und daran zu saugen. Sie vergrub ihre Finger in seinem Haar, als müsste sie sich daran festhalten, um von den Wogen der Lust nicht fortgerissen zu werden.

Als er sich wieder hochschob, um ihren Mund zu liebkosen, fühlte sie seinen Schaft, der sich gegen ihre Hüfte drängte. Zugleich strich er mit der Hand die Innenseite ihres Schenkels hinauf, bis seine Finger ihr Ziel erreichten. Als sie schließlich ihren empfindlichsten Punkt fanden, wäre sie beinahe aus dem Bett gesprungen. Seine Finger bewegten sich kreisend in ihr und steigerten ihre Anspannung weiter, bis Ilysa glaubte, jeden Moment entzweizubrechen. Dennoch wollte sie nicht, dass er aufhörte.

»Deine Finger sind magisch«, stieß sie atemlos hervor und krallte sich in seinen Schultern fest, um eins mit ihm zu werden.

In der Tat hatte sie das Gefühl, dass er sie um den Verstand brachte.

»Noch näher«, flüsterte sie.

»Ich will dich so sehr«, sagte er mit rauer Stimme. »Sag mir, dass du mich ebenfalls willst.«

»Ich will dich, wollte dich immer.«

Er stützte sich auf den Armen ab und legte sich zwischen ihre Schenkel. Sie biss sich auf die Lippe, als er sie mit der Spitze seines Schafts berührte. Sein schwarzes Haar fiel ihm in die Stirn, und in seinen Augen erkannte sie den Aufruhr, der in seinem Inneren tobte.

Sie holte tief Luft, als er in sie drang. Jede Faser ihres Körpers war sich bewusst, wie er sie erfüllte, wie er sie dehnte.

»Tu ich dir weh?«

»Nein.«

»Du musst mir die Wahrheit sagen«, drängte er und musterte sie eindringlich. »Ich könnte es nicht ertragen, wenn ich dir schon wieder wehtun würde.«

»Es ist wundervoll, dich in mir zu spüren«, wisperte sie entrückt und hob zur Bestätigung die Hüften an, um ihn noch tiefer in sich aufzunehmen.

Connor nahm ihr Angebot an und fing an, sich rhythmisch in ihr zu bewegen. Vor und zurück, wieder und wieder, bis sie vor Verlangen bebte.

»Schneller, härter«, flehte sie, schlang die Beine noch enger um ihn und hielt ihn fest.

Dann hörte sie, wie er ihren Namen rief.

Er gehörte ihr.

Wellen der Lust schlugen über ihr zusammen und rissen sie in einen Wirbel des Staunens.

Kapitel 28

Als Connor erwachte, fiel helles Sonnenlicht durch sein Fenster, und Ilysa lag in seinen Armen. Instinktiv zog er sie an sich und hauchte ihr einen Kuss aufs Haar. Seit vierzehn Tagen pflegten sie inzwischen jede Nacht gemeinsam zu verbringen.

Normalerweise rühmte er sich damit, seine Entscheidungen nüchtern und sachlich zu treffen, die Möglichkeiten sorgfältig abzuwägen und eventuelle Auswirkungen zu berücksichtigen, bevor er handelte. Wie in einem Schachspiel. Tatsächlich war er ein außergewöhnlich guter Schachspieler, schnell und entscheidungsfreudig, wenn die Situation es erforderte. Aber selbst dann ließ er niemals logische Überlegungen außer Acht.

Bei seinem Verhältnis zu Ilysa jedoch war nichts logisch. Weder das erste noch das zweite Mal hatte er bewusst herbeigeführt, denn eigentlich hatte er es nie zum Äußersten kommen lassen wollen. Er war irgendwie in die Sache hineingeschlittert.

Und jetzt konnte er sich nicht mehr vorstellen, ohne ihren Duft in seiner Nase, ohne das Gefühl ihrer seidigen Haut unter seinen Fingern und ohne ihre Wärme an seinem Körper aufzuwachen. In kurzer Zeit hatte sie sein Inneres durchdrungen und war mit ihm verschmolzen. Sie waren eins – manchmal wusste er gar nicht mehr, wo er endete und wo sie begann.

Sie war die Einzige, in deren Gegenwart er seine Pflichten und Lasten als Chieftain für eine Weile vergessen und einfach ein Mann sein konnte, der sich in der Umarmung einer Frau verlor. Was sie für ihn tat, ging weit über das Körperliche hinaus, wenngleich das für sich genommen bereits bemerkenswert war. Darüber hinaus füllte sie Lücken aus, von denen er nicht einmal gewusst hatte, dass sie existierten. Durch sie fühlte er sich erst wirklich vollständig und komplett.

Sein ganzes Leben lang hatte er danach gestrebt, besser zu sein, als er war: ein besserer Sohn, ein besserer Mensch, ein besserer Chieftain. Er vermutete, dass das zu einem Großteil damit zusammenhing, dass seine Mutter ihn verlassen hatte und sein Vater nie zufrieden mit ihm gewesen war. Ilysa hingegen reichte es, wie er war. Und dieser Glaube an ihn stärkte seine Entschlossenheit, der Mann und Chieftain zu werden, für den sie ihn hielt.

Sein knurrender Magen trieb ihn nach einer Weile aus dem Bett. Während er sich anzog, betrachtete er Ilysa, die friedlich schlafend dalag. Irgendwann in der Nacht hatte er ihren Zopf gelöst, und nun umfloss das Haar ihren Kopf wie ein rotgoldener Sonnenaufgang.

Ihr Anblick raubte ihm den Atem. Er war versucht, sie zu wecken und noch einmal zu lieben, ließ es aber. Immerhin hatte er sie die halbe Nacht lang wach gehalten, da sollte er ihr ein wenig Schlaf gönnen. Doch wie lange hatte er sie noch? Sehr bald würde er heiraten, und ihre Beziehung, wie sie jetzt war, musste zwangsläufig enden. Was dann?

Das Wissen, dass ihre Liebe keine Zukunft hatte und die

Sache über kurz oder lang zu Ende sein würde, weckte in ihm das Bedürfnis, bis dahin ihr Zusammensein so intensiv wie möglich auszukosten, um Erinnerungen für die Zeit danach zu speichern.

Ilysa rollte sich auf die Seite und schlug die Augen auf. Als sie ihn sanft anlächelte, schien es Connor fast undenkbar, ihre Beziehung je zu beenden, und wieder einmal geriet seine Entschlossenheit ins Wanken. War es nicht trotz allem irgendwie möglich?

Leider gab es keine Alternative für ihn als Chieftain.

Sie setzte sich auf, die Decke an ihre Brust gedrückt. Ihre Schamhaftigkeit amüsierte ihn, wenn er darüber nachdachte, was sie alles in diesem Bett getrieben hatten.

»Wirst du heute wieder losziehen und Drachen töten, Connor MacDonald?«, fragte sie ihn mit leisem Spott, wobei er den Verdacht hegte, dass sie ihm jede Heldentat zutraute.

Lachend zog er sie in die Arme, und zufrieden seufzend legte sie den Kopf an seine Brust. Auch sie erlebte ihre Tage und Nächte wie im Rausch, und sie bescherten ihr nichts als Stunden der Glückseligkeit.

»Ich muss leider gehen.« Connor löste sich von ihr. »Die Männer müssen trainieren.«

»Warte einen Moment, ich mache mich schnell fertig und komme mit dir nach unten.«

Er schüttelte den Kopf. »Es ist besser, wenn man uns nicht zusammen in die große Halle kommen sieht.«

Obwohl sie seine Argumente kannte, rebellierte sie bisweilen gegen diese Einschränkung, die ihr Glück trübte.

»Schämst du dich für mich?«

»Schämen?« Connor nahm sie bei den Schultern und sah sie prüfend an. »Warum fragst du so etwas?«

»Was soll ich denn denken, wenn du nicht willst, dass irgendjemand von uns weiß?«

»Das geschieht allein zu deinem Schutz«, erklärte er ihr zum wiederholten Mal. »Außerdem schäme *ich* mich, weil ich das Gefühl habe, dich auszunutzen. Für dich würde ich mich niemals schämen.«

»Vor was genau willst du mich denn schützen? Du bist nicht der erste Chieftain, der mit einer Frau schläft, die er nicht heiratet, und für gewöhnlich wird es als eine Ehre für das Mädchen angesehen.«

»Eine Ehre?« Behutsam schob er ihr eine Strähne aus dem Gesicht. »Ich will nicht, dass sie in unangemessener Weise über dich herziehen.«

»Ich liebe dich«, flüsterte sie, legte die Arme um ihn und hielt ihn ganz fest. »Es ist mir egal, wenn die Leute es wissen und reden.«

»Wie sehr wünsche ich, du könntest meine Frau werden«, seufzte er, und das Bedauern, das in seiner Stimme mitschwang, war absolut ehrlich.

Allein sein Wunsch war mehr, als Ilysa sich je erhofft hatte, und so machte sie sich vor, dass es ihr reichen würde.

Wie es Connor vor einer Zweckehe grauste. Er hielt Ilysas schlanken Körper an sich gedrückt, schloss die Augen und stellte sich vor, dass dieser Moment für immer dauerte. Aber wie es aussah, würde es für sie beide ein unerfüllbarer Wunsch bleiben.

Welchen Wert hatte ein Wunsch überhaupt, der keine Chance hatte, je wahr zu werden?

Allerdings zog sich die Sache mit der Allianz und damit mit der Heirat hin. Längst hätte er von John Maclain hören sollen, ob er nun mit seinen Kriegern und mit seiner

Enkeltochter kam. Manchmal hoffte Connor, dass die MacIains blieben, wo sie waren. Wobei ihm das lediglich einen kurzen Aufschub gewähren würde. Denn dass er eine politische Ehe schließen musste, stand außer Frage. Ohne Hilfe wären die MacDonalds gegen die viel stärker gerüsteten MacLeods nahezu chancenlos, zumal Alastair als erfahrener Chieftain und Krieger keine Fehler machte.

Connor nahm Ilysas Gesicht in beide Hände und strich mit dem Daumen über ihre Unterlippe. Egal, wie wenig Zeit eine Atempause ihm bringen würde, er wollte sie.

»Komm mit mir ins Bett«, sagte er. »Ich brauche dich.«

Kapitel 29

Ilysa kam auf ihrem Weg in die Küche, wo sie mit Cook über die Vorräte sprechen wollte, durch die große Halle. Ihr Blick fiel auf Lachlan, der ganz allein an der Wand neben der Tür lehnte, die nach draußen führte.

Als ihre Blicke sich trafen, wies er mit einem kleinen Kopfnicken zur Seite und verließ die Halle, ohne sich noch einmal umzusehen. Verärgert folgte sie ihm nach draußen und traf ihn beim Brunnen.

»Wenn du mit mir sprechen willst, Lachlan of Lealt«, sagte sie und stemmte die Hände in die Hüften, »dann frag mich einfach höflich.«

Er warf ihr einen gelangweilten Blick zu. Aber seine Mundwinkel zuckten verdächtig – eine winzige Geste, die seine Belustigung verriet. »*Du* bist schließlich gekommen, oder etwa nicht?«

Sie verdrehte die Augen, konnte sich jedoch ein Lächeln nicht verkneifen.

»Wenn du mich ohnehin von meiner Arbeit abhältst, verrat mir bitte, was du eigentlich willst.«

»Nun, ich wollte dir berichten, dass ich bislang leider kein Glück hatte herauszufinden, wer auf der Burg für Hugh spioniert«, rückte er mit der Sprache raus. »Hast du eine Ahnung oder einen Verdacht?«

»Ich glaubte es zu wissen, bis du mir gesagt hast, dass *du* es nicht bist.«

»Morgen früh werde ich für ein paar Tage weggehen.« Lachlan ignorierte ihre Bemerkung. »Der Chieftain will, dass ich in Erfahrung zu bringen versuche, wo sich Hughs neuer Unterschlupf befindet. Vielleicht höre ich dabei ja etwas über den mysteriösen Spion.«

»Und ich werde Augen und Ohren offen halten, um hier irgendwelche Hinweise oder Spuren zu finden«, versprach sie ihm.

»Nur versuch bitte nicht, den Spion auf eigene Faust zu enttarnen.«

»Mal sehen. Wenn es sich ergibt, werde ich es ungeachtet aller Warnungen vermutlich einfach probieren«, erwiderte sie mit einem vergnügten Lächeln.

»Tu das nicht«, beharrte Lachlan. »Du bist ein kluges Mädchen und könntest richtig raten. Sobald dem Spion das klar wird, bist du in Gefahr.«

»Ich weiß deine Fürsorglichkeit zu schätzen«, gab Ilysa wie immer zurück, wenn Männer sich genötigt fühlten, ihr Anweisungen zu erteilen, die sie sowieso nicht befolgen würde. Sie stellte sich auf die Zehenspitzen und gab ihm einen flüchtigen Kuss auf die Wange. »Sei vorsichtig da draußen, Lachlan.«

Kurz darauf unterhielt Ilysa sich mit Cook. Um sie herum klapperten Töpfe und Pfannen, aus denen köstliche Düfte aufstiegen. Das Küchenpersonal steckte gerade in den Vorbereitungen für das Mittagessen. Ilysa nutzte die Gelegenheit und fragte den Koch etwas, das ihr seit Langem im Kopf herumging.

»Was weißt du über die Geister in der Burg?«

»Hm. Ist es inzwischen mehr als ein Geist?« Cook hielt beim Schneiden inne, um sich zu ihr umzudrehen und sie mit seinen listigen Augen neugierig anzusehen. »Ich habe bloß von dem Kindermädchen im Turm gehört.«

»Dann erzähl mir von ihr«, forderte Ilysa ihn auf.

»Sie hat den kleinen Sohn unseres ehemaligen Chieftains aus dem Turmfenster fallen lassen. Dabei war sie ein nettes, fröhliches Mädchen – leider besaß sie nicht mehr Verstand als eine Rübe.«

»Du kanntest sie dem Vernehmen nach.«

Cook nickte. »Es ist vor ungefähr zwanzig Jahren passiert. Gott allein weiß, was das Mädchen vorhatte, als es mit dem Baby auf dem Arm halb aus dem Fenster des Turmes hing. Plötzlich glitt ihr der Kleine aus den Händen.«

»Ich dachte immer, der Chieftain hätte nach Connor keine Söhne mehr gehabt.«

»Nicht mit seiner Ehefrau, das stimmt.« Der Koch wandte sich zu den Dienstmädchen um, die hinter ihnen die Töpfe schrubbten. »Wir brauchen mehr Fleisch für den Eintopf. Holt das Huhn, das keine Eier mehr legt, und schlachtet es. Aber bitte draußen. Ich will das Gekreisch hier drinnen nicht hören.«

»Und was ist mit dem Kindermädchen passiert?«, drängte Ilysa ihn zum Weitererzählen.

»Der Chieftain ordnete an, dass sie in einem kleinen Boot auf dem Meer ausgesetzt werden sollte«, fuhr Cook fort, während er nach einer Lauchstange griff, um sie kleinzuschneiden. »Weder die Frau noch das Boot wurden je wiedergesehen.«

Ilysa biss sich auf die Unterlippe. Es war eine harte Bestrafung, wenngleich vermutlich eine durchaus nicht unübliche, denn der Tod eines männlichen Nachkommen war nicht allein ein Verlust für den Chieftain, sondern für den gesamten Clan. Immerhin war jeder Sohn wichtig für die Nachfolge, falls der Ältere wie nicht gerade selten ums Leben kam.

»Du hast nichts von dem anderen Geist gehört?«, hakte Ilysa leise nach.

Cook warf ihr einen fragenden Blick zu. »Der des Kindermädchens ist der einzige, von dem ich weiß.«

»Ich habe eine zweite Frau mit dem Kindermädchen und dem Baby zusammen gesehen«, flüsterte sie.

Seit sie in Connors Schlafzimmer übernachtete, war sie ein paarmal aufgewacht und hatte sie bemerkt. Das Bild war immer schnell verblasst, und sie war sich nicht sicher, ob es eine Vision oder ein Traum gewesen war.

Der Koch schwieg eine Zeit lang. Als er schließlich den Mund aufmachte, überraschte seine Frage sie.

»Hast du Lachlan davon erzählt?«

»Warum sollte ich?«

»Nun, der zweite Geist muss seine Mutter gewesen sein. Die arme Seele. Es war ihr Baby, das damals bei dem Fenstersturz ums Leben kam.«

»Ihr Baby? Lachlans Mutter hatte ein Kind mit Connors Vater?«

»*Aye*. Die Geliebte des Chieftains zu werden, brachte ihr am Ende nichts als Kummer und Schmerz.« Cook legte sein Messer zur Seite und drehte sich zu ihr um. »Pass auf, dass dir nicht das Gleiche passiert, Mädchen.«

Ilysa errötete. »Ich wusste nicht, dass du über Connor und mich Bescheid weißt.«

»Die halbe Burg weiß, dass du das Bett mit ihm teilst – und der Rest vermutet es.«

»Du musst dir um mich keine Sorgen machen«, beeilte

sie sich zu versichern, als er sie wie ein trauriger Schoßhund ansah. »Ich war noch nie in meinem Leben so glücklich. Wirklich. Glaub mir.«

»Lachlans Mutter war zu Beginn genauso glücklich wie du«, sagte er mit düsterer Miene. »Und jetzt ist sie ein Geist, der keine Ruhe findet.«

Der Winter kehrte mit eisigem Regen zurück. Dicke Tropfen wehten Connor entgegen und prasselten ihm wie Schrotkugeln ins Gesicht. Er hätte das als warnendes Zeichen verstehen sollen.

Bis zu den Knöcheln im Matsch stehend, trainierten sie auf dem freien Feld vor der Burg, ohne dass einer von ihnen sich beklagt hätte. Ein Krieger aus den Highlands musste sich daran gewöhnen, bei Wind und Wetter zu kämpfen.

»Du bevorzugst deine rechte Seite, da kannst du mir gleich die Stelle zeigen, an der ich dich treffen soll«, rief Connor seinem Trainingspartner Robbie über den tosenden Wind hinweg zu. »*Aye*, so ist es besser.«

Robbie war mit seinen sechzehn Jahren recht klein, und zudem besaß er kein angeborenes Talent. Doch er war entschlossen, das durch doppelten Einsatz wettzumachen, und so langsam begannen sich die zusätzlichen Übungsstunden mit Connor auszuzahlen. Was im Übrigen nicht allein für ihn galt, denn alle Jungen machten allmählich Fortschritte.

»Connor!«, rief jemand. »Ist das nicht dein Boot, das dort herankommt?«

Er blickte in Richtung der offenen See. Tatsächlich lief die kleine Galeere, die sie Shaggy Maclean vor einigen Jahren abgenommen hatten, gerade in die Bucht ein. Ein letztes Mal holte Connor mit dem Schwert aus und traf Robbie mit einer solchen Wucht, dass der Junge rückwärts in den Schlamm fiel, bevor er in Richtung Ufer eilte.

Er rannte die steile Treppe hinunter, nahm immer zwei Stufen auf einmal und erreichte den Strand gleichzeitig mit dem Schiff, an dessen Steuer er Niall entdeckte, dessen kastanienbraunes Haar vom Regen ganz dunkel war. Da außer ihm niemand an Bord zu sein schien, watete Connor hinaus, um ihm dabei zu helfen, die kleine Galeere an Land zu ziehen.

»Bin ich willkommen?«, erkundigte sich Niall mit einem verlegenen Grinsen.

»Steig aus dem verdammten Boot und hilf mir.«

Rasch sprang der junge Krieger über die Bordwand, und gemeinsam schleppten sie das Boot über die Flutlinie.

»Schön, dich zu sehen«, sagte Connor und schlug ihm auf die Schulter. »Allerdings darfst du beim nächsten Mal ruhig um Erlaubnis fragen, bevor du mein Boot nimmst.«

»Ich hatte den Eindruck, dass es meines sei«, verteidigte Niall sich und griff ins Innere der Galeere, um sein Schwert und einen Lederbeutel herauszuholen. »Gib es zu, bevor ich es repariert habe, warst du drauf und dran, den maroden Kahn zu Kleinholz zu verarbeiten.«

»Zu Kleinholz? Diese Schönheit?«, tat Connor verwundert. »Niemals.«

Dabei wusste er natürlich genau, dass die Galeere bei einem Sturm fast völlig zerstört worden war und er nicht damit gerechnet hatte, dass sie noch zu retten sei. Bis Niall sie in die Finger bekam und ein Wunder vollbrachte.

Jedenfalls freute er sich darauf, bei einem guten Tropfen Whisky lang und breit darüber zu diskutieren, wer nun das größere Anrecht auf die gestohlene Galeere hatte. Ein schier unerschöpfliches Thema.

Sobald sie die große Halle betraten, nass vom Regen, vom Schlamm und vom Seewasser, eilte Ilysa auf sie zu.

»Niall!«, rief sie voller Freude und stürzte zu ihm, um ihm um den Hals zu fallen.

Der junge Mann wurde rot, während Connor sogleich eifersüchtig knurrte: »Lass sie los«, um mäßigend hinzuzufügen: »Du machst sie sonst ganz nass.«

Nachdem Niall sie wieder auf den Boden gestellt hatte, betrachtete er sie anerkennend von Kopf bis Fuß. Anscheinend hatte er sich etwas vom Charme seines älteren Bruders Ian abgeschaut und schien wie dieser, als er ein junger Spund gewesen war, das Zeug zum Frauenschwarm zu haben.

»Ich kann mich nach wie vor nicht wirklich daran gewöhnen, wie hinreißend du neuerdings aussiehst«, schmeichelte er ihr.

Sie erwiderte seine Avancen mit einem Lachen. »Zieh lieber schleunigst die nassen Kleider aus, bevor du dir noch den Tod holst.«

»Kann ich zuerst etwas essen? Ich bin kurz vor dem Verhungern«, wandte Niall ein und klang wieder wie ein kleiner Junge.

Sogleich schickte Ilysa die Bediensteten in die Küche, um herbeizuschaffen, was man dort noch für den Neuankömmling bereithielt.

Während sie am Tisch warteten, drückte Niall seinem Cousin ein versiegeltes Pergament in die Hand und sagte mit gedämpfter Stimme: »Ian hat mich mit diesem Schreiben losgeschickt, gleich nachdem es eingetroffen ist. Scheint wichtig zu sein.«

Connor wurde das Herz schwer, als er das Siegel der MacIains erkannte. Er steckte den Brief in sein Hemd, um ihn später ungestört zu lesen. Würde der Chieftain ihm in dem Schreiben mitteilen, dass er kam? Oder würde er schreiben, dass er nicht kommen könne?

Was immer in diesem Brief stehen mochte – es konnten nur schlechte Neuigkeiten sein.

Kapitel 30

Connor und Ilysa hatten es sich angewöhnt, abends in der Abgeschiedenheit seines Privatgemachs über die Ereignisse des Tages und die Angelegenheiten zu sprechen, die die Burg betrafen. Für gewöhnlich schliefen sie zuerst miteinander, aber die Sache, die er heute mit ihr besprechen musste, konnte nicht warten.

Sobald sie ins Zimmer kam, zog er sie auf seinen Schoß und setzte sich mit ihr an den Kamin.

»Ich habe gesehen, wie du dich morgens mit Lachlan auf dem Hof unterhalten hast«, begann er, wobei das nicht das Thema war, das er ansprechen wollte.

»*Aye.* Hast du noch mal darüber nachgedacht, ob du ihn nun zum Captain deiner Leibwache machen willst?«

»Im Augenblick muss er für mich über die Halbinsel reisen, um Informationen zu sammeln«, entgegnete Connor, dem Ilysas Zuneigung zu dem blonden Krieger immer wieder einen schmerzhaften Stich versetzte.

»Ja, er hat mir erzählt, dass er für dich nach Hughs neuem Unterschlupf Ausschau halten soll.«

»Das habe ich ihm zumindest aufgetragen, doch wer weiß, ob er es tatsächlich tun wird.«

»Ich bin mir sicher. Warum auch nicht?«, fragte Ilysa, zog die Augenbrauen zusammen und sah ihn forschend an.

Connor hielt den Blick auf die glühenden Torfballen gerichtet. »Eigentlich dachte ich immer, du würdest ihm nicht trauen.«

»Ich kann mich nicht daran erinnern, das gesagt zu haben«, erwiderte sie.

»Nein, nicht wörtlich«, räumte er ein. »Du hast gesagt, dass irgendetwas ihn belastet und dass du dir wünschst, du wüsstest, was es ist.« Connor wandte ihr das Gesicht zu. »Ich nehme an, du hast es herausgefunden.«

Ilysa zupfte schweigend an ihrem Ärmel.

»Wie ich sehe, willst du es mir nicht verraten.«

»Ich möchte schon, nur handelt es sich schließlich nicht um mein Geheimnis.«

Ihm missfiel die Vorstellung, dass sie und der undurchsichtige Lachlan Geheimnisse teilten.

»Heißt das, er hat dir tatsächlich anvertraut, was ihn belastet?«

»Genau genommen hat er das nicht. Er hat mir lediglich eine vage Vorstellung davon vermittelt, um welche Art von Geheimnis es sich handelt. Im Klartext: Er glaubt, dass Hugh einen Spion auf der Burg hat.«

Vielleicht war er es ja selbst und versuchte bloß, den Verdacht von sich abzulenken, schoss es Connor durch den Kopf.

»Was hältst du von dem Mann? Glaubst du ihm?«

»Ich denke, du kannst ihm vertrauen«, sagte sie und sah ihm offen in die Augen. »Und überdies bin ich fest davon überzeugt, dass er die beste Wahl für die Position deines Captains wäre.«

»Was ist mit Sorely?«

»Du hast selbst gesagt, dass er kein guter Lehrmeister

für die jungen Männer ist.« Sie machte eine Pause. »Und ich mag ihn nicht.«

»Vielleicht würdest du anders über ihn denken, wenn er dir wie Lachlan seine Probleme anvertrauen würde.«

Als Connor erkannte, dass seine Antwort Ilysa verletzt hatte, bereute er seine Worte sogleich. Zu spät, denn sie löste sich von ihm, rutschte von seinem Schoß und pflanzte sich mit verschränkten Armen vor ihm auf.

»Warum redest du so mit mir?«

»Es tut mir leid.« Connor trat ans Fenster und starrte hinaus auf die schwarze See. »Wenn ich dich mit Lachlan zusammen sehe, muss ich unwillkürlich daran denken, dass er dir all die Dinge geben kann, die ich dir so gerne geben würde. Und dann bin ich so eifersüchtig, dass ich keinen klaren Gedanken mehr fassen kann.«

Seine Beichte ging Ilysas zu Herzen. Sie kehrte zu ihm zurück, und als sie die Arme um ihn schlang, spürte er, wie das Gift aus ihm wich. Ihre Liebe und ihr Verständnis waren ein Geschenk, das er nicht verdiente.

»Sprich nicht so«, ermahnte sie ihn. »Was könnte ich mir mehr wünschen, als mit dir zusammen zu sein?«

Bald würde er ihr nicht einmal mehr das geben können, dachte er verzweifelt. Connor drehte sich um, er musste es ihr sagen. Was würde sie tun, fragte er sich.

Sie würde ihn verlassen.

»Komm ins Bett.«

Ilysa nahm seine Hand und folgte ihm, ermöglichte es ihm auf diese Weise, sein Geständnis noch eine kleine Weile hinauszuzögern.

Sie machten sich fertig fürs Bett, genauso wie es in seiner Vorstellung ein jung verheiratetes Paar tun würde. Nachdem er ihr aus dem Kleid geholfen hatte, sah er zu, wie sie in ihrem Unterkleid durchs Zimmer ging, um alles ordentlich über einen Stuhl zu hängen, während er seine Sachen achtlos auf den Boden neben dem Bett fallen ließ.

Als er sie in den Armen hielt, kam es ihm mit einem Mal falsch vor, ihr nicht reinen Wein einzuschenken, sondern die Eröffnung hinauszuzögern, was nichts änderte und nichts besser machte.

»*Mo chroí.*« Er strich ihr das Haar aus dem Gesicht und hauchte einen Kuss auf ihre Stirn. »Ich habe Neuigkeiten, über die ich mit dir reden muss.«

Er spürte, wie sich ihr Körper in seinen Armen versteifte. »Ich will nichts hören«, murmelte sie.

»Niall hat mir eine Nachricht vom Chieftain der MacIains überbracht. Darin teilt er mir mit, dass die Krone eine Heirat zwischen mir und seiner Enkeltochter mit Wohlwollen betrachte.«

Ilysa schien in sich zusammenzufallen. »Was hast du jetzt vor?«, fragte sie leise.

»Was soll ich schon tun. Ich habe es mir so ausgesucht«, zwang Connor sich zu sagen. »Unser Clan braucht diese Allianz, braucht diesen Bündnispartner.«

Er hatte sich das Hirn zermartert, seit der Brief angekommen war. Hatte versucht, einen Weg zu finden, wie er um diese Heirat herumkommen könnte. Egal wie er es betrachtete: Sein Clan würde die MacLeods ohne die Hilfe eines Bündnispartners nicht bezwingen können. Wenn er es allein versuchte, würden seine Krieger ihr Leben umsonst geben, und das durfte er nicht riskieren. Als Chieftain hatte Connor nicht das Recht, sein eigenes Glück über das Leben seiner Leute und die Rückeroberung der Ländereien zu stellen, die rechtmäßig dem Clan gehörten.

»Bedeutet das, dass alles bereits beschlossen ist?«, fragte

sie mit kippender Stimme, die ihm schier das Herz zu zerreißen drohte.

Bedrückt nickte Connor. »MacIain ist inzwischen hierher unterwegs. Er wird in ein paar Tagen eintreffen – mit seiner Enkeltochter.«

Als die Stille beinahe unerträglich wurde, wünschte Connor sich ausnahmsweise, dass Ilysa zu den Frauen gehörte, die schrien und tobten und mit Dingen um sich warfen. Alles wäre besser als dieses schreckliche Schweigen, das ihm das Gefühl gab, als würde sie sich von Sekunde zu Sekunde weiter von ihm entfernen.

»Ich habe keine Wahl«, murmelte er bedrückt. »Ich muss diese Ehe zum Wohle des Clans eingehen.«

Gerne hätte er hinzugefügt, dass sie nichtsdestotrotz diejenige sei und bleibe, die er wolle und der sein Herz gehöre, aber er hatte genug Schaden angerichtet. Da durfte er sie nicht anflehen, als seine Geliebte bei ihm zu bleiben.

Ilysa schlug die Decke zurück und setzte sich auf, vom Schein der Kerze in ein goldenes Licht getaucht.

»Wenn du gehen möchtest, werde ich dich morgen heim nach Dunscaith bringen lassen«, erklärte Connor und betete im gleichen Atemzug, dass sie nicht gehen würde.

Er liebte sie so sehr.

Sollte ihr Glück so schnell enden? Connor nannte Dunscaith ihr Heim, doch ohne ihn konnte die Burg niemals ihr Zuhause sein. Sie hatte kein Zuhause.

»Was willst du? Was soll ich deiner Meinung nach tun, Connor?«, wandte sie sich an ihn, ohne ihn anzusehen.

»Ich versuche, das Richtige zu tun, vielleicht zu spät … Mein Bestreben ist es, niemanden zu verletzen. Weder dich noch meine Zukünftige. Das Problem besteht darin, dass ich mir geschworen habe, als Chieftain lediglich eine Frau zu haben. Wenn du hierbleibst, werde ich diesen Schwur nicht halten können.«

»Ich habe dich nicht gefragt, was du für richtig oder für deine Pflicht hältst«, entgegnete sie bedächtig. »Ich habe gefragt, was du willst und was ich tun soll.«

»Himmel, ich wünsche mir mehr als alles andere auf der Welt, dass du hierbleibst«, stieß er mit rauer Stimme hervor. »Ich brauche dich – jeden Tag an meiner Seite und jede Nacht in meinem Bett. Aber das kann ich nicht ernstlich von dir verlangen …«

Widerstreitende Gefühle waren bei seinen Worten in Ilysa aufgestiegen, die sie erst einmal verarbeiten musste. Eines hatte sie dabei auf der Stelle begriffen: Connor wollte und begehrte sie noch immer.

»Du hast bislang keine Ehefrau«, erwiderte sie schließlich. »Also werde ich bleiben, bis du geheiratet hast.«

Und danach? Sie meinte die unausgesprochene Frage beinahe zu hören, war sich jedoch vorerst nicht sicher, wie sie dann entscheiden würde.

Connor setzte sich hinter sie und umschlang sie mit seinen Beinen.

»Ich werde dich jede Stunde, die uns bleibt, lieben und festhalten«, flüsterte er und drückte ihr einen Kuss auf den Hals.

»Eine Bedingung habe ich«, warf Ilysa ein, der soeben Teàrlags Warnung wieder eingefallen war.

Unser Chieftain kann das Glück bloß dann finden, wenn er die Frau heiratet, die ihn in der Nacht zum Sommeranfang, an Beltane, erwählt.

»Wie sieht diese Bedingung aus?«, fragte er, und sie spürte seinen Atem warm auf ihrer Haut.

»Versprich mir, dass du nicht vor Beltane heiraten wirst.«

»Ist das alles?«, wunderte er sich. »Ohnehin dürfte nicht genug Zeit sein, um vorher zu heiraten – selbst wenn ich es wollte.«

»Versprich es mir«, insistierte sie.

»Ich verspreche es.«

Warum hatte Teàrlag nicht gesagt, dass Connor bis zur Sommersonnenwende warten müsse, um seine Braut zu finden? Oder noch besser bis Lammas, dem Erntefest, das stattfand, wenn warm und golden der August begann?

Beltane hingegen war bereits in einer Woche.

Connor schreckte aus dem Schlaf hoch und richtete sich auf. Obwohl es noch dunkel war, spürte er, dass der Morgen nicht mehr fern war. Er verhielt sich ruhig und lauschte in die Stille hinein.

»Was ist los?«, meldete Ilysa sich schlaftrunken.

»Hast du das auch gehört?«

»Was soll ich gehört haben?«

Er vermochte es nicht genau zu benennen, was ihn aus dem Tiefschlaf gerissen hatte, aber seine Instinkte als Krieger waren von einem Geräusch geweckt worden, das eigentlich nicht hierherpasste. Nackt ging er zum Fenster, spähte konzentriert in die Dunkelheit und hielt Ausschau nach einer Bewegung. Zuerst in Richtung Meer, dann von einem anderen Fenster in Richtung des Burghofs.

»Von hier aus kann ich nichts erkennen«, erklärte er. »Ich werde in den Turm steigen, von dort aus sieht man mehr.«

Er machte die schmale Tür am Ende seines Zimmers auf und rannte die Stufen zu dem winzigen Raum hinauf, in dem angeblich der Geist sein Unwesen trieb. Connor öffnete das Fenster und lehnte sich hinaus. Er hörte nichts außer dem Wind und den Wellen, die sich an den Felsen brachen.

Und dann sah er sie: eine Reihe von dunklen Gestalten, die die Stufen in der Klippe hinaufkletterten.

Kapitel 31

Connor sprang die Stufen vom Turmzimmer hinunter, zog sich eilig an, schnappte sich sein Schwert und rannte zur Tür hinaus.

»Was ist denn los?«, rief Ilysa ihm hinterher.

»Wir werden angegriffen!« Er wiederholte die Worte, sobald er die Halle erreichte, um die dort schlafenden Krieger zu wecken. »Alle Mann nach draußen!«

Connor stürmte aus dem Wohnturm und rannte zum Burgtor, um sich zu vergewissern, dass es fest verschlossen war. Die erste und wichtigste Aufgabe zur Verteidigung der Burg. Der Himmel wurde langsam heller, die Morgendämmerung zog herauf. Nicht mehr lange und die aufgehende Sonne würde am Horizont auftauchen.

O shluagh! Connors Herz zog sich zusammen, als er zwei Gestalten ausmachte, die reglos auf dem Burghof lagen. Er konnte sich nicht um sie kümmern, musste erst das Tor überprüfen. Zu seinem Entsetzen stellte er fest, dass es nicht fest verriegelt war und sich von der anderen Seite schnelle Schritte eines größeren Trupps näherten. Er musste sich beeilen, wenn er Schlimmeres verhindern wollte. Doch die Angreifer hatten die Nase vorn, schon warfen sie sich gegen das Tor, um es aufzudrücken.

Connor stemmte sich mit aller Kraft dagegen, versuchte

den Vorstoß abzuwehren. Das Tor stand jetzt einen Spaltbreit offen, durch den die Rufe der Angreifer an sein Ohr drangen. Vergeblich mühte er sich ab, den schweren Riegel wieder vorzulegen, den jemand aus der Burg absichtlich geöffnet haben musste, um die fremden Krieger hereinzulassen.

»Nein!«, schrie er aus Leibeskräften.

In diesem Moment begriff er, dass sie verloren wären, wenn es dem Feind gelingen sollte, mit so vielen Männern ins Innere der Burg vorzudringen. Connor biss die Zähne zusammen, mobilisierte noch einmal alle seine Kräfte und rammte den Riegel vor das Tor.

Er hatte es gerade gesichert, als ein Dutzend seiner Leute, die ihm aus der großen Halle gefolgt waren, ihm zu Hilfe eilen wollten, aber er hatte es zum Glück auch ohne sie geschafft. Solche Augenblicke waren manchmal entscheidend für den Ausgang einer Schlacht.

»Lasst das Fallgitter herunter!«, schrie er.

Jemand befolgte seinen Befehl, denn er hörte das Klirren der Ketten, als das schwere Gitter hinabsauste. Und mit Genugtuung vernahm er die Schmerzensschreie der Männer, die auf der anderen Seite unter die Spitzen des Gitters geraten waren.

»Auf die Mauern!«, befahl Connor und gab den Kriegern das Signal, hinaufzuklettern und von dort die Angreifer zurückzuschlagen.

Während er rundum Anweisungen erteilte, dachte er fieberhaft über die Situation nach. Zwei tote Wachen. Das nicht verriegelte Tor. Wäre er nicht wach geworden, hätte das in einer Katastrophe enden können. Die Schlacht um die Burg wäre vermutlich vorbei gewesen, noch ehe sie richtig begonnen hatte. Das genau war offenbar der Plan der Angreifer gewesen. Aber wer hatte ihnen geholfen, indem er die beiden Wachen ermordet und den Riegel am Tor geöffnet hatte, während in der Burg alle schliefen.

Eines jedenfalls stand jetzt fest: Innerhalb der Burgmauern gab es einen Verräter.

Nachdem Ilysa sich um die Verwundeten gekümmert hatte, die in die große Halle getragen worden waren, übertrug sie Cook die Verantwortung und ging hinaus, um nach weiteren Verletzten zu schauen. Von der Treppe zum Wohnturm aus wurde im fahlen Licht des Morgens das ganze Chaos des Angriffs deutlich. Nach wie vor landeten Pfeile zischend im Hof. Einige Männer waren damit beschäftigt, das Tor, das unter den wuchtigen Stößen der feindlichen Gegner nach wie vor erzitterte, mit Holzstämmen zu verstärken. Andere kämpften Mann gegen Mann mit den Angreifern, die die Mauer erklommen hatten.

Voller Entsetzen wurde sie Zeugin, wie einer ihrer eigenen Männer rückwärts von der Mauer stürzte. Er landete mit einem dumpfen Geräusch auf dem Boden, den Körper in einem unmöglichen Winkel verdreht. Ilysa rannte über den Hof zu ihm hin und erkannte, dass alle Hilfe zu spät kam. In seiner Brust steckte ein Dolch, seine Augen waren aufgerissen und leer. Sie konnte nichts mehr für ihn tun.

Tränen schossen ihr in die Augen, doch jetzt war nicht die Zeit, um die Toten zu beweinen und Schwäche zu zeigen. Es gab noch genug Männer, die ihre Hilfe brauchten.

Als sie auf die Beine kam, sah sie, dass Connor sie von der anderen Seite des Hofes aus beobachtete. Für einen kurzen Moment hielt er inne, gab ihr ein Handzeichen und rief: »Geh hinein!«

Sie rannte zurück zum Wohnturm, aber bevor sie im Inneren verschwand, drehte sie sich noch einmal um, weil sie wissen wollte, was Connor gerade tat. Der Atem stockte ihr, als sie sah, wie er mit einem Dolch zwischen den Zähnen eine Leiter hinaufkletterte, die an der Mauer lehnte. Gleichermaßen zu ihrer Verwunderung wie zu ihrer Beruhigung erkannte sie, dass Lachlan ihm folgte. Offenbar war er frühzeitig von seiner Erkundungstour zurückgekehrt. Sobald sie auf der Mauer waren, reichte Connor ihm einen Pfeil nach dem anderen an, die er in schneller Folge und mit tödlicher Treffsicherheit abschoss. Zwischendrin verständigten sie sich immer wieder über mögliche Ziele. Vermutlich nahmen sie vor allem die Anführer oder die fähigsten Bogenschützen ins Visier.

Schließlich ließ Connor Lachlan allein und machte sich daran, auf der Mauer auftauchende Feinde gleich wieder hinunterzustoßen. Er vollbrachte wahre Wunder mit dem Schwert. Nachdem sie eine Weile fasziniert zugeschaut hatte, musste sie sich wieder ihrer eigentlichen Aufgabe widmen und sich um die verletzten MacDonald-Krieger kümmern. Wie etwa um den Mann, der in Richtung Wohnturm humpelte und sein blutendes Bein hinter sich herzog. Er brauchte ihre Hilfe, und sie war sicher, dass sie ihm helfen konnte.

Connor war nicht überrascht, als er erkannte, dass es sich bei den Angreifern um Hughs Männer und nicht um Krieger der MacLeods handelte. Er hielt es nämlich für viel wahrscheinlicher, dass ein Verräter auf der Burg Verbindungen zu Connors Intimfeind innerhalb des eigenen Clans hatte als zu einem gegnerischen Chieftain.

Der einzige Glanzpunkt an diesem furchtbaren Tag war

die Erkenntnis, dass Lachlans Künste mit Pfeil und Bogen einen echten Gewinn darstellten. Hughs Schützen wirkten dagegen fast wie Stümper. Sie schossen ihre Pfeile blind ab und hofften auf Glückstreffer. Lachlans Schüsse dagegen hatten nichts mit Glück zu tun, höchstens mit Unglück für diejenigen, auf die er zielte. Leider zeigte Hugh selbst sich nicht. Connor vermutete, dass er von seinem Boot aus in sicherem Abstand alles verfolgte. Obwohl er selbst es als Schwertkämpfer mit den Besten von ihnen aufnehmen konnte, ging er kein Risiko für sich selbst ein, wenn es sich irgendwie vermeiden ließ.

»Bringt Eimer mit Wasser!«, rief Connor, sobald er bemerkte, dass das reetgedeckte Dach eines der Lagerräume an der Burgmauer in Flammen stand.

Bevor er die Worte ausgesprochen hatte, waren Ilysa und drei andere Frauen zur Stelle und schleppten unermüdlich Eimer mit Wasser über den Hof. Als ein Pfeil dicht an Ilysas Kopf vorbeizischte, setzte Connors Herz einen Schlag lang aus. Wenn diese Frau nicht endlich in der Burg blieb, würde er sie an einen verdammten Stuhl fesseln.

Kurz entschlossen stellte er ein paar Männer, die keine Krieger waren, zum Wasserholen ab, hob Ilysa hoch und brüllte den anderen Frauen zu, ihre Eimer stehen zu lassen und in den Turm zu laufen.

»Bleib in der Burg, wo dir nichts passieren kann«, schärfte er Ilysa ein, nachdem er sie auf den Stufen zum Wohnturm abgesetzt hatte.

»Ich werd's versuchen«, versprach sie vage.

Grundgütiger, sie war wirklich stur. Trotzdem war er unendlich stolz auf sie und drückte ihr einen Kuss auf die Lippen.

»Es reicht mir, mich mit Hughs Bande abzumühen, da kann ich mir nicht auch noch Sorgen um dich machen, also wirst du tun, was ich dir sage.«

Dieses Mal nickte sie und erhielt zur Belohnung einen weiteren Kuss.

Wenngleich er vom Kampf erschöpft war, fand Connor keinen Schlaf. Immer wieder dachte er über die beiden Torwachen nach, die von jemandem ermordet worden waren, den er für einen Freund gehalten hatte. Zumindest waren alle in der Burg nun gewarnt, dass es einen Verräter in den eigenen Reihen gab, und würden besser aufpassen. Da unerschütterliches Vertrauen jedoch unerlässlich war, um Seite an Seite kämpfen zu können, musste Connor den Schuldigen finden. Und zwar schnell.

In seinem Kopf überschlugen sich die Gedanken, sprangen von der Szene am Tor zu dem Moment, als der Pfeil an Ilysas Kopf vorbeigezischt war. Himmel, wenn ihr etwas passiert wäre – das hätte er sich niemals verziehen.

Der Angriff auf die Burg zeigte ihm einmal mehr, wie wichtig es war, die Halbinsel wieder unter die Kontrolle des Clans zu bringen. Und dafür brauchten sie die MacIains als Bündnispartner, daran gab es nichts zu deuteln, auch wenn er dafür einen hohen Preis bezahlen musste.

Was sollte er bloß ohne Ilysa tun?

Er drehte sich zu ihr um. Eigentlich wollte er gar nicht schlafen. Die kurze Zeit, die ihm noch mit ihr blieb, war zu wertvoll, um sie mit Schlaf zu vergeuden. Jede Nacht würde künftig gleichermaßen Geschenk wie Qual sein, weil sie nie sicher sein konnten, ob es nicht die letzte war.

»Bist du wach?«, fragte Ilysa leise.

»*Aye.*« Er küsste sie aufs Haar und hielt sie fest.

»Ich habe eine Entscheidung getroffen.«

»Worüber, *mo chroí?*«

Er wappnete sich für ihre Bitte, ihr am Morgen ein Boot zur Verfügung zu stellen, das sie nach Dunscaith zurückbringen würde, aber Ilysa war wieder einmal für eine Überraschung gut.

»Wenn du willst, werde ich bleiben, nachdem deine Zukünftige hier angekommen ist ... Und ebenfalls nachdem ihr geheiratet habt.«

Wie sehr hatte er sich einerseits gewünscht, dass sie das sagte, und andererseits gehofft, dass sie es nicht tun werde.

»Ich fürchte, es wird dich unglücklich machen, den Haushalt mit einer anderen Frau teilen zu müssen.«

Connor fügte nicht hinzu, dass sie vor allem ihn teilen müsste, doch die Worte standen unausgesprochen im Raum, das wussten sie beide.

»Möglich«, gestand sie, »allerdings wäre ich ohne dich noch unglücklicher. Sie wird mir leidtun«, fügte sie hinzu und wandte ihr Gesicht von ihm ab.

»Die meisten Clanoberhäupter haben mehr als eine Frau. Ihre beiden Großväter sind Chieftains, also wird sie mit so etwas rechnen«, sagte er und streichelte ihr über den Rücken. »Es gibt kaum jemanden wie mich, der sich vorgenommen hat, keine Frau außer der Ehefrau zu haben.«

»Es ist die Regel der Kirche«, erwiderte Ilysa ohne große Überzeugung.

Die Kirche hatte viele Regeln aufgestellt, die in den Highlands kaum befolgt wurden. Was nicht zuletzt seinen Grund darin hatte, dass der Priester vom Festland herüberkommen musste. Meist einmal im Jahr, und dann segnete er alles, was gerade anlag. Trauungen wurden deshalb oft zusammen mit der Taufe des ersten Kindes vorgenommen. Der keltischen Tradition nach war ein illegitimes Kind sowieso keine Schande. Männer wie Frauen konnten zudem eine Ehe aus einer ganzen Reihe von Gründen aufheben – wozu unter anderem die Unfruchtbarkeit der Frau zählte und das Unvermögen des Mannes, seinen ehelichen Pflichten nachzukommen.

»Wie auch immer«, griff er das Thema wieder auf. »Ich gehe davon aus, dass meine Frau damit zufrieden sein muss, wenn ich sie freundlich und mit allem Respekt behandele, der ihr gebührt.« Er hielt inne, bevor er weitersprach. »Natürlich setzt dieses Arrangement voraus, dass sie Kinder mit mir hat. Deshalb habe ich mir von ihrem Großvater eine einjährige Ehe auf Probe ausbedungen.«

Er merkte, dass die Erwähnung von Kindern ihr einen Stich versetzt hatte. Dennoch musste er ehrlich ihr gegenüber sein und ihr klarmachen, wie es sein würde, wenn sie blieb.

»Kannst du das akzeptieren und damit leben?«

Als Ilysa, den Kopf an seiner Brust, schweigend nickte, hasste er sich.

»Sie wird verstehen, dass unsere Ehe lediglich einer Allianz zwischen unseren Clans dient und nicht mehr dahintersteckt«, versuchte er ihre gedrückte Stimmung zu vertreiben. »Derartige Vereinbarungen sind in ihren Kreisen gang und gäbe und ihr folglich nicht unbekannt«.

»So einfach ist das nicht«, widersprach sie. »Sie ist eine Frau und wird auf Liebe hoffen.«

»Die kann sie von mir niemals erwarten. Egal ob du bleibst oder gehst, mein Herz gehört dir. Im Übrigen sind Liebesheiraten in der Oberschicht der Clans eher die Ausnahme.«

Nachdem es nichts mehr zu sagen gab, liebten sie sich mit einer verzweifelten Hingabe, als wäre es das letzte Mal. Mit jeder Berührung, mit jedem Kuss und jeder Liebkosung wollte er ihr zeigen, wie viel sie ihm bedeutete. Bisher hatte er stets einen Teil von sich selbst zurückgehalten, aber in dieser Nacht ließ er alle Vorsicht fallen und entblößte seine Seele und sein Herz.

Kapitel 32

Connor war in seinem Zimmer, als Lachlan angestürmt kam und die Tür mit einer solchen Wucht aufstieß, dass sie gegen die Wand krachte.

»Beim nächsten Mal klopfst du an und wartest darauf, eingelassen zu werden«, ermahnte er seinen Krieger leicht ungnädig, verschränkte die Arme vor der Brust und sah ihn mit hochgezogenen Augenbrauen an.

Seine geballten Fäuste und die schnelle Atmung verrieten, dass Lachlan außer sich vor Wut war.

»Ich nehme an, ihr habt Hugh verloren?«, erkundigte Connor sich.

Am Ende des gestrigen Angriffs auf die Burg hatte er ihn mit einigen Männern auf einer Galeere losgeschickt, um Hughs Schiffen zu folgen, und inständig gehofft, dass sie den neuen Unterschlupf entdecken würden. Seit er miterlebt hatte, wie der blonde Hüne gegen Hughs Leute gekämpft hatte, war er sich endgültig sicher, dass Lachlan nicht der Spion in der Burg war. Was jedoch nicht bedeutete, dass er ihm vollkommen vertraute.

»*Aye*, ich habe ihn verloren.«

»Da bist du nicht der Erste und Einzige«, versuchte der Chieftain ihn zu beruhigen. »Mein hinterlistiger Onkel hat sich den Ruf erworben, sich gewissermaßen in Rauch auflösen zu können.« Als die Haltung des Kriegers sich nicht entspannte, hakte Connor nach: »Hast du noch etwas anderes auf dem Herzen?«

»Ich dachte, du seist anders als dein Vater, besser«, platzte Lachlan heraus. »Aber nachdem ich miterleben muss, wie du dieses nette, unschuldige Mädchen ausnutzt, bin ich mir da nicht mehr so sicher.«

Offenbar hatte der Mann beobachtet, wie er Ilysa mitten im Schlachtgetümmel geküsst hatte. Es war untypisch für ihn gewesen, sich so zu vergessen, doch seine Versuche, ihre Beziehung zu verstecken, schienen ihm mittlerweile sowieso vergeblich. In einer Burg, wo alle sehr dicht aufeinanderhockten, war es schwer, irgendetwas geheim zu halten.

»Nicht genug, dass sie sich um deinen Haushalt kümmert, deine Wunden versorgt und deine Gäste bewirtet.« Lachlan breitete die Arme aus. »Das Mädchen liebt dich – sie hat mir angedroht, mich zu töten, sollte ich finstere Pläne verfolgen. Wie kannst du sie so behandeln?«

Connor verteidigte sich nicht. Wenngleich es Usus war, dass Chieftains Geliebte und Zweitfrauen hatten, wusste er tief in seinem Innersten, dass es falsch war. Und eigentlich wollte er es ja nicht einmal. Ilysas wegen, damit sie sich nicht herabgewürdigt fühlte. Sie hatte es verdient, für einen Mann die einzige Frau zu sein.

»Du hast recht. Ich sollte sie aufgeben.« Seufzend ließ er sich auf seinen Stuhl sinken und stützte den Kopf in die Hände. »Leider bin ich schwach, wenn es um sie geht. Ich liebe sie über alles und schaffe es nicht, auf sie zu verzichten. Erschwerend kommt hinzu, dass sie bleiben möchte.«

»Ist das dein Ernst, dass du sie liebst?«

Connor nickt stumm.

»Und warum heiratest du sie nicht? Wenn mich eine Frau wie Ilysa lieben würde, dann würde ich nicht zögern, ihr einen Antrag zu machen, ehe sie es sich anders überlegt.«

Allein die Vorstellung, dass Ilysa aufhören könnte, ihn zu lieben, war so schrecklich, dass er sie lieber nicht an sich heranließ.

»Als Chieftain muss ich Entscheidungen zum Wohle des Clans treffen und kann nicht einfach tun, was ich gerne möchte«, verteidigte er sich.

»Für einen so klugen Mann, Connor MacDonald«, versetzte Lachlan, »bist du ein verdammter Idiot.«

»Chieftain, wir bekommen Besuch!«

Connor verließ den Trainingsplatz auf dem schlammigen Feld vor der Burg, um Ausschau zu halten. Von der Klippe aus sah er, wie eine einzelne Galeere in die Bucht glitt. Er kniff die Augen zusammen, um besser erkennen zu können, wessen Boot es sein mochte. MacIain konnte es nicht sein, der wollte schließlich mit einem halben Dutzend Kriegsschiffen kommen.

Verwundert beobachtete er, wie zwei Frauen, unter deren Umhängen bunte Kleider hervorblitzten, aus der Galeere gehoben wurden. Einen Moment lang dachte er, dass es vielleicht MacNeil mit zweien seiner Töchter sei, verwarf den Gedanken aber sogleich. Alex' Schwiegervater hätte seine Kinder nicht wenige Tage, bevor die Schlacht um Trotternish beginnen würde, ausgerechnet an diesen Ort gebracht.

Zweifellos war es ein ungünstiger Zeitpunkt, um Gäste zu empfangen, doch ließ das Gebot der Gastfreundschaft in den Highlands keine Ausnahmen zu. Also atmete

Connor tief durch und stieg die Stufen zum Strand hinab. Als er sich der Gruppe näherte, die sich inzwischen dort zusammengefunden hatte, klammerten die beiden Frauen sich aneinander und starrten ihn an, als würden sie um ihr Leben fürchten.

Was stimmte nicht mit ihnen? Immerhin hatten sie zwei Dutzend Krieger dabei, die sie beschützten. Und darüber hinaus würde kein Highlander je seine Gäste angreifen. Um das zu demonstrieren, schwang er sein Schwert über die Schulter und steckte es in die Scheide, die auf seinem Rücken befestigt war. Unerklärlicherweise stieß die jüngere der beiden Frauen ein lautes Keuchen aus und vergrub ihr Gesicht am Busen der älteren.

»Ein tausendfaches Willkommen«, begrüßte Connor die Ankömmlinge. »Ich bin Connor, Sohn von Donald Gallach und Chieftain der MacDonalds of Sleat.«

Als daraufhin die beiden aufgeregt zu flüstern begannen, wuchs Connors Mitleid mit den Männern ihrer Begleitung. Er hätte sich bereits nach einem Tag auf See, eingesperrt mit diesen Weibsbildern auf einer kleinen Galeere, über die Bordwand gestürzt.

Ein alter Krieger löste sich aus der Gruppe und trat einen Schritt nach vorn. »Ich überbringe Grüße von meinem Chieftain John MacIain of Ardnamurchan.«

Nein, das konnte nicht sein. Es war ausgeschlossen, dass MacIain nur ein einziges Kriegsschiff geschickt hatte.

»Wo ist euer Chieftain? Und wo ist der Rest seiner Krieger?«, wollte Connor wissen.

»Sie sind noch eine Weile mit etwas anderem beschäftigt«, erklärte der Mann vage.

»Mit etwas anderem?«, wiederholte Connor und bemühte sich, die Ruhe zu bewahren.

»*Aye*, Ärger mit den Rebellen.« Der Alte zuckte die Schultern, als wäre das nichts weiter. »Mein Chieftain rechnet damit, dass sie in den nächsten Tagen mit der Kriegsflotte hier eintreffen werden.«

Connors Schultern entspannten sich ein wenig. Mit Versprechungen konnte er zwar nicht in die Schlacht ziehen, aber wenn MacIain tatsächlich in zwei Tagen mit seinen Kriegern eintraf, sollte das reichen. Alex, Ian und Duncan würden um diese Zeit ebenfalls auf Trotternish ankommen, und die Schlacht konnte beginnen. Seine Gedanken waren ganz bei dem Angriff, den er für die Nacht von Beltane plante.

»Während mein Chieftain noch verhindert ist …« Der Krieger der MacIains räusperte sich und riss Connor aus seinen Grübeleien.

»Was noch?«

»Derweil habe ich die Ehre, dir seine Enkeltochter zu übergeben.«

Ilysa wartete auf eine passende Gelegenheit, um mit Lachlan zu sprechen, während Connor anderweitig beschäftigt war. Sie wollte nicht unnötig sein Misstrauen wecken. Als er den Wohnturm verließ, suchte sie ihre Sachen zusammen und begab sich mit dem Korb über dem Arm nach draußen. Sie sah gerade noch, dass er zur Waffenkammer ging.

Perfekt.

Statt ihm auf kürzestem Weg zu folgen, schlenderte sie über den Hof, blieb hier und da stehen und ging in eine der Vorratskammern, als müsste sie dort etwas holen, bevor sie die Waffenkammer ansteuerte und die schwere Holztür öffnete. Lachlan saß auf der Bank, die sich über die gesamte Länge des Raumes hinzog, und schärfte gerade mit einem Schleifstein seine Dolche.

»Ilysa in der Waffenkammer?«, sagte er amüsiert. »Suchst du etwa nach einer Streitaxt für Damen?«

Trotz seiner launigen Worte wirkte er wachsam.

»Nein«, ging sie auf seinen Scherz ein. »Ich bin auf der Suche nach einer leichteren Waffe.«

»Du solltest dich nicht allein an Orte wie diesen begeben«, erinnerte er sie. »Unser Spion hat zwei Männer ermordet. Und ehrlich gesagt: Wenn ich an seiner Stelle wäre, würdest du jetzt tot sein.«

»Einen ähnlichen Vortrag hat Connor mir gestern gehalten, doch keine Sorge, ich passe auf«, gab sie unbekümmert zurück, wenngleich die Tatsache, dass sie sich in die Waffenkammer gewagt hatte, ihre Worte Lügen strafte.

Während Lachlan sich wieder dem Schärfen der Dolche widmete, nahm Ilysa einen Pfeil aus dem Köcher, der neben ihm auf der Bank lag, betrachtete ihn und glaubte, der Boden unter ihren Füßen müsse sich auftun. Sie kannte diese speziell angefertigte, unverwechselbare gezackte Spitze, denn genau solche Pfeile hatte sie aus Connors Brust und seinem Schenkel geschnitten.

War er womöglich trotz seiner gegenteiligen Bekundungen und trotz des äußeren Anscheins der Spion? Zumindest deuteten die Pfeile darauf hin, dass er es gewesen war, der auf den Chieftain der MacDonalds geschossen und ihn zu ermorden versucht hatte.

Tränen stiegen Ilysa in die Augen bei der Erinnerung, wie Connor von Alex und Ian nach Dunscaith Castle zurückgebracht worden war. Sein Kopf war immer wieder nach vorne gefallen, als seine Cousins ihn in die Burg geschleift hatten. Es fiel ihr schwer zu glauben, dass Lachlan, den sie für einen Freund gehalten hatte, zu so etwas in der Lage gewesen sein sollte.

Ihre Hände zitterten, als sie ihm anklagend den Pfeil entgegenstreckte. Er tat nicht einmal so, als würde er nicht verstehen, worum es ging, und brachte weder eine Erklärung noch eine Verteidigung vor, sondern schwieg einfach.

»Wie konntest du das tun, Lachlan?«

Connor war außer sich vor Wut, als John MacIains Krieger ihm die Braut aufs Auge drücken wollten, bevor er sein Versprechen eingelöst hatte, ihm seine Krieger für den Kampf gegen die MacLeods zu schicken. So wie das jetzt lief, war das gegen jede Abmachung und konnte ihn zudem in eine peinliche Lage bringen. Falls nämlich der Chieftain nicht rechtzeitig erschien, wäre Connor in der unangenehmen Situation, die Braut zurückschicken zu müssen. Mal ganz davon abgesehen, dass er dann die Schlacht wahrscheinlich ohnehin verlieren und tot sein würde.

Es war eine komplizierte Situation, und er hätte gern Ilysas Meinung dazu gehört. Wie würde sie überhaupt reagieren, wenn sie erfuhr, dass MacIains Enkeltochter angekommen war? Und noch schlimmer: Wie sollte *er* mit zwei Frauen leben? Die Vorstellung schreckte ihn zunehmend, je länger er darüber nachdachte. Ja, er fürchtete sich sogar mehr davor als vor dem Angriff der MacLeods.

Es kostete ihn große Mühe, seine wachsende Verzweiflung zu verbergen, als er sich den beiden Frauen näherte. Er nahm an, dass es sich um Mutter und Tochter handelte, da sie sich sehr ähnlich sahen. Sie waren hochgewachsen, dunkelhaarig und hübsch mit ihren herzförmigen Gesichtern und ihrer üppigen Figur. Hinsichtlich ihrer Garderobe hatten sie sich allerdings gründlich vergriffen. Weder der modische Kopfputz noch die zierlichen Schühchen waren passend für die Reise in einem offenen Boot und hatten entsprechend deutliche Spuren davongetragen.

»Das hier sind Lady Eleanor, Witwe des ältesten Sohnes unseres Chieftains, und ihre Tochter Jane«, stellte der alte Krieger sie vor.

»Willkommen, meine Damen«, begrüßte Connor sie und wies auf die Treppe. »Ich bin mir sicher, dass ihr gerne ins Trockene und Warme wollt.«

Die beiden starrten ihn an, ohne sich vom Fleck zu rühren.

»Ich hoffe, du sprichst Schottisch oder Englisch, sie beherrschen kein Gälisch«, klärte ihr Begleiter ihn auf.

Das hatte ihm noch gefehlt – eine Frau, die die Sprache der Highlands nicht verstand. Er begann zu begreifen, warum Maclain trickreich verhindert hatte, dass er dem Mädchen früher begegnet war. Und noch etwas anderes wurde ihm klar: Seine Enkelin hatte ihn auf keinen Fall freiwillig erwählt. Der gerissene Bastard hatte gelogen, als er behauptete, das Mädchen habe sich ihn unter den möglichen Kandidaten ausgesucht.

»Passt auf die Stufen auf«, sagte Connor auf Schottisch, das ihm weniger zuwider war als das Englische. »Sie können rutschig sein, wenn sie nass sind – und sie sind eigentlich immer nass.«

Der Krieger lachte, keine der beiden Frauen hingegen schien den Scherz witzig zu finden. Connor unterdrückte ein Seufzen und streckte der Mutter die Hand entgegen. Lady Eleanor zog es allerdings vor, die Hand des alten Kämpen zu nehmen, und gab Connor ein Zeichen, ihrer Tochter zu helfen.

Das junge Mädchen lehnte sich ein Stück zurück, um die

Klippe hinaufzusehen. »Ich kann die Stufen nicht hochklettern! Was ist, wenn ich falle?«

»Pass auf, dass du *nicht* fällst«, entgegnete Connor entnervt. »Ich lebe nun einmal oben auf der Klippe, und es existiert kein anderer Weg, um von hier unten nach dort oben zu gelangen.«

Als er ihr die Hand reichte, wich sie zurück, als würde es sich um eine giftige Schlange handeln, und am Ende blieb ihm nichts anderes übrig, als seine künftige Braut auf seinem Rücken die Treppe hinaufzuschleppen. Er vermochte kaum zu glauben, dass durch die Adern einer so hilflosen Kreatur das Blut eines Highlanders floss. Zudem sorgten ihr süßliches Parfum und ihre Arme, die sie um seinen Hals geschlungen hatte, dafür, dass er den ganzen Weg die Klippe hinauf das Gefühl hatte zu ersticken.

Kapitel 33

Connor war in der Hölle gelandet. Er sah die Tafel entlang zu Ilysa hinüber, die geflissentlich seinem Blick auswich. Wann würde dieses anscheinend nicht enden wollende Essen vorbei sein, damit er mit ihr reden konnte? Er hatte nicht einmal die Gelegenheit gehabt, sie persönlich von der Ankunft der Braut in Kenntnis zu setzen. Das war gar nicht gut. Besorgt beobachtete er sie deshalb. Sie war schrecklich blass, und es kam ihm so vor, als würde sie ihr Essen nicht anrühren.

»Müssen wir nach unserer Hochzeit oft hierherkommen?«, erkundigt sich Jane.

»Trotternish Castle ist mein Zuhause.« Connor nahm noch einen Schluck von seinem Whisky. »Und hier halte ich mich dauerhaft auf.«

»Aber wir werden sicherlich ebenfalls viel Zeit bei Hofe in Edinburgh verbringen, nicht wahr?«, hakte sie. »Mein Großvater hat mir das versprochen.«

»Ich gehe eigentlich nur an den Hof, wenn man mich hinzitiert«, entgegnete Connor barsch und fügte hinzu: »Und selbst dann nicht immer.«

Jane stieß einen Entsetzensschrei aus, der ihn dermaßen nervte, dass er erst mal einen großen Schluck Whisky runterkippte.

Zum Teufel, das Mädchen würde aus ihm einen Trinker machen, wenn das so weiterging. Er rieb sich über die Stirn und ermahnte sich, nicht zu vergessen, dass er ohne MacIains Krieger geliefert war. Außerdem hätte er es schlechter treffen können. Jane war zumindest hübsch und wirkte nicht kränklich. Dass sie nicht sein Typ war und ihm schon jetzt gewaltig auf die Nerven ging, ließ sich nicht ändern.

Wie oft musste er wohl mit ihr schlafen, um seine Pflicht zu erfüllen und ein Kind zu zeugen? Bei der Vorstellung, mit ihr ins Bett zu gehen, fühlte er sich schmutzig, denn sein Herz war woanders. Da half es wenig, sich zu sagen, dass andere Männer so etwas ständig taten, ohne dass es ihnen ein schlechtes Gewissen verursachte.

Connors Blick schweifte erneut zu Ilysa, der Niall gerade eine Geschichte zu erzählen schien, wie seine wilden Gesten verrieten. Vielleicht würde sie ihm ja später verraten, was es gewesen war, wenn sie gemeinsam im Bett lagen …

»Ist das deine Geliebte?«

Erschrocken zuckte Connor zusammen. Hatte Jane ihn das wirklich gefragt? Während des Essens? Er hoffte, dass niemand, der in ihrer Nähe saß, Schottisch verstand.

»Ich muss sagen, dass sie gar nicht wie so eine aussieht«, fügte sie hinzu.

Wie so eine? Die herablassende Bemerkung war typisch für die Lowlander. Da Connor nichts Höfliches darauf erwidern konnte, schenkte er sich stattdessen lieber einen weiteren Whisky ein.

»Meine Mutter meint, dass die Highlander sehr … nun ja, fordernd sind und dass ich froh sein sollte, wenn du noch eine andere Frau hättest«, fügte sie hinzu und sorgte mit dieser Bemerkung dafür, dass Connor sich an seinem Drink verschluckte.

»Sprich leise, um Himmels willen. Und was sagst du selbst dazu?«

Jane zuckte die Achseln. »Warum sollte es mir etwas ausmachen?«

Nachdem er ständig mit sich gerungen hatte, wie er das halten sollte mit zwei Frauen, fand er es höchst befremdlich, dass es ihr überhaupt nichts auszumachen schien, wenn er mit einer anderen schlief.

»Solange sie weiß, wo ihr Platz ist«, schob seine Braut mit unverkennbarer Arroganz hinterher.

Connor zog es vor, diese Bemerkung nicht zu kommentieren – so zu denken war ihr sicherlich anerzogen worden –, und wich auf ein, wie er dachte, unverfänglicheres Thema aus.

»Freust du dich eigentlich darauf, einem großen Haushalt vorzustehen?«

»O ja.« Zum ersten Mal, seit sie hier angekommen war, erkannte er in ihren Augen Interesse. »Als Erstes werde ich hier so einiges verändern.«

»Was würdest du denn in *meiner* Halle konkret anders machen wollen?«

Connor sprach die Worte langsam und bedächtig aus. Jemand, der ihn besser kannte, wäre bei der gefährlichen Ruhe in seiner Stimme längst in Deckung gegangen.

Nicht so Jane. »Ich würde Wandteppiche kaufen und die Wandverkleidung erneuern.« Sie drehte den Kopf von links nach rechts. »Dinge eben, wie ich sie im königlichen Palast gesehen habe. Die Königin hat ja so viele prachtvolle Dinge aus England mitgebracht.«

Verdammt, das hier musste er im Keim ersticken. Er

hatte so viele Einwände dagegen, dass er gar nicht wusste, wo er anfangen sollte.

»Wir Highlander ahmen die *dreckigen* Engländer nicht nach«, erklärte er mit ruhiger Stimme und verkniff es sich sogar, für die Engländer nicht den ungleich unflätigeren Begriff zu benutzen, den die Highlander normalerweise verwendeten. »Die Engländer sind für den Tod so vieler schottischer Krieger verantwortlich.«

»Ich könnte mich auch mit dem französischen Stil zufriedengeben ...«

»Meine Clansleute haben viel Leid erduldet«, unterbrach Connor sie. »Als Chieftain ist es meine Pflicht, mich um diejenigen zu kümmern, die nicht für sich selbst sorgen können, bevor ich einen einzigen Taler dafür ausgebe, meine vollkommen tadellose Halle neu einzurichten.«

Tränen schossen Jane in die Augen, und mit raschelnden Röcken floh sie aus dem Raum. Er war so erleichtert, dass sie weg war, dass er nicht einmal ein schlechtes Gewissen verspürte, weil er sie von der Tafel vertrieben hatte. Vielleicht würde sie das nächste Essen ja mit ihrer Mutter auf dem Zimmer einnehmen. Die Lady hatte es nämlich von vornherein abgelehnt, zum Essen nach unten in die Halle zu kommen.

Zwar hatte er keine übertriebenen Erwartungen in diese Verbindung gesetzt, aber zumindest auf eine ruhige, freundschaftliche Partnerschaft gehofft, in der man die Pflichten gegenüber dem Clan erfüllte und einander respektierte. Doch selbst das kam ihm inzwischen wie ein dummer Traum vor.

Mehr als je zuvor schätzte er mit einem Mal, was Ilysa in diesem Haushalt getan hatte, ohne irgendwelches Aufheben davon zu machen.

Statt teure Wandteppiche zu fordern, hatte sie die Halle mit Wildblumen geschmückt und sie mit anderen Kleinigkeiten wohnlicher gestaltet. Gar nicht davon zu reden, wie geschickt sie das Personal leitete, einschließlich des aufmüpfigen Kochs, der vorher nichts als Schwierigkeiten gemacht hatte. Dabei bestand ihre Hauptaufgabe nach wie vor darin, Wunden zu versorgen, Alte und Kranke zu betreuen, Babys auf die Welt zu bringen und Verstorbene für die Beerdigung herzurichten.

Nichts von alldem würde seine zukünftige Braut tun. Dieses Mädchen war vollkommen nutzlos. Connor war unglaublich dankbar, dass Ilysa beschlossen hatte zu bleiben. Wer weiß, vielleicht musste sie ihn eines Tages sogar davon abhalten, seine Ehefrau zu ermorden.

Sie rückte so nahe an die Bettkante, wie es eben ging, ohne hinauszufallen. Jane und ihre Mutter atmeten viel zu laut und warfen sich im Schlaf hin und her wie gestrandete Fische. Sicherlich war es ein Luxus gewesen, ein eigenes Zimmer zu bewohnen, doch sie hatte sich daran gewöhnt. Im Grunde hätte den beiden MacIain-Frauen aufgrund ihrer Stellung natürlich ein eigenes Gemach zugestanden, bloß gab es keines mehr. Die MacLeods hatten nach der Rückeroberung der Burg in letzter Minute alles Brauchbare herausgeschleppt. Das war ein Problem, das irgendwann gelöst werden musste. Da die beiden Frauen aber früher als erwartet aufgetaucht waren, hatte sich kurzfristig nichts mehr arrangieren lassen.

Nichtsdestotrotz hatte Ilysa beschlossen, gleich am nächsten Morgen ihre Habseligkeiten in ein kleineres Zimmer zu schaffen, in dem zumindest eine schmale Matratze lag. Selbst ihre Leidensfähigkeit war begrenzt, und in einem Bett mit Connors Braut und deren Mutter zu schlafen, war mehr, als sie ertragen konnte.

In dem Moment, als Jane an Connors Arm in die Halle getreten war, hatte sie sich gefühlt, als wäre einer von Lachlans Pfeilen in ihr Herz gedrungen. Den ganzen Tag über hatte diese Wunde geschwärt und das Gift sich in ihrem ganzen Körper verteilt. Dennoch war sie ihren Pflichten nachgekommen, hatte dafür gesorgt, dass ein Festmahl für die Gäste zubereitet worden war, und die mitleidigen Blicke aller erduldet. Dadurch war ihr endgültig klar geworden, dass jeder Mann, jede Frau und jedes Kind über sie und Connor Bescheid wusste.

Und was sollte sie von dieser Jane halten? Wäre sie ihrem scheinheiligen Großvater nachgeschlagen, könnte sie sie hassen. Aber sie war einfach ein naives, verwöhntes kleines Mädchen.

»Ilysa«, hörte sie sie neben ihr im Bett plötzlich flüstern. »Ist der Chieftain immer so Furcht einflößend?«

»Wieso findest du das?«

»Als er die Klippe hinunterkam, um uns zu begrüßen, war er schmutzig wie ein Barbar, und er hatte dieses riesige Schwert in der Hand. Ich habe wirklich um mein Leben gefürchtet.«

»Connor würde einer Frau oder einem Kind niemals etwas antun«, versicherte Ilysa ihr.

»Hm«, machte Jane und wirkte nicht besonders überzeugt.

»Ganz sicher ist das hier im Vergleich zu dem, was du gewohnt bist, ein rauer Ort. Deshalb wirst du froh sein, einen Ehemann zu haben, der dich beschützen kann.«

»Ohne den ganzen Schmutz im Gesicht ist er zweifellos hübsch, nur schrecklich groß«, entgegnete Jane. »Ich wünschte mir, dass die Highlander nicht solche Barbaren wären.«

Ilysa verkniff es sich, zu erwähnen, dass sie selbst von der Abstammung her eine Highlanderin sei, und war froh, als Janes Redefluss nachließ und sie endlich einschlief.

Kurz darauf klopfte es leise an die Tür. Als Heilerin wurde sie oft nachts geweckt, weil irgendjemand ihre Hilfe brauchte. Schnell schlüpfte sie aus dem Bett, schlang sich ein Tuch um die Schultern, um nachzusehen, wer es war.

Als sie die Tür einen Spaltbreit öffnete, erblickte sie im Schein der Fackeln Connor. Er sagte kein Wort, bis sie die Tür hinter sich geschlossen hatte. Dann nahm er sie in die Arme mit der Verzweiflung eines Sterbenden, der sich ans Leben klammerte, und murmelte ihren Namen.

»Ich konnte nicht länger warten«, stieß er leise hervor. »Dazu brauche ich dich viel zu sehr.«

Wie sollte sie ihm widerstehen? Als er sie hochhob, um sie in sein Schlafzimmer zu tragen, vergrub sie ihr Gesicht in seiner Halsbeuge. Er duftete nach Seeluft, nach dem Geruch von glimmendem Torf und nach Connor.

In seinem Zimmer angekommen, stellte er sie ab, drückte sie mit dem Rücken gegen die Wand und bedeckte ihr Gesicht mit gierigen Küssen.

»Ich weiß, woran du denkst«, flüsterte er ihr ins Ohr. »Doch du kannst mich nicht verlassen. Du darfst es nicht.«

Als er ihr Nachthemd hochschob und sich an sie presste, jagte das Gefühl des groben Hemdstoffs auf ihren Brüsten kleine Schauer durch ihre Adern, und sie warf alle Vorsätze über Bord.

Morgen würde sie über alles nachdenken, aber im Augenblick wollte sie einfach mit ihm zusammen sein. Heute

Nacht gehörte er noch ihr. Sie wollte ihn berühren, wollte seine warme Haut und seine Muskeln unter ihren Händen spüren, wollte sich von seiner Hitze und Leidenschaft umhüllen lassen.

Er sog scharf die Luft ein, als sie nach unten griff und über seine Erektion strich. Während ihre Zungen zu einem bedächtigen, sinnlichen Kuss verschmolzen, machte er seine Hose auf, damit sie seine Härte umfassen konnte.

»Ich werde dir zeigen, dass du mir gehörst«, raunte er ihr mit belegter Stimme ins Ohr.

Dann fiel er auf die Knie und legte die Hände auf ihre Brüste. Sein Atem strich heiß und feucht über ihre Haut. Als er sie küsste und zugleich ihre Brustspitzen reizte, verspürte sie ein heftiges, sehnsüchtiges Ziehen zwischen ihren Schenkeln.

Sie vergrub die Finger in seinem langen Haar, während er sich nach unten bewegte und heiße Küsse auf ihren Bauch und ihre Hüften hauchte.

»*Aye*«, keuchte sie, als er schließlich mit der Zunge in sie eintauchte. Ihre Brüste schienen sich aufzurichten, ihr Atem ging flach und schnell, und immer noch steigerte er ihre Lust weiter. Schließlich warf sie den Kopf in den Nacken und überließ sich voll und ganz ihren Empfindungen, bis helle Funken vor ihren Augen sprühten und Wellen der Lust durch ihren Körper flossen, die sie ekstatisch zucken ließen.

Connor stand auf und hob sie hoch. »Ich muss in dir sein«, keuchte er zwischen seinen stürmischen Küssen. »Sofort.«

Sie stöhnte, als er mit einer fließenden Bewegung in sie drang und ihre innersten Muskeln sich begehrlich um ihn schlossen. Immer schneller, immer härter stieß er in sie. Ihr

Rücken schlug heftig gegen die Tür, es war ihr egal. Sie würde nie genug von ihm bekommen. Niemals. Sie hielt sich an ihm fest, wurde in ungeahnte Höhen getrieben. Sie konnte es kaum noch aushalten und schrie auf, als er ihren Namen rief und sich in sie ergoss.

Anschließend legte Connor die Stirn auf ihren Kopf, beide keuchten und schwitzten sie. Nach einer Weile dann lehnte er sich ein Stück zurück, um ihr ins Gesicht zu blicken.

»Ich liebe dich von ganzem Herzen«, sagte er und strich mit dem Daumen über ihre Wange. »Du bist ein Teil von mir, und ich bin ein Teil von dir. Wir sind zwei Hälften eines Ganzen.«

In dieser Nacht liebte er sie wieder und wieder. Er wollte sie mit seinem Körper davon überzeugen zu bleiben, wollte ihr zeigen, wie sehr er sie brauchte. Als er den Raum im fahlen Licht der Morgendämmerung betrachtete, hatte er das Gefühl zu schweben. Trotzdem schloss er die Augen nicht, weil er fürchtete, Ilysa könnte sich davonschleichen, während er schlief.

Es half nichts. Als sie die Augen aufschlug, sah er in ihnen den Abschied stehen.

Sie schlang die Arme um seinen Hals, er atmete den vertrauten Duft von Lilien ein und wischte eine einzelne Träne weg.

»Lieb mich, als wäre es das letzte Mal«, wisperte sie.

Er drehte sie auf den Rücken und küsste zärtlich jeden Zentimeter ihres Körpers, der ihm inzwischen so vertraut war, und ließ ihr rotgoldenes Haar durch seine Finger gleiten.

Er kannte sie, wusste, wie er sie zum Stöhnen brachte,

wusste, was das leichte Stocken ihres Atems bedeutete. Connor tat sein Möglichstes, um sie davon zu überzeugen, dass das, was sie gemeinsam hatten, wichtiger war als alles andere, dass es ausreichte.

»Du gehörst zu mir«, beschwor er sie.

Sie widersprach ihm nicht, doch bei Ilysa musste das nicht unbedingt Zustimmung bedeuten.

Und es war auch keine.

Sie liebten sich ein letztes Mal, dann zwang sie sich, die Umarmung zu lösen und aus dem Bett zu steigen. Sie zog ihr Nachthemd an, bevor sie es sich noch einmal anders überlegte.

»Ich dachte, ich könnte es«, sagte sie und schluckte ihre Tränen hinunter. »Aber nachdem ich sie kennengelernt habe, kann ich es nicht mehr.«

»Ilysa, bitte …«, begann Connor

Sie hob die Hand, um ihn zum Schweigen zu bringen. »Wenn ich sie hassen könnte, dann wäre alles leichter. Bloß ist sie dafür viel zu hübsch, zu lebendig, zu liebenswert.«

»Liebenswert? Wie kommst du auf diese Idee? Ihr liegt nichts am Wohlergehen meines Clans. Sie macht sich ausschließlich über unwichtige Dinge Gedanken, ist egoistisch, will am Hof leben und die Burg komplett umkrempeln.«

»Sie ist noch sehr jung und unreif, das ist alles.«

»Jane ist genauso alt wie du.«

»Im Gegensatz zu mir hat sie nie Verantwortung übernehmen müssen und weiß es nicht besser. Letztlich ist sie ein verzogenes kleines Mädchen, doch sie wird lernen. Und du wirst vielleicht sogar lernen, sie zu lieben.«

Genau diese Einsicht hatte sie in ihrem Entschluss bestärkt zu gehen. Sie wollte nicht der Grund sein, dass Connor sich nicht in seine Frau verliebte, und genauso wenig mochte sie erleben, dass er es tat.

»Ich habe dir schon einmal gesagt, dass mein Herz allein dir gehört und keiner anderen«, widersprach er.

»Wie auch immer, ich kann dich nicht teilen, das habe ich erkannt.« Ilysa begann ihren Zopf zu flechten. »Ich will etwas Eigenes. Ein Zuhause, einen Ehemann, Kinder, eine Familie eben.«

Connor erhob sich aus dem Bett und umschloss ihre Hände. »Wir können Kinder haben«, redete er auf sie ein. »Deine Söhne werden das Blut der Chieftains in sich tragen und die gleichen Chancen haben wie eheliche Söhne.«

»Ist das nicht genau das, was du gefürchtet hast?«

Sie wandte den Blick ab, damit er die Tränen nicht sah, die ihr über die Wangen zu rollen drohten.

»Das spielt keine Rolle mehr. Außerdem ist es vielleicht sowieso zu spät. Du könntest mein Kind bereits unter dem Herzen tragen.«

»Ich bin nicht schwanger.« Zumindest gab es noch keine Anzeichen dafür. »Als Heilerin würde ich es merken.«

»Aber ich wünsche mir Kinder mit dir.«

Sie schloss die Augen, als ein sehnsüchtiges Gefühl sie ergriff. Wie sie es genießen würde, die Mutter von Connors Kindern zu sein, und einen Sohn mit seinem Aussehen und seinem tapferen Herzen zu haben. Doch dazu würde es nicht kommen.

»Als wir auf der Versammlung waren, habe ich einen Heiratsantrag erhalten und mich entschlossen, ihn anzunehmen.«

Connor war, als hätte ihm jemand einen Faustschlag in den Magen versetzt.

»Das hast du bis jetzt gar nicht erwähnt«, presste er

zwischen zusammengebissenen Zähnen hervor. »Wer ist der Glückliche?«

»Ich weiß, dass du nicht geglaubt hast, irgendein Chieftain werde mich bitten, seine Frau zu werden, weil das gegen alle Clangepflogenheiten ist«, begann sie. »Ich bin eben nicht bedeutend genug.«

»So etwas habe ich nie gesagt ... Für mich bist du alles«, verteidigte er sich und fragte sich zugleich, ob sie ihn absichtlich missverstehen wollte. »Es geht einzig und allein darum, dass ich Krieger brauche. Und dafür muss ich eine beliebige Ehefrau in Kauf nehmen.«

»Nun, der Chieftain der MacNeils will mich selbst ohne das alles heiraten.«

»Glynis' Vater?«, fragte er entsetzt nach. »An diesen alten Mann kannst du dich nicht ernsthaft binden wollen.«

»Zugegeben, er ist nicht mehr der Jüngste, aber er ist nett, und ich mag ihn.«

»Er hat einen Haufen Kinder, deshalb hat er dich gefragt.« Connor warf die Hände in die Luft. »Er sucht eine Frau, weil er eine Mutter für die Kinder braucht.«

»Ist das deiner Meinung nach der einzige Grund, warum ein Mann mich bitten könnte, ihn zu heiraten?«

»Natürlich nicht. Jedenfalls liebt er dich bestimmt nicht so, wie ich dich liebe.«

Er griff nach ihr, um sie in die Arme zu schließen, doch sie stieß ihn zurück.

»Für seine Kinder die Mutter zu sein, würde mir gefallen. Ich mag Kinder. Vielleicht bekommen wir ja noch mehr. Bestimmt würde ihn das genauso glücklich machen wie mich.«

Der Gedanke, dass Ilysa die Kinder eines anderen Mannes zur Welt bringen würde, machte Connor ganz krank.

»Versteh das bitte«, fuhr sie fort. »Ich will eine Familie, ein eigenes Heim und einen Mann, den ich meinen Ehemann nennen kann und der mir Treue schwört und diesen Schwur erfüllt«, sagte sie und zählte damit schonungslos die Dinge auf, die er ihr nicht zu geben vermochte. »Das alles werde ich durch die Heirat mit Gilleonan MacNeil bekommen.«

»Wirst du ihn denn lieben?«, wollte Connor wissen und hasste die Verzweiflung, die deutlich hörbar in seiner Stimme mitschwang.

»Zumindest werde ich mich nützlich fühlen und wertgeschätzt.« Sie legte ihr Tuch um die Schultern und befestigte die Ecken mit einer Spange. »Ich werde eine zufriedene Frau sein.«

»Es klingt, als hättest du sehr lange und sehr gut darüber nachgedacht.«

»Das stimmt«, bestätigte sie.

»Wen hast du sonst noch in deine Überlegungen einbezogen? Lachlan of Lealt vielleicht? Du scheinst ihn wirklich gernzuhaben.«

»Lachlan?« Überraschung sprach aus ihrer Miene. »Ich würde niemals einen MacDonald heiraten. Vor allem keinen, mit dem ich auf Trotternish leben müsste. Ich bin lieber irgendwo, wo ich dich nicht wiedersehen muss.«

Sie wollte ihn nicht wiedersehen? Nie mehr? Meinte sie das ernst? Seine Verbitterung schwand, und an ihrer Stelle blieb nichts als Leere zurück.

»Ich werde es dem Chieftain der MacNeils sagen, wenn er herkommt, um an deiner Seite gegen die MacLeods zu kämpfen.«

Sie richtete das Tuch über ihrem Nachthemd und wich seinem Blick aus.

»Wenn du mit ihm glücklich wirst, dann werde ich zufrieden sein.« Connor zwang sich dazu, die Worte auszusprechen, obwohl es eine Lüge war. »Wobei es eigentlich keinen Grund für dich gibt, eine solch übereilte Entscheidung zu treffen.«

»Wenn MacNeil mich noch immer will, werde ich, sobald die Schlacht vorbei ist, mit ihm gehen.« Als er schwieg, fügte sie hinzu: »Eines allerdings darfst du nicht vergessen: Du hast mir versprochen, nicht vor Beltane zu heiraten, halt dich daran. Das bist du mir schuldig.«

»Ist das denn jetzt noch wichtig?«

Endlich sah sie ihn an, und in ihren Augen erkannte er eine Traurigkeit, die sie hinter ihrer schroffen Art hatte verbergen wollen.

»*Aye*«, sagte sie leise. »Es ist wichtig, sehr wichtig sogar.«

Kapitel 34

»Niemand verlässt ohne meine ausdrückliche Erlaubnis die Burg«, ermahnte Connor alle, bevor sie sich an die Tische setzten, um zu essen.

Er hatte den Befehl zum ersten Mal erteilt, als Jane die Burg betreten hatte. Wenn die MacLeods mitbekamen, dass ihr Großvater, der Chieftain der MacIains, schon bald mit dreihundert Kriegern hier anrückte, dann würden sie handeln, solange die Chancen für sie noch gut standen, und sofort einen Angriff starten.

Sein Appetit schwand, als Jane, die neben ihm saß, ihm ohne Unterlass von der neuesten Mode bei Hofe erzählte. Dafür hatte er weiß Gott momentan keinen Kopf. Seine düsteren Gedanken drehten sich vielmehr um die Frage, wer von seinen Männern, die an den langen Tischen saßen, die beiden Wachen ermordet und das Tor für Hugh geöffnet haben mochte. Er war noch immer genauso ahnungslos wie in der Nacht, als es passiert war.

Connor war froh, als Lachlan plötzlich von draußen hereinkam, an die Tafel trat und ihm zunickte. Sogleich erhob er sich.

Was immer er auf seiner letzten Erkundung der Halbinsel herausgefunden hatte – er sollte nicht vor allen in der Halle darüber berichten. Lachlan und Sorely würden ihn stattdessen in sein Zimmer begleiten. Und was den Chieftain betraf, so war er froh, eine Entschuldigung zu haben, um vor Janes Geschwätz zu flüchten.

Als er sich zum Gehen wandte, bemerkte er den fragenden Ausdruck in Ilysas Augen und nickte ihr leicht zu. Er sah noch, wie sie eine Flasche Wein vom Tisch nahm und ebenfalls die Halle verließ – ein Zeichen, dass sie ihm folgen würde. Er hatte sich daran gewöhnt, sie bei derartigen Unterredungen hinzuzubitten, damit sie sich anschließend darüber austauschen konnten. Würde sie es sich vielleicht noch einmal überlegen, die Burg zu verlassen?

»Welche Neuigkeiten hast du für mich?«, fragte Connor Lachlan, als die drei schließlich am Tisch in seinem Zimmer saßen.

Sorely warf immer wieder einen Blick über die Schulter, als fürchtete er, der Geist des Kindermädchens könnte sich von hinten an ihn heranschleichen und ihn erwürgen. Es war einfach lächerlich.

»Die MacLeods haben inzwischen noch mehr Männer am Snizort River versammelt«, wusste Lachlan zu berichten. »Sie belästigen und bedrängen unsere Bauern, die bislang auf ihrer Scholle ausharren.«

»Bevor wir etwas unternehmen und uns in einen Kampf hineinziehen lassen, müssen wir die Ankunft unserer Krieger aus Sleat und North Uist abwarten sowie MacIains Flotte. Wenn es läuft wie geplant, sollten alle bald da sein.«

»Eigentlich könnten wir unterdessen die MacLeods ein bisschen reizen, um sie von den Bauern abzulenken«, schlug Lachlan vor

Connor hatte die gleiche Idee gehabt. »In Ordnung, ich werde euch beide mit ein paar meiner Leute, die ich entbehren kann, zum Snizort River schicken.«

»Uns beide?«, fragte Lachlan tonlos.

»*Aye.*« Zwar glaubte Connor nicht, dass einer von ihnen für Hugh spionierte, aber es zahlte sich immer aus, vorsichtig zu sein. Die beiden mochten sich nicht und schienen einander zu misstrauen. Deshalb war davon auszugehen, dass sie sich sehr genau im Auge behalten würden. »Übertreibt es nur ja nicht, verbreitet lediglich etwas Chaos. Gerade genug, damit die MacLeods es nicht wagen, sich zu weit von ihrem Lager zu entfernen.«

Lachlan sah ihn an. »Wer übernimmt bei der Aktion die Führung?«

Es war richtig, dass er fragte, denn einer von ihnen musste die Rolle des Anführers übernehmen. Sorely schien sich seiner Sache sicher zu sein, wie sein selbstgefälliges Grinsen verriet. Und in der Tat fiel Connors Entscheidung ganz nach seinen Wünschen aus. Zwar war Lachlan eindeutig der bessere Mann, doch hegte Connor nach wie vor letzte Zweifel, ob er ihm hundertprozentig vertrauen konnte.

»Brecht vor Tagesanbruch auf und kehrt zurück, so schnell ihr könnt«, verabschiedete er die beiden.

Als die Männer sich anschickten, das Zimmer zu verlassen, bemerkte Connor, wie Ilysa und Lachlan sich stumm zu verständigen schienen. Eifersucht brandete in ihm auf. Der Gedanke, sie könnte sich dem attraktiven Krieger zuwenden, war ihm unerträglich. Wenngleich sie verkündet hatte, sie werde MacNeil heiraten, war da irgendetwas zwischen den beiden.

»Ich bin überrascht, dass du Sorely gewählt hast«, sagte sie, sobald die Tür hinter den Männern ins Schloss gefallen war.

»Hatten wir uns nicht darauf verständigt, dass du meine

Entscheidungen nie mehr hinterfragst?«, beschied er sie unwirsch.

»Und ich dachte, du wolltest mich dabeihaben, weil du meine Meinung schätzt.« Ilysa verschränkte kämpferisch die Arme vor der Brust. »Aber so langsam begreife ich, dass ich nicht mehr als eine Gespielin für dich war – eine Gespielin auf Zeit dazu.«

Als Connor die Arme um sie schlang, versteifte sie sich.

»Es tut mir leid. Die Aussicht, dich zu verlieren, macht mich aggressiv.« Traurigkeit erfüllte ihn, als er den vertrauten Duft von Lilien in ihrem Haar einatmete. »Du bedeutest mir alles.«

»Wärst du bereit, mich mit jemand anderem zu teilen?«, wollte sie wissen und schob ihn von sich.

Allein der Gedanke weckte Mordgelüste in ihm. Wenn die Situation genau umgekehrt wäre, würde er sie niemals verlassen, doch ihren Ehemann würde man mit einem Dolch in der Brust auffinden.

»Du hast recht«, gestand er. »Ich verlange viel zu viel von dir.«

Sie nickte und berührte mit den Fingerspitzen seine Wange, es war eine Geste des Abschieds.

»Wir müssen beide versuchen, glücklich zu werden.«

Connor wandte sich ab. Es war nicht sein Schicksal, glücklich zu sein. Sein Schicksal war es, seinen Clan zu retten – egal, was es ihn kosten mochte.

Es war Vollmond. Ilysa zog die Kapuze tief ins Gesicht, schloss geräuschlos ihre Zimmertür und schlich die Treppe hinunter. Vor der großen Halle hielt sie inne, um zu lauschen. Als sie sich sicher war, dass sie nichts außer dem Schnarchen der Männer hörte, ging sie auf Zehenspitzen hinein. Das Feuer im Kamin warf ein schwaches, unheimliches Licht auf die schlafenden Männer, die auf dem Boden und den Bänken lagen. Vorsichtshalber hielt sie sich in den Schatten.

Connor würde es nicht dulden, dass sie nachts mutterseelenallein die Burg verließ. Aber sie konnte keine Begleitung gebrauchen, das hier musste sie alleine durchziehen. Um sicherzugehen, dass sie niemanden geweckt hatte, warf sie einen Blick über die Schulter zurück, bevor sie die schwere Tür gerade weit genug aufschob, um hindurchzuschlüpfen.

»Ein krankes Kind braucht meine Hilfe«, beschwindelte sie die Wache am Tor.

Der Mann machte ihr keine Schwierigkeiten trotz Connors Befehl. Im Übrigen wusste jeder, dass sie das Vertrauen des Chieftains genoss.

Bevor sie ihn verließ, um MacNeil zu heiraten, würde sie alles tun, was in ihrer Macht stand, um ihn zu schützen. Heute Nacht würde sie ihren zweiten und letzten Ausflug in die Feenschlucht unternehmen, um ihren Schutzzauber für ihn zu sprechen.

Es war fast Mitternacht, als es an Connors Tür klopfte. Draußen stand Sorely abwartend auf der Schwelle. Etwas Wichtiges musste ihn herführen, wenn er sich freiwillig dem Spukzimmer näherte. Connor winkte ihn herein.

»Es wird dir nicht gefallen«, begann Sorely und unterbrach sich wieder. Erst als der Chieftain ihm ungeduldig bedeutete weiterzusprechen, fügte er hinzu: »Ich habe unseren Spion gefunden.«

Connor hoffte inständig, dass er nicht Lachlan meinte. Trotz seiner Eifersucht mochte er den Mann. Nicht zuletzt wegen des Gefühls, dass zwischen ihnen eine Verbindung bestand, weil sie einen gemeinsamen Bruder verloren hatten.

»Wer ist es?«

Statt zu antworten, verlagerte Sorely das Gewicht von einem Bein auf das andere und wirkte, als wäre ihm die Situation sehr unangenehm. Hätte er Beweise, dass Lachlan für Hugh arbeitete, würde er bestimmt schadenfroh grinsen.

»Verdammt, jetzt spuck es schon aus«, forderte er den Krieger auf, aber noch immer erhielt er keine Antwort.

Connor hatte die Geduld mit ihm fast verloren, als Sorely endlich den Mund aufmachte.

»Ilysa.«

Kapitel 35

Ilysa?« Connor fühlte, wie ihm das Blut aus dem Kopf wich. »Was ist mit Ilysa?«

»Ich habe beobachtet, wie sie sich vor einer Weile aus der Burg geschlichen hat«, erklärte Sorely wichtig.

»Sie ist Heilerin. Bestimmt muss sie der Frau eines Bauern bei der Geburt helfen oder etwas in der Richtung.«

»Wenn dem so wäre, hätte jemand auf die Burg kommen und nach ihr fragen müssen.« Sorely ließ keine Gegenargumente gelten. »Niemand war da. Sie hat sich wie ein Dieb in der Nacht davongeschlichen.«

Sorely redete Unsinn. Der Verdacht, Ilysa könnte Hughs Spion sein, war einfach lächerlich. Dennoch beschäftigte ihn die Frage, wohin sie mitten in der Nacht wollte, wenn niemand ihre Dienste benötigte.

Konnte es sein, dass sie sich mit einem Mann traf? Der Gedanke traf ihn wie die Klinge eines Schwertes direkt ins Herz. Nein, das würde sie nicht tun. Nicht nachdem sie gerade erst zusammen gewesen waren.

Er hasste sich selbst für diese Gedanken. Aber nachdem diese Idee sich einmal festgesetzt hatte, vermochte er sie nicht einfach wegzuschieben. Ilysa brauchte einen Mann. In jeder Hinsicht, nicht nur damit sie versorgt war. Immerhin wusste er allzu gut, dass sich unter der Schicht ruhiger

Selbstbeherrschung ein großes leidenschaftliches Potenzial verbarg. Bislang war er jedoch davon ausgegangen, dass es ihm allein galt. War das möglicherweise ein Irrtum?

»Bist du dir sicher, dass sie es war?«

»*Aye.*« Demonstrativ verzog Sorely das Gesicht. »Ich habe nicht zum ersten Mal beobachtet, wie sie sich davongeschlichen hat. Unter Missachtung deines eindeutigen Befehls, dass es niemandem erlaubt sei, die Burg ohne deine ausdrückliche Erlaubnis zu verlassen.«

»Ich bin mir sicher, dass es einen plausiblen Grund dafür gibt.« Er hoffte es zumindest inständig. »Sie ist wahrscheinlich aufgewacht und hat sich Sorgen um ein Kind gemacht oder um jemanden, den sie in einem schlechten Zustand zurückgelassen hatte.«

Nein, Ilysa würde ihm das niemals antun, dass sie heimlich einen anderen Mann traf. Eigentlich glaubte er sowieso nicht, dass es außer ihm jemanden gab, dazu waren ihre vielen kleinen Abschiede, die sie immer wieder rückgängig gemacht hatte, viel zu schmerzlich gewesen.

»Vielleicht sollten wir ihr folgen«, schlug Sorely vor. »Dann würden wir Antworten auf unsere Fragen bekommen.«

Der Mann war ein Narr, falls er ernstlich vermutete, dass Ilysa der Verräter sein könnte. Und was sie heute Nacht aus der Burg getrieben hatte, das wollte Connor allein herausfinden. Niemand anders sollte dabei sein.

»Nein, so wichtig ist die Angelegenheit nicht. Ich werde ein paar der Jungen schicken, die ohnehin ihre Fähigkeiten im Spurenlesen verbessern sollten. Du musst morgen mit Lachlan sehr früh aufbrechen, deshalb solltest du dich hinlegen.«

»Ich bin sofort zu dir gekommen, als ich sie habe gehen

sehen. Derjenige, den du hinterherschickst, muss schnell sein, um sie einzuholen, bevor sie das offene Feld überquert hat und außer Sichtweite ist.«

Ilysas Atem ging schnell, und das Pochen ihres Herzens dröhnte in ihren Ohren, als sie den dunklen Weg entlanghastete. Die Feenschlucht war weit entfernt, und sie musste sich beeilen, um vor dem Morgengrauen wieder zurück zu sein. Sie war dankbar für das Mondlicht, das zeitweilig zwischen den Wolken aufleuchtete, die über den Himmel zogen. So würde sie sich wenigstens nicht heillos verlaufen.

Nach ein paar Stunden erkannte sie in der Dunkelheit die Umrisse der seltsamen kegelförmigen Hügel. Weiße Punkte waren darauf zu sehen. Schafe. Beinahe wirkten sie wie Sterne am Himmel. Ilysa stellte ihren Korb ab und atmete durch, bevor sie ihre Sachen auspackte. Ehe sie das Feuer entfachte, kleidete sie sich um. Obwohl niemand hier war, der sie sehen konnte, wollte sie ihre Kleider lieber im Schutz der Dunkelheit ablegen.

Sobald sie das Feuer angezündet hatte, hielt sie nach einem Stock Ausschau, der die richtige Länge hatte. Anschließend musste sie sich erst mal beruhigen und ihre Gedanken sammeln, damit der Zauber funktionierte. Den Blick auf die Flammen gerichtet, atmete sie tief und bedächtig durch, bis ihr Herzschlag sich normalisierte.

Stück für Stück drängte sie die Angst zurück, die sie verfolgt hatte, während sie allein durch die Nacht gelaufen war, sowie die Müdigkeit, die Erschöpfung, den Schmerz und die Trostlosigkeit, die sie seit der Ankunft von Connors Braut umfangen hielten. Dies abzulegen, war das Schwierigste von allem.

Sobald sie die störenden Empfindungen losgelassen hatte, die ihr Herz beschwerten, blieb allein die Sehnsucht zurück, die ihr dabei helfen würde, sich nicht auf sich selbst zu konzentrieren, sondern auf den Mann. Auf Connor, für den sie den Zauber sprach.

Sie warf eine Handvoll von den Kräutern, die sie mitgebracht hatte, ins Feuer, und sofort stoben Funken in Blautönen, in Grüntönen, in Orangetönen durch die Nacht. Jetzt war es Zeit, Connors Bild in sich heraufzubeschwören. Sie spürte seine Anwesenheit ganz deutlich, und das stimmte sie zuversichtlich, dass ihr Zauber funktionieren werde.

Langsam begann sie im Kreis um das Feuer zu gehen – von links nach rechts, in die Richtung des Glücks – und zog dabei den Stock hinter sich her. Zwar hinterließ er keine Spuren auf dem grasbewachsenen Untergrund, doch die Stärke des Schutzkreises, den sie für Connor in den Boden zeichnete, hatte nichts damit zu tun, was die Augen zu erblicken vermochten.

»Connor, Sohn von Donald Gallach, Enkel von Hugh und Urenkel des Lords of the Isles«, rezitierte sie, »mögest du der Chieftain sein, der dem Clan Sicherheit und Frieden bringt. Mögen deine Heldentaten so groß sein, dass die Barden viele Generationen lang Gedichte schreiben und Lieder darüber singen werden«, fuhr sie fort, als sie ein zweites Mal das Feuer umkreiste. »Mögest du ein hohes Alter erreichen«, sagte sie und stellte sich Connor als alten Mann vor mit Falten und schneeweißem Haar. »Mögen deine Kinder einander in Liebe verbunden sein, und mögest du Enkelkinder haben, die dir Freude bereiten.«

Als sie dreimal um das Feuer herumgegangen war, legte sie den Kopf in den Nacken und streckte die Arme gen

Himmel. »Möge dieser Kreis dich schützen, bis all diese Dinge wahr geworden und eingetreten sind.«

Nachdem sie den einfachen Schutzzauber vollendet hatte, war sie bereit, mit dem machtvolleren Feuertanz zu beginnen, der die Feen erfreuen und helfen sollte, ihre Gunst zu gewinnen, damit sie ihre Magie zum Schutz von Connor anwendeten. Da Highlander allerdings gute Christen waren, rief man gleichzeitig Gott um Hilfe an.

Klingen mögen dich treffen,
aber niemand wird dich töten.
Falsche Freunde mögen dich verraten,
aber niemand wird dich töten.
Verbündete mögen dich verlassen,
aber niemand wird dich töten.
Feinde mögen dich fangen,
aber niemand wird dich töten.

Seun Dhè umad!
Làmh Dhè airson do dhìona!
Der Bann Gottes über dich!
Die Hand Gottes möge dich beschützen!

Connor kniete im Gras und beobachtete gebannt das Ritual. Also hatte er sich die tanzende Fee in jener Nacht, als er verwundet und blutend in die Schlucht getaumelt war, nicht eingebildet. Irgendwie machte es Sinn, dass Ilysa seine tanzende Fee war. Als sich der Schein des Feuers in ihrem Haar fing und ihr Körper sich hin und her wiegte, dachte er daran, wie sie sich erst vor Kurzem geliebt hatten.

Zum Glück hatte er sie schnell entdeckt, als er aus der Burg gestürmt und ihr in sicherem Abstand gefolgt war, ohne sie je aus den Augen zu verlieren. Schließlich wollte er sie beschützen können, falls Unvorhergesehenes passierte. Anfangs war er verwundert gewesen über die große Entfernung, die sie zurücklegte, erst als sie die Feenschlucht erreichten, war es ihm wie Schuppen von den Augen gefallen.

Er hätte es gleich wissen müssen, dass hinter ihrem nächtlichen Ausflug kein anderer Mann stand.

Wenngleich er weniger Wert auf die alten Sitten und Gebräuche legte als die meisten Highlander, rührte es ihn, dass sie mit diesem alten Zauber die Gefahren zu bannen suchte, die ihn bedrohten. Dabei hatte er immer die Gerüchte abgetan, dass sie mehr von Teàrlag gelernt habe, als Mittelchen gegen Kopfschmerzen zusammenzumischen. Offenbar hatte er sich auch in dieser Hinsicht getäuscht.

Unwillkürlich kam ihm in den Sinn, dass er sie nach seiner schweren Verwundung in seinen Fieberträumen für eine Fee gehalten hatte. Jetzt fragte er sich, ob sie damals für ihn schon einen Zauber gesprochen hatte.

Als er sie mit dem Stock das Feuer umrunden sah, wurden Erinnerungen an seine Mutter wach, die seinen Vater bei diesem Ritual verflucht hatte. Es waren rabenschwarze Erinnerungen. Noch immer meinte er den Hass in ihren Augen zu sehen, ihr Haar, das sich wie Schlangen um ihren Kopf wand, und ihre unversöhnlichen Worte zu hören. Bei Ilysa hingegen war alles hell, freundlich und voller Licht – ihr Haar, ihr Gesicht, ihr Kleid.

Als sie anfing, um das Feuer zu tanzen, vergaß Connor zu atmen. Ihre Bewegungen waren so sinnlich, dass erneut Verlangen durch seinen Körper strömte. Er stellte sich vor, dass er sie im Schein des Feuers liebte und zusah, wie sie über ihm tanzte, während ihr goldenes Haar ihn einhüllte.

Erschöpft ließ Ilysa die Arme sinken und schloss die Augen. Die Anstrengung forderte ihren Tribut. Als sie das Bild eines gealterten Connor noch einmal in sich heraufbeschwor, musste sie lächeln. Bestimmt würde er ein hübscher alter Krieger sein. Ihr Lächeln erstarb, als sie sich daran erinnerte, dass sie nicht da sein würde, um das mitzuerleben.

Als sie die Augen wieder aufschlug, zuckte sie erschrocken zusammen. Hinter dem Feuer sah sie die Umrisse einer hünenhaften Gestalt, die aus der Dunkelheit getreten war und nun auf sie zukam. Ihr Herz pochte wild. An diesem magischen Ort könnte es der Feenkönig sein oder ein längst verstorbener Krieger. Sie bekreuzigte sich.

»Ilysa.« Das Phantom rief ihren Namen mit einer Stimme, die so tief war, dass sie ihren Körper zum Vibrieren brachte. »Ich habe gehofft, dich hier zu finden.«

Ihr Geist war so fokussiert auf Connor und das Ritual gewesen, dass ihr erst jetzt die verkrüppelte Schulter auffiel und ihr klar wurde, wer der Mann war.

Was um alles in der Welt machte Alastair Crotach, Chieftain der MacLeods, hier in der Feenschlucht?

Und warum hatte er sie gesucht?

Kapitel 36

»Ich grüße dich. Gottes Segen für dich«, sagte Ilysa. Nachdem sie ihn erkannt hatte, war sie nicht mehr ängstlich, sondern vielmehr neugierig. »Was führt dich in die Feenschlucht?«

Alastair lächelte. »Ich habe mich daran erinnert, dass du bei Vollmond hier Heilkräuter gesammelt hast.« Er hob die Hand und deutete hinauf zum Mond, der groß und rund am Nachthimmel stand. »Deshalb habe ich mein Glück versucht, dich hier zu finden.«

»Und warum? Unsere Clans stehen kurz davor, sich gegenseitig abzuschlachten. Es ist gefährlich für dich, allein nach Trotternish zu kommen.«

»Ganz so arglos bin ich nun wiederum nicht, mich alleine in die Höhle des Löwen zu wagen. Fünfzig Krieger haben mich begleitet, die in Rufweite warten. Ich bin gekommen, weil ich mit dir reden muss.«

»Mit mir?« Ilysa fiel kein Grund ein, warum der große Chieftain der MacLeods in die Feenschlucht kommen sollte, um sie zu treffen.

»Ich glaube, ich weiß, wer dein Vater war.«

»*Mein Vater?*« Das war das Letzte, womit sie gerechnet hätte. So erschöpft, wie sie war, fand sie das eine Überraschung zu viel.

Alastair MacLeod packte sie am Arm, um sie festzuhalten, als sie Sterne vor den Augen sah und ihre Beine zu versagen drohten.

»Komm und setz dich zu mir«, sagte er. »Ich werde dir eine Geschichte erzählen.«

Ilysa hatte es bereits vor Jahren aufgegeben, herausfinden zu wollen, wer ihr Vater war. Doch Alastair MacLeod schien kein Mensch zu sein, der sich in dieser Angelegenheit mit ihr einen Scherz erlaubte. Den Blick verschwommen und mit weichen Knien ließ sie sich von ihm zu einem Holzblock führen. Sobald er neben ihr Platz genommen hatte, legte er ihr sanft eine Hand auf die Schulter. Einmal mehr wunderte sie sich über seine Fürsorglichkeit.

»Weißt du, dass deine Mutter lange vor deiner Geburt von einem meiner Krieger entführt wurde?«

»*Aye*, davon habe ich irgendwann beiläufig erfahren. Soviel ich weiß, war mein älterer Bruder damals noch ein Baby. Was genau passierte und wie lange sie weg war, entzieht sich meiner Kenntnis. Meine Mutter hat nie über diese Dinge geredet, das eine oder andere wurde mir später von anderen Burgbewohnern zugetragen.«

»Ich hielt mich zu der Zeit in unserer Festung auf der Isle of Harris auf und bekam davon nichts mit. Später erfuhr ich, dass sich die Verwandten deiner Mutter, die MacCrimmons, bei meinem Sohn Ruari beschwert hatten, woraufhin er unverzüglich ihre Freilassung befahl und sie persönlich zu ihrer Familie zurückbrachte.«

»Ich dachte, deine Kinder seien alle viel jünger«, warf sie ein.

»Nun, ich habe spät geheiratet, aber ich bekam schon viele Jahre vor meiner Hochzeit einen Sohn«, erklärte er und starrte in die Dunkelheit hinaus. »Ruari war zu der Zeit, als die Entführung stattfand, sechzehn Jahre, genauso alt wie deine Mutter.«

»Dann bin ich deinem Sohn jetzt noch dankbar, dass er ihr zu Hilfe gekommen ist.«

»Ruari war so freundlich und liebevoll wie seine Mutter und damit gar nicht so, wie ein Krieger sein sollte.« Der Mondschein ließ das graue Haar MacLeods silbern schimmern. »Von Kindesbeinen an hatte er ein Herz für dreibeinige Hunde und Vögel mit gebrochenen Flügeln.«

»War er eine Enttäuschung für dich?« Ilysa dachte an Connor und seinen Vater, der ihn zumindest in seiner Kindheit für verweichlicht gehalten hatte. Und das, wenngleich zu erkennen war, dass er alle Voraussetzungen hatte, ein begnadeter Krieger zu werden.

»In gewisser Weise ja. Ich habe alles versucht, um einen Kämpfer aus ihm zu machen, doch er war mit dem Schwert nie mehr als durchschnittlich.« Der Chieftain seufzte schwer. »Einen solchen Sohn konnte ich nicht als meinen *tànaiste,* meinen Nachfolger, aufbauen, aber ich habe ihn geliebt. Bis heute fehlt er mir.«

Der Schmerz in seiner Stimme machte sie traurig, trotzdem schwieg sie. Mitleid hätte einen so stolzen Mann nur gekränkt.

»Ich habe die Brosche wiedererkannt, die du auf der Versammlung getragen hast«, fuhr er fort. »Es war ein Geschenk von mir an Ruaris Mutter zu seiner Geburt, und als sie starb, bekam er sie.«

Ilysas Augen wurden ganz groß. Wie war ihre Mutter in den Besitz einer Brosche gelangt, die der Familie des Chieftains gehört hatte?

»Als ich dich mit der Brosche sah, keimte in mir ein

Verdacht auf, und nach der Versammlung sprach ich auf Dunvegan mit denjenigen, die meinen Sohn am besten gekannt hatten. Am Ende fügte ich alle Teile zusammen.« Er machte eine Pause. »Ich bin ziemlich sicher, dass Ruari dein Vater war.«

Wie vom Donner gerührt, setzte Ilysa sich auf und blinzelte ihn an. Sie wusste nicht, was sie zu dieser Eröffnung sagen sollte. Wenn das stimmte, säße sie ja neben ihrem Großvater. Unfassbar!

»Schätzungsweise lief es damals so: Deine Mutter war ein zerbrechliches Wesen und mein Sohn eine mitfühlende Seele. Er flößte ihr im Gegensatz zu den eher grobschlächtigen Kriegern keine Angst ein, und zudem verdankte sie ihm ihre Freilassung. Irgendwie haben die beiden wohl zueinander gepasst.«

»Und wieso glaubst du, er könnte mein Vater sein«, hakte Ilysa nach, sobald sie sich von ihrem ersten Schrecken erholt hatte. »Immerhin passierte das alles um die Zeit herum, als mein Bruder noch ein Kleinkind war. Und er ist acht Jahre älter als ich.«

»Warte ab, ich erzähle es dir. Zwischen den beiden entwickelte sich nicht gleich eine Beziehung, das begann erst neun Jahre später, als deine Mutter die Familie eures Chieftains zu einer großen Versammlung der Clans begleitete. Niemand bemerkte etwas davon, dass die beiden sich nähergekommen waren, und so fiel auch kein Verdacht auf meinen Sohn, als deine Mutter plötzlich für ein paar Wochen verschwand. Und natürlich habe ich dadurch nie von deiner Existenz erfahren.«

»Und woher kennst du jetzt nach der langen Zeit die Einzelheiten?«

»Ruari vertraute sich seinem besten Freund an, der mir

auf meine Bitte hin davon erzählte. Natürlich war meinem Sohn klar, dass ich einer Hochzeit mit deiner Mutter niemals hätte zustimmen können, weil sie keine enge Verwandte eines Chieftains war.«

»Selbstverständlich«, sagte Ilysa mit unverhohlener Bitterkeit und dachte daran, wie sich die Geschichte wiederholte.

»Doch das hinderte sie nicht, sich zu verlieben und ein Paar zu werden. Er bat sie sogar, mit ihm auf Dunvegan zu leben und ihren Sohn mitzubringen.« Für eine kurze Weile hielt er inne und seufzte. »Sie lehnte ab mit der Begründung, dass sie versprochen habe, sich um die Kinder eures Chieftains zu kümmern, und dass sie dieses Versprechen nicht brechen werde.«

»Ich vermag mir schwer vorzustellen, dass mein Bruder Duncan, ein in der Wolle gefärbter MacDonald als MacLeod erzogen worden wäre.«

Kaum hatte sie die Worte ausgesprochen, wurde ihr klar, dass sie selbst unter diesen Umständen eindeutig eine MacLeod gewesen wäre und Connor nie kennengelernt hätte. Ein schrecklicher Gedanke.

»Als deine Mutter beschloss, zu ihrem eigenen Clan zurückzukehren, brach es meinem Sohn das Herz. Kurz darauf kam er in einer Schlacht ums Leben.« Seine Stimme zitterte leicht, als er seinen Tod erwähnte. »Ich glaube, er wusste nicht einmal, dass sie sein Kind unter dem Herzen trug.«

»Es tut mir leid, dass du deinen Sohn verloren hast.« Noch war das alles zu neu für Ilysa, um den jungen Mann aus der Geschichte als ihren Vater zu betrachten. »Willst du die Brosche zurück?«

»Nein, um die Brosche geht es mir nicht, deswegen bin

ich nicht hier.« Alastair MacLeod richtete den Blick auf ihr Gesicht und sah sie eindringlich an. »Ich bin gekommen, um mit dem einzigen Kind meines toten Sohnes zu sprechen und ihm alles zu erzählen. Ich bin wegen meiner Enkelin hier.«

Kapitel 37

Er war ein Dummkopf, warf Connor sich vor. Nachdem er alle Unterstellungen Sorelys, Ilysa habe die Burg verlassen, um sich mit einem Verehrer zu treffen, entschieden zurückgewiesen hatte, erwischte er sie sozusagen jetzt in flagranti. Und zu allem Überfluss mit dem mächtigen Chieftain der MacLeods, seinem ärgsten Feind, der bereits auf der Versammlung um sie herumscharwenzelt war.

War das nicht eindeutig genug?

Wie immer schwankte er. Während er der zierlichen Gestalt durch die Dunkelheit zurück zur Burg folgte, kamen ihm erste Zweifel. Die Leidenschaft konnte einen Mann leicht um den Verstand bringen oder diesen zumindest vernebeln, wie er wusste. Aber aus welchem Grund sonst hatte sie sich mit Alastair MacLeod getroffen? Sosehr er sich den Kopf zerbrach, es fiel ihm keine plausible, harmlose Erklärung ein. Andererseits vermochte er, wenn er auf sein Herz hörte, nicht eine Sekunde daran zu glauben, dass Ilysa jemals einen solchen Verrat begehen würde.

Selbst wenn sie ihn hassen sollte, weil er eine andere heiratete, schien es ihm unvorstellbar, dass sie irgendetwas tat, das ihn und den Clan in Gefahr brachte. Das ergab keinen Sinn. Doch wie er es auch drehte und wendete, die

Frage blieb, warum sie sich mit dem Chieftain der MacLeods getroffen und sich mit ihm unterhalten hatte, als wären sie gute Freunde.

Oder eben mehr als Freunde.

Anfangs hätte er sie am liebsten geschüttelt – inzwischen wollte er sie stattdessen in die Arme schließen und von ihr hören, dass sie ihn nicht verraten und betrogen hatte. Noch allerdings war seine Verwirrung zu groß und der Schmerz zu frisch. Bestimmt war es klüger, sie erst darauf anzusprechen, wenn er das alles ruhig und bei Tageslicht besehen durchdacht hatte. In seinem momentanen Zustand würde er vielleicht überreagieren oder sich, was genauso wenig zielführend war, an jeden Strohhalm klammern, den sie ihm bot.

Von der Ungewissheit hin- und hergerissen, folgte er Ilysa, die im Mondschein geradezu überirdisch wirkte. Wie eine Märchengestalt. Er dachte zurück an ihren Feentanz.

Sobald er zu Ende gewesen war, hatte er zu ihr eilen wollen, aber in diesem Moment war MacLeod wie ein böser Geist aus der Dunkelheit aufgetaucht. Zunächst hatte er an eine Bedrohung geglaubt und instinktiv nach seinem Schwert gegriffen, zumal er als erfahrener Krieger die Anwesenheit anderer Männer instinktiv gespürt hatte. Mal war da ein kaum wahrnehmbares Scharren von Füßen gewesen, mal ein unterdrücktes Räuspern.

Was ihn in dieser Situation abgehalten hatte einzugreifen, war Ilysas Reaktion gewesen. Zu seiner Verwunderung hatte sie nicht versucht wegzurennen, war nicht einmal einen Schritt zurückgewichen, sondern hatte den Chieftain geradezu freundschaftlich begrüßt.

Sogar ihren Arm hatte er nehmen dürfen, um sie zu einem Platz zu führen, wo sie sich hinsetzen konnten. Das alles missfiel ihm zutiefst, doch eindeutig war zu erkennen, dass Ilysa sich nicht in Gefahr befand. Der alte Mann wollte der jungen Frau nichts Böses. Also hatte er sich damit begnügt, die beiden zu beobachten.

Worüber sie sich unterhielten, vermochte er nicht zu verstehen, dazu war er zu weit entfernt, und näher zu kommen wagte er nicht. Das wäre in Anbetracht der im Gebüsch lauernden Krieger zu riskant gewesen. Deshalb war ihm nichts anderes übrig geblieben, als zu warten, bis dieses seltsame Treffen zu Ende war. Beim Abschied hatte MacLeod lange ihre Hände gehalten, als hätten sie eine Vereinbarung getroffen.

Connor seufzte. Das alles war so undurchschaubar, dass er sich absolut keinen Reim darauf machen konnte.

Ähnlich war es ihm vor ein paar Wochen auf der Versammlung der Chieftains ergangen. Da hatte er sich genauso gefragt, was der Mann von Ilysa wollte, warum er sie überhaupt ansprach. Immer wieder hatte er sie zusammenstehen sehen. Irgendetwas war da.

Sie jedenfalls schien ihn zu mögen. Allzu gut erinnerte er sich an ihre Worte. *Es kommt mir nicht vor, als wäre er ein schlechter Mensch.*

Aber wie weit ging das bei ihr? In puncto Alter schien sie nicht gerade wählerisch zu sein. Immerhin hatte sie vor, Alex' Schwiegervater zu heiraten. War der Chieftain der MacLeods vielleicht doch mehr als ein Bekannter, ein Freund? Mit Leuten, die man nur oberflächlich kannte, traf man sich eigentlich nicht nachts in einer geheimnisumwitterten Schlucht. Nein, rief er sich sogleich zur Ordnung. Wie ein Liebespaar hatten die beiden absolut nicht gewirkt.

Rätsel über Rätsel, nichts passte wirklich zusammen bei dieser Geschichte.

Ein neuer abenteuerlicher Gedanke kam Connor. Was, wenn sie sich mit seinem schlimmsten Feind zusammengetan hatte, um sich dafür zu rächen, dass er sie nicht heiratete? Eine bessere Rache gäbe es nicht. Kaum gedacht, schämte er sich für diesen Gedanken. Wie konnte er Ilysa so etwas Schändliches unterstellen?

Zumal er selbst zugegen gewesen war, als sie für ihn einen Schutzzauber zelebriert hatte. Das tat wohl kaum jemand, der einem schaden wollte. Nein, ihr Treffen mit Alastair MacLeod musste andere Gründe haben, und es war seine verdammte Pflicht, das herauszufinden, bevor er seinen Zweifeln an ihrer Loyalität nachgab.

Kapitel 38

»Unsere Krieger haben *was* getan?«, brüllte Connor wutentbrannt los und blickte Lachlan an.

Sein Kopf schmerzte, weil er nicht geschlafen hatte, und seine Nerven waren zum Zerreißen gespannt. Erst im frühen Morgengrauen war er in die Burg zurückgekehrt und an Körper und Geist zerschlagen in sein kaltes, leeres Bett gesunken. Nachdem er sich trotz seiner Erschöpfung noch zwei Stunden lang hin und her gewälzt hatte, war er endlich in einen unruhigen Schlaf gefallen. Er hatte von Ilysa geträumt, die um den Chieftain der MacLeods herumtanzte, während ihre Fingerspitzen Funken sprühten.

Ein Klopfen an der Tür hatte die kurze Nachtruhe beendet. Lachlan und Sorely standen draußen, und ihre Feindseligkeit war ihnen ins Gesicht geschrieben.

Connor ließ zunächst Sorely reden, der geradezu begeistert von einem großen Triumph berichtete. Dann war Lachlan an der Reihe.

»Unsere Krieger haben den gefallenen MacLeods die Köpfe abgeschlagen und sie dann in den Fluss geworfen«, erklärte er lapidar.

Nach seiner Nacht in der Feenschlucht hatte Connor geglaubt, es könnte nicht mehr schlimmer kommen. Ein

Irrtum. Er war so außer sich, dass ihm alles vor Augen verschwamm.

»Wir haben alles Recht der Welt, um das Land zu kämpfen, das uns gehört«, presste er zwischen zusammengebissenen Zähnen hervor. »Diese Art von Barbarei hingegen macht aus der Schlacht um das Land eine Blutfehde. Unsere Enkelkinder werden noch darunter zu leiden haben.«

»Ich wusste, dass du empört sein würdest«, murmelte Lachlan.

»Und warum zur Hölle hast du es dann nicht verhindert?«, kanzelte Connor ihn ab und ballte die Hände zu Fäusten.

»Nun, ich war nicht derjenige, dem du die Verantwortung für dieses Unternehmen übertragen hast.«

Connor blickte finster von einem zum anderen »Habt ihr beiden etwa bloß danebengestanden und das alles zugelassen?«

Lachlan reckte sich zu seiner vollen Größe auf und verzog angewidert das Gesicht.

»Ich hatte alle Hände voll zu tun, Sorely und die anderen davon abzuhalten, die Frau und die Tochter eines Bauern aus dem MacLeod-Clan zu töten, nachdem sie sie vergewaltigt hatten. Ich dachte, das sei wichtiger, als die Köpfe derjenigen zu retten, die ohnehin bereits tot waren.«

»Du hast an dieser Abscheulichkeit teilgenommen?«, wandte Connor sich an Sorely, der nach wie vor selbstgefällig grinste. In diesem Augenblick erkannte er die Wahrheit. »Gott, du hast das alles angezettelt, oder?«

Der Mann zuckte überheblich die Schulter, schien nach wie vor nicht zu begreifen, was er da angerichtet hatte und welche Folgen das haben würde.

»Na und, du hast gesagt, wir sollten sie reizen und hervorlocken. Und das habe ich getan.«

»Mit deinem schändlichen Verhalten hast du dafür gesorgt, dass die MacLeods in der bevorstehenden Auseinandersetzung nicht in erster Linie um Trotternish kämpfen werden, sondern sie werden es als eine Frage der Ehre betrachten, diese Bluttat zu rächen, ihren ganzen Zorn an uns auszulassen und uns zu vernichten. Und daran bist du schuld.«

»Ich habe jahrelang unter deinem Vater und deinem Bruder gekämpft«, verteidigte Sorely sich. »Sie hätten genauso gehandelt wie ich.«

In diesem Augenblick wäre Connor dem Mann am liebsten an die Gurgel gegangen, und seine Blicke schienen ihn zu erdolchen. Dieser Schuft schien keine Ahnung zu haben, wie kurz er davorstand, von Connors Schwert aufgespießt zu werden.

»Ragnall hätte so etwas nie getan, behaupte so etwas also nie wieder«, donnerte er los. »Und was meinen Vater betrifft, so bin ich ohnehin in jeder Hinsicht froh, dass ich nicht so bin wie er. Wie auch immer: Die MacDonalds vergewaltigen keine Frauen und schänden keine Toten. Wer das nicht begreift, hat in den Reihen meiner Männer nichts zu suchen.«

»Es ist ein Fehler, einem Feind gegenüber gnädig zu sein und Milde walten zu lassen.« Sorelys Gesicht hatte unter Connors Schimpfkanonade einen ungesunden Rotton angenommen. »Dein Vater und dein Bruder haben das verstanden.«

Jetzt reichte es dem Chieftain. Drohend packte er seinen Krieger an der Vorderseite seiner Tunika und schleuderte ihn unsanft gegen die Wand.

»Geh mir aus den Augen, oder ich ordne an, dass du in einem Boot auf dem Meer ausgesetzt wirst – so wie mein Vater es mit dem Kindermädchen gemacht hat, vor dem du so viel Angst hast«, grollte er. »Und anders als das Mädchen hast du es verdient. Und jetzt verschwinde.«

»Du solltest künftig ein Auge auf Sorely haben und vorsichtig sein«, mahnte Lachlan ihn eindringlich. »Oder sperr ihn gleich ins Verlies, er ist unberechenbar.«

Connor in seinem unbändigen Zorn kam eine noch bessere Idee. Am liebsten würde er Sorely an Alastair MacLeod übergeben, der ihm einen weitaus grausameren Tod bereiten würde, als ihn auf dem Meer auszusetzen.

»Der Kerl würde gut zu meinem missratenen Onkel passen, aber er ist dem Andenken meines Vaters gegenüber zu loyal, um sich Hugh anzuschließen. Ich werde mich später um Sorely kümmern. Im Augenblick brauche ich jeden Krieger.«

»Was, glaubst du, wird MacLeod jetzt unternehmen?«

Connor ging zum Fenster und stellte sich eine riesige Horde von Kriegern vor, die über das offene Feld auf die Burg zustürmten.

»Die Burg mit Gewalt zu erobern, würde ihn zu viele Leute kosten. Deshalb wird er sich zunächst die Kontrolle über das Umland sichern wollen, denn damit würde er die Burg von der Versorgung mit Nahrungsmitteln abschneiden.«

»Bislang hat er die Halbinsel mit relativ wenigen Kriegern besetzt gehalten. Mal mehr und mal weniger erfolgreich.«

Connor war aufgrund seiner nächtlichen Ausflüge zu dem gleichen Ergebnis gekommen.

»Nach dem Massaker, das Sorely und die anderen angerichtet haben, wird Alastair MacLeod zweifellos außer sich sein, doch er ist nicht der Mann, der unüberlegt handelt. Ich vermute, dass er mit so vielen Kriegern wie möglich über den Snizort River zu gelangen versucht und als ersten Racheakt die Höfe der MacDonalds niederbrennen wird. Daran müssen wir ihn hindern, sonst sind wir verloren. Und das weiß er. Er hofft, uns mit einer eindeutigen Niederlage in die Schranken weisen und uns zeigen zu können, wie sinnlos unser Widerstand ist. Danach wird er die Burg belagern und uns aushungern.«

»Klingt überzeugend«, stimmte Lachlan zu. »Wie lange wird er benötigen, um seine Streitmacht zusammenzutrommeln?«

»Selbst wenn er sich beeilt, dürfte es ein paar Tage dauern. Wenn wir Glück haben, wird er warten bis nach Beltane, um selbst noch die Sommersonnenwende zu begehen und Mutter Natur zu huldigen – dann blieben uns noch drei Tage.«

Es waren keine erfreulichen Aussichten. Ihre einzige Hoffnung waren die restlichen Krieger der MacDonalds und das versprochene Kontingent der MacIains. Ansonsten wäre ein massenhaftes Vordringen des Feindes über den Fluss kaum zu verhindern, eine unausdenkbare Katastrophe.

»Ich ernenne dich zum Captain der Leibwache«, erklärte Connor. »Komm mit, ich werde jetzt mit den Männern sprechen. Wir müssen uns auf den Kampf vorbereiten.«

Die Sonne stand schon hoch am Himmel, als Ilysa erwachte. Obwohl sie sich nach der langen Nacht noch immer zerschlagen und müde fühlte, beschloss sie, nach unten zu gehen und sich zu vergewissern, dass alles so lief, wie es laufen sollte. Oder lieber nicht? Immerhin lag die Verantwortung für den Haushalt nicht mehr bei ihr, nachdem sie Connor mitgeteilt hatte, dass sie Trotternish verlassen werde. Unschlüssig ließ sie sich wieder in die Kissen fallen, starrte an die Decke und dachte über die Ereignisse der vergangenen zwei Tage nach, die ihr Leben völlig auf den Kopf gestellt hatten. Erst durch die Ankunft der Braut und danach durch die Eröffnung über die Identität ihres bislang unbekannten Vaters.

Alastair MacLeod war ihr Großvater.

Im Grunde gehörte sie damit, der Tradition der Highlands zufolge, zum Clan der MacLeods. Für sie spielte das keine Rolle, sie würde sich immer als eine MacDonald fühlen. Undenkbar, künftig auf Dunvegan zu wohnen. Es schien ihr fast genauso abwegig wie die Vorstellung, unter den verhassten Engländern leben zu müssen. Und doch fühlte sie sich etwas weniger allein auf der Welt, seit sie wusste, dass es einen Großvater gab, dem sie etwas bedeutete.

Ungeachtet seines barschen Wesens, hatte sie Alastair in ihr Herz geschlossen. Sie war sich sicher, dass er und Connor sich unter anderen Umständen sehr gut verstehen würden. Und es schmerzte sie, dass ihr neu gefundener Großvater und der Mann, den sie liebte, demnächst gegeneinander in die Schlacht ziehen würden.

Sich zu bekriegen, schien das Schicksal der MacLeods und der MacDonalds zu sein, wie die Geschichte zeigte. Wenn Ilysa noch einen Grund brauchte, um den Chieftain der MacNeils zu heiraten und Skye zu verlassen, so war es dieser.

Als sie sich schließlich anzog und nach unten in die große Halle ging, bemerkte sie, dass die anwesenden Männer sich für die Schlacht rüsteten. Einer erzählte ihr bereitwillig, dass der Chieftain täglich einen Angriff der MacLeods erwarte und fürchte, seine Verstärkung werde vielleicht nicht rechtzeitig eintreffen.

Connor eilte zwischen den Kriegern hin und her und erteilte Befehle. Sobald er sie entdeckte, hielt er kurz inne, und einen Moment lang schien sein Blick sich in ihren zu brennen, aber dann wandte er die Augen ab und verließ die Halle.

Den ganzen Tag über liefen in der Burg, auf dem Hof und in den Waffenkammern die Vorbereitungen. Selbst die Frauen wurden eingespannt, ölten Plaids ein, damit die Krieger bei Regen nicht völlig durchnässt wurden, und packten Proviantpakete, damit sie für ein paar Tage mit Essen versorgt waren. Lediglich Jane und ihre Mutter blieben von der allgemeinen Hektik unberührt und erwarteten, ständig von vorne bis hinten bedient zu werden.

Kurz vor Sonnenuntergang ertönten laute Jubelschreie, als Alex mit fünfzig Kriegern, die auf der Isle of North Uist stationiert waren, eintraf. Sie merkte Connor an, dass ihm damit wenigstens ein Teil der Last von den Schultern genommen war.

»Bin ich froh, dich zu sehen«, sagte er, als sie sich zur Begrüßung an den Unterarmen packten, ein unter Kriegern übliches Ritual.

»Ich wollte nicht riskieren, etwas zu verpassen, also bin ich lieber etwas früher gekommen.«

Die Seereise von North Uist war kürzer als die Strecke, die Ian und Duncan vom anderen Ende der Isle of Skye, von der Halbinsel Sleat, zurücklegen mussten, dafür ging es über das offene Meer, und das bedeutete immer ein größeres Risiko, von schlechtem Wetter aufgehalten zu werden.

»Da ist ja mein Lieblingsmädchen«, rief Alex, als er Ilysa erblickte.

Er ging zu ihr und hob sie hoch. Als er sich mit ihr im Kreis drehte, hallte sein Lachen in ihren Ohren wider, und die Niedergeschlagenheit, die sie den ganzen Tag lang im Griff gehabt hatte, schien für einen kurzen Moment von ihr abzufallen.

»Alex, für alberne Späße ist keine Zeit!« Connors Stimme dröhnte durch die Halle, und sein Ton war scharf wie eine Klinge. »Wir müssen sofort miteinander sprechen«, befahl er, machte auf dem Absatz kehrt und marschierte durch den Bogengang in das angrenzende Gebäude, ohne sich noch einmal umzublicken.

Als sein Cousin Ilysa fragend ansah, schüttelte sie den Kopf.

»Vor mir kannst du nichts verheimlichen – ich werde es so oder so aus dir herausbekommen«, sagte er mit einem Augenzwinkern, ehe er Connor folgte.

In diesem Moment rief Jane schon wieder nach ihr.

Ilysa war es endgültig leid. Müde, erschöpft und unglücklich, wie sie war, verspürte sie keinerlei Lust mehr, die künftige Burgherrin zu unterhalten. Also tat sie, als würde sie nichts hören, eilte aus der Halle, begab sich in ihr neues Schlafzimmer unter dem Dach des Wohnturms und begann ihre Sachen zu packen. Jetzt oder nie, ein weiteres Mal durfte sie nicht schwach werden und sich zum Bleiben entschließen. Irgendwie musste sie lernen, ohne ihn zu leben.

Allerdings war sie nicht glücklich mit ihrem Entschluss. Sie fiel aufs Bett und schlug mit der Faust auf die Matratze. Warum, warum, warum konnte sie ihn nicht haben? Warum konnte sie nicht die Frau sein, die er heiratete? Ein

Gefühl der Einsamkeit überwältigte sie, und sie ließ ihren Tränen freien Lauf.

Morgen würde sie wieder tapfer sein.

»Gott sei Dank, dass du da bist«, seufzte Connor, als er und Alex allein in seinem Zimmer saßen und die Tür hinter sich geschlossen hatten. »Ich brauche jemanden, dem ich trauen kann.«

»Tatsächlich?« Alex zog spöttisch eine Augenbraue hoch. »Ich dachte, du hättest Hughs Spione längst ausgerottet.«

»Sie sind wie Unkraut.« Sein Cousin nahm den Krug vom Tisch und schenkte ihnen zwei Becher Whisky ein. »Wenn man einen ausschaltet, treten gleich zwei neue an seine Stelle«, seufzte er und erzählte von Hughs Angriffen auf die Höfe an der Ostküste, von dem Mord an den zwei Wachen und dem Massaker an den MacLeods.

Alex verzog das Gesicht. »Oh, das ist gar nicht gut.«

Wenngleich keines der Probleme gelöst war, fühlte Connor sich gleich besser, nachdem er sämtliche Katastrophen mit seinem Cousin und Vertrauten diskutiert hatte – bis auf die Sache mit Ilysa natürlich.

»Ich habe ebenfalls Neuigkeiten«, begann Alex.

»Hoffentlich keine schlechten, davon habe ich mehr als genug«, knurrte Connor und kippte noch einen Whisky.

»Nun, ich würde es nicht direkt eine schlechte Nachricht nennen – dein Onkel Archibald ist tot.«

»Tot?« Connor straffte die Schultern. »Ich habe ihn vor nicht allzu langer Zeit noch getroffen. Was ist passiert?«

»Er hat Hugh zu sich nach Hause eingeladen, das ist passiert.« Alex machte eine Pause, um etwas zu trinken. »Er hat seinen Bruder ermordet, als er zu Gast in dessen Haus weilte.«

Connor wurde ganz anders, aber er ließ Alex erst mal weiterreden.

»Offenbar genoss Hugh ein köstliches Mahl am Tisch seines Bruders, bevor er Archibald zum Fenster rief. Er solle sich seine neue Galeere ansehen, und als er das tat, stieß Hugh ihm seinen Dolch in den Rücken.«

Nach einem langen Schweigen sagte Connor: »Ich hätte eigentlich auch dort sein sollen. Archibald hatte sich in den Kopf gesetzt, eine Aussprache zwischen mir und Hugh herbeizuführen.«

Alex stöhnte auf. »Es war eine kluge Entscheidung, nicht zu gehen.« Er hob den Becher, um Connor zuzuprosten.

»Ich wäre gegangen. Ilysa hat mich daran gehindert, indem sie mich in ein Kellerverlies gesperrt hat.«

Auf diese Eröffnung hin, warf sein Cousin den Kopf in den Nacken und lachte. Und als Connor mit den Einzelheiten von Ilysas Schnapsidee rausrückte, lachte er noch mehr. So sehr, dass ihm Tränen über die Wangen rollten.

»Ich wusste immer, dass das Mädchen mehr Feuer hat, als es den Anschein hat«, keuchte er und schlug mit der flachen Hand auf den Tisch. »Ich kann es kaum erwarten, Iain und Duncan von deiner Arretierung zu berichten.«

Von jetzt an würden die drei ihm diese Geschichte bis ans Ende seiner Tage unter die Nase reiben. Zum Glück konnte er wenigstens sicher sein, dass sie seine Autorität niemals untergraben würden und anderen davon erzählten.

»Ilysa ist genauso stur wie ihr Bruder, versteckt ihre Kompromisslosigkeit lediglich hinter einer freundlichen Fassade. Schätzungsweise willst du sie deshalb nach Dunscaith zurückschicken, oder? Ich würde sagen, dass da eine Entschuldigung angebracht wäre.«

Connors Herz zog sich schmerzhaft zusammen. Alex hatte keine Ahnung, wie falsch er mit dieser Vermutung lag.

»Und außerdem solltest du ihr mit einem großen Geschenk dafür danken, dass sie deinen jämmerlichen Hintern gerettet hat«, legte sein Cousin nach. »Was ist dir dein Leben wert? Ein schönes Pferd? Eine Tasche voller Gold?«

Keine Frage, er verdankte ihr sein Leben. Was ihn erneut zu der Überlegung bewog, ob eine Frau, die das getan hatte, ihn je hintergehen könnte? Dennoch: Was zum Teufel hatte es mit dem Erscheinen von Alastair MacLeod in der Feenschlucht auf sich? Was steckte dahinter, wenn nicht Verrat?

Da er nicht weiterwusste, beschloss Connor, mit Alex darüber zu sprechen und sich seine Meinung anzuhören. Was insofern etwas heikel war, weil Alex die junge Frau sehr mochte. Nachdem er sich mit einem großen Schluck Whisky Mut gemacht hatte, legte er los.

»Es gibt da noch etwas, über das ich mit dir reden möchte …« Er hielt kurz inne. »Es geht um Ilysa.«

»Um Himmels willen, Connor.« Alex sprang erregt auf. »Du schläfst mit ihr, oder? Ich habe es geahnt!«

Das hatte er zwar nicht zum Thema machen wollen, doch sein Cousin war in solchen Dingen ausgesprochen scharfsinnig.

»Du kannst aufhören, dir über Hugh oder die MacLeods Sorgen zu machen«, fügte Alex süffisant hinzu und begann auf und ab zu laufen. »Sobald Duncan das erfährt, wird er dich umbringen, bevor deine Feinde überhaupt zu sehen sind. Wenn es um seine kleine Schwester geht, kennt er kein Pardon. Das hättest du eigentlich wissen sollen.«

Ilysa träumte gerade von Connor, als ein Klopfen an der Tür sie aufweckte. Ihr erster Gedanke war, dass er es sein musste, kletterte aus dem Bett und machte die Tür auf, ohne sich ein Plaid um die Schultern zu legen.

Aber statt seiner sah sie im Schein der Fackeln, die den Treppenaufgang erhellten, Lachlan. Schon als sie die Tür wieder zuschlagen wollte, um sich wenigstens in ein großes Tuch zu hüllen, schob Lachlan schnell den Fuß hinein.

»Was willst du?«, fragte sie nicht gerade herzlich.

»Das jüngste Kind meiner Schwester ist schwer krank. Sie hat ihren ältesten Sohn geschickt, um dich zu holen. Er wartet im Boot. Kommst du mit?«

Sofort vergaß sie alles andere. »Natürlich, gib mir nur einen Moment, um mich anzuziehen.«,

Sie hatte nicht einmal gewusst, dass Lachlan eine Schwester hatte, doch der Besorgnis in seiner Stimme nach zu urteilen, mussten sie und ihre Kinder ihm sehr am Herzen liegen. Rasch zog sie ihr Kleid an, warf den schweren Umhang über und suchte schnell noch Kräuter zusammen, die in ihrem Korb mit den Arzneien fehlten, dann trat sie in den Gang hinaus, um Lachlan zu begleiten.

Kapitel 39

Überlass das Reden mir«, flüsterte Lachlan Ilysa zu, als sie sich dem Burgtor näherten. »Die Wachen kennen mich und wissen, dass ich manchmal in der Nacht komme und gehe.«

»Der Chieftain hat angeordnet, dass niemand die Burg verlassen darf«, erklärte einer der Männer pflichtgemäß.

»Ich bin der neue Captain der Leibwache«, erinnerte er ihn – und fragte sich, ob er das wohl immer noch sein würde, wenn er am Morgen zurückkehrte. »Der Chieftain hat mir die Erlaubnis erteilt, Ilysa zu begleiten. Sie muss sich um ein krankes Kind kümmern.«

Eine halbe Wahrheit war besser als nichts. Lachlan hatte sich erst gar nicht die Mühe gemacht, eine Erlaubnis einzuholen, denn seit dem Überfall von Hughs Leuten auf die Burg war Connor übervorsichtig und traute so gut wie niemandem mehr.

»Das ist Ewan«, stellte Lachlan seinen Neffen vor, als sie den Strand erreichten, und wies mit einem Kopfnicken auf die dunkle Gestalt, die in einer kleinen Nussschale saß.

Schnell hob er sie an Bord, stieß das Boot ab und sprang über den Rand hinein.

»Du kommst mit uns?«, fragte Ilysa überrascht.

»Was hast du denn erwartet? Ewan ist ein guter Junge,

aber ich kann dich nicht in die Nacht hinausschicken mit einem Elfjährigen als einzigem Schutz«, sagte Lachlan leise, packte die Riemen und begann zu rudern. »Und falls die kleine Brigid … Na ja, ich will einfach da sein.«

Wohlwissend, dass der Chieftain die Angewohnheit hatte, von seinen Fenstern aus aufs Meer zu blicken, wenn er keinen Schlaf fand, entschied sich Lachlan, aus der Bucht herauszurudern, bevor er das gut sichtbare weiße Segel setzte.

»Warum hat Connor eigentlich Wachen vor deiner Tür postiert?«, erkundigte er sich. »Hat er dir das erklärt?«

Er selbst war ziemlich verwundert gewesen, als er sie entdeckt hatte, doch blitzschnell hatte er improvisiert und den beiden Männern erklärt, sie könnten gehen, er werde die Wache übernehmen. Widerspruchslos waren sie daraufhin abgezogen, als Captain der Leibwache war er schließlich ihr unmittelbarer Vorgesetzter.

»Wachen?«, hakte Ilysa konsterniert nach, um nach einer Weile hinzuzufügen: »Vielleicht wegen des Spions in der Burg? Dabei müsste er sich keine Sorgen machen. Ich kann meine Tür mit einem schweren Riegel sicher versperren.«

Ahnte sie es wirklich nicht?

»Die Wachen waren nicht da, um dich zu beschützen«, belehrte Lachlan sie. »Sie waren da, um dich daran zu hindern, dein Zimmer zu verlassen.«

»Was?« Ihr war, als hätte man ihr einen Schlag versetzt. »Warum sollte Connor so etwas tun?«

»Sag du es mir«, forderte Lachlan sie auf, aber als er erkannte, dass sie wirklich ahnungslos war, klärte er sie auf. »Sorely will dich dabei erwischt haben, wie du die Burg unerlaubterweise verlassen hast, und damit ist er spornstreichs zum Chieftain gerannt. Hat ihm sogar angeboten, dich zu verfolgen, was Connor zum Glück abgelehnt hat. Später haben die Wachhabenden beobachtet, dass er kurz nach dir die Burg verlassen hat. Also schätze ich, dass er dir gefolgt ist und dass ihm nicht gefallen hat, was er zu sehen bekam.«

Wie viel Pech konnte man haben, schoss es ihr durch den Kopf. Es musste sich um die Nacht handeln, als sie in die Feenschlucht gegangen war. Das bedeutete, dass er vermutlich auch die Begegnung mit Alastair MacLeod beobachtet hatte.

Grundgütiger, glaubte er jetzt etwa, sie sei eine Verräterin? Jedenfalls würde das erklären, warum er Wachen vor ihrer Tür postierte.

In der Tat musste das alles ziemlich verdächtig gewirkt haben. Wobei Connor, der sie besser kannte als alle anderen, eigentlich wissen sollte, dass sie ihn im Leben nicht hintergehen würde. Sie liebte ihn doch. Und er hatte sie ebenfalls seiner Liebe versichert. Wie konnte er da glauben, dass sie ihm und dem Clan schaden würde?

Mehr noch: Warum fragte er sie nicht einfach, was passiert war, statt sie zu meiden wie heute Morgen, als er bei ihrem Anblick die Halle verlassen hatte?

Oder war er vor allem verunsichert, weil sie ihm nichts von ihrem Zusammentreffen mit seinem größten Feind erzählt hatte? Dem Mann, der in der Lage war, dem Clan der MacDonalds den Todesstoß zu versetzen. Ein kalter Schauer lief ihr den Rücken hinunter, als sie erkannte, wie verfahren die Situation war. Trostlosigkeit erfasste sie. Wenn er ihr so wenig vertraute, dass er sie für eine Verräterin hielt, dann musste sie endlich auch mit dem Herzen akzeptieren, dass es keine Hoffnung mehr für sie beide gab.

Während das kleine Boot durch die Dunkelheit glitt, verfiel sie in eine tiefe Verzweiflung und war froh, dass Lachlan ihre Tränen nicht sehen konnte. Wie sollte sie das alles überstehen? Vielleicht musste sie sich einfach darauf besinnen, dass sie bereits anderes Schlimmes durchgemacht hatte. Und zwar, als sie fast noch ein Kind gewesen war. Damals, als sie plötzlich ohne den Schutz von Mutter und Bruder dagestanden hatte und sich völlig verloren vorgekommen war.

Erst als sie das Haus von Lachlans Schwester betraten, vergaß Ilysa ihre eigenen Probleme. Die Mutter hielt die kleine Kranke, ein entzückendes Mädchen mit Lockenkopf, im Arm und weinte, fünf oder sechs andere Kinder hingen an ihrem Rockzipfel und musterten die Fremde mit großen Augen.

»*Beannachd air an taigh.* Gesegnet sei dieses Haus«, grüßte sie leise, während Lachlan zu seiner Schwester trat.

»Das ist Ilysa. Sie ist eine großartige Heilerin, Flora. Wenn jemand Brigid retten kann, dann sie.«

Die Lethargie der Kleinen und die angestrengten, rasselnden Atemzüge verrieten ihr, dass es gar nicht gut um das Kind stand.

»Wie ich sehe, hast du genau das Richtige getan und sie mit einem kühlen Tuch abgetupft«, versuchte Ilysa die Mutter zu beruhigen. »Deine anderen Kinder solltest du vielleicht nach oben bringen, damit ich mich in Ruhe um die kleine Brigid kümmern kann.«

Lachlan nickte aufmunternd und löste das kranke Kind aus den Armen seiner Mutter, um es Ilysa zu übergeben.

»Wo ist Malcolm?«, erkundigte er sich.

»Ich weiß es nicht«, entgegnete Flora. »Um ihn mache ich mir auch furchtbare Sorgen.«

Ilysa gesellte sich kurz zu ihnen und bat um einen Topf mit heißem Wasser, bevor sie zu dem kranken Kind zurückkehrte, das panisch nach Luft rang.

Um sie zu beruhigen, summte sie eine Melodie und verteilte dabei Salbe auf Brigids Brustkorb, die ihr hoffentlich das Atmen erleichterte.

»Das tut gut«, flüsterte die Kleine mühsam.

Als sie ihr die feuchten Locken aus dem Gesicht schob und einen Kuss auf ihre Stirn hauchte, merkte sie, dass das Kind hohes Fieber hatte. Es würde eine lange Nacht mit ungewissem Ausgang werden.

»Ich liebe Ilysa, aber das nur nebenbei«, sagte Connor, nachdem er sich von Alex eine Weile lang hatte beschimpfen lassen. »Jetzt solltest du dich besser setzen, denn ich wollte dir eigentlich etwas ganz anderes erzählen.«

Nachdem er die Aufmerksamkeit seines Cousins hatte, begann er von Sorelys Verdacht und Ilysas nächtlichem Verlassen der Burg, von seiner Verfolgung und der Feenschlucht sowie von dem geheimnisvollen Auftauchen Alastair MacLeods zu berichten.

»Wenn man das alles zusammennimmt, gibt es eigentlich bloß eine Schlussfolgerung: dass sie uns verraten hat.«

»Bist du ganz verrückt geworden? Wie kannst du eine Sekunde lang glauben, dass Ilysa irgendetwas gegen dich oder gegen den Clan unternehmen würde? Seit dem Tag, an dem wir aus Frankreich zurückgekehrt sind, ist sie in dich verliebt. Du bedeutest ihr alles.«

»Ist das so?«

»O Mann, du bist so ein verdammter Idiot.« Alex warf

ihm ein schiefes Lächeln zu. »Allerdings gilt das wohl für die meisten von uns, wenn es um die Liebe geht.«

Connor sackte auf seinem Stuhl in sich zusammen. »Ich weiß nicht, was ich jetzt mit ihr machen soll.«

»Um Gnade und Vergebung zu winseln wäre ein guter Anfang.«

»Glaubst du wirklich, dass sie unschuldig ist?«

»Zugegeben, ihr Treffen mit dem Chieftain der MacLeods in der Feenschlucht ist komisch. Was mich nicht daran hindert, weiterhin zu glauben, dass es eine einleuchtende Erklärung dafür gibt. Was hat sie selbst denn dazu gesagt?«

»Ich habe sie nicht darauf angesprochen.«

Alex schlug sich an die Stirn. »Sag mir, dass ich mich gerade verhört habe.«

»Hast du nicht. Ich hatte Angst, dass ich ihr alles glauben würde, weil ich es im Grunde nicht wahrhaben will.« Connor stützte den Kopf in die Hände. »Trotz der klaren Fakten.«

»Nichts ist klar, solange du der Sache nicht nachgehst. Unter keinen Umständen darfst du Ilysa verurteilen, weil du gleich das Schlimmste unterstellst. Fälschlicherweise, denn sie ist einfach nicht in der Lage, etwas Böses zu tun«, ermahnte Alex ihn. »Manchmal ist es besser, auf das Herz zu hören und nicht auf den Verstand.«

»Das hat Teàrlag mir schon mal gesagt«, räumte Connor widerwillig ein.

»Noch was: Vergiss nicht, dass sie auf Dunscaith geblieben ist, um für uns zu spionieren, während Hugh die Burg hielt. Ihre Loyalität dem Clan gegenüber war für sie ganz schön gefährlich.« Alex hielt einen Moment inne. »Wer weiß, womöglich dachte sie, Alastair MacLeod ausreden zu können, Trotternish anzugreifen oder etwas ähnlich Naives.«

Connor gab sich geschlagen. »In Ordnung, ich werde sofort mit ihr reden.«

Neue Hoffnung breitete sich in ihm aus wie eine Wildblume auf steinigem Acker, als er zu ihrem Zimmer ging. Als Erstes sah er, dass die beiden Wachen fort waren, und eine böse Ahnung überkam ihn. Fast zögerlich drehte er den Knauf, woraufhin sich die Tür öffnete. Es war von innen kein Riegel vorgelegt worden. Sein Herz fühlte sich an, als würde es entzweigerissen, als er den verlassenen Raum betrat.

Sie war weg.

Beim ersten Morgengrauen stellte Ilysa nach einer schweren Nacht fest, dass Brigids Atmung langsam ruhiger zu werden begann. Behutsam legte sie das Kind in die Arme seiner Mutter, die mit ihr Wache gehalten hatte, und begab sich, gefolgt von Lachlan, nach draußen. An die Wand der Hütte gelehnt, beobachteten sie gemeinsam, wie über dem Meer die Sonne aufging.

»Ich muss gleich heute früh auf die Burg zurück«, erklärte er. »Keiner weiß genau, wann der Angriff erfolgt, man muss jederzeit damit rechnen. Und es wäre fatal, wenn ich dann nicht zur Stelle wäre.«

Ilysa hatte während der langen Stunden, in denen sie sich um das kranke Kind gekümmert hatte, ihre eigene Entscheidung getroffen.

Sie nickte. »Tu das. Ich meinerseits werde nicht auf die Burg zurückkehren. Nie mehr.«

»Meine Schwester wird dich bestimmt so lange, wie du möchtest, bei sich aufnehmen.«

»Der Chieftain der MacNeils hat mich gebeten, ihn zu heiraten«, eröffnete sie ihm mit leicht bebender Stimme. »Wenn er nach Trotternish kommt, sag ihm bitte, wo ich bin und dass er mich abholen kann.«

»Triff keine übereilte Entscheidung. Soll ich nicht lieber Connor verraten, wo du steckst?«

Entschieden schüttelte sie den Kopf.

Sie blieben noch eine Zeit lang vor der Hütte, dann gingen sie nach drinnen. Ilysa streckte sich auf einer Pritsche aus und schlief nach den Anstrengungen der Nacht auf der Stelle ein.

Lachlan saß in einem Lehnstuhl neben ihr und betrachtete ihr von der Morgensonne beschienenes Gesicht. Er war ihr unendlich dankbar, dass sie seine Nichte gerettet hatte. Sacht schob er eine Strähne ihres rotgoldenen Haares von ihrer Wange. Im Schlaf wirkte sie so zerbrechlich, dabei war sie eine Kämpferin.

»Obwohl man es ihr nicht ansieht, ist sie eine starke Person«, sagte Lachlan zu seiner Schwester, die hinter ihn getreten war. »Und sie hat Mut.«

Flora drückte seine Schulter. »Lass diese Frau nicht einfach gehen.«

»Ihre Liebe gehört einem anderen.«

»Das kann sich ändern. Noch ist nicht aller Tage Abend.«

Er schüttelte den Kopf. Nicht bei Ilysa. Ihre unbedingte Treue war eines der Dinge, die er an ihr bewunderte.

»Ach komm, welche Frau könnte dir widerstehen?« Seine praktisch veranlagte Schwester ließ nicht locker. »Fass dir ein Herz und probier es einfach. Dann wirst du ja sehen, was passiert.«

Liebevoll legte er seine Hand auf die seiner Schwester. »Ich sollte jetzt aufbrechen.«

In diesem Augenblick flog die Tür auf, und Malcom kam herein. Sein Gesicht wirkte müde und gleichzeitig angespannt. Es war deutlich, dass er keine guten Neuigkeiten mitbrachte. Als Flora ihn umarmen wollte, schob er sie zur Seite und sah Lachlan an.

»Die MacLeods kommen.«

Kapitel 40

Connor war hin- und hergerissen zwischen Angst und Eifersucht. Er wusste nicht, ob Lachlan Ilysa entführt hatte oder ob sie freiwillig mit ihm gegangen war.

Nachdem er die beiden Männer, die sie eigentlich hatten bewachen sollen, schnarchend in der Halle gefunden und sie hinausgeschleppt hatte, um sie auszufragen, hatte er den Wachen am Tor ebenfalls auf den Zahn gefühlt. Sie alle hatten ihm das Gleiche erzählt. Lachlan und Ilysa würden beide als absolut vertrauenswürdig gelten, sodass man sie ungefragt aus der Burg gelassen habe, ungeachtet der anders lautenden Befehle.

»Ich weiß nicht, wo sie ist«, sagte Connor zum hundertsten Mal, während er in dem Zimmer auf und ab lief.

Sein Cousin versuchte ihn zu beruhigen. Im Gegensatz zu Connor zweifelte er nicht an der Geschichte von dem kranken Kind, zu dem man sie gerufen hatte. Schließlich war es nicht das erste Mal, dass jemand sie mitten in der Nacht brauchte.

Er streckte die langen Beine aus und gähnte. »Ich glaube, ich kann dir sagen, wer euer geheimnisvoller Spion ist.«

»Willst du behaupten, du hättest jetzt auch noch die Gabe des Sehens?«, fuhr Connor ihn ärgerlich an.

»Es ist eigentlich ganz leicht, wenn man die richtigen

Informationen hat«, belehrte Alex ihn mit einem belustigten Funkeln in den Augen.

»Ich bin nicht in der Stimmung für Spielchen.«

»Der Täter hegt entweder einen Groll gegen dich oder profitiert persönlich davon, wenn er Hugh hilft. Er muss außerdem skrupellos genug sein, um aus niederen Beweggründen, allein zu seinem Vorteil, zwei unschuldige Menschen seines eigenen Clans zu ermorden.«

Connor nickte. Es gab immer einen Grund für alles, was Menschen taten. Und den galt es zu finden.

Sie wurden unterbrochen, als es an der Tür klopfte. Draußen stand eine der Wachen, die ursprünglich vor Ilysas Tür postiert worden waren.

»Ich dachte, es würde dich interessieren, dass Lachlan gerade zurückgekehrt ist.«

Kurz darauf wurde er in Connors Privatgemach gebracht. Während der Chieftain erbost auf und ab lief, saß Alex gelassen auf einem Stuhl und hatte die Füße auf den kleinen Tisch vor sich gelegt. Er sah aus wie die Inkarnation eines Wikingers, abgesehen von der Tatsache, dass Belustigung in seinen meergrünen Augen stand.

»Was habt ihr getan, Ilysa und du? Habt ihr uns an die MacLeods oder an Hugh verraten?« schrie Connor seinen Krieger an. »Wie konntest du – ein Mann, der als Held unseres Clans gefeiert wird – etwas so Ungeheuerliches tun? Und nachdem ich dir genug vertraut habe, um dich zum Captain der Leibwache zu machen, trifft mich dieser Verrat noch tiefer.«

Lachlan hatte das Gefühl, als würde ihm das Wasser bis zum Hals stehen und als drohte er unterzugehen. Irgendwie musste der Chieftain dahintergekommen sein, was er früher getan hatte. Aber warum erwähnte er Ilysa? Es hatte fast so geklungen, als wäre sie bei dem Mordversuch seine Komplizin gewesen …

»Sag mir, was mir vorgeworfen wird«, erwiderte er ruhig. »Was Ilysa angeht, so liegst du völlig schief, falls du ernstlich annimmst, sie könnte in irgendeiner Weise den Clan verraten haben.«

»Unsinn, ich habe euch beide immer wieder dabei beobachtet, wie ihr die Köpfe zusammengesteckt habt«, widersprach Connor barsch, und seine Augen sprühten Funken. »Und jetzt bringst du sie gegen meine Anordnung heimlich aus der Burg.«

Himmel, war das alles? Dabei erwischt worden zu sein, wie er Ilysa verbotenerweise nach draußen geschleust hatte, war ein geringes Vergehen im Vergleich zu der beinahe geglückten Ermordung des Chieftains der MacDonalds.

»Das jüngste Kind meiner Schwester war sehr krank. Ohne Ilysas Hilfe hätte die Kleine die Nacht vermutlich nicht überlebt.«

»Das kann jeder behaupten«, knurrte Connor und verschränkte die Arme vor der Brust. »Warum sollte ich dir glauben?«

»Ich denke, wir können ihn als Hughs Spion definitiv ausschließen«, mischte Alex sich unvermittelt ein. »Offensichtlich hat er keinerlei Schwierigkeiten, deine Wachen dazu zu bringen, den Posten zu verlassen oder das Tor für ihn zu öffnen. Folglich hätte er die beiden Männer damals gar nicht umbringen müssen.«

O shluagh. Das also war Connors Verdacht gewesen?

»Du kannst meine Schwester fragen, du kennst sie und das Kind. Du warst in der Nacht, als die Krieger der

MacLeods angriffen, in ihrem und Malcoms Haus. Meine Schwester hat mir erzählt, dass du die kleine Brigid in letzter Minute gerettet hast.«

»*Das* ist die Familie deiner Schwester?«, fragte Connor ungläubig. »Geht es dem Kind gut?«

»*Aye*. Dank Ilysas Können als Heilerin.«

»Hast du sie mit zurückgebracht?«

»Nein. Sie wollte nicht einmal, dass ich dir sage, wo sie sich aufhält, und sie will nie wieder zu dir zurückkehren.«

»Was hat sie noch gesagt?«

Lachlan zögerte. »Sie hat erwähnt, dass sie vorhat, einen anderen Chieftain zu heiraten ...«

Connor stieß einen lauten Schrei aus und begann wieder auf und ab zu laufen.

»Siehst du? Ilysa ist in Sicherheit. Du kannst dich also später um diese Angelegenheit kümmern«, begütigte der hochgewachsene blonde Krieger, den Lachlan nicht kannte, ihn und streckte seine Arme über den Kopf, als hätte er überhaupt keine Sorgen. »Es ist Zeit, in die Schlacht zu ziehen, oder?«

»Mein Schwager Malcom hat am Ende der Bucht jede Menge Krieger der MacLeods gesichtet, die sich gerade auf den Weg nach Süden machten«, berichtete Lachlan. »Du hattest recht – sie werden zunächst das Hinterland verwüsten. Wenn sie als Erstes die Burg hätten angreifen wollen, wären sie über das Meer gekommen.«

Als vom Hof Rufe erklangen, eilten sie alle zu den Fenstern.

»Ein Aufgebot von Kriegsgaleeren naht«, rief einer der Männer aufgeregt »Unsere Leute aus Sleat sind da!«

Connor stürmte aus dem Zimmer. Als Lachlan ihm folgen wollte, packte der blonde Krieger mit eisernem Griff seinen Arm und hielt ihn zurück.

»Ich bin Alex, der Cousin des Chieftains«, erklärte er. »Geht es Ilysa gut?«

»*Aye.*«

Alex antwortete mit einem Lächeln, das seine grünen Augen indes nicht erreichte.

»Falls du ihr nämlich irgendetwas angetan haben solltest, werde ich dich bei lebendigem Leibe häuten.«

Mit einer Mischung aus Erleichterung und Niedergeschlagenheit machte Connor sich auf den Weg zum Strand. Der Chieftain der MacIains schien offenbar rechtzeitig zur Schlacht zu erscheinen und hatte Connors Bedingung für eine Eheschließung somit erfüllt.

»Eine Schande, dass ich meinen Schwiegervater gebeten habe, mit seinen Kriegern North Uist zu bewachen«, meinte Alex, der ihn begleitete. »Wenn ich gewusst hätte, dass Ilysa ihn heiraten will, hätte ich ihn mitgebracht.«

Connor ignorierte die Sticheleien. Sein Cousin genoss es, ihn damit aufzuziehen, seit er davon erfahren hatte. Außerdem waren soeben Duncan und Ian mit dem größten Teil der MacDonald-Streitmacht angekommen und packten mit an, als die Galeeren an Land gezogen wurden.

»Wie geht es meiner Schwester?«, erkundigte sich der Freund sogleich.

»Sie ist nicht auf der Burg, weil sie sich um ein erkranktes Kind kümmern muss.«

Es war nicht der richtige Zeitpunkt, um Duncan über Ilysas Pläne in Kenntnis zu setzen, und es würde niemals den geeigneten Zeitpunkt geben, um ihm den Grund dafür zu verraten.

Duncan, ich habe mit deiner Schwester das Bett geteilt. Dann habe ich sie zu einer Verräterin erklärt und versucht, sie in der Burg gefangen zu halten. Sie ist jetzt ein klitzekleines bisschen böse auf mich.

Sollte er das wirklich sagen?

Wenn Alex im Recht war, hatte er einen weiteren riesengroßen Fehler begangen.

»Hast du für Ilysa inzwischen einen passenden Ehemann gefunden?«, warf Alex scheinbar harmlos ein.

Dieser Mistkerl. Am liebsten wäre er ihm an die Gurgel gesprungen, weil er ihn gemeinerweise vor Duncan dermaßen provozierte.

»Noch nicht«, versetzte er gereizt.

»Du lässt in der Verantwortung für sie wirklich nach«, lästerte Alex weiter. »Ich schätze, du warst einfach zu ... *beschäftigt.*«

Ian zog eine Augenbraue hoch und blickte zwischen den beiden hin und her, und in dem Moment erkannte Connor, dass auch der andere Cousin ahnte, dass etwas zwischen ihm und Ilysa passiert war. Auf dem Schlachtfeld mochte es ja nützlich sein, dass sie die Gedanken des anderen lesen konnten, hier hingegen ganz und gar nicht. Er konnte nur beten und hoffen, dass Duncan nichts merkte.

Bevor er länger darüber nachdenken konnte, wurde er abgelenkt durch die Ankunft von drei weiteren Schiffen.

»O nein, warum hat MacIain um alles in der Welt einen Campbell mitgebracht?«

Connor war wenig begeistert, als er auf dem ersten Schiff, das bereits auf den Strand gezogen wurde, das Wappen der Campbells mit dem Wildschweinkopf auf dem Segel entdeckte. *Verdammt.* Er hatte gehofft, die Schlacht mit den MacLeods hinter sich gebracht zu haben, bevor

Campbell, der Stellvertreter der Krone auf den Inseln, der sich ständig einmischte, überhaupt davon erfuhr.

»Das ist John Campbell, der Bruder des Chieftains und ebenfalls ein Gefolgsmann des Königs. Alle drei Galeeren gehören ihm. Er ist sozusagen vorsichtshalber mit einer kleinen Kriegsflotte erschienen.«

»Dann kommt MacIain also nicht?«

»Nein, er ist tot.«

Kapitel 41

Connor umklammerte seinen Becher so fest, dass seine Fingerknöchel weiß hervortraten, während er John Campbell lauschte. Der erzählte ihm gerade, wie Alexander of Dunivaig den Chieftain der MacIains und seine beiden ältesten Söhne angegriffen und getötet hatte. Den Vater und die Brüder seiner eigenen Gemahlin. Eine über zwanzig Jahre währende Ehe und sechs gemeinsame Kinder hatte Alexanders Rachedurst gegenüber dem Clan seiner Frau lediglich verbergen, nicht aber zu beenden vermocht. Damit hatte er MacIain dafür zur Rechenschaft gezogen, dass drei Generationen seiner Familie hingerichtet worden waren: sein Großvater, sein Vater und seine Brüder.

Wie konnte Alexander seiner Frau je wieder unter die Augen treten, fragte Connor sich und erinnerte sich daran, wie er als Gast an ihrem Tisch gesessen und die beiden beobachtet hatte. Ihr Verhältnis war ihm wie eine echte Liebe erschienen. Ein weiterer Beweis, dass durch eine Eheschließung nicht immer stabile Bündnisse entstanden, sondern dass sie genauso oft in furchtbaren Blutfehden endeten.

»Kann ich an die Freundschaft zwischen unseren Clans appellieren und dich bitten, an unserer Seite in die Schlacht zu ziehen?«, fragte Connor John Campbell, wohlwissend, dass es eigentlich sinnlos war.

Der Gefolgsmann der Krone und ein erklärter Parteigänger Englands schüttelte den Kopf. »Du musst dich damit zufriedengeben, dass diese Freundschaft uns davon abhält, auf der Seite der MacLeods zu kämpfen«, antwortete er und prostete Connor zu. »Ich hoffe, du bist nicht allzu traurig, wenn ich MacIains Enkeltochter mitnehme. Deshalb bin ich überhaupt gekommen.«

Die Campbells hatten mit der für sie typischen Effizienz nach dem Tod der MacIains in Windeseile die Kontrolle über deren Ländereien übernommen. Außerdem hatten sie, noch bevor der ermordete Chieftain unter der Erde war, schon die Vormundschaft über seinen einzigen überlebenden Sohn beansprucht, einen Jungen im Alter von neun Jahren, dessen Mutter eine Campbell war. Connor bezweifelte, dass das Kind jemals die Herrschaft über den Besitz der MacIains erhalten würde. Und Jane? Für sie würde jetzt mit Sicherheit eine Hochzeit arrangiert, die den Interessen der Campbells mehr entgegenkam.

»Ich bedaure natürlich, meine Braut aufgeben zu müssen«, log Connor und hoffte, damit seinen Gast glauben zu machen, der Clan sei ihm einen Gefallen schuldig. »Egal. Hauptsache, Jane und ich trennen uns im Guten.«

Das stimmte immerhin. Jane, die gerade ihre Sachen packte, war genauso erleichtert wie er, keine Ehe eingehen zu müssen, die sie beide am Ende unglücklich gemacht und sie zudem zu einem Leben fern des Hofes und aller sonstigen Annehmlichkeiten verurteilt hätte.

Unterdessen trieb Lachlan die Vorbereitungen für die Schlacht voran, der sich die MacDonalds stellen mussten, obwohl ihre Chancen durch den Tod von MacIain dramatisch gesunken waren. Aber als Captain der Leibwache, der er nach wie vor war, musste er alles Menschenmögliche tun, um das Schlimmste abzuwenden. Und so sorgte er dafür, während der Chieftain mit seinen Gästen Whisky trank, dass die Männer ihre Waffen und Vorräte bereithielten. Er verstand das alles nicht. Eine entscheidende Schlacht stand bevor, doch die Anführer saßen in der großen Halle und spielten den Gastgeber für den Thane of Cawdor, so der offizielle Titel von John Campbell, der ein ziemlich arroganter Mistkerl zu sein schien.

»Lachlan!«

In seine Gedanken versunken, bemerkte er zunächst nicht, dass Robbie, einer der Nachwuchskrieger, die er und Connor trainiert hatten, völlig aufgelöst auf ihn zugerannt kam, in der Hand einen blutigen Dolch.

»Was um Himmels willen ist passiert?«.

»Ich glaube, ich habe Sorely getötet«, stammelte der Junge.

»Bring mich zu ihm. Du kannst mir auf dem Weg dorthin erzählen, warum du es getan hast.«

Seine Gelassenheit schien Robbie zu beruhigen, und so war er in der Lage, einigermaßen klare Erklärungen zu geben.

»Ich stand Wache am Tor, wie du es mir befohlen hast«, begann Robbie, als sie den Hof überquerten, »und habe die Leute rein-, aber niemanden rausgelassen.«

Die Quintessenz der Geschichte war, dass Sorely in dem Moment, als durch die neu angekommenen Gäste und Krieger, die in die Burg drängten, eine unübersichtliche Situation entstanden war, heimlich hatte verschwinden wollen. Als der Junge ihn zurückzuhalten versuchte, hatte Sorely einen Streit vom Zaun gebrochen und vorgeschlagen, ins Torhaus zu gehen, um dort in Ruhe darüber zu sprechen.

»Als ich durch die Tür ging, versuchte er mich zu erdolchen«, erklärte Robbie. »Ohne groß nachzudenken, habe ich dann auch zugestochen, und im nächsten Moment lag Sorely blutend auf dem Boden. Ich glaube, er ist tot.«

Lachlan beschleunigte seine Schritte in der Hoffnung, den Verräter noch lebend vorzufinden.

»Manchmal ist ein Mann nicht so tot, wie er aussieht.«

In der Tat lebte Sorely noch und hatte sich ein paar Meter weiterschleppen können.

»Du siehst nicht so aus, als würdest du noch lange durchhalten.« Lachlan kniete sich neben ihn. »Das wird uns die Mühe ersparen, dich hinzurichten, da ich annehme, dass du derjenige bist, der die beiden Wachen ermordet hat.«

»Zum Teufel mit dir«, stieß der Verwundete hervor und spuckte Blut.

»Willst du mir nicht erzählen, warum du deinen eigenen Clan so schändlich verraten hast, und damit dein Gewissen erleichtern, bevor du vor deinen himmlischen Richter trittst?«

»Soll ich dir nicht lieber etwas erzählen, was du noch nicht weißt?«, keuchte Sorely mit versagender Stimme und doch voller Bosheit. »Bestimmt hast du keine Ahnung, dass deine Mutter ermordet wurde. Darauf wette ich.«

»Stell dich vor die Tür und pass auf«, forderte Lachlan Robbie auf, damit er außer Hörweite war.

Dann wartete er ab. Er würde Sorely nicht die Genugtuung verschaffen nachzufragen, denn er zweifelte nicht daran, dass Sorely reden würde, bevor er starb.

»Sie hat sich nicht selbst umgebracht, wie allgemein behauptet wird. Hugh hat sie von einer Klippe gestoßen, das ist die Wahrheit. Und dein Vater hat das gewusst, war sogar einverstanden damit, nachdem er erfahren hat, dass sie sich offenbar sehr wohl bei dem Chieftain fühlte. Ist das nicht lustig?« Blut quoll zwischen Sorelys Lippen hervor, als er höhnisch grinste. »Ich habe Hugh eher beiläufig erzählt, dass sie wieder ein Kind erwartet, und das wollte er verhindern. Schließlich entfernte ihn jeder Sohn weiter von seinem Ziel, selbst Chieftain zu werden. Deshalb musste sie sterben. Und bei deinem Vater rannte er offene Türen ein, weil der keinen weiteren Bastard wollte.«

Lachlan war versucht, die Hände um Sorelys Hals zu legen und seine Reise in die Hölle zu beschleunigen. Stattdessen fragte er: »Woher willst du wissen, dass sie schwanger war?«

»Jenny hat es mir erzählt.« In Sorelys Augen standen plötzlich Tränen. »Wir haben uns geliebt, aber niemand wusste davon.«

Wer zum Teufel war Jenny? Dann dämmerte es ihm. »Du meinst das Kindermädchen, deren Geist du ständig zu sehen glaubst, nicht wahr?«

»Sie wollte mir gerade vom Turmfenster zuwinken, dabei ist ihr das Baby entglitten. Der Chieftain hätte sie nicht auf dem Meer aussetzen dürfen. Es war keine Absicht, sie wollte dem Kind nichts antun.«

Er weinte so sehr, dass Lachlan beinahe Mitleid mit ihm empfand, bis ihm noch etwas einfiel.

»Und warum hast du nicht versucht, Jenny zu retten? Du hast weder mit dem Chieftain gesprochen noch bist du mit einem Boot rausgefahren, um ihr zu helfen.«

»Das konnte ich nicht«, brachte Sorely mit erstickter Stimme hervor. »Dann wäre ich von der Burg verbannt worden und hätte meinen Platz in der Leibwache verloren.«

»Dennoch hast du das dem Chieftain nie verziehen, und als er tot war, hast du deinen Hass auf Connor übertragen gemäß dem alten Spruch, dass die Sünden der Väter bis ins dritte und vierte Glied reichen. Wirklich schändlich.«

»Irgendwann hatte ich das alles beinahe vergessen und war Connor treu ergeben, aber als er mich nicht zum Captain der Wache machte, flammte neuer Hass auf.« Seine Stimme wurde mit jedem Atemzug schwächer. »Hugh wusste das und hat mir Versprechungen gemacht, wenn …«

Seine Stimme erstarb, und sein Kopf fiel zur Seite.

»Was für ein jämmerliches Exemplar eines MacDonald«, murmelte Lachlan und ging zur Tür. »Das hast du gut gemacht, Robbie. Es wäre eine Schande gewesen, einen guten Mann wie dich an seine Klinge zu verlieren. Ich werde dem Chieftain das in diesem Sinne berichten.«

Er würde Connor alles erzählen, bis auf die Geschichte über seine Mutter und seinen Vater. Das ging niemanden außer ihn selbst etwas an.

»Die MacLeods rücken an«, rief Connor und hob die Arme. »Es ist an der Zeit, den Clan zusammenzurufen.«

Jeder Mann, jede Frau und jedes Kind auf der Burg versammelte sich um das lodernde Feuer, das mitten auf dem Burghof aufgeschichtet worden war, um an der Zeremonie des *crann tara* teilzunehmen.

Duncan, Ian und Alex, die drei Menschen, denen Connor mehr als jedem anderen vertraute, standen zu seiner Rechten und hielten jeweils ein hölzernes Kreuz in den Händen. Er dachte an ihre Frauen und Kinder und betete, dass sie die bevorstehende Schlacht überleben würden. Auf seiner linken Seite hatten sich drei der jungen Krieger aufgestellt, die er und Lachlan ausgebildet hatten.

Duncans Blick war wild, als er Connor das erste Holzkreuz reichte. »Wir kämpfen bis zum letzten Atemzug!«, rief er, und alle Männer jubelten.

Der Chieftain hielt das Kreuz in die Flammen, bis das trockene Holz Feuer fing. Dann hob er es in den Nachmittagshimmel, damit alle sehen konnten, wie es brannte. Es zischte, als er die Flammen in der Wanne mit Schafsblut löschte und das verkohlte Kreuz anschließend erneut über den Kopf hob und den Schlachtruf der MacDonalds ausstieß: »*Fraoch Eilean!*«

Der Hof schien zu erbeben, als die versammelten Männer den Satz wiederholten. Schließlich gab er Robbie, dem ersten der drei jungen Krieger zu seiner Linken das Zeichen, zu ihm zu kommen. Der Junge hatte sich diese Ehre verdient, weil er Hughs Spion zur Strecke gebracht hatte.

»Lass unsere Leute wissen, dass die MacDonalds sich am stehenden Stein versammeln, um in den Kampf zu ziehen«, rief Connor.

Robbie nahm daraufhin das verkohlte Kreuz von ihm entgegen und rannte damit zum offenen Tor hinaus.

Noch zweimal wiederholte der Chieftain die Zeremonie, nahm die Kreuze von Alex und Ian und schickte auch die beiden anderen jungen Krieger aus, um die Männer in anderen Gebieten der Halbinsel zusammenzurufen.

Das *crann tara* war der Aufruf für jeden Mann, ob er nun Krieger, Bauer oder Hirte war, sich an einem bestimmten Versammlungsort einzufinden und für den Clan zu kämpfen. Insofern war das *crann tara* zugleich eine wichtige Probe aufs Exempel, wie viel Vertrauen die Männer auf Trotternish in Connor als Chieftain setzten. Er war gespannt, wie viele von ihnen am Ende kommen würden.

Als die Zeremonie vorbei war, erhoben die Männer ihre Schwerter. Connor freute sich, als er die Kampfeslust in ihren Augen sah – trotzdem lastete die Verantwortung für das Leben dieser tapferen Krieger schwer auf seinen Schultern.

Zum wiederholten Mal wünschte er sich, Ilysa wäre da, um ihm ermunternde Worte mit auf den Weg zu geben.

Kapitel 42

Im Schein eines atemberaubenden Sonnenuntergangs lagen Connor und Ian flach auf dem Bauch und beobachteten die Krieger der MacLeods auf der anderen Seite des Flusses. Es waren so viele, die aus allen Richtungen in dem Lager zusammenströmten, dass es fast aussah, als würde ein Schwarm Bienen in den Bienenstock zurückkehren.

»Das sieht nicht gut aus«, flüsterte Ian. »Zum Teufel mit MacIain, der sich einfach so umbringen lässt.«

»Inzwischen fürchte ich, dass ich unsere Krieger zur Schlachtbank führen werde«, gab Connor bedrückt zurück.

Sein Cousin schüttelte den Kopf. »Du hast keine andere Wahl. Wenn wir zulassen, dass eine Streitmacht dieser Größe den Fluss überquert, haben wir keine Chance, sie je wieder zu vertreiben.«

»Du hast recht.« Der Chieftain nickte. »Wenigstens haben wir uns rechtzeitig vorbereitet. Ich denke, Alastair wird morgen zuschlagen, an Beltane.«

Zurück am stehenden Stein erfasste sie Erleichterung und Rührung, als sie sahen, wie viele Männer ihres Clans sich mittlerweile jenseits des Hügels versammelt hatten. Und die ganze Nacht über kamen ständig weitere hinzu.

Bei Anbruch des Tages, der trüb und feucht war, rief Connor sie alle zusammen. Sein Blick wanderte von den erfahrenen, gestählten Kriegern, die bereits für seinen Vater gekämpft hatten, über die jungen Burschen, die er und Lachlan trainiert hatten, bis zu den Bauern, die Sensen und Äxte als Waffen dabeihatten. Zwar waren mehr Freiwillige erschienen, als er zu hoffen gewagt hatte, aber es waren bei Weitem nicht genug.

»Dieses Land wurde meinem Großvater, dem ersten Chieftain der MacDonalds of Sleat, von seinem Vater, dem Lord of the Isles, übergeben. Es fällt uns zu, dieses Land für unsere Kinder und Kindeskinder zu sichern. Dafür werden wir uns heute einsetzen. Die MacLeods sollen merken, dass sie für jeden Meter unseres Landes, auf den sie Ansprüche geltend machen, mit Blut zu bezahlen haben.«

Die Männer erhoben stumm ihre Waffen zur Bestätigung – das kleine Heer musste vermeiden, dass der zahlenmäßig überlegene Gegner ihre Anwesenheit vorzeitig bemerkte.

»Wir müssen sie gleich am Fluss aufhalten.« Connor reckte sein Schwert in den Himmel. »Sie werden den Snizort River unter keinen Umständen überqueren!«

Lachlan kämpfte, bis ihm Schweißperlen in die Augen liefen und das Blut seiner Feinde seine Ärmel durchtränkte. Die Chancen standen schlecht, doch nach zweieinhalb Jahren, in denen er lediglich heimliche Überfälle auf die MacLeods verübt hatte, war er froh, seiner Wut gegen die Besetzer seiner Heimat endlich im offenen Kampf freien Lauf lassen zu können.

Bisher war es den MacDonalds gelungen, die Stellung zu halten und die riesige Streitmacht daran zu hindern, den

Fluss zu überqueren und auf der Halbinsel Fuß zu fassen. Dann nämlich wäre der Weg zur Burg frei für sie.

Ebenso verbissen wie Lachlan kämpfte das Vierergespann der MacDonalds. Egal wie viele MacLeods sich ihnen näherten, keinem gelang es, durch die Linie zu stoßen. Wenngleich Lachlan lediglich ab und zu einen Blick auf sie werfen konnte, entging ihm nicht, wie sie im Schlachtgetümmel ihre Bewegungen aufeinander abstimmten und eine tödliche Phalanx bildeten. Und ihr Beispiel schien die anderen anzufeuern und zu inspirieren, noch härter zu kämpfen.

Von einer kleinen Anhöhe hinter den Reihen der MacLeods aus verfolgte ein hünenhafter Kriegsherr mit weißem Haar und majestätischer Haltung das Schlachtgeschehen am Fluss. Nach einem halben Tag des Blutvergießens hob er den Arm zum Zeichen, dass seine Krieger sich zurückziehen sollten, um sich zu sammeln und neu zu formieren.

Seine verkrüppelte Schulter verriet, dass es sich um Alastair MacLeod handelte.

Connor tauchte den Kopf in den Fluss, um Schweiß und Blut abzuwaschen. Als er aufsah, bemerkte er den Chieftain der MacLeods, der knappe fünfzig Meter von ihm entfernt stand. *Gib auf, alter Mann, dieses Land gehört den MacDonalds,* dachte er bei sich, erwiderte Alastairs kalten Blick und wandte sich Ian, Alex und Duncan zu, die mit anderen Männern ein paar Meter vom Fluss entfernt zusammensaßen.

»Wie geht es dem Bein?«, fragte er Ian, als er zu ihnen trat.

»Gut«, antwortete sein Cousin, der gerade einen Verband um die Wunde schlang, um die Blutung zu stoppen.

Alex hatte ebenfalls Blessuren davongetragen, und am Flussufer lagen mehrere Leichen. Zu seiner Erleichterung weniger MacDonalds als MacLeods. Dennoch gab es keinen Grund zur Freude, da der Gegner über weit größere Reserven vefügte.

»Ich fürchte, dass sie beim nächsten Mal den Durchbruch schaffen«, sagte Connor leise zu den dreien, und keiner widersprach ihm. Es blieb ihm nichts anderes übrig, als darauf zu hoffen, dass MacLeod mehr Männer verlor, als ihm das Land am Ende wert war.

»Welchen Befehl wirst du geben, falls unsere Linie durchbrochen wird?«, erkundigte sich Ian, der Pragmatischste aus der Gruppe. »Alle zurück zur Burg?«

Connor kam nicht mehr dazu, ihm eine Antwort darauf zu geben.

»An die Waffen!«, brüllte Duncan plötzlich, sprang auf und wies mit dem Schwert hinter sich.

Hinter ihnen stürmten etwa zweihundert Krieger den Abhang hinunter.

Kapitel 43

Ist das etwa mein Bruder Niall?«, fragte Ian ungläubig und starrte auf die Horde von Männern, die auf sie zukam. »Ich dachte, er sei bei Ilysa.«

»Legt die Waffen nieder!«, brüllte Connor, so laut er konnte, und begann zu grinsen. »Das sind Freunde!«

Torquil MacLeod of Lewis war gekommen, und das hatten sie Ilysa zu verdanken. Als sie ihm erklärt hatte, sie traue Sorely nicht, hatte Connor ihre Besorgnis zuerst einfach abgetan, war dann allerdings stutzig geworden, als sein Halbbruder nicht auf die Nachricht reagierte, mit der Sorely losgeschickt worden war, und hatte daraufhin Niall mit einem zweiten Schreiben in Marsch gesetzt.

»Ein tausendfaches Willkommen, Bruder. Ich bin sehr froh, dich endlich kennenzulernen«, begrüßte Connor Torquil, einen gestandenen Krieger von ungefähr dreißig Jahren, der das gleiche rabenschwarze Haar hatte wie Connor und Ian. »Das hier sind unsere Cousins Alex und Ian MacDonald und unser Freund Duncan.«

»Ich komme deiner Bitte nach«, erwiderte Torquil. »Meine Krieger kämpfen heute mit deinen Männern Seite an Seite, wenn du, sobald die Zeit reif ist, das Gleiche für mich tust.«

Der junge Mann, der ältere Sohn seiner Mutter, war ein

Chieftain ohne Landbesitz. Nachdem sein Vater die letzte Rebellion unterstützt hatte, war er von der Krone damit bestraft worden, dass man ihm das traditionelle Clanland auf der Isle of Lewis wegnahm.

»Ich gebe dir mein Wort«, versicherte Connor und ergriff zur Bestätigung den Unterarm seines Bruders, der den Pakt mit der gleichen Geste besiegelte.

»Gut«, erklärte er mit einem breiten Grinsen. »Meine Männer sind bereit für die Schlacht.«

Den ganzen Tag über hatten Ilysa und Flora sich mit allerlei Nebensächlichkeiten abgelenkt, während sie auf Neuigkeiten warteten. Malcom war ein paar Stunden vor Morgengrauen aufgebrochen, er hatte als einer der Letzten das *crann tara* erhalten, da seine Hütte ziemlich abseits lag.

Stundenlang schon hatte Ilysa sich durch einen Haufen von Kinderkleidung gearbeitet, als sie die reparierten Stücke beiseitelegte und nach ihrem Korb mit den Arzneien griff, um nachzuschauen, was sie ergänzen musste. Plötzlich berührten ihre Fingerspitzen den Stein, den sie in der Feenschlucht gefunden und zusammen mit der Brosche in den Korb gelegt hatte. Sie nahm ihn heraus, drehte ihn in den Händen und beobachtete, wie er im Schein des lodernden Kaminfeuers funkelte.

In diesem Augenblick gesellte sich Flora mit Brigid auf ihrer Hüfte zu ihr und schaute ihr über die Schulter. »Ich glaube, das ist mein Stein.«

»Wie kannst du dir da so sicher sein?«, entgegnete Ilysa mit einem Lachen, verriet jedoch nicht, dass sie diesen Stein in der Feenschlucht gefunden hatte.

»Ich habe ihn jahrelang in der Tasche mit mir herumgetragen – als Geschenk, um die Feen zu besänftigen, falls mir eine über den Weg laufen sollte«, erklärte Flora. »Ich habe ihn dann in der Nacht, als er hier war, unserem Chieftain gegeben, falls er ihn brauchen sollte. Hat er ihn dir geschenkt?«

Ilysa strich mit dem Daumen über den Stein. »Ich glaube, er hat mich für eine Fee gehalten.«

Ihre Unterhaltung wurde jäh unterbrochen, als jemand die Tür aufriss. Es war Lachlan mit Malcom auf den Armen, der eine blutende Kopfwunde hatte. Während Flora und Ewan zu ihm eilten, nahm Ilysa eine Decke und breitete sie auf dem Boden vor der Feuerstelle aus, wo das Licht am besten war.

»Da waren Hunderte von MacLeods«, flüsterte Malcom. »Ich dachte, der Strom von Kriegern werde niemals aufhören.«

»Die Wunde ist schlimmer, als sie aussieht«, murmelte Ilysa, nachdem sie das Blut abgetupft hatte, und sah dann Lachlan an. »Welche anderen Neuigkeiten bringst du uns noch?«

»Die Streitmacht der MacLeods ist dreimal so groß wie unsere, und bis Mittag sah es schlecht für uns aus. Aber dann tauchte unerwartet wie ein Geschenk des Himmels der Chieftain der MacLeods of Lewis mit seinen Kriegern auf.«

»Flora, du wärst stolz auf deinen Bruder gewesen«, warf Malcom ein. »Du solltest ihn mal kämpfen sehen.«

»Sei jetzt still«, befahl seine Frau. »Du musst deine Kraft sparen.«

Lachlan rüstete sich zum Gehen. »Ich muss zurück zu meinen Leuten und mir ein Bild machen, wie es steht. Die Schlacht wird morgen fortgesetzt.«

Ilysa folgte ihm zur Tür. »Wie schlimm sieht es tatsächlich aus?«

»Ich fürchte, es ist kein Ende in Sicht«, seufzte Lachlan. »Alastair MacLeod macht bislang keinerlei Anstalten, seine Eroberungsgelüste aufzugeben.«

Beltane zu feiern bildete das seltsame Ende des brutalsten Kampftags, den Connor je erlebt hatte. Aber das Ritual, das Fruchtbarkeit, Reinigung und eine gute Ernte bringen sollte, war wichtig für die Menschen. Connor war der Erste, der zwischen den beiden riesigen Feuern hindurchging, die entfacht worden waren. Ihm folgten alle anderen Anwesenden. Schließlich wurden noch einige Rinder und Schafe durch die Schneise zwischen den Feuern getrieben.

Sobald Mensch und Vieh und das Land auf diese Weise für das kommende Jahr hoffentlich geschützt waren, sah Connor gedankenverloren zu den Feuern der MacLeods auf der anderen Seite des Snizort River hinüber. Seine Stimmung war gedämpft, denn er hatte heute bereits zu viele Männer verloren. Wenn diese Schlacht noch lange dauerte, würde es keinen Gewinner geben. Dank Torquils Erscheinen war es ihnen immerhin gelungen, die MacLeods am Fluss aufzuhalten. Vorerst. Connor wusste zu genau, dass die Unterstützung nicht ausreichte, um einen Sieg davonzutragen.

Genau genommen, verübelte er es Alastair MacLeod nicht einmal, dass er seinerzeit Trotternish erobert hatte und es nun erneut versuchte. So lief es nun einmal ab in den Highlands: Jeder war darauf aus, die eigene Position zu festigen, denn nur der Stärkste überlebte. Schließlich wollte er selbst aus genau diesem Grund Trotternish zurückhaben. Entweder verteidigte man sein Land oder man riskierte, von allen Seiten angegriffen zu werden und am Ende alles zu verlieren.

Connor seufzte. Vielleicht sähe alles anders aus, wenn Sorely und eine Handvoll Idioten nicht völlig sinnlos ein Massaker angerichtet hätten, bei dem sie arglose MacLeod-Krieger in ihrem Lager überfallen, ermordet und geköpft und zudem Frauen und Mädchen des Clans vergewaltigt hatten. Dann nämlich würde der alte MacLeod möglicherweise entscheiden, dass der Verlust so vieler Krieger es nicht wert war, Ländereien zu erobern, die ihm rechtmäßig nicht gehörten und die er nicht wirklich brauchte. Sein Clan war auch so mächtig genug. Connor hoffte von ganzem Herzen, dass Sorely in der Hölle schmorte.

»Ich bin dankbar, dass du gekommen bist«, wandte er sich an Torquil, der sich zu ihm gesellte.

»Uns verknüpfen Blutsbande«, entgegnete sein Bruder, als würde das alles erklären.

»Offen gesagt, musste ich viel öfter erleben, dass diese Blutsbande zu Mord und Totschlag führen.« Connor stieß ein bitteres Lachen aus. »Es tut mir leid, dass unsere Mutter dich so einfach verlassen hat.«

Sie setzten sich auf den Boden, lehnten den Rücken gegen einen Baumstamm und sahen ins Feuer.

»War halb so schlimm. Ich hatte eine ganze Meute von älteren Halbschwestern, die mich verwöhnt haben. Da ich zudem keine Erinnerung an unsere Mutter hatte, habe ich sie eigentlich nicht vermisst.«

»Bei mir war es anders. Für mich war sie der Mond und die Sterne, und als sie wegging, habe ich schrecklich gelitten. Vor allem wenn ich die Leute von ihrer Schönheit schwärmen hörte.«

»Wobei ihr schönes Aussehen offenbar eine unschöne Kehrseite hatte, wie unsere Väter leidvoll erfahren mussten. Sie bereitete ihnen sehr viel mehr Ärger, als für sie akzeptabel war. Und am Ende war sie es ihnen nicht wert.« Torquil schwieg eine Weile. »Was mich betrifft, so schätze ich mich glücklich, dass ich eine nette Frau gefunden habe, die bei mir geblieben ist – durch alle schlechten Zeiten hindurch bis jetzt.«

»Wenn ich das hier überleben sollte, werde ich ein Mädchen heiraten, das genauso ist – sofern sie mich dann noch immer will.«

Schweigend starrte Connor in das Feuer, das langsam erlosch, und dachte an Ilysa. Rückblickend fielen ihm all die Dinge wieder ein, die großen wie die kleinen, die Ilysa zum Wohle des Clans getan hatte. Und zu seinem Schutz. Inzwischen nahm er ihr nicht einmal mehr übel, dass sie ihn ein paar Tage lang in ein Verlies gesperrt hatte. Und sogar seit sie gegangen war, hatte er noch Beweise ihrer Treue erfahren. Beispielsweise dass sie sein Misstrauen gegen Sorely geschürt und ihn dadurch bewogen hatte, Niall mit einer neuen Nachricht zu Torquil zu schicken.

Teàrlag hatte ihm mehrmals gesagt, dass die richtige Frau ihn erwählen werde – er war zu dumm gewesen, um es zu verstehen und zu erkennen. Er hatte das Glück an ihrer Seite geopfert, um durch eine Heirat eine Allianz zu schließen. Mittlerweile kam ihm die ganze Idee mit der Hochzeit, die die Zukunft seines Clans sichern sollte, wie ein Strohhalm vor, an den er sich geklammert hatte. Zu spät war ihm aufgegangen, dass Ilysa das Beste war, was ihm und dem Clan passieren konnte. Keine andere Frau würde sich den unter seinem Schutz stehenden Menschen so hingebungsvoll widmen oder ihm eine so kluge und unerschütterliche Gefährtin sein wie sie. Allein mit ihr an seiner Seite würde er der Chieftain werden, den sein Clan brauchte.

Dennoch nagte weiterhin ihre Verbindung zu Alastair MacLeod an ihm, die ihm nach wie vor ein Rätsel war. Er fand einfach keine plausible Erklärung dafür. Aber egal, er würde ihr vertrauen, das hatte er sich vorgenommen, und sie nicht mehr mit albernen Verdächtigungen überschütten.

Lachlan, der unvermittelt aus dem Dunkel auftauchte, riss ihn aus seinen Grübeleien. Sein Haar leuchtete hell im schwächer werdenden Schein des Feuers.

»Ich habe eine Nachricht für dich.« Der Krieger warf einen Blick auf Torquil. »Es ist persönlich.«

Mühsam erhob Connor sich. Er war todmüde und völlig erschöpft, seine Schultern schmerzten, weil er den ganzen Tag lang das Schwert geschwungen hatte. Sie gingen ein paar Schritte zur Seite.

»Was ist?«

»Ilysa will sich mit dir treffen. Sie meint, es sei wichtig.«

Schlagartig verschwand seine Müdigkeit, und ein unbeschreibliches Hochgefühl erfasste ihn.

»Sie will mich wirklich sehen?«

»Du sollst nach Mitternacht zu der alten Kirche auf Saint Columba's Island kommen. Allein.« Lachlan legte eine bedeutungsschwere Pause ein. »Und falls sie nicht bis eine Stunde vor Sonnenaufgang erschienen ist, sollst du wieder gehen, weil sie dann nicht mehr auftauchen wird.«

Saint Columba, eine kleine Insel im Snizort River, war fünfhundert Jahre lang der Sitz der Bishops of the Isles gewesen. Als sich der Lord of the Isles dann der schottischen Krone unterwarf, verlor die Kirche ihre Bedeutung.

Lediglich die Gräber ringsum erinnerten an die große Zeit der kleinen Insel. Dort ruhten bedeutende Chiefs und Chieftains sowie adlige Krieger, die an den Kreuzzügen teilgenommen hatten.

»Das ist ein seltsamer Ort und eine merkwürdige Zeit, um sich zu treffen«, stellte Connor fest. »Warum kann ich sie nicht bei deiner Schwester sehen?«

»Ich hatte den Eindruck, dass Ilysa das Haus verlassen wollte, sobald ich aus der Tür war.«

»Woher soll ich dann wissen, dass die Nachricht tatsächlich von ihr stammt und keine Falle ist, die auf Hugh zurückgeht?«, reagierte Connor argwöhnisch. »Ich soll meine Leute verlassen und mich mitten in der Nacht an diesen abgelegenen Ort begeben? Einfach so?«

Er musste die Sache gründlich überdenken. Falls er ums Leben kam, wäre der Clan gezwungen, einen der zwei übrig gebliebenen männlichen Nachfahren des ehemaligen Chieftains zum Oberhaupt zu wählen – das war entweder Moiras kleiner Sohn Ragnall oder eben Hugh. Bei dessen Skrupellosigkeit ein unkalkulierbares Risiko

»Ilysa meinte, ich soll dir das hier geben.«

Reglos starrte Connor auf den Gegenstand, den Lachlan in seine Handfläche fallen ließ und in dem sich, selbst so weit vom Feuer entfernt, noch das Licht brach. Er erkannte den glitzernden Stein sofort als denjenigen wieder, den er für seine tanzende Fee in der Schlucht zurückgelassen hatte.

Für Ilysa.

Connor hatte nicht damit gerechnet, dass sein Vertrauen in sie so schnell auf die Probe gestellt würde.

Kapitel 44

Ilysa zitterte vor Kälte, als Ewan mit seinem kleinen Boot zur Mündung des Flusses ruderte. Sie wies ihn an, auf der Seite des Snizort Rivers anzulegen, die sich in der Hand der MacLeods befand.

»Danke«, flüsterte sie dem Jungen zu, als sie ausstieg. »Pass auf dich auf und kehr auf direktem Weg nach Hause zurück.«

Obwohl ein Elfjähriger sie kaum beschützen konnte, fühlte Ilysa sich sehr allein, als sie sein Boot in der Dunkelheit verschwinden sah. Sie wischte ihre Angst beiseite und ging forschen Schrittes am Flussufer entlang durch das nasse hohe Gras, bis sie durch den Nebel hindurch den Schein der Feuer erkennen konnte, die weiter entfernt waren, als es auf den ersten Blick ausgesehen hatte. Als sie die Grenze des feindlichen Lagers erreichte, waren ihr Kleid und ihr Umhang bis zu den Knien durchweicht.

Trotz der kühlen, feuchten Nachtluft fühlten sich ihre Handflächen schwitzig an, und ihre Wangen glühten. Ihr ganzes Leben lang hatte sie Geschichten von den schrecklichen Dingen gehört, die die Krieger der MacLeods Frauen antaten, die sie gefangen genommen hatten. Ihre eigene Mutter hatte sich niemals davon erholt, und sie näherte sich jetzt der Höhle des Löwen, war sogar entschlossen, sich hineinzuwagen. Vorsichtig spähte sie zum Lager hinüber. Bei dem Zelt in der Mitte handelte es sich vermutlich um das des Chieftains. Ob sie einfach durch das schlafende Lager dorthin spazieren konnte?

Sie schrie auf, als raue Hände sie von hinten packten. Bevor sie wusste, wie ihr geschah, wurde sie von den Beinen gerissen und ihr Rücken wurde unsanft an einen muskulösen Körper gepresst. Sie wehrte sich und versuchte, in die Hand zu beißen, die sich auf ihren Mund gelegt hatte.

»Verdammt!«, fluchte der Mann, als sie auch noch gegen sein Schienbein trat.

Sie veranstalteten einen solchen Lärm, dass einige der Männer aufwachten und sie umzingelten.

»Wir wollen alle mal ran«, knurrte einer von ihnen und verschlang sie gierig mit seinen Blicken.

Eine Welle der Panik rollte durch sie hindurch.

»Warte«, meldete sich ein anderer zu Wort. »Wir sollten zuerst herausfinden, wer sie ist.«

Ilysa dankte allen Heiligen für diesen Mann, denn der Krieger mit den bösen Absichten nahm endlich die Hand von ihrem Mund.

»Rühr mich ja nicht noch einmal an«, zischte sie. »Ich bin eine MacLeod und habe eine Nachricht für den Chieftain.«

»Ha, ich bin mir sicher, dass du die hast …«, höhnte einer der Männer.

»Ich garantiere dir, dass er sehr wütend sein wird, wenn er die Nachricht nicht bekommt oder erfährt, wie ihr mich hier behandelt«, drohte sie.

»Und ich werde wütend, wenn ich nicht gleich etwas von *dir* bekomme«, entgegnete einer der versammelten

Männer lüstern, der sich seiner Beute sehr sicher zu sein schien.

»Ich habe für den Chieftain die MacDonalds ausspioniert – da solltet ihr euch eigentlich denken können, was euch erwartet, wenn ihr mir nur ein einziges Haar krümmt.«

Ilysa war stolz auf sich, weil ihr eine so gute Lüge eingefallen war.

Ein anderer Mann mahnte seine Kumpel zur Vernunft. »Lasst es gut sein. Ihr wisst doch, dass der Chieftain es nicht gutheißt, wenn man Frauen missbraucht.« Als sie gerade Hoffnung schöpfte, folgte die Enttäuschung gleich auf dem Fuß. »Wir sollten sie besser in den Wald schleppen«, schob der Mann nach.

»Ich habe Beweise!«, rief sie schnell und hielt ihnen die Brosche hin. »Bringt ihm das zum Zeichen, dass er mir vertrauen kann. Dann werdet ihr sehen, dass er mich sofort treffen will.«

Es war ein Risiko. Was wenn diese Bande von Mördern und Vergewaltigern den kostbaren Schmuck einfach behielt. Aber ihr blieb keine Wahl, sie musste es wagen.

Connor trennte sich fünfzig Meter den Fluss hinauf von seiner Wache. An dieser Stelle lag die kleine Insel. Zu seiner Seite hin war sie bei Niedrigwasser so nah am Ufer, dass er hinüberspringen konnte. Es war derart dunkel und neblig, dass er nicht sah, wohin er trat, und auf dem unebenen Boden mehrmals ins Stolpern geriet. Waren das etwa alles Gräber. Vielleicht sogar welche aus keltischer Zeit? Für den Fall, dass dem so war, betete er, dass die Seelen längst zur Ruhe gekommen waren.

Gegen Geister wäre sein Schwert nutzlos, nicht jedoch

falls plötzlich ein realer Gegner auftauchte, der sich im Nachtnebel verbarg. Obwohl er beschlossen hatte, ausnahmsweise auf sein Herz zu hören und nicht auf seinen Verstand, also einfach mal zu glauben und zu vertrauen, würde er vorsichtig sein. Das hier war der perfekte Ort, um ihn gefangen zu nehmen – und Ilysa wäre der perfekte Köder für einen solchen Plan.

Es fiel ihm schwer, sein Misstrauen ganz abzulegen, und so schossen ihm Fragen über Fragen durch den Kopf. Warum hatte Ilysa diesen unheimlichen Ort für ihr Treffen gewählt? Wohin zum Teufel war sie gegangen, wenn sie sich nicht einmal sicher sein konnte, vor Sonnenaufgang von dort wieder zurückzukehren? Mittlerweile war es fast Mitternacht, und seine Ungeduld und seine Sorge wuchsen.

Vor ihm tauchte der Umriss der kleinen Kirche aus dem Nebel auf. Die verwitterte Tür knarrte, als er sie aufstieß. Von drinnen hörte er ein heftiges Atmen, das er eindeutig einer Frau zuordnete.

»Ilysa?«

»Connor! Gott sei Dank, du bist es.«

In der Kirche war es noch dunkler als draußen, sodass er sich vorantasten musste, um sie zu erreichen. Ihr Atem und das Rascheln ihres Kleides wiesen ihm die Richtung. Im nächsten Moment erreichten sie einander, und sie warf sich in seine Arme. Schweigend hielt er sie fest, fand keine Worte. Zu groß war seine Angst gewesen, sie nie wieder in den Armen halten zu können.

»Ich habe dich so vermisst«, murmelte er leise. »Es kommt mir wie eine Ewigkeit vor, dass du weg bist.«

»Mir geht es genauso«, wisperte sie.

»Verlass mich nicht«, flehte er. »Ich will nicht, dass wir jemals wieder voneinander getrennt werden.«

Sie schüttelte an seiner Wange den Kopf.

»Dieses Mal bitte ich dich, meine Frau zu werden – ich habe nämlich begriffen, dass ich nicht ohne dich leben kann.«

Zu seiner Bestürzung merkte er, dass Ilysa weinte. Konnte sie ihm nicht vergeben?

»Ich liebe dich so sehr, und es tut mir furchtbar leid, dass ich dir nicht vertraut habe. Wenn du mich heiratest, werde ich versuchen, der Mensch zu werden, der ich mit deiner Hilfe sein kann.«

»Dieser Mensch bist du bereits«, stammelte sie unter Tränen.

»Ilysa, *mo rùin,* willst du mich noch?«

»Ich wähle dich als meinen Ehemann, Connor MacDonald«, bestätigte sie in Anlehnung an Teàrlags Prophezeiung, dass er gewählt werden müsse. »In Wahrheit warte ich, seit du aus Frankreich zurückgekehrt bist, darauf, dass du mich endlich fragst.«

Die Welt schien sich aufzulösen, als er sie küsste. Connor vergaß die bereits geschlagene Schlacht und die des kommenden Tages. Er vergaß die Gefahren, denen sein Clan sich stellen musste, und sogar für einen Moment die Toten, die sie zu beklagen hatten. In diesem Augenblick zählte allein die Frau, die sein Herz bei ihrer Flucht aus der Burg mitgenommen hatte und es ihm jetzt aufs Neue schenkte. Ilysa hatte eingewilligt, die Seine zu werden, und mit einem Mal schien alles möglich.

»Deine Kleider sind nass. Du musst vollkommen durchgefroren sein, *mo rùin*«, sagte er, als sie sich schließlich voneinander lösten. »Warum wolltest du dich eigentlich unbedingt in dieser verlassenen Kirche zwischen all den Gräbern treffen?«

»Dieser Ort liegt ganz in der Nähe des Schlachtfelds, und ich fand, wir sollten das hier an einem neutralen Ort tun, wo wir mit Sicherheit ganz ungestört sind.«

»Ungestört? Neutraler Ort?«, fragte er ungläubig. »Ist das dein Ernst?«

Als die Tür knarrte, wirbelte Connor herum und riss sein Schwert in die Höhe. In der Tür erkannte er die Silhouette eines hünenhaften Kriegers mit verkrüppelter Schulter.

»Connor.« Ilysa, die hinter ihm stand, legte die Hand auf seinen Arm. »Darf ich vorstellen? Mein Großvater, Alastair MacLeod.«

Sie wurde immer müder und schlief fast ein, während die beiden Chieftains schier endlose Verhandlungen führten, die scheinbar ins Nichts liefen. Zuerst hatte es so geklungen, als würden sie eine schnelle Einigung erzielen, nachdem Connor ihren Großvater über die geplante Hochzeit informiert und sich für Sorelys Gräueltaten entschuldigt hatte. Nur ließ sich eine derart blutige Fehde, die seit Generationen andauerte, nicht mit ein paar freundlichen Worten aus der Welt schaffen. Die beiden Männer trauten einander nicht und drehten sich ständig im Kreis.

Der Morgen graute allmählich, und das Einzige, worauf sie sich hatten verständigen können, war, dass Ilysas Abstammung geheim bleiben sollte. Und zwar weil Alastair befürchtete, dass ein zukünftiger Chieftain der MacDonalds, sein Urenkel sozusagen, Anspruch auf die Führung des MacLeod-Clans erheben könnte. Connor hingegen wollte verhindern, dass der Makel von MacLeod-Blut dereinst gegen seine Söhne benutzt werden könnte.

»Das Kind unter meinem Herzen«, unterbrach Ilysa irgendwann die Männer, »ist euer beider Fleisch und Blut.«

Eigentlich hatte sie es Connor in einer privateren Situation sagen wollen, aber sie hoffte, durch diese Eröffnung die beiden Streithähne zur Raison zu bringen. Erwartungsvoll sah sie die Männer an. Erst schwiegen sie überrascht, dann zog Connor sie lachend in seine Arme und küsste sie stürmisch.

»Würdest du den Mann töten, der mein Großvater und der Urgroßvater unseres Kindes ist?«, fragte sie ihn streng, um sich gleich darauf an Alastair zu wenden. »Und du, würdest du mein Kind, dein Urenkelkind, zu einer Halbwaise machen? Denkt darüber nach und kommt zu einem Ergebnis, denn ich bin müde und muss mich ausruhen.«

Ihre Intervention zeigte Wirkung, und die letzten Punkte wurden schnell geklärt. Ilysa war so glücklich, dass sie sich kaum noch zusammenreißen konnte. Die Einigung, die die beiden Chieftains erzielt hatten, um ihren aktuellen Konflikt beizulegen, war ein Riesenerfolg. Es wäre zu viel des Guten gewesen, darüber hinaus zu erwarten, dass sie eine Allianz schließen würden, doch es gab berechtigte Hoffnung, dass man in Frieden leben würde.

Bevor er zu seinen Kriegern zurückkehrte, begleitete Connor Ilysa noch zu Floras und Malcolms Hütte.

»Ich werde dich so bald wie möglich abholen«, versprach er und umarmte sie noch einmal. »Du machst mich zum glücklichsten Mann auf Erden.«

Sie sah ihm hinterher, bis er in der Dunkelheit verschwand. Dann öffnete sie leise die Tür, um die Familie nicht zu wecken – ihre grandiosen Neuigkeiten würde sie bis morgen für sich behalten müssen.

Als sie auf Zehenspitzen durch den Raum schlich, hörte sie ein gedämpftes Geräusch. Ihre Nackenhaare stellten sich auf. Bevor sie schreien konnte, legte sich zum zweiten Mal in dieser Nacht eine Hand auf ihren Mund.

»Hallo, Ilysa«, knurrte eine ihr vertraute, tiefe Stimme. »Ich wusste seit jeher, dass eine Frau für meinen Neffen der Untergang sein würde, aber ich wäre niemals auf die Idee gekommen, dass du es sein könntest.«

Kapitel 45

Connor war erleichtert, dass alles genauso ablief, wie er und Alastair MacLeod es beschlossen hatten. Obwohl er gelernt hatte, Ilysa zu vertrauen, bezweifelte er allerdings, dass er ihrem Großvater jemals ganz trauen konnte.

Wie versprochen, würde Alastair seine Krieger von Trotternish abziehen, und Connor versprach im Gegenzug eine Zahlung als Wiedergutmachung für Sorelys Gräueltaten. Wenngleich er nicht wusste, wie er eine solch enorme Summe aufbringen sollte, würde er es irgendwie schaffen. Hauptsache, die Ländereien seines Clans befanden sich endlich wieder in ihren Händen und waren sicher vor den Übergriffen der MacLeods. Ohne diese ständige Bedrohung konnte er sich ganz und gar auf Hugh konzentrieren, der sich in letzter Zeit verdächtig ruhig verhalten hatte.

Connor schickte die Männer, die auf Trotternish lebten, aus ihrem Lager nach Hause, damit sie die frohe Botschaft auf der Halbinsel verkündeten. Den Rest seiner Krieger sandte er voraus zur Burg, er würde später folgen.

»Ilysa und ich werden heiraten«, eröffnete er seinen drei Vertrauten noch an Ort und Stelle, aber einzig Duncan war überrascht.

Sein Freund hatte sich noch nicht davon erholt, als Lachlan auf sie zugestürmt kam.

»Sie sind weg!«, schrie er mit Panik in der Stimme.

Sogleich überfiel Connor eine schreckliche Ahnung. »Wer ist weg?«

»Malcom ist tot. Meine Schwester und die Kinder sind verschwunden.« Seine Brust hob und senkte sich schnell, immer wieder musste er nach Luft schnappen. »Und von Ilysa fehlt ebenfalls jede Spur.«

Connor erstarrte, rappelte sich jedoch gleich wieder auf und rannte los. Nicht eine einzige Verschnaufpause gönnte er sich.

Bei der Hütte angekommen, erblickte er vor der offenen Tür eine Puppe. Drinnen lag Malcom auf dem Boden. Man hatte ihm die Kehle durchgeschnitten. Der Tisch war umgekippt, und überall war zerbrochenes Geschirr verstreut.

»Hugh muss sie entführt haben«, murmelte Connor vor sich hin.

Inzwischen waren die anderen ebenfalls eingetroffen.

»Er muss herausgefunden haben, dass Ilysa hier sein würde«, mutmaßte Lachlan. »Er hätte das hier nie getan, um bloß Flora und die Kinder mitzunehmen.«

Duncan kniete neben Malcoms Leiche nieder. »Er ist seit mindestens zwei Stunden tot.«

Alex schüttelte den Kopf. »Dann werden wir keine Spuren mehr finden. Seitdem dürften hier viele unserer Leute auf dem Heimweg vorbeigekommen sein.«

»Wohin würde Hugh die Geiseln bringen?« Connor fuhr sich mit gespreizten Fingern durchs Haar und versuchte fieberhaft, einen klaren Gedanken zu fassen.

»Wir müssen zu meinem Vater«, erklärte Lachlan. »Er kann uns zu Hugh führen.«

»Die Kinder können nicht so schnell laufen«, rief Ilysa Hugh zu, der den zusammengewürfelten Haufen anführte, der Ilysa, Flora und die Kinder in den östlichen Teil der Halbinsel trieb. »Wir müssen langsamer gehen.«

»Jeder, der das Tempo nicht mithalten kann, darf sich gern seinem Vater anschließen«, knurrte Hugh, woraufhin die größeren Kinder, die die Anspielung verstanden, zu weinen begannen.

»Zum Teufel mit dir, Hugh Dubh.« Ilysa war außer sich vor Wut. »Wie konntest du so etwas tun?«

Der schwarze Hugh ging zurück zu dem Mädchen, das am weitesten zurückgefallen war, hob es an seinen dünnen Ärmchen hoch und zog seinen Dolch hervor.

»Nein!«

Ilysa ließ Brigid auf den Boden gleiten und warf sich auf das bedrohte Kind. Als sie mit der Kleinen zusammen zu Boden stürzte, spürte sie einen brennenden Schmerz an der Schulter, wo Hughs Dolch sie getroffen hatte. Sie sah ihm in die kalten Augen.

»Bevor du ihr etwas antust, werde ich sie auch noch tragen.«

»Vergiss nicht, dass ich nicht mehr als eines dieser Kinder brauche, um sicherzustellen, dass ihr das tut, was ich verlange«, stieß er zynisch hervor und grinste bösartig. »Ich werde das Risiko, dass die vier uns finden, nicht eingehen.«

»Wenn du diesen Kindern ein einziges Haar krümmst, wird der gesamte Clan dich unerbittlich jagen.«

Hugh zog selbstgefällig die Schultern hoch. »Sobald Connor tot ist, werde ich Chieftain sein. Und du solltest wissen, dass die Leute dazu neigen, einem Chieftain alles zu vergeben.«

»Warum sollte dein Vater wissen, wo wir Hugh finden können?«, wandte Duncan sich an Lachlan, und seine Augen waren kalt wie ein zugefrorener Teich.

Schweißperlen glitzerten auf seiner Stirn. Was sollte er tun? Je länger er darüber nachdachte, kam er zu der Erkenntnis, dass er keine Wahl hatte. Wenn er die Chance nutzen wollte, seine Nichten und Neffen sowie die beiden Frauen aus Hughs Gewalt zu befreien, musste er mit der Wahrheit rausrücken und den vier Männern, die ihn erwartungsvoll ansahen, gestehen, auf was er sich eingelassen hatte.

»Mein Vater ist ein Verräter, und eine Zeit lang war ich desgleichen einer.« Er hielt kurz inne. »Ich bin der Mann, der die Pfeile auf dich abgefeuert hat, als du in der Nähe von Dunscaith auf der Jagd warst.«

Sogleich stürzte Duncan sich auf ihn und legte ihm die Hände um den Hals, bevor der Angegriffene wusste, wie ihm geschah. Mit Mühe gelang es den anderen, ihn von Lachlan zurückzuziehen.

»Lass ihn sprechen«, befahl Connor.

»Gehen wir erst mal los, ich kann alles unterwegs erklären. Leider habe ich zu oft miterlebt, wozu diese widerlichen Kerle fähig sind. Wir haben keine Zeit zu verlieren.«

Nachdem Connor zugestimmt hatte, folgten sie Lachlan quer über die Halbinsel. Es war eine Strecke von einigen Kilometern, und während sie liefen, erzählte er ihnen alles über seine Eltern und wie sein Vater ihn dazu erzogen hatte, eines Tages seine Familie zu rächen.

Duncan ließ keine Entschuldigung gelten, sondern flüsterte Connor zu, er müsse ihn töten, aber der Chieftain lehnte das entschieden ab.

»Ilysa vertraut ihm, und ich muss mich selbst überzeugen, warum sie das tut.«

»Mir scheint, sie hat die Gabe des Sehens«, ergriff Lachlan erneut das Wort. »Sie war die Einzige, die erkannt hat, dass ich ein dunkles Geheimnis mit mir herumgeschleppt habe, das mich fast zerstört hätte. Und sie hat alles darangesetzt, mich zu überzeugen, dass du meine Loyalität verdienst.«

»Ilysa hat mir nie von ihrem Verdacht erzählt.«

»Ihr fehlten Beweise, dass ich mich geändert hatte. Vielleicht war sie sich selbst nicht ganz sicher. Immerhin hat sie gedroht, mich eigenhändig zu töten, wenn ich dich in Gefahr bringen sollte.«

»Das hätte sie bestimmt getan«, sagte Alex lachend, der als Einziger mal wieder die Sache nicht ganz ernst zu nehmen schien.

Als sie das Haus seines Vaters erreichten, ging Lachlan allein hinein. Er war nicht mehr hier gewesen, seit er seinem Vater erklärt hatte, dass er keine Rache mehr an Connor nehmen werde. Von daher war es kein freundlicher Empfang, der ihn erwartete.

»Wie kannst du es wagen, das Haus deines Vaters zu betreten, nachdem du dich von deinen Pflichten abgewandt hast?«, empfing sein Vater ihn.

»Hugh hat Malcom umgebracht und Flora und die Kinder als Geiseln genommen. Du musst mir verraten, wo ich ihn finden kann.« Lachlans Zuversicht schwand, als die versteinerte Miene seines Vaters sich keinen Deut änderte. »Was für ein Mensch bist du eigentlich?«, stieß er ungläubig hervor.

»Ein Mensch, der Rache üben wird«, erklärte der alte Mann kategorisch.

»Du bist ein Narr. In all den Jahren hast du den falschen Mann für Mutters Tod verantwortlich gemacht. Außerdem hat sie sich nicht selbst umgebracht, dein Freund Hugh war es, der sie ermordet hat – und angeblich hast du davon gewusst.«

»Du lügst!«

»Ich habe es von einem sterbenden Mann gehört. Er hat mir mit seinem letzten Atemzug anvertraut, dass Hugh sie von der Klippe gestoßen hat«, sagte Lachlan. »Und weißt du, was ich glaube: dass du es nicht bloß gewusst hast, sondern sie zu Hugh gebracht hast. Sie konnte es nicht mehr ertragen, mit dir zusammenzuleben, und das wiederum hast du ebenso wenig ertragen wie die Tatsache, dass sie wieder schwanger war, ist es nicht so gewesen?«

Sein Vater sackte auf seinem Stuhl in sich zusammen und schlug die Hände vors Gesicht.

Als Lachlan ihn an der Vorderseite seiner Tunika packte, war er erstaunt, wie leicht er war – der Mann, zu dem er seine ganze Kindheit über aufgeschaut hatte, war ein jämmerliches Häufchen Elend.

»Und jetzt wirst du mir sagen, wo ich Hugh finden kann«, erklärte Lachlan. »Und dann wirst du ein Mann sein und Connor die Mühe ersparen, sich persönlich um dich kümmern zu müssen.«

Kapitel 46

»Hughs Lager befindet sich auf Creag-na-Feile, der hohen Klippe die Küste hinauf.« Lachlan war mit blassem, angespanntem Gesicht aus dem Haus seines Vaters gekommen. »Er verschanzt sich dort mit fünfzig Männern.«

»Zehn für jeden von uns. Die Chancen stehen gar nicht mal so schlecht«, scherzte Alex, auch wenn Connor wusste, dass sein Cousin genauso beunruhigt war wie der Rest von ihnen.

In vollem Lauf nahmen sie den Weg hinauf zu den hoch aufragenden Klippen aus Basaltfels. Oben angekommen durchlief Connor ein Schaudern, als er sich vorstellte, wie der Körper von Lachlans Mutter wohl nach dem Aufprall ausgesehen haben mochte.

Als er Rauch aus einem kleinen Wäldchen aufsteigen sah, hob er die Hand, um seinen Männern ein Signal zu geben, dass sich das Lager unmittelbar vor ihnen befand. Sie hockten sich im Kreis zusammen, um sich leise zu besprechen.

»Hugh hat zu viele Männer. Ein direkter Angriff würde die Frauen und Kinder in Gefahr bringen. Wir müssen uns einen anderen Plan überlegen«, eröffnete Alex die Diskussion.

Duncan widersprach. »Sie länger mit diesen Männern allein zu lassen, bringt sie genauso in Gefahr. Meines Erachtens können wir nicht mehr warten.«

»Ihr habt beide recht«, erklärte Connor. »Und da ich es bin, den Hugh will, werde ich mich im Austausch für die Geiseln anbieten.«

»Nein, auf keinen Fall.« Die Empörung stand Ian ins Gesicht geschrieben. »Der Clan kann es sich nicht leisten, dich zu verlieren, dann nämlich hätte Hugh gewonnen.«

Connor erhob sich. »Ich habe meine Entscheidung getroffen.«

»Wartet, es gibt noch einen anderen Weg.«

Die vier drehten sich gleichzeitig um und starrten Lachlan an. Da sie seit ihrer Kindheit daran gewöhnt waren, alles untereinander auszumachen, waren sie es nicht gewohnt, sich in derart wichtigen Angelegenheiten auf jemand anderen zu verlassen.

»Ich habe meinen ersten Pfeil an jenem Tag auf Ian abgefeuert, weil ich ihn irrtümlich für Connor gehalten habe«, fuhr Lachlan fort. »Aus der Ferne ist es unmöglich, euch beide auseinanderzuhalten.«

»Verstehe«, nickte Ian, der sofort begriff. »Ich kann an Connors Stelle gehen.«

»Nein. Du wirst nicht für mich sterben.«

»Das ist auch nicht Sinn der Übung.« Auf Ians Gesicht breitete sich ein bedächtiges Lächeln aus. »Wenn ich Lachlan richtig verstehe, soll ich lediglich als Köder dienen, um Hugh aus seinem Versteck zu locken.«

Die wenigen Bäume um das Lager herum boten wenig Schutz vor Wind und Regen. Während Ilysa mit Flora und den Kindern eng aneinandergekuschelt vor dem rauchigen

Feuer hockte, ließ sie die Männer, die sie wie hungrige Wölfe umkreisten, nicht aus den Augen. Die pochende Wunde in ihrer Schulter war nichts im Vergleich zu den Dingen, die diese widerlichen Kerle gern mit ihr und Flora anstellen würden. Zwar war sie sich sicher, dass Connor und die anderen sie finden würden, doch sie wusste nicht, ob es dann nicht vielleicht schon zu spät war.

»Ich fürchte, wir haben keine Chance zu entkommen, solange es nicht dunkel ist«, flüsterte Flora Ilysa ins Ohr.

»*Aye*. Und deshalb muss ich jetzt handeln«, erwiderte sie mit gedämpfter Stimme und weihte ihre Leidensgefährtin leise in ihren Plan ein.

Heimlich griff sie in den Lederbeutel, den sie an ihrem Gürtel befestigt hatte, und holte ein paar getrocknete Kräuter hervor. In den Wochen, in denen Dunscaith in der Hand von Hugh gewesen war, hatte sie sich selbst geschützt, indem sie das Gerücht gestreut hatte, dass sie von Teàrlag in die dunkle Magie eingeführt worden sei. Und ein paar dieser Männer von damals waren nach wie vor an Hughs Seite, vielleicht schreckte es sie ja noch einmal ab.

»Ich bin die Tochter der Seehexe!«, rief sie mit lauter Stimme, stand auf und reckte die Arme gen Himmel. »Ich werde jeden Mann verfluchen, der uns etwas antut.«

Sie warf einige der Kräuter ins Feuer, und sogleich stoben die Funken. Die Männer, die zunächst gelacht hatten, verstummten abrupt.

»Ich wurde in einer Vollmondnacht um Punkt Mitternacht geboren«, stimmte sie einen unheimlichen Singsang an, während sie langsam um das Feuer herumging und jedem der Männer in die Augen blickte. Alle Highlander wussten, dass das die Anzeichen dafür waren, wenn ein Mensch mit der Gabe des Sehens geboren worden war.

»Ich kann eure Zukunft sehen. Jeder, der hierbleibt, wird morgen früh tot sein.«

Als Connor durch das Gras Richtung Lager kroch, war er erstaunt, Ilysas Stimme zu hören, die vom Wind zu ihm herübergetragen wurde. Niemand anders war zu hören. Er näherte sich weiter dem Unterschlupf und sah, wie sie mit wiegendem Gang das Feuer umkreiste.

»Ich sehe euer Blut!«, rief sie, und Funken sprühten aus ihren Fingerspitzen, wie er es bereits in der Feenschlucht erlebt hatte. Dann wies sie mit ausgestrecktem Arm auf jeden Mann in der Runde und sprach mit unheilvoller Stimme: *»Mìle marbhphàisg ort!* Tausende Leichentücher mögen sich über euch legen. *A' phlàigh ort!* Eine Plage möge über euch kommen!«

Da ihre Aufmerksamkeit voll auf Ilysa gerichtet war, bemerkte keiner von Hughs Leuten Alex und Duncan, die um das Lager herumgeschlichen waren, um näher an Flora und die Kinder zu gelangen. Ihre Aufgabe war es, sie so schnell wie möglich dem Zugriff ihrer Entführer zu entziehen und sie zu beschützen. Sobald Duncan und Alex in Position waren, gab Connor Ian und Lachlan ein Zeichen.

»Hugh!«, schrie Lachlan von der gegenüberliegenden Seite des Lagers aus. Er hatte den Arm um Ians Hals gelegt und den Dolch in seine Seite gedrückt.

Überrascht stieß Hugh Rhona von seinem Schoß und kam näher.

»Ich habe Connor und will einen Austausch!«

Ian hatte den Kopf nach vorn sinken lassen, damit sein schwarzes Haar ihm ins Gesicht fiel, und als zusätzliches Attribut war Blut auf seiner Schläfe verteilt worden. An seiner Schulter war deutlich die Brosche des Chieftains zu erkennen.

Hugh zögerte. Schließlich gab er seinen Männern das Signal, ihm zu folgen. Sobald sie losgegangen waren, schoben sich Alex und Duncan zwischen sie und Flora mit ihren Kindern, während Connor angespannt in seinem Versteck lauerte und zusehen musste, dass Ilysa schutzlos auf der anderen Seite des Feuers stand.

»Hier bin ich, Onkel«, rief er und erhob sich. »Komm und hol mich.«

Unschlüssig blickte Hugh zurück und wieder nach vorn. Welcher der beiden war der echte Connor? Die Verwirrung stand ihm ins Gesicht geschrieben. Inzwischen hatten Lachlan und Ian ebenfalls ihre Schwerter gezogen, und zu dritt näherten sie sich Hugh. Wenn es gelang, ihn zu töten, würden die Chancen, dass die anderen flohen, sehr gut stehen.

Leider war er schnell und ließ sich zwischen seine Männer zurückfallen. Der Kampf begann. Connor schwang sein Schwert nach allen Seiten, brachte einige Piraten zur Strecke, andere suchten das Weite, seinen Onkel indes erwischte er nicht. Immer ging er hinter seinen Männern in Deckung.

Plötzlich stoben erneut Funken auf.

»Jeder von euch wird sterben!«, rief Ilysa, die neben dem Feuer stand, wie in Trance. »Ich sehe euer Blut! Ich sehe eure Leichentücher!«

Obwohl ihre Bemühungen durchaus hilfreich waren, einige Männer in die Flucht zu schlagen, wünschte Connor, sie würde die Aufmerksamkeit nicht so sehr auf sich lenken. Er blickte zu Alex und Duncan hinüber, die zwar in ihrer Nähe, aber voll und ganz damit beschäftigt waren, Hughs Bande von den Kindern fernzuhalten.

Als er sich auf sie zu bewegte, sah er zu seinem Entsetzen, wie sein Onkel sich ihr gleichzeitig näherte. Rasch kämpfte er sich den Weg frei, indem er alle Männer tötete, die ihn aufzuhalten versuchten, doch er kam zu spät. Hugh zerrte Ilysa schon aus dem Lager.

Wieder mal war er ihm einen Schritt voraus gewesen. Ihm blieb nichts anderes, als die Verfolgung aufzunehmen.

Es brach ihm das Herz, als er sie schreien hörte und mit ansehen musste, wie Hugh sie über die Schulter warf und auf die Klippe zulief. Da Connor jünger und schneller war, hoffte er, ihn bald einzuholen, aber er schlug einen anderen Weg ein, der schneller an die Steilküste führte.

Wie vom Blitz getroffen, hielt Connor inne. Die Angst lähmte ihn, als er Hugh, der Ilysa noch immer festhielt, mit dem Rücken ganz dicht am Abgrund stehen sah. Wenn jetzt Steine wegbrachen oder der lockere Boden abrutschte, würden sie beide in die Tiefe stürzen.

»Es ist vorbei, Hugh«, rief er mit dem Mut der Verzweiflung über den Wind hinweg. »Es gibt kein Entkommen.«

»Dann nehme ich sie mit«, drohte er und geriet leicht ins Schwanken, sodass Ilysa entsetzt aufschrie.

Connor machte ein paar Schritte auf sie zu. »Um Himmels willen, Hugh, geh von der Kante weg.«

»Bleib stehen, oder ich werde sie auf der Stelle in den Abgrund werfen.«

»Lass sie los«, entgegnete Connor. »Du hast ja nichts gegen sie.«

»Nein, indem ich sie töte, nehme ich Rache an dir, wie ich bereits an deinem Vater Rache genommen habe.«

»Ich weiß, was du Lachlans Mutter angetan hast, und das willst du offenbar wiederholen.« Connor fing Ilysas Blick auf und bewegte sich Zentimeter für Zentimeter vorwärts. »Dieses Mal allerdings wird dir das nicht gelingen, und genauso wenig wirst du dich selbst retten können.«

»Ich gebe zu«, sagte Hugh mit einem höhnischen Lachen, »dass ich das hier wohl nicht so sehr genießen werde wie den Moment, als ich die Geliebte deines Vaters von der Klippe gestoßen habe.«

»Mein Vater hatte viele Frauen. Es war dumm von dir zu glauben, ihm damit wehtun zu können.«

»Oh, ich hatte davor noch eine andere Möglichkeit, meine Rachegelüste zu befriedigen. Ich habe ihm deine Mutter ausgespannt. Für sie hatte mein Bruder eine unglaubliche Schwäche, und er hat ihren Verlust nie wirklich verwunden.«

»Was weißt du darüber?«, hakte Connor nach, um Hugh abzulenken, während er sich unauffällig immer weiter näherte.

»Sie ist mit *mir* durchgebrannt.«

Es kostete Connor große Mühe, sich nicht aus der Fassung bringen zu lassen, denn diese Enthüllung war ein echter Schock für ihn.

»Das wusstest du nicht, oder? Ich war achtzehn und damit halb so alt wie dein Vater. Und ich sah gut aus, war ihm sehr ähnlich, als sie mich erwählte.«

»Meiner Mutter warst du vollkommen gleichgültig.«

Die Bemerkung schien ihn getroffen zu haben, denn er geriet in Rage und schrie los. »Wir haben uns geliebt!«

»Sie hat dich höchstens benutzt, um meinem Vater eins auszuwischen«, streute Connor Salz in seine Wunde und hoffte, damit die Aufmerksamkeit seines Onkels auf sich zu lenken, weg von Ilysa. »Gegen ihn warst du ein Nichts und Niemand.«

»Nein, sie wollte mich«, stieß der schwarze Hugh mit wildem Blick hervor.

»Sie hätte einen Feigling wie dich nie lieben können.« Connor spuckte die Worte förmlich aus. »Warum warst du in dem Sturm eigentlich nicht bei ihr?«

»Ich, ich …«

»Du hattest zu viel Angst vor meinem Vater, um selbst zu kommen und sie zu holen«, schnitt Connor ihm das Wort ab. »Du hast stattdessen einen anderen geschickt.«

Schweiß rann ihm den Rücken hinunter. Gleich war er nahe genug. Er konnte es nicht riskieren, den Blick von Hugh zu wenden, um Ilysa ein Zeichen zu geben.

»Ich habe sie geliebt«, beharrte Hugh. »Ich war nur nicht bereit, für sie zu sterben, und dein Vater hätte mich umgebracht, wenn er mich erwischt hätte.«

»Dann weißt du nicht, was Liebe ist.«

»Ich verstehe sie gut genug, um zu wissen, wie sehr du unter dem leiden wirst, was gleich hier passiert«, rief Hugh bebend vor Zorn und mit Augen, in denen ein Höllenfeuer loderte.

Und genau dorthinein flog Connors Dolch, als Hugh mit Ilysa im Arm einen Schritt zurücktrat. Reflexartig streckte er die Arme aus und ließ Ilysa los. Mit einem gewaltigen Satz hechtete Connor nach vorn und packte Ilysa in letzter Sekunde am Handgelenk, bevor sie völlig über die Kante gleiten konnte. Dabei geriet er ins Straucheln und stürzte zu Boden, Kopf und Schultern über dem Abgrund, doch er ließ sie nicht los.

Ilysa schrie, als allein seine Hand sie noch vor einem Absturz in die Tiefe bewahrte.

»Sieh nicht nach unten«, beschwor Connor sie. »Ich habe dich.«

Aber selbst ihm fiel es schwer, sie wieder nach oben zu ziehen. Seine Hand war feucht und glitschig, und er starb tausend Tode, als er merkte, dass Ilysa ihm zu entgleiten drohte. Nein, er durfte sie nicht verlieren. Er schluckte, als er weit unter sich das Meer sah, in dem Hugh kurz zuvor verschwunden war. Seine Zehen krallten sich in den Boden, suchten Halt, sodass er sich ein kleines Stück weiter vorschieben konnte, um sie auch mit der anderen Hand zu sichern und sie über den Rand der Klippe nach oben zu ziehen. Zusammen fielen sie nach hinten und blieben eine Weile erschöpft liegen.

»Das war knapp. Viel zu knapp.« Mit zitternder Hand strich er ihr das vom Wind zerzauste Haar aus dem Gesicht. Sein Herz schlug so schnell, dass er fürchtete, sich nie mehr davon erholen zu können. »Gott, ich hätte dich beinahe verloren.«

»Nein, hast du nicht.« Ilysa sah ihn mit ihrem unwiderstehlichen Lächeln an. »Ich wusste, dass du mich niemals fallen lassen würdest.«

Kapitel 47

Zwei Wochen später

Jetzt halt endlich mal still!«, befahl Connor, als er die nach Lilien duftende Salbe auf ihre verletzte Schulter strich. »Zwing mich nicht dazu, dich an den Stuhl zu fesseln, *mo rùin.*«

»Das ist doch nichts als ein kleiner Kratzer«, protestierte Ilysa.

Ein kleiner Kratzer? Ihm schauderte bei der Erinnerung an das viele klebrige Blut, das er auf ihrem Rücken gespürt hatte, nachdem er sie über die Klippe gezogen und sie in den Armen gehalten hatte. Seine Hände und Arme waren anschließend ebenfalls völlig blutig gewesen, und das nannte sie einen Kratzer.

»Es war großes Glück, dass Lachlan zur Stelle war und herausgefunden hat, wohin Hugh dich verschleppt hatte, sonst hätten wir keinerlei Anhaltspunkte gehabt.«

»Das war kein Glück.« Sie legte den Kopf schräg und lächelte ihn an. »Lachlan war da, weil du ein Anführer bist, der sich die Treue seiner Leute verdient hat. Und darum hast du auch über Hugh triumphiert und wirst bestimmt einer der bedeutendsten Chieftains unseres Clans werden.«

Zum Dank für dieses Lob hauchte er ihr einen Kuss auf die Stirn. Glücklicherweise hatte er sie nach dem Gefecht schnell nach Hause bringen können, weil Lachlan seinen Vater gezwungen hatte, ihm außer dem Versteck auf dem Felsen noch den Liegeplatz von Hughs Booten zu verraten. Trotz Ilysas Widerstand hatte Connor sie auf dem Rücken dorthin getragen, und sie waren in einer schmucken Galeere, die jetzt ihnen gehörte, in Richtung Burg gesegelt.

Zu ihrer nicht geringen Freude hatten sie auf dem Boot zudem eine Menge Geld gefunden, das Connor für seine Wiedergutmachungszahlung an Alastair MacLeod gut gebrauchen konnte. Den Rest würde er an die Familien verteilen, deren Höfe überfallen oder niedergebrannt worden waren.

»Bist du langsam fertig?«, fragte Ilysa ungeduldig.

»Für eine Heilerin bist du eine verdammt schlechte Patientin«, tadelte er sie, während er den Verband befestigte. Dabei fiel sein Blick auf die rosigen Brustspitzen, die sich unter dem dünnen Stoff ihres Unterkleids abzeichneten.

»Du kümmerst dich sehr gut um mich«, sagte sie, und der sinnliche Ausdruck in ihren Augen ließ keinen Zweifel daran, dass sie damit nicht allein die Versorgung ihrer Wunde meinte.

»Du kennst mich, ich nehme meine Pflichten ernst, in jeder Hinsicht«, scherzte er und strich mit dem Daumen zärtlich über ihre Wange.

Das ließ sie sich nicht zweimal sagen und legte seine Hand auf ihre Brust, bevor sie ihn zu einem langen, leidenschaftlichen Kuss zu sich herunterzog.

»Haben wir Zeit?«, fragte sie atemlos.

»Ich bin der Chieftain, oder?«

In diesem Moment flog krachend die Tür auf, und Frauen mit kleinen Kindern drangen ins Allerheiligste ein.

»Dafür habt ihr nach der Hochzeit noch genügend

Zeit«, sagte seine Schwester Moira. »Jetzt raus mit dir. Wir sind hier, um der Braut beim Ankleiden zu helfen.«

Bevor er Alex' Frau Glynis begrüßen konnte, die ihm ihren neugeborenen Sohn präsentierte, kletterte eines von Sìleas Zwillingsmädchen auf den Tisch, und das andere entwischte die Treppe hinauf in den Turm. Selbst wenn die kleinen rothaarigen Teufel mit sechzehn bloß noch halb so viel Ärger machten wie jetzt mit zwei Jahren, würde Ian zweifellos sehr früh graue Haare bekommen.

»Ich bin froh, dass ich von den Steinmetzen das Turmfenster habe schmaler machen lassen.« Connor wechselte einen Blick mit Ilysa, die diese Maßnahme, die er zum Schutz ihrer ungeborenen Kinder ergriffen hatte, ein wenig übertrieben fand. Irgendwie hatte er damit zugleich den Geist des Kindermädchens vertreiben wollen – allen Versicherungen Ilyas zum Trotz, dass er harmlos sei.

»Dein Bruder Lachlan ist ein gut aussehender Mann«, sagte Moira zu Flora, die beide auf den Hof hinausschauten, wo gerade trainiert wurde. »Wir müssen dringend eine Frau für ihn finden.«

»Dann könntet ihr gleichzeitig für Niall suchen«, schlug Connor vor, aber die Frauen lachten ihn aus.

»Niall ist noch nicht so weit«, widersprach Sìleas. »Und wenn er so weit ist, wird er unsere Hilfe ganz gewiss nicht benötigen.«

Viel wichtiger war, dass Flora einen neuen Ehemann bekam, der ihr mit all den Kindern half. Connor hatte vor, diese Aufgabe seiner künftigen Frau zu übertragen, die bereits die verrückte Idee geäußert hatte, Cook könnte der richtige Mann für sie sein.

»Geh.« Moira legte ihrem Bruder die Hand auf den Rücken. »Alle warten schon auf dich.«

»Wir sehen uns dann in der großen Halle.« Connor beugte sich zu Ilysa hinunter, um ihr einen letzten Kuss zu geben, bevor er sich entfernte.

Der Klang von Dudelsäcken und das Gemurmel unzähliger Menschen drangen an sein Ohr, sobald er sich der Halle näherte. Als er eintrat, erschollen aus Hunderten Kehlen Jubelrufe, die durch lautes Stampfen mit den Füßen unterstrichen wurden. Der Clan war in der richtigen Stimmung für ein Fest und feierte seinen Chieftain, der die Faust in die Höhe reckte.

Sie hatten Glück, denn Pater Brian war gerade zu seinem jährlichen Besuch da, und das bedeutete, dass die Trauung sofort stattfinden konnte und die beiden nicht monatelang warten mussten. Bei seinem nächsten Aufenthalt würde dann eine Taufe stattfinden.

Durch die zahllosen Begrüßungen und Glückwünsche dauerte es eine ganze Weile, bis Connor das Ende der großen Halle erreichte, wo seine Cousins und Duncan auf ihn warteten. Sie trugen genau wie er ihre besten safrangelben Tuniken und Plaids, die typische Kleidung der Highlands. Auf Duncans Zeichen hin bildete die ausgelassene Menge in ihrer Mitte einen Gang und wurde still. Lediglich ab und zu hörte man die Stimme eines Kindes.

Ian und Alex standen auf der einen Seite neben dem Bräutigam, Duncan auf der anderen. Es war richtig, dass diese Männer, die seit seiner Kindheit seine engsten Vertrauten waren und die einen großen Anteil daran gehabt hatten, den Clan wieder enger zusammenzubringen, an diesem besonderen Tag als seine Trauzeugen neben ihm standen. Die vier hatten erreicht, was sie sich vorgenommen hatten, als sie aus Frankreich zurückgekehrt waren und feststellen mussten, dass ihr Clan kurz davor stand zu zerfallen. Die Ländereien waren zurückgewonnen, und die ihnen anvertrauten Menschen konnten wieder in Sicherheit leben, zumal durch Hughs Tod endlich Frieden im Clan eingekehrt war.

Connor lächelte in sich hinein, als er daran dachte, dass es kein wilder, das Schwert schwingender Krieger der MacDonalds gewesen war, der Trotternish von den MacLeods zurückerobert hatte, sondern ein zerbrechlich wirkendes Mädchen. Das geschafft zu haben, war allein Ilysas Verdienst und ihr Geschenk für den Clan.

Als seine Braut durch den Bogengang in die Halle schritt, raubte es ihm schier den Atem. Ilysa überraschte ihn einmal mehr, weil sie als seine Fee zu ihrer Hochzeit erschien. In ihrem schimmernden Kleid, das so leicht war, dass es zu schweben schien, war sie ein Traum in Weiß und Gold. Lediglich ein Unterkleid trug sie jetzt darunter, sodass er nicht allen anwesenden Männern befehlen musste, sofort die Blicke abzuwenden. Ihr herrliches rotgoldenes Haar fiel in weichen Locken weit über ihren Rücken, und zarte blauen Blüten, wie sie sie auf Mingary Castle getragen hatte, waren darin festgesteckt.

Ihm wollte schier das Herz übergehen, als sie zu ihm trat. Sie hielten sich an den Händen, und er schlang das Stück Leinenstoff, das Duncan ihm reichte, dreimal um ihrer beider Handgelenke. Nachdem sie ihre traditionellen Versprechen gesprochen hatten, machte Ilysa Anstalten, sich umzudrehen, damit der nächste Teil der Zeremonie stattfinden konnte, doch er hielt sie zurück, er hatte noch ein besonderes Gelübde vorbereitet.

»Hiermit verspreche ich dem Engel, der über mich wacht, der Heilerin, die mich wieder stark macht, der Frau, die meinen Haushalt führt, der Seherin, die mich vor

Gefahren warnt, der Gehilfin, die meine Lasten mitträgt und leichter macht, der Mutter meiner zukünftigen Kinder, der Fee, die in meinen Nächten Wunder wirkt, und der Frau, durch die ich mich endlich vollständig fühle, mein Schwert, meinen Körper und mein Herz. Du bist alles, wonach ich mich je gesehnt habe, und ich brauche keine andere Frau außer dir.«

Anschließend drehte er sich um, um seinem Clan seine Frau zu präsentieren, und die Reaktion der Leute bewies ihm, wie sehr alle Ilysa liebten. Mit ihr an seiner Seite würde er der Mann sein, den sie in ihm sah, und der Chieftain, der ihrer Meinung nach in ihm steckte.

Epilog

1525

»Bleibt hier bei eurem Vater«, sagte Ilysa.

Nachdem sie Connor geküsst hatte, ließ sie ihre Familie am Teich zurück, wo die Kinder Steine ins Wasser warfen, und ging, ihr Neugeborenes auf dem Arm, zu dem Mann, der jenseits des nächsten Hügels auf sie wartete.

Als sie ihren Großvater erreichte, umarmte sie ihn herzlich und legte ihm das Baby in die Arme.

»Sie sieht aus wie du«, brummte er gerührt, als sie sich auf einen Holzstamm gesetzt hatten. »Wie heißt die Kleine?«

»Teàrlag. Wir haben sie nach der Seherin benannt, die in der Nacht, als sie geboren wurde, gestorben ist.«

Die Alte hatte vorhergesagt, dass die Gabe des Sehens bei diesem Kind es mit der ihren aufnehmen könne, weil das Mädchen in einer Vollmondnacht um Mitternacht zur Welt gekommen war. Ilysa seufzte. Sie vermisste die alte Seherin.

»Die anderen Kinder sind groß geworden.« Versonnen sah Alastair MacLeod zu ihnen hinüber. »Die Jungen sind hochgewachsen, das haben sie von unserer Seite.«

Seine Enkelin unterließ es zu erwähnen, dass ihre Söhne Connors feine Züge hatten und vermutlich seine Größe erreichen würden, die der des Großvaters nicht nachstand. Eine Weile sprachen sie über die Kinder, bevor Ilysa ein Thema anschnitt, zu dem sie den Rat ihres Großvaters haben wollte.

»Connor hat eine Aufforderung bekommen, vor dem Regenten zu erscheinen. Bei der Zusammenkunft sollen euer beider Ansprüche auf Trotternish endgültig geklärt werden.«

»Ich habe ebenfalls ein Schreiben bekommen«, entgegnete MacLeod. »Das gleiche wie im letzten Jahr und im Jahr davor.«

»Mein lieber Mann würde es lieber ignorieren, sofern du das ebenfalls tust.«

»Es ist immer gefährlich, sich an den Hof zu begeben. Was mich betrifft, so habe ich vor, zu Hause zu bleiben.«

»Dafür wird Connor dir dankbar sein – und ich desgleichen.« Sie gab ihm einen Kuss auf die wettergegerbte Wange.

Dieser geheime Pakt zwischen ihnen bestand seit Jahren. Und abgesehen von der Schlacht, in der die MacDonalds Torquil geholfen hatten, die Isle of Lewis zurückzuerobern, hatte der Clan seit ihrer Hochzeit in Frieden gelebt.

Ilysa reichte ihrem Großvater den Tiegel mit Salbe, die sie für ihn angerührt hatte, und nahm ihm das Kind ab.

»Wir sehen uns dann nächstes Jahr.«

Es war schwer, ihn so selten treffen zu können. Sie umarmte ihn noch einmal, bevor sie zu ihrer Familie zurückkehrte.

Inzwischen hatte Connor ein Feuer entfacht, und ehe sie nach Hause zurückkehrten, sprach sie wie jedes Jahr den Schutzzauber für ihre Familie und ihren Clan und ging im Kreis um das Feuer herum.

»Mögest du ein hohes Alter erreichen.«

Als sie zu diesem Teil des Rituals kam, stellte sie sich das Bild ihres Liebsten als gut aussehenden alten Mann mit tiefen Falten und schneeweißem Haar vor. Anders als beim ersten Mal sah sie sich jetzt jedoch als glückliche alte Frau an seiner Seite.

»Mögen deine Kinder einander in Liebe verbunden sein«, sprach sie den nächsten Teil des Zauberspruchs, während sie zum dritten Mal das Feuer umrundete, »und mögest du Enkelkinder haben, die dir Freude bereiten.«

Als sie fertig war, schlang Connor seine Arme um sie und zog sie an sich.

»Komm, *mo rùin*«, flüsterte er ihr zärtlich ins Ohr, »lass uns nach Hause gehen und dort noch ein Wunder wirken.«

Historische Anmerkungen

Die meisten Szenen in diesem Buch finden an tatsächlich existierenden Orten auf der Isle of Skye statt, die ich auf einer gemeinsamen Reise mit meiner Tochter besuchte. (Auf meiner Website sind Bilder zu sehen.) Ich habe mir vorgestellt, dass die Szene auf der Klippe auf Skyes berühmtem Kilt Rock stattfindet. Den Namen habe ich allerdings geändert, weil die Highlander – ich sage es äußerst ungern – im frühen 16. Jahrhundert noch keine Kilts trugen. Der Einfachheit halber habe ich zudem den Namen Duntulm Castle auf Trotternish geändert. Die Burg ist inzwischen nur noch eine Ruine, aber einige der Geistergeschichten, die sich um sie ranken, haben sich erhalten. Darunter die von einem Kindermädchen, das auf dem Meer ausgesetzt wurde, nachdem es versehentlich das Kind des Chieftains aus einem Fenster hatte fallen lassen.

Auch die Feenschlucht existiert, sie befindet sich in der Nähe von Uig, und ist mit ihren seltsamen kegelförmigen Hügeln wirklich ein verwunschener Ort. Saint Columba im Snizort River ist ein selten friedvoller Ort. Dennoch ließ es uns nicht kalt zu wissen, dass sich dort überall unter dem unebenen Boden uralte Grabstätten befinden. Trotz der Schönheit dieser Orte würde ich im Dunkeln an keinen von beiden freiwillig gehen – und genau das ist der Grund dafür, dass ich die Figuren in meinem Buch bei Nacht an diese Orte geschickt habe.

Wie immer habe ich einige historisch belegte Personen in dieses Buch aufgenommen, um damit meine Geschichte zu unterstützen. Das sind Alexander MacDonald of Dunivaig and the Glens, John MacIain, Margaret Tudor, Archibald Douglas und der wundervolle Alastair Crotach MacLeod, zu seiner Zeit der Bucklige (Hunchback) genannt. Sein unehelicher Sohn, Ilysas Vater ist allerdings erfunden.

Obwohl Connor MacDonald ein rein fiktiver Charakter ist, gibt es seinen Clan tatsächlich, und die meisten seiner erwähnten Familienmitglieder sind historische Personen. Hugh, der erste MacDonald of Sleat, hatte wirklich sechs Söhne von sechs unterschiedlichen Frauen. Einige Details habe ich verändert, aber der Konflikt zwischen diesen sechs Halbbrüdern führte über zwei Generationen hinweg zu Mord und Totschlag innerhalb der Familie. Um Connor zu erschaffen, habe ich Anleihen bei Hughs Sohn Donald Gallach und seinem Enkelsohn Donald Graumach gemacht, die beide Chieftains waren. Donald Graumach vertrieb zusammen mit seinem Halbbruder, dem MacLeod of Lewis, die MacLeods of Dunvegan and Harris von Trotternish. Jahre später zeigte Donald sich erkenntlich, indem er seinem Halbbruder half, die Ländereien auf der Isle of Lewis zurückzuerobern.

Die MacDonalds of Sleat und die MacLeods of Dunvegan and Harris waren erbitterte Rivalen. Da sie anscheinend regelmäßig Gräueltaten am Clan des anderen verübten, war ich fasziniert, als ich auf eine Pause des Blutvergießens stieß, die es zu der Zeit gab, nachdem die MacDonalds die Halbinsel Trotternish von den MacLeods zurückerobert hatten. Während dieser Jahre des Friedens ignorierten beide Chieftains die Aufforderungen der Krone, am königlichen Hof zu erscheinen, um ihren Streit um Trotternish beizulegen. Das machte alles noch geheimnisvoller. Ich habe das als Möglichkeit betrachtet, eine Geschichte zu entwickeln, und mir eine fiktionale Erklärung für das alles ausgedacht.

Den Kampf um Trotternish habe ich einige Jahre vorverlegt und zahlreiche Details verändert, damit alles besser in meine Geschichte passte. Die entscheidende Schlacht fand in der Nähe des Snizort River statt, und die siegreichen MacDonalds ließen angeblich die Köpfe der MacLeods (wobei mir unklar ist, ob sie noch an den Körpern hingen) den Fluss hinabtreiben, wo sie sich an einer Stelle sammelten, die Cauldron of the Heads genannt wird.

Wie schon einmal angemerkt, ist es eine große Herausforderung, die Clangeschichte eines halben Jahrtausends zu recherchieren, und ich entschuldige mich für etwaige unbeabsichtigte Fehler, die mir dabei unterlaufen sein könnten.

Danksagung

Ich möchte mich ganz besonders bei meiner Redakteurin Alex Logan und bei meiner Agentin Kevan Lyon bedanken, die mich von Anfang an in jeder Hinsicht unterstützt haben. Es ist schwer zu glauben, dass es inzwischen sieben Bücher sind!

Mein Dank geht außerdem an das gesamte Team von Grand Central Publishing dafür, meine Bücher so gekonnt und erfahren durch alle Schritte der Herstellung bis hin zur Veröffentlichung zu begleiten. Ich danke Anthea Lawson und Ginny Heim für ihre Begeisterung, ihre moralische Unterstützung und Freundschaft sowie für ihr hilfreiches Feedback zu den Entwürfen. Dr. James R. MacDonald und Sharron Gunn waren so freundlich, mir bei den gälischen Sätzen und der schottischen Geschichte zu helfen, etwaige Fehler nehme ich auf meine Kappe.

Zu schreiben kann eine sehr einsame Angelegenheit sein. Vor allem während der langen Phasen vor der Abgabe, wenn ich das Haus tagelang nicht mehr verlasse, und ich bin dankbar für meine Onlinecommunity von Autoren, Lesern, Freunden und Bekannten auf Facebook, Twitter und RWA (Romance Writers of America) Loops für das so dringend benötigte Lachen, für die Unterstützung und die Ablenkung. Wie immer gehen meine Liebe und meine

Dankbarkeit an meine wundervolle Familie. Und schließlich und endlich danke ich meinen Lesern. Für euch lohnt sich die Arbeit.